$$\frac{3126 \cdot 20}{B\text{-}1}$$

HISTOIRES SANS GRAVITÉ

Ingo Schulze

Histoires sans gravité

Un roman de la province est-allemande

Traduit de l'allemand par
Alain Lance et Renate Lance-Otterbein

Ouvrage traduit avec le concours
d'Inter Nationes (Bonn)

Fayard

Cet ouvrage a été publié sur la recommandation
d'AGLAIA I. HARTIG.

Titre original : *Simple Storys. Ein Roman aus
der Ostdeutschen Provinz*

Éditeur original : Berlin Verlag, Berlin.

Pour Jette

9

Histoires sans gravité

Histoires sans gravité

Histoires sans gravité

Histoires sans gravité

Histoires sans gravité

Jenny parle d'un nouveau boulot et de Martin Meurer. Le patron donne les consignes. Où est la mer du Nord ? Au début tout va bien. Puis Jenny doit faire preuve de conviction. Qu'arrive-t-il aux poissons en cas de déluge ? Pour finir retentit une musique de cuivres.

CHAPITRE PREMIER

Zeus

Renate Meurer raconte un voyage en car. En février 90, les Meurer, à l'occasion du vingtième anniversaire de leur mariage, se rendent pour la première fois à l'Ouest, pour la première fois en Italie. Dieter Schubert, qui est du voyage, est conduit à un acte de désespoir en raison d'une panne survenue avant Assise. Échange de souvenirs et de provisions.

On a vraiment manqué de temps. Cinq jours en car : Venise, Florence, Assise. Pour moi, tous ces noms c'était comme Honolulu. J'ai demandé à Martin et à Pit comment ils avaient eu *cette idée*, d'où venait l'argent et comment ils imaginaient, pour nos vingt ans de mariage, qu'on puisse entreprendre un voyage sans autorisation.

J'étais persuadée qu'Ernst ne serait pas d'accord. Ces mois-là, pour lui, ont été un enfer. On avait vraiment autre chose en tête que l'Italie. Mais il n'a rien dit. Et à la mi-janvier, il a demandé s'il ne fallait pas songer aux préparatifs – on devait partir le 16 février, un vendredi pendant les vacances scolaires – et puis comment on ferait pour passer les frontières italienne et autrichienne avec nos papiers de RDA. Quand je lui ai dit ce que m'avaient appris les enfants, qu'à l'agence de voyages de Munich on nous remettrait des cartes d'identité d'Allemagne de l'Ouest, vraisemblablement fausses, j'ai pensé : maintenant c'est fini, on ne fait pas ça avec Ernst Meurer. Mais il a seulement demandé si c'était pour cela qu'on s'était procuré deux photos d'identité. «Oui, ai-je répondu, deux photos d'identité, date de naissance, taille et couleur des yeux – ça leur suffit.»

On a fait comme d'habitude. Les vêtements dans la valise vert foncé, dans le sac à carreaux noirs et rouges on a mis les couverts et les provisions : pâté et poissons en conserve, des œufs, du beurre, du fromage, du sel, du poivre, des biscottes, des pommes, des oranges et deux thermos, une pour le thé et une pour le café. Pit nous a conduits à Bayreuth. À la frontière, quand ils nous ont demandé ce qu'on allait faire, Pit a dit : «Du shopping.»

Le train s'arrêtait dans chaque patelin. À part la neige, les routes éclairées, les voitures et les gares, on ne voyait pas grand-chose. On était assis au milieu d'hommes qui allaient au travail. C'est quand Ernst a épluché une orange que j'ai pensé pour la première fois à l'Italie.

Ernst et l'autre ont dû se reconnaître en gare de Munich. Moi, je n'ai rien remarqué. Comment aurais-je pu savoir à quoi il ressemblait? Je n'aurais même pas pu dire comment il s'appelait vraiment.

C'est à partir de Venise que je me souviens de lui. Un homme de taille moyenne aux mouvements brusques, un œil de verre mal en place et la paupière fixe. Il trimbalait un gros bouquin, un doigt enfoncé dedans pour marquer la page afin de pouvoir toujours, chaque fois que Gabriela, notre guide italienne, expliquait quelque chose, ajouter son grain de sel. Le genre Je sais tout. Il n'arrêtait pas de ramener en arrière ses cheveux grisonnants qui retombaient tout de suite après sur son front et ses sourcils.

Le palais des Doges et la colonne avec le lion, je les connaissais par la télé. Les Vénitiennes – même celles qui avaient mon âge – portaient des jupes courtes et de jolis chapeaux-cloches à l'ancienne. Nous nous étions habillés trop chaudement.

Pour être indépendants, on emportait pendant la journée quelques conserves, du pain et des pommes. Le soir, on mangeait dans la chambre ; Ernst et moi on ne parlait pas beaucoup, mais quand même plus que pendant les mois qui avaient précédé. « Una gondola, per favore », s'est-il écrié un matin en faisant sa toilette. D'ailleurs, on avait l'impression que l'Italie ça lui plaisait, à Ernst. Une fois, il a même pris ma main et l'a retenue.

Il n'avait fait aucune allusion à l'autre. Jusqu'au dernier moment. C'est à Florence, quand on attendait que tout le monde soit redescendu du campanile, qu'Ernst a demandé : « Mais où est donc notre alpiniste ? » Je n'y ai pas prêté attention. Ou j'ai cru que tous les deux avaient déjà eu l'occasion de bavarder, car Ernst descendait toujours avant moi pour le petit déjeuner. Et puis il a encore parlé de tractions dans l'encadrement de la porte. Avant ça, à Padoue, l'alpiniste avait absolument voulu qu'on s'arrête pour visiter une chapelle ou une arène qui n'étaient pas prévues au programme. Je me suis retournée vers lui – il était assis au fond. Son regard ne se laissait perturber par rien et restait dirigé vers la vitre de devant comme si nous étions tous là pour mener ce monsieur à sa destination finale. Peut-être que je suis injuste, peut-être que sans le cinéma qui est arrivé ensuite je l'aurais même oublié. Peut-être que je confonds l'ordre des choses, mais je n'invente rien.

Essayez un peu d'imaginer ça. Tout d'un coup, on se retrouve en Italie et on a un passeport ouest-allemand. Je m'appelais Ursula, et Ernst c'était Bodo, tous deux domiciliés à Straubing. J'ai oublié nos noms de famille. On se trouve de l'autre côté du monde, et on n'en revient pas de voir qu'on boit et qu'on mange comme chez soi et qu'on pose un pied devant l'autre, comme si tout cela était la chose la plus naturelle du monde. Quand je me regardais dans la glace en train de me brosser les dents, j'arrivais encore moins à croire que j'étais en Italie.

Avant de quitter Florence pour Assise, c'était le dernier jour du voyage, le car s'est arrêté sur un parking d'où nous avons pu jeter un coup d'œil sur la ville. Le ciel était couvert. Ernst a acheté une assiette avec le portrait de Dante et me l'a offerte – pour notre anniversaire de mariage.

Puis on a roulé à travers la pluie et, peu à peu, le temps est devenu si nuageux que je n'ai plus rien vu, à part les glissières de sécurité, et je me suis endormie.

Quand Ernst m'a réveillée, les autres étaient déjà en train de descendre. On était arrêté à une station-service. Il y avait un problème avec le moteur ou le tuyau d'échappement. Il neigeait sur les parapluies et les autos roulaient phares allumés, un vrai temps pour une panne. Notre chauffeur cherchait un téléphone. Je le vois encore remuer ses avant-bras, les croisant et les décroisant sans cesse. Gabriela nous annonça qu'il faudrait attendre le dépanneur. Elle proposa de visiter Pérouse et ses alentours.

On a sorti nos manteaux et on est monté à la queue leu leu vers la vieille ville, Gabriela et l'alpiniste en tête. Il était furieux et insistait pour qu'on le conduise à Assise, une ville qu'apparemment on pouvait voir d'ici par beau temps. « Comme si on y était », n'arrêtait-il pas de répéter. Et pourtant c'était une sacrée chance de ne pas être en rade quelque part sur l'autoroute ou sur une nationale.

Entre-temps, la neige s'était accumulée sur le trottoir. Le musée et les églises étaient fermés, c'était l'heure du déjeuner. Gabriela nous a fait faire le tour de la fontaine Maggiore, a dit deux ou trois choses sur l'hôtel de ville et sur la cathédrale, qui semblait gigantesque parce que ses murs disparaissaient dans le brouillard. Cela faisait plus de cinq cents ans que la façade était sans revêtement, ce qui fit dire à une femme de Plauen qu'en comparaison la RDA ne s'en tirait pas si mal que ça. Elle n'arrêtait pas de se moquer. Ernst ne réagissait jamais. Il faisait semblant de ne pas entendre.

Sur la place du marché, les gens du groupe se sont dispersés dans les différents restaurants. Le nôtre s'appelait *Victoria*. Jusque-là, nous n'avions pas dépensé d'argent, sauf pour l'assiette de Dante et quelques cafés. On a donc décidé de commander quelque chose. Portant un long tablier blanc, le garçon se faufilait autour des quelques tables qui venaient d'être occupées d'un seul coup. Parfois il s'immobilisait en plein mouvement pour pencher son buste en direction de celui qui l'appelait. Il n'y avait que devant la télé qu'il devenait sourd, dans l'attente de l'arrivée d'un champion de ski. À notre table, il y avait deux types de Dresde, un pédiatre et un décorateur de théâtre, qui se débrouillaient en italien et nous traduisaient la carte. Ernst essayait de faire signe au garçon pendant que je veillais à ce que son doigt reste fixé sur la ligne « Pizza con funghi ».

Soudain, le pédiatre s'est levé. Comme il fixait la fenêtre, je me suis retournée. De l'autre côté, les gens traversaient la place en courant – on aurait dit des enfants se précipitant vers une bataille de boules de neige, Gabriela en moufles et tous les autres courant après elle, un essaim de cris déployé en triangle.

Autour de nous un bruit de chaises qu'on repousse, une galopade vers la sortie, en passant devant le garçon. Nous les avons suivis jusqu'à la cathédrale où un attroupement se formait déjà sur l'escalier d'une entrée latérale. Quatre ou cinq mètres plus haut, l'alpiniste se tenait sur l'un des rebords du mur, bras en croix, épaules collées à la paroi. Il régnait un silence étrange, comme si là-haut se trouvait un somnambule que le premier bruit, en le réveillant, ferait tomber. Gabriela clignait des yeux vers le haut, à travers la neige. D'autres mettaient leur main en visière devant les yeux. Les bottines du type étaient posées sur le sol, juste en dessous de lui.

Il tendait la tête en avant et nous regardait comme un oiseau, d'un seul œil. Les deux chaussettes étaient un peu étirées. Pour quelqu'un d'entraîné, l'escalade ne semblait pas poser de problème. Sans doute qu'à partir des pierres de taille du portail il avait atteint la petite chaire d'à côté, s'était mis debout sur son rebord avant de se retenir aux pierres en saillie ainsi qu'aux orifices ménagés pour installer l'échafaudage.

« Faut pas regarder en bas », cria un homme. Sur quoi l'alpiniste détacha son bras gauche, se retourna d'une enjambée raide pour se plaquer à nouveau contre la paroi. Ses mains agrippaient la saillie suivante. Ses pieds avançaient à tâtons le long de la paroi. Poussant alors sur ses jambes comme une grenouille, il grimpa plus haut. Alors il put trouver appui sur le petit rebord au-dessus de la fenêtre.

Ernst me tira par le coude. « Ne reste pas là ! » chuchota-t-il. Le gars de Sonneberg, un géant aux cheveux roux, fut le premier à faire des photos. Gabriela protesta. « Et s'il tombait ? » Elle courait de l'un à l'autre d'entre nous, remonta d'une main le col de sa veste et dévala les marches en direction d'une policière dont le casque haut et blanc faisait penser à une coiffure de carnaval. De dos, tout ce qu'on pouvait voir de la tête de Gabriela était sa natte ramenée en chignon. La policière parlait dans son talkie-walkie.

La femme qui venait de Plauen dit que les choses devenaient sérieuses. « Eh, Herbert, cria-t-elle, descends, vas-y ! » Le gars de Sonneberg l'interrompit. Ça n'avait aucun sens de l'appeler Herbert, ce nom qui figurait sur les papiers qu'on lui avait établis en Bavière. Après quoi le silence revint, on n'entendit plus que des chuchotements.

Ernst m'énervait. Il n'arrêtait pas de me tirer par la manche. J'ai voulu m'éloigner de lui de quelques pas quand il m'a prise par le bras. « Il ne va rien lui arriver ! » lâcha-t-il entre ses dents. « C'est Zeus ! Viens donc ! » « Pas possible ! » laissai-je échapper. Ce nom-là, je l'avais entendu pour la dernière fois il y a dix ou vingt ans. « Lui ! Zeus ? »

Gabriela se retourna. « Zeus ? C'est comme ça qu'il s'appelle ? »

D'un seul coup, tous les yeux s'étaient fixés sur nous. « Il s'appelle Zeus ? »

« Il ne tombera pas », dit Ernst.

« Zeus ? » demanda quelqu'un d'une voix forte. Et les

voilà tous à crier Zeus ! Zeus ! comme s'ils avaient long-temps attendu ce mot pour briser leur silence. Comme libérés, ils criaient à tous vents : « Zeus ! Zeus ! »

Cela ne cessa que lorsqu'il fut caché par des nappes de brouillard. Quelques-uns tendirent alors les bras pour indiquer aux autres où devait se trouver Zeus. On se passait les téléobjectifs pour essayer de mieux voir. Du brouillard tomba une chaussette dans le demi-cercle que nous avions formé autour de ses chaussures. La seconde tomba peu après. Chaque fois j'ai sursauté.

Soudain Zeus réapparut comme un fantôme. Il se pencha si loin en avant que quelques personnes reculè-rent en poussant des cris. Cela aurait pu déclencher une panique. Incroyable comment il pouvait se maintenir là-haut. De la salive s'échappait de ses lèvres, elle se balançait comme une araignée à son fil, puis se détachait et tombait sans bruit dans la neige. C'est alors que le corps tordu, la bouche déformée – il faisait penser aux chimères de Naumburg ou de Prague –, il commença son discours.

Bien sûr, personne ne savait qui était visé quand il a parlé de « Meurer, ce rouge ». De toute façon, les Italiens ne le comprenaient pas. Le bras tendu vers nous, il dési-gnait Ernst, « l'apparatchik en anorak vert ». Personne ne comprenait ce qu'il voulait dire. Moi, je me deman-dais ce qui lui donnait la force de crier ainsi, avec une telle fureur. C'était une histoire qui remontait à loin déjà. Et à l'époque, Ernst ne l'avait pas fait de gaîté de cœur, je le sais bien. À la maison, il l'appelait toujours « Zeus », par son surnom. En fait, son vrai nom était Schubert, Dieter Schubert.

Pour qui n'écoutait pas attentivement, tous ces hur-lements étaient insensés. À un moment, j'ai cru que

Zeus était sur le point de dégringoler dans le vide et de s'écraser à nos pieds. J'imaginais déjà les gens se bousculant pour le voir de près. Et personne n'aurait le courage de le toucher. Son corps semblerait intact, comme parfois celui d'animaux morts le long de la route, seul un mince filet de sang laisserait deviner ce qui s'était passé. La tête penchée, Gabriela soliloquait.

Au bout d'un long moment, Zeus se tut, comme si la neige avait fini par l'étouffer. Puis il se glissa centimètre par centimètre vers la gauche, en direction de la gouttière. Ses mouvements étaient devenus beaucoup plus prudents et hésitants, comme si le somnambule s'était réveillé.

« Maintenant c'est fini », dis-je à Ernst en prenant son bras. Je voulais parler des cris. Ernst, les mains dans les poches, fixait la natte enroulée de Gabriela.

Zeus se laissa glisser le long du paratonnerre. Les carabiniers l'accueillirent et le protégèrent des regards pendant qu'il remettait ses chaussettes et ses chaussures couvertes de neige. Une voiture de pompiers s'approcha, gyrophares allumés. Gabriela se signa. Elle nous indiqua l'heure à laquelle nous devions nous retrouver devant le car et s'éloigna en compagnie de Zeus et des carabiniers. Notre groupe se disloqua à nouveau. Le garçon au long tablier pressa le pas devant nous en direction du *Victoria*.

Ernst et moi sommes restés là encore un moment. Le bout de ses doigts dépassait des manches trop longues de son anorak neuf. J'ai commencé à avoir froid, et nous nous sommes dirigés vers le car.

Soudain, Ernst demanda : « Tu sens ? »

« Oui, dis-je, croyant qu'il faisait allusion à l'essence. Ici, d'ailleurs, tout a une autre odeur. »

es fraises! fit-il. Un parfum de fraise!» Dans notre jardin nous n'avions pratiquement que des fraises et rien n'était plus facile que d'évaluer le nombre de tartes que je pourrais faire avec. Il y avait quelque chose d'assez solennel quand, en prenant le café l'après-midi, nous disions : c'est la dernière tarte. Pour la dernière fois, des fraises cette année. Je revis notre jardin et la petite auberge *Au terrier du renard.* Alors j'ai dit : «Les verres à bière vides. Tu sens, tous ces verres vides sur la desserte au soleil?»

«Oui, dit Ernst, tout un plateau.»

Je suis sûre que pendant un moment nous avions la même image devant les yeux, le plateau usé et les verres avec un point rouge au fond. Et nos fraises.

Le chauffeur a ouvert la porte. Je l'ai invité à partager notre repas. Il avait retroussé ses manches de chemise. Il essuya ses mains graisseuses à un chiffon et mangea d'un bon appétit. Car bien qu'à l'exception du petit déjeuner minable de l'hôtel nous ayons assuré tous les repas grâce à nos provisions, il restait abondamment de tout, même des pommes. Nous aussi nous avions faim. Nous étions encore en train de manger quand le chauffeur s'est calé confortablement dans son fauteuil pour faire un petit somme avant le trajet de retour. La neige avait déjà fondu.

Pourquoi je raconte cela? Parce qu'on oublie tellement vite. Et pourtant cela ne fait pas si longtemps qu'Ernst et moi avons encore pensé à la même chose en trimbalant avec nous des conserves dans un sac à carreaux rouges et noirs.

CHAPITRE 2

L'argent nouveau

Conni Schubert raconte une vieille histoire : un homme arrive dans la ville, fait des affaires, prend une fille et disparaît. Naïveté et prescience.

Harry Nelson est arrivé à Altenburg, venant de Francfort, en mai 90, une semaine après mes dix-neuf ans. Il recherchait des maisons, mais surtout des terrains constructibles le long des routes menant à la ville. Il était question de stations-service. Harry était de taille moyenne, châtain et non fumeur. Il habitait au premier étage du *Wenzel*, le seul hôtel de la ville. Chaque fois qu'on tombait sur lui, même au petit déjeuner ou au repas du soir, on le voyait avec son attaché-case en cuir aux deux serrures à combinaison.

Depuis septembre 89, je travaillais comme serveuse au *Wenzel*. On ne trouvait rien de mieux dans le district. Ou il aurait fallu que je fasse le trajet jusqu'à Leipzig, Gera ou Karl-Marx-Stadt. Ma chef, Erika Pannert, que je connaissais du temps de mon apprentissage, m'a dit un jour qu'autrefois elle avait été aussi jolie et aussi mince que moi. Bien sûr, je sais que ma bouche est un peu trop petite. Et quand je marche vite, j'ai les joues qui tremblent un peu à chaque pas.

J'aimais bien Harry, surtout la manière qu'il avait de nous faire un signe de tête en entrant, de s'asseoir, de croiser les jambes en relevant un peu son pantalon au niveau du genou, de goûter le vin et de déplier sa serviette. J'aimais son parfum et que le soir il ait l'air de ne pas s'être rasé, qu'il confonde nos billets de banque et qu'il connaisse nos noms sans avoir besoin de regarder sur les badges que nous portions chacun. Mais ce que je préférais en lui, c'était sa pomme d'Adam. Je regardais Harry quand il buvait. C'était automatique, je ne pouvais pas résister. Quand je revenais à la maison, j'essayais de me souvenir de lui le plus précisément possible.

Le *Wenzel* était complet, et ceux qui rentraient chez eux pour le week-end préféraient continuer à payer leur chambre plutôt que de le quitter. Pour Harry, il y avait chaque soir une table de six réservée parce qu'il avait toujours des invités. Erika me chuchotait leurs noms et en prononçant certains d'entre eux elle agitait la main comme quelqu'un qui s'est brûlé. « Ils n'ont jamais oublié ce qui leur appartient », disait-elle.

Harry se contentait de poser des questions. Quand les gens se mettaient à raconter, ça pouvait durer longtemps. Cela ne me gênait pas de travailler tard. Par ailleurs, je crois encore aujourd'hui qu'il est plus facile de travailler comme serveuse que de devoir partir de chez soi le matin avec son attaché-case pour aller négocier des contrats.

Harry était l'un des seuls à rester pendant le week-end. Je me souviens du gros Czisla de Cologne, qui faisait transporter plusieurs stands de cassettes et de disques d'un marché à l'autre et qui convoquait ses vendeurs au *Wenzel*, des jeunes types de la région qui s'y connaissaient en musique. Ils buvaient et mangeaient souvent ici, car Czisla les faisait attendre pour vérifier la recette. Erika s'occupait de Peter Schmuck de la Commerzbank, un jeune homme sec aux grandes mains et au rire silencieux qui restait assis là jusqu'à ce qu'elle ait le temps de l'écouter. Il y en avait aussi un autre de la compagnie Allianz, on l'appelait mister Wella, et un qu'on avait surnommé « Soulier brillant ». Pendant la semaine, ils se parlaient à peine. Il n'y avait que le dimanche, quand de la salle du petit déjeuner on pouvait voir en face de la gare les gens faisant la queue pour acheter le *Bild Zeitung* – souvent ils en achetaient plusieurs exemplaires –, qu'ils s'installaient à la même table pour se moquer.

À la mi-juin, le *Volkszeitung* et le *Wochenblatt* ont publié des photos montrant Harry et le nouveau maire en train d'échanger une poignée de mains. Une station-service, BP je crois, devait être construite avant la fin de l'année 90.

Soudain, on a appris que monsieur Nelson s'en allait. Puis j'ai entendu dire qu'il avait pris un appartement et qu'il déménageait. Puis que Harry Nelson partait pour une semaine mais qu'il allait revenir. Je voulus lui préparer un petit panier pour le voyage, mais j'ai eu peur que les autres le remarquent ou que cela l'importune.

J'ai pris une semaine de congé et j'ai récupéré du sommeil en retard. À la maison, mes parents parlaient beaucoup du nouvel argent qui serait mis en circulation dès le lundi suivant. Mon père, qui avait adhéré à la DSU[1]

---

1. Deutsche Soziale Union. Parti chrétien conservateur, né dans les derniers mois d'existence de la RDA, après le retrait d'Erich Honecker. (*Ndt*)

après son voyage raté à Assise, dit que je tenais le bon filon. Après tout, les Japonais se contentaient eux aussi de cinq jours de congé! Maintenant il fallait s'atteler. Ma mère elle-même dit qu'on allait à présent trier le bon grain de l'ivraie et qu'on était entré dans une nouvelle phase. En prenant mon bain, j'ai imaginé une fois que j'embrassais la pomme d'Adam de Harry.

Le lundi 2 juillet[2] j'ai pris mon service à midi. Il n'y avait personne au restaurant. Erika pensait que ça durerait au moins trois ou quatre semaines, jusqu'à ce que les gens de chez nous soient prêts à dépenser de l'argent de l'Ouest pour une escalope.

Vers une heure est arrivé un couple à la peau basanée, des Pakistanais d'après Erika, qui vendait des tapis. Au moment d'encaisser, j'ai eu l'impression de me retrouver au début de mon apprentissage quand on s'exerçait à faire le service en payant avec de l'argent fictif.

Harry arriva le soir. Quand il pénétra dans le restaurant, son attaché-case à la main, il claironna : «Sa-lut!» et s'installa près de la fenêtre, à sa place réservée. Enfin je revoyais ses petites oreilles, ses larges ongles, la pomme d'Adam. Il portait une chemisette, un pantalon de lin et des sandalettes sans chaussettes. Erika dit que Harry avait donné congé mais qu'il restait ici. «Un gars comme lui, murmura-t-elle, il lui faut toujours du nouveau, toujours, toujours.»

Une fois que les Pakistanais eurent sorti tous leurs tapis de leur minibus Volkswagen pour les enfermer dans leur chambre au deuxième étage, ils commandèrent une soupe. Tout en mangeant, Harry feuilletait les

---

2. 1ᵉʳ juillet 1990 : union monétaire des deux États allemands. *(Ndt)*

journaux de la semaine précédente et je lui apportais cruche de vin sur cruche de vin.

Czisla, qui avait quitté l'hôtel et qui était revenu chercher deux ou trois bricoles, s'assit ensuite à sa table. «Alors, à la bonne tienne!», dit-il. «Et que les affaires marchent!» dit Harry. Et Czisla répondit : «À la nôtre!» J'ai retenu cela, même si ça n'était vraiment pas important. Comme le bar n'ouvrait pas le lundi, ils sont partis vers dix heures. J'ai vu les deux hommes passer devant la fenêtre et se diriger vers le centre-ville. Czisla avait passé un bras sur l'épaule de Harry et agitait l'autre, les yeux vers le sol. Je suis restée toute seule avec les Pakistanais. La femme parlait à voix basse à l'homme qui tapait quelque chose sur sa calculette pour la tendre ensuite vers elle. Je leur ai apporté l'addition et ils sont partis après l'avoir réglée.

J'ai mis les couverts du petit déjeuner dans l'arrière-salle. Une fois le travail terminé, je me suis assise à la table près de la porte pour plier des serviettes. Les gens de la cuisine ont fermé. À part la radio de la réception, on n'entendait pas un bruit.

Lorsque après 11 heures et demie j'ai entendu grincer la porte rouillée de l'entrée, j'ai su que c'était Harry qui rentrait. Je n'ai même pas eu besoin de lever les yeux. Il s'est arrêté derrière ma chaise et s'est penché lentement sur mes épaules. En tournant la tête, j'ai effleuré sa joue.

«Connie», dit-il, et au même moment j'ai senti ses mains. Il a effleuré mon badge, tâté aussitôt ma poitrine.

«Non», ai-je dit. Harry m'a appuyée contre le dossier. Il m'a embrassé le cou, les joues et, quand j'ai penché ma tête en arrière, la bouche. Puis il a étendu les bras pour saisir mes genoux. Je me suis vite retournée de côté sous lui et je me suis levée.

Il était nettement plus grand que moi, le visage tout rouge et les cheveux en bataille. Son regard est descendu jusqu'à mes bottines en toile blanche. J'ai vu l'épi sur son crâne. Harry avait à présent je ne sais quoi d'intrépide, que je n'avais jamais remarqué chez lui.

« Viens, dit-il, allons faire un tour. »

J'avais peur de faire quelque chose de travers. J'ai été chercher ma veste de laine, j'ai fermé le restaurant, et j'ai donné la clé à la réception. Dehors, Harry a passé son bras autour de ma taille. J'aurais bien voulu être à l'abri des regards, mais à peine avait-on fait quelques pas qu'on s'arrêtait pour s'embrasser. C'est donc ainsi qu'on s'est trouvés, tout simplement et sans grands mots, pensais-je.

Au carrefour après lequel la rue monte à droite vers l'usine de wagons, il m'a tirée vers la petite pelouse. « Harry », dis-je en espérant que cela suffirait. Ses mains glissèrent alors de ma hanche sur mon derrière, plongèrent vers les jambes et remontèrent sous ma jupe. « Harry », dis-je. J'ai embrassé son front. Il glissa ses deux mains sous mon slip et le tira vers le bas. Harry me retenait, une main s'introduisit entre mes jambes puis je sentis ses doigts, un d'abord, plusieurs ensuite.

Harry semblait heureux. Il riait. « Pourquoi pas », dit-il. « Pourquoi pas, hein ? » Je voyais ses cheveux, sa nuque. Il continuait à parler. Je ne comprenais pas tout tellement il riait. Ni lui ni ses mains ne m'écoutaient. Puis je ressentis une douleur partant de l'épaule et descendant le long de mon dos. « Les bras en l'air, cria quelqu'un, bras en l'air ! » L'espace d'un instant, je n'ai plus su où j'étais ni ce qui s'était glissé sur moi. On a tiré mon corsage vers le haut. Et sans cesse cette phrase, dont on détachait chaque syllabe : « Les-bras-en-l'air ! »

Harry n'avait plus l'air heureux. Il s'appuya un

moment sur mes poignets, et ensuite je n'ai plus rien vu. Je l'ai seulement entendu lécher et mordre. J'ai essayé de respirer régulièrement. C'est là-dessus que je me suis concentrée. Peu importait ce qui arrivait – l'important pour moi était de respirer. Ça, je ne l'ai pas oublié.

Harry était resté sur moi. J'ai d'abord réussi à sortir un bras de mon corsage. J'ai essayé de me retourner et de le pousser sur le côté. Le ciel était noir et le lampadaire faisait une grosse fleur de dent-de-lion. Harry roula sur le dos, bouche ouverte. Sa chemise était remontée. Son ventre blanc formait un triangle dont le sommet était le nombril. Son sexe pendait sur le côté, tout contre la couture du slip.

« Harry, ai-je dit. Tu ne peux pas rester couché ici. » Il avala sa salive. Je voulais parler. Pendant tout le temps où je cherchais mon slip, j'ai parlé. Je me conduisais exactement comme les gens dans les films après un accident. J'ai essayé en vain de glisser ma veste de laine sous son dos, et je suis partie en vitesse.

Comme ça m'arrive souvent en ce moment quand je rentre à la maison, je pensais qu'il suffisait que je dorme pour le revoir le lendemain, mon futur mari, le père de mes nombreux enfants, à nul autre pareil, lui qui me montrerait le monde et comprendrait tout, qui me protégerait et me vengerait.

Ce qui s'est passé après, je ne le sais que par des lettres et des coups de téléphone. Au travail personne ne m'a remplacée, et à l'automne le *Wenzel* a fermé. Erika a été embauchée par un Italien qui a tenté sa chance dans la rue de l'usine en ouvrant une pizzeria. En avril 91, il a dû fermer. Erika a trouvé d'autres restaurants. Mais, chaque fois, quelques mois à peine après l'ouverture, ils ont dû fermer. Quatre fois de suite. Elle a fini par passer pour quelqu'un qui porte la poisse. Mais pas longtemps, car on a bien vu comment partout les choses se passaient. À cette époque, Harry Nelson était déjà reparti de la ville avec son attaché-case. On dit qu'il possède encore quelques maisons, mais plus personne ne l'a revu.

J'ai trouvé du travail, à Lübeck d'abord, puis deux ans plus tard sur un bateau anglais de croisière. Mes parents aiment bien raconter ça autour d'eux. Je leur téléphone souvent ou je leur envoie des cartes postales.

Ils disent que, malgré toute ma naïveté et ma crédulité, j'avais déjà su – quand les autres se berçaient encore d'illusions – comment les choses allaient tourner ici. Et en fait, ils n'ont pas tout à fait tort.

CHAPITRE 3

Enfin une vraie bonne histoire

Danny parle des yeux de crocodile. Elle n'écrit pas assez d'articles à la gloire des annonceurs et en fait trop sur les bagarres. Christian Beyer, son patron, n'est pas content. L'histoire de Peter Bertram. À la fin il faut bien que Danny invente quelque chose.

On est en février 91. Je travaille dans un hebdomadaire. Partout on attend le grand démarrage. On construit des supermarchés et des stations-service, on ouvre des restaurants et on commence à rénover les maisons. À part ça, rien que des licenciements et des bagarres entre les fachos et les punks, les skins et les redskins, les punks et les skins. Chaque week-end, il vient du renfort de Gera, de Halle ou de Leipzig-Connewitz, et ceux qui sont les plus nombreux délogent les autres. Vengeances et représailles. Les élus municipaux et le conseil de district réclament des mesures énergiques de la part de la police et de la justice.

Début janvier, j'ai écrit toute une page sur ce qui se

passe régulièrement chaque vendredi à la gare. C'est Patrick qui avait fourni les photos. Une semaine plus tard, un autre de mes articles a fait des vagues. M'appuyant sur des témoignages, j'ai relaté que des inconnus avaient enfoncé pendant la nuit la porte d'un appartement dans le quartier nord d'Altenburg et qu'ils avaient violemment frappé le jeune punk Mike P. qui avait failli y rester. Il n'était sorti du coma que deux jours plus tard. Son frère cadet avait été hospitalisé dans le même établissement avec une commotion cérébrale. Ils avaient neutralisé son père avec une bombe à gaz, la mère était à ce moment-là en stage.

Beyer, notre patron, m'a interdit de signer les articles. Il ne fallait pas non plus citer le nom de Patrick. Lui, ça l'arrangeait parce que sa copine était sur le point d'emménager chez lui. Beyer songea sérieusement à acheter un chien policier pour protéger la rédaction. « Personne ne voudra nous assurer contre le vandalisme », affirmait-il.

Mais j'ai encore plus peur du vieux qui habite à l'étage au-dessus de la rédaction. D'abord, j'ai trouvé des petits mots sous l'essuie-glace – des mises en demeure pour que je lui rende son argent –, puis il a crevé les pneus avant de ma vieille Plymouth. Elle non plus, personne ne veut l'assurer. Il a fait ça deux fois de suite. Le soir, il m'attend pendant des heures dans l'escalier sombre à côté de notre entrée. C'est quand il rugit que je remarque sa présence : « Je veux mon argent ! » J'ai essayé de lui parler, j'ai sonné à sa porte. Quatre semaines auparavant, on avait encore eu une conversation normale. Une fois même, je lui ai monté son seau à charbon.

Le travail m'épuise et, depuis qu'Edgar m'a quittée, je

vis aussi chastement qu'une nonne. Je peux comprendre Edgar. Je ne trouve même pas le temps d'acheter un cadeau pour l'anniversaire de mon neveu qui a trois ans.

Et voilà que je suis à nouveau convoquée par Beyer parce que je n'ai pas encore terminé l'article sur l'agence immobilière de Nelson. Harry Nelson est un annonceur, trois colonnes chaque semaine, cent millimètres, et même avec la remise de 20 % qu'on lui accorde, ça fait chaque fois 336 marks plus la TVA, soit 17 472 marks par an, plus la TVA. «En avoir ou pas», dit Beyer. Et madame Scholz, qui apporte deux tasses de café, me verse aussi du lait, ce qu'elle réserve habituellement à Beyer.

Je dis qu'une photo légendée vaut mieux qu'un article et que je peux placer quatre portraits de chefs d'entreprise sur une page, mais savoir quand j'aurai le temps de les écrire… Et je dis aussi qu'on devrait enfin apprendre à dire non de temps en temps. Mais Beyer remet ça avec les 17 472 marks pour conclure : «Peut-être pourrions-nous aussi parler de votre salaire, Danny.»

Je regarde le revêtement de sa table de la Stasi – les meubles de la Stasi locale avaient été remis à l'association «Aider à vivre», qui avait revendu à son tour ce dont elle n'avait pas besoin – rien que du toc. Les veines du plateau me rappellent la question que Beyer m'avait posée quand j'avais présenté ma candidature pour ce travail. Si j'étais enceinte, si j'avais «planifié» un enfant. Il disait qu'il fallait bien qu'il revienne là-dessus et c'était comme s'il voulait donner des justifications. Je l'avais d'abord fixé, puis je m'étais contentée de regarder la table en disant «non».

Chaque fois je me promets de parler avec les autres de ces veines du bois en forme d'amibe. On est tous obligés de fixer sans arrêt ces lignes et ces courbes qui, sur le rebord gauche, font penser à un œil de crocodile. Mais personne n'en parle, et chaque fois je l'oublie comme un mauvais rêve.

À Beyer qui, quand il se sent mal à l'aise, coince toujours son index sous le majeur ou l'annulaire, j'explique qu'il n'est pas bon qu'un journal courbe l'échine devant ses clients, au contraire. Nous devrions nous occuper davantage du contenu, de la maquette et de l'organisation interne, et défendre cette position : « C'est un honneur pour eux d'être nos clients. Voilà comment il faut présenter les choses. »

« Doucement, doucement, Danny », fait-il.

Beyer est à peine plus âgé que moi et le vouvoiement a quelque chose de bizarre, mais je trouve franchement lourdingue qu'il m'appelle Danny. Il joue au copain, comme toujours il me laisse parler un moment. Mais a-t-il jamais écouté l'un d'entre nous ? Il ne réfléchit même pas à nos propositions. Lui qui n'a aucune idée des affaires, il pense qu'il suffit de s'occuper des comptes et que tout le reste suivra. Il dit que je devrais faire le papier sur Harry Nelson avec deux photos – Nelson a réhabilité deux maisons. En outre Beyer demande que dans les prochains numéros je « laisse tomber », comme il dit, la guerre des clans et que je me mette sur d'autres sujets. Pour changer, un truc sur le lac de goudron à Rositz ou alors sur des biens qui appartenaient à des juifs, sur la place du Marché, avec une discussion présentant des arguments opposés sur le principe : restitution plutôt que dédommagement.

On est d'accord là-dessus : il ne faut rien refuser *a priori* quand quelqu'un nous appelle ou vient nous voir, il est indispensable d'écouter beaucoup de gens pour trouver une bonne histoire parce qu'on ne sait jamais si les informations sont vraies et, quand c'est le cas, ce qu'on pourra en tirer. Il ne veut plus de plaintes, ou en tout cas le moins possible, et surtout il ne veut absolument pas perdre un client comme Nelson qui insère sur trois colonnes. Beyer prend congé en me tapotant l'épaule. « À tout de suite, dit-il, à 19 heures on se retrouve à la Guilde de l'automobile. Après on pourrait aller boire une bière ensemble. »

Je me demande quand je vais revoir les amibes et l'œil du crocodile, et si ma vie aura changé alors.

Au moment où je passe devant madame Scholz, elle me tend le cahier des déplacements avec les clés de la Renault et un mot où il est écrit : *17 heures, Bertram*, avec l'adresse, le numéro de téléphone et deux points d'exclamation.

« Il sait que vous serez retardée, dit-elle. Il attendra ».

Je me souviens de son coup de téléphone. Il a parlé bas et d'une façon un peu décousue, mais ce n'était pas une de ces voix abattues qui déballent leurs récriminations contre la famille habitant de l'autre côté de la cloison de leur chambre à coucher ou contre le gérant du garage. Votre journal, disait-il, est le seul auquel je puisse faire confiance.

Bertram habite dans le nord, dans la Schumann-strasse, en face des appartements où logent les Russes. Je trouve à me garer juste devant sa porte. Je grimpe au quatrième.

Il ouvre tout de suite et me tend la main. Je lui dis que je n'ai qu'une heure devant moi. On peut déjà au moins commencer, fait-il, en me versant du café d'un thermos. Dans mon assiette, comme dans la sienne, il y a un morceau de gâteau aux amandes et une part de flan.

Bertram apporte un deuxième cendrier sur la table basse et allume une bougie rouge. « Préférez-vous du thé ? » demande-t-il en s'asseyant dans le fauteuil face à moi. Derrière lui il y a un aquarium sans plantes. Je ne vois pas de poisson rouge non plus.

Sur le canapé, notre hebdo, trié en petites piles. Je lis le titre du dessus : « De l'Afrique du Sud au Canada en passant par l'Australie : voilà où souhaitent aller les gens du district d'Altenburg. » Jeudi 25 octobre 1990. Avant les bagarres entre skins et punks, il était rare que notre tirage dépassât les 12 000.

« Je vous envie pour le travail que vous faites, commence-t-il. Quand on écrit, on regarde le monde avec plus d'attention. Mais il faut que vous soyez plus courageux. » Avant de poursuivre, il prend un morceau de gâteau aux amandes. « Servez-vous », fait-il. Ses lèvres se déforment à chaque bouchée, et son regard a alors quelque chose d'effaré. Le pli entre ses sourcils s'accentue. La bouche pleine, il s'applique à mastiquer. Au-dessus du canapé, sur le papier peint blanc aux motifs argentés, est accrochée une reproduction d'un tableau de Van Gogh : *Café-terrasse, place du Forum à Arles*.

Je sors le magnétophone, ouvre mon bloc-notes, dévisse le capuchon de mon stylo, inscris « Bertram » et tire un trait en dessous.

« Pour être honnête, dit-il, je n'ai encore raconté ça à personne. » Il mâche plus vite et avale. « D'abord, je vais vous demander si vous voulez que je vous le raconte. C'est assez affreux. Vous êtes la première personne à en prendre connaissance. » Il fait tomber dans son assiette les miettes qui collaient à ses mains et s'adosse.

Je lui demande si je peux mettre en marche le magnétophone. « Bien sûr, évidemment », dit Bertram. Son bras droit pend le long de son fauteuil. «C'est arrivé jeudi il y a deux semaines. Tous les jeudis ma femme rend visite à une ancienne collègue de travail. Elles se font une mise en plis et des soins de pédicure. Elles n'ont rien à dépenser et il leur reste assez de temps pour parler de tout ce que les femmes ne se confient qu'entre elles. Nous, les hommes, on reste en dehors, que nous le voulions ou pas. Qu'est-ce que Daniela ne donnerait pas pour avoir vos cheveux!»

On frappe plusieurs fois. Je ne remarque pas tout de suite que c'est Bertram qui cogne contre son fauteuil.

«Comme d'habitude, Daniela est sortie de chez nous vers 19 heures 30, dit-il. J'avais autorisé notre fils Eric – il a douze ans mais il en paraît plus – à regarder la télé jusqu'à 9 heures ou à jouer avec l'ordinateur. Profitant du calme, je travaillais ici dans le salon – j'y reviendrai peut-être ensuite, et plus en détail, je ne vais pas vous faire perdre votre temps; jusqu'ici, pas de problème. À 9 heures, j'ai dit à Eric qu'il devrait dire au revoir à son copain et qu'il aille se coucher. Eric m'a dit : "D'accord, papa, tout de suite." J'ai continué à travailler, et dix minutes plus tard j'ai entendu qu'on refermait la porte d'entrée. J'étais content de ne pas avoir à le redire deux fois à Eric. J'étais en train de peaufiner un passage assez coton.»

«Qu'est-ce que vous peaufiniez?»

«J'écris, dit-il. Et tout dérangement, le moindre bruit, c'est déjà de trop. Ici, vous le savez bien, on entend une femme pleurer trois étages plus bas. Pourtant je m'attendais *nolens volens* à ce qu'Eric vienne me voir. J'ai entendu la chasse d'eau et Eric marcher dans la salle de bains. Quand le bruit a cessé, j'ai pensé qu'Eric était allé se coucher. Ces derniers temps, il a des manies comme ça, c'est la puberté. Je me suis demandé si ça l'embêterait que j'aille le voir pour lui souhaiter bonne nuit. Alors j'y suis allé. Et là, j'ai ouvert la porte… » Bertram se tait. Quand je lève la tête, je rencontre son regard. Bien qu'il semble détendu, le pli vertical est toujours sur son front.

« Imaginez un peu : il y a là trois types assis. » Sa main droite semble vouloir attraper quelque chose dans l'air. « Imaginez ça. Trois types de l'âge d'Eric, treize ans peut-être, quatorze ans au plus. Assis là et chuchotant entre eux sans faire attention à moi. Bien sûr je ne sais pas ce qu'ils sont en train de chuchoter. Tout ce que je sais : trois types que je n'ai jamais vus sont là dans mon appartement à 9 heures et demie du soir. Ils se lèvent, me tendent la main l'un après l'autre en se présentant et se rassoient. "Où est Eric?" fais-je, et comme ils ne répondent pas, je pose de nouveau la question et je vois soudain qu'Eric est allongé sous sa couverture bien tirée, comme un cadavre – on aperçoit juste le haut de sa chevelure. "Eric, je crie. Eric, qu'est-ce que ça signifie?" Alors les trois garçons font "chut" en posant un doigt sur leurs lèvres. »

Bertram joint le geste à la parole et refait « chut ». Je dessine de longs cercles de gauche à droite sur la page de mon bloc. Bertram est rouge d'émotion.

« "Ne le réveillez pas, dit le plus grand du groupe, il faut qu'il dorme." Et, disant cela, il tire le bord de la couverture jusqu'à ce qu'on puisse voir la tête d'Eric, tout en brandissant une lame de rasoir. "De jolies petites oreilles, dit-il. Un joli petit nez", tout en faisant passer et repasser devant mes yeux la lame du rasoir comme un prestidigitateur. "De toute façon, vous n'avez aucune chance, fait-il, alors ne faites pas l'imbécile sinon ce n'est pas seulement une oreille qu'il pourrait perdre, le petit Eric." "Qui êtes-vous ?" "Ne vous tracassez pas pour ça", répondent-ils. Ils m'obligent à m'asseoir et me ligotent à la chaise du bureau d'Eric. Je songe un instant à lutter : tu peux y arriver, tu es plus fort que ces enfants, me dis-je. Mais ils sont armés de lames de rasoir, et avant que j'arrive à Eric ils l'auront mutilé ou même tué. À la façon dont ils s'y prennent, on voit qu'ils n'en sont pas à leur coup d'essai, ce sont des pros.»

Je continue à dessiner des courbes autour du nom de Bertram. Il ne dit plus rien. Je goûte au flan et le repose sur mon assiette. Bertram me regarde. Sur le journal du haut de la pile je lis une annonce publicitaire : «Cette goutte pourrait sauver votre aquarium» et je me mets automatiquement à calculer le prix de l'insertion : deux colonnes, soixante millimètres de haut, et 50 % de supplément pour la dernière page.

«Un bref coup de sonnette retentit, dit-il, en se raclant la gorge. Dans ma détresse je crie au secours comme un fou jusqu'à ce que l'un d'eux me colle sa main humide et sale sur la bouche. Deux autres gars entrent dans la pièce et n'ont rien de plus urgent à faire que de me cracher à la figure. Tous les cinq me crachent dessus, chacun au moins trois fois. Ensuite ils me garrottent avec une serpillière de Daniela et un mouchoir. Heureusement je ne suis presque jamais enrhumé. Que j'étouffe ou pas, ça leur est complètement égal. Et voilà que j'entends la porte de l'appartement s'ouvrir. Soudain ils font tous silence. L'un d'entre eux dit en direction du couloir : "Bonsoir, madame Bertram, votre Eric ne va pas bien, venez vite !" Je deviens fou quand je pense au choc qu'elle aura, il lui faudra toute sa vie pour s'en remettre. Mais je suis ligoté et je ne peux lui porter secours. Je ne peux plus rien faire. Ils ferment tout de suite la porte derrière Daniela, et le type assis sur le lit dit : "Mettez-vous donc à l'aise, madame Bertram, il fait bien chaud, ici", et tous d'éclater de rire. »

La voix de Bertram se fait monocorde. Il parle plus vite, comme si le temps lui manquait. Les jeunes déboutonnent leur pantalon et il arrive ce qui devait arriver. Bertram ne m'épargne aucun détail et a oublié depuis longtemps la serpillière dans la bouche.

« Maintenant ce n'est plus logique », dis-je tout à coup, en arrêtant le magnétophone. Je lui dis que j'aimerais profiter des cinq minutes qui nous restent pour lui raconter une histoire que j'ai vécue et qui, contrairement à la sienne, est vraie, jusque dans ses moindres détails.

Le mois dernier déjà j'avais été assez bête, lui dis-je, pour me rendre dans l'appartement d'un homme, le vieux fou qui habite au-dessus de nos bureaux. Et quand je me retrouve dans son appartement mal chauffé parce que je crois pouvoir lui enlever les idées folles qu'il a dans la tête, il me conduit dans sa chambre et hurle que je suis une fieffée voleuse, quelqu'un dont on n'est jamais à l'abri, même avec une serrure de sécurité fabriquée à l'Ouest. Je lui aurais volé le montant de deux mois de retraite ainsi qu'un pantalon neuf et ses sandales marron ! J'aurais mis aussi des petits morceaux de bougie dans son rasoir électrique et caché la hache derrière l'armoire ! Et de tirer la hache de cet endroit en me disant de le suivre parce que ce n'était pas tout. Il passe à côté de moi en traînant ses savates, éteint l'électricité – c'est le noir complet. Pas une lumière dans l'appartement, même pas sur le palier. Je suis rivée sur place, l'écoutant marcher. Un coup suffirait et je… Une lampe s'allume enfin. Je finis par comprendre que je suis dans la chambre à coucher d'un vieillard dérangé. Me tournant le dos, la hache coincée entre les genoux, il ouvre une porte, marmonne quelque chose sur un fieffé voleur. Heureusement la clé est dans la serrure. Je la tourne, le verrou résiste… J'ouvre brusquement la porte, le vieux me saisit par le bras, crie, la hache tombe par terre, la porte est ouverte et je vois madame Scholz, la grosse madame Scholz qui le repousse, le repousse en arrière des deux mains.

« Et ça, c'est vraiment une bonne histoire, dis-je en refermant mon sac à main. Comparée à la vôtre, elle est géniale ! »

Bertram regarde devant lui et semble s'ennuyer. Je lui dis que des histoires de ce genre j'en ai jusque-là. « Jusque-là ! » dis-je, la main posée devant mon cou. Et que je ne comprends pas pourquoi je devrais écouter tous les jours les inepties de gens que je ne connais pas. Surprise moi-même par cette constatation, je ne peux m'empêcher de rire.

« Vous n'irez pas loin comme ça », dit Bertram qui commence à ranger la vaisselle tout en restant assis. Il prend mon assiette avec le gâteau aux amandes et le flan entamé, ma tasse à moitié pleine, pose le tout sur son assiette et souffle la bougie.

Je dis qu'il a sans doute raison tout en fixant les veines du plaquage de la table qu'ont découvertes l'assiette et la soucoupe. Le revoilà, l'œil de crocodile qui me fixe sous sa paupière lourde. Tables, papiers peints, armoires, rayonnages, le monde est plein d'yeux de crocodile.

Si des histoires de ce genre vous passent par la tête, dis-je à Bertram, je vous conseille d'acheter un pistolet à gaz ou une de ces petites bombes qu'on peut toujours avoir sur soi. Ou de vous payer une prostituée ou de passer une annonce contact. Tout en parlant, je regarde le pli de son front que j'ai d'abord pris pour une cicatrice. Alors que je prodigue mes conseils, je pense qu'il y a autour de moi beaucoup de nœuds dans le bois, d'amibes et de crocodiles, et je pressens que cela ne fait que commencer, que les choses vont se mettre à me poursuivre, que bientôt il n'y aura plus une seule pensée qui ne soit empoisonnée, qui ne me rappelle quelque chose de bas, qui me dégoûte.

Bertram ferme la porte derrière moi. Je cherche l'interrupteur à tâtons et j'entends le déclic de la minuterie.

Les pneus de la Renault sont intacts. Mais à côté quelqu'un a garé son Opel si près que je suis obligée de monter par l'autre porte.

Jusqu'à 7 heures, j'ai encore le temps. Les magasins sont déjà fermés. Je ne sais pas ce que je vais faire en attendant. Je décide de sortir en marche arrière puis de faire demi-tour pour échapper aux voitures garées de chaque côté des poubelles. Et je pense qu'en partant je vais faire le bonheur de quelqu'un qui trouvera encore une place pour se garer, peut-être même devant sa porte ! Je me vois rire dans le rétroviseur. Ce n'est pas bien, me dis-je, de vivre seule. Pas seulement parce que tout devient plus difficile, mais parce que ce n'est pas naturel. Pourtant je ne sortirai pas ce soir avec Beyer, même pas pour boire une bière. Je vais le lui dire tout de suite. Je trouve toujours une bonne raison.

CHAPITRE 4

Panique

Martin Meurer parle de sa carrière et d'un voyage sans voiture. Sa femme fait de la bicyclette. Ce qui lui est arrivé avec une touriste et un chauffeur de taxi à Halberstadt.

Lorsque j'ai appris que mon poste d'assistant à l'université de Leipzig ne serait pas prolongé et que je me suis retrouvé du jour au lendemain privé de revenus, Andrea avait déjà fini son stage de formation de comptable et elle apprenait le français et la dactylographie quand Tino était au jardin d'enfants le matin. Nous avons alors fait une demande d'aide au logement, décidé d'économiser sur les cigarettes, et Andrea a annulé son inscription à l'auto-école. J'ai abandonné la chambre que j'avais à Leipzig, fait des demandes de bourses, essayé de travailler comme guide, comme démarcheur pour une régie publicitaire, et finalement chez VTLT conservation de pierres naturelles SARL & Cie, société en commandite, pour un job au sein du service extérieur payé 1 800 marks net de fixe par mois.

Avant même que je sois bien assis sur ma chaise, ils m'ont dit qu'ils cherchaient un chimiste, un géologue, un physicien ou quelque chose d'approchant, mais vraiment pas un historien de l'art. Je me suis alors bien calé contre le dossier de ma chaise en tubes métalliques et j'ai commencé à parler d'architecture médiévale, de pollution et de rénovation urbaine. Et cela, sans cesser de fixer les yeux de hibou de ce Hartmann, ce que je ne parviens à faire que lorsque je ne suis pas obligé de réfléchir.

Une semaine plus tard arrivèrent dans deux enveloppes séparées, une invitation à recevoir une formation de dix jours et l'accord pour un semestre d'essai que je devais faire, il est vrai, ni en Saxe ni en Thuringe, mais en Saxe-Anhalt et dans le Brandebourg, secteur commercial.

Cela ne se passa ni bien ni mal. Au bout de trois mois, je me trouvais juste au-dessous du rendement minimum exigé par VTLT. On y arrivait tant bien que mal. Les parents d'Andrea nous envoyaient de temps en temps 200 marks pour Tino. Ma mère m'offrait des vêtements d'enfants, et les jours où Ernst, mon beau-père, venait garder le petit, il allait faire les courses avec lui et payait tout. Et il y avait aussi Danny, la sœur d'Andrea.

Avant le démarrage de la grande opération de relance pour Unil-290, je me suis accordé en juillet une semaine de liberté. Avec notre Opel Kadett on est allés à Ahlbeck au bord de la Baltique. Quand j'y songe aujourd'hui, j'ai l'impression que ce furent nos dernières journées de bonheur. Nous avons ramassé des coquillages et de l'ambre, construit des châteaux de sable, pagayé à trois sur notre vieux matelas pneumatique jusqu'aux bouées, et j'ai acheté pour Andrea un bateau dans une bouteille, c'était en promotion. Le soir, quand Tino dormait, on allait au bar de l'*Hôtel de la Cure*, on buvait des cocktails, on fumait, on dansait dès qu'ils jouaient quelque chose de lent.

À la fin de la semaine, le distributeur automatique a avalé ma carte bancaire. Nous sommes repartis le jour même. Andrea m'a demandé ce qu'on allait faire avec notre abonnement à la loterie.

Le mercredi d'après, j'étais revenu à la maison pour le repas du soir, elle m'a appelé de la chambre pour me donner une lettre pliée. Comme elle souriait, j'ai pensé qu'elle avait un rendez-vous pour un entretien d'embauche.

Il fallait que je paie 433,50 marks d'amende et que j'envoie en recommandé mon permis à la centrale des contraventions (où il resterait bloqué un mois) parce que j'avais roulé à 146 à l'heure au lieu de 80. Plus quatre points de pénalité, car il y avait récidive. J'ai vu Andrea se mettre à pleurer tout en continuant de sourire et se jeter sur le lit en enfouissant son visage dans l'oreiller. Elle a replié ses genoux et je suis resté les yeux fixés sur les semelles sans taches de ses pantoufles. Ce soir-là, pour la première fois, nous avons paniqué.

Le lendemain matin on avait repris le dessus. J'ai envoyé mon permis et préparé mes rendez-vous en fonction des horaires de train. La bonne humeur est revenue. Au pire, il nous faudrait emprunter de l'argent à Danny ou à nos parents. VTLT ne s'apercevrait de rien et je décrocherais le boulot. « Tu vas y arriver », dit Andrea.

Elle a tout emballé, mis au fond des deux sacs de voyage les catalogues sur le site de référence, le château d'Abenberg, en Moyenne Franconie, un château restauré avec du pétrifiant au grès et hydrofugé au produit Unil-290, enveloppé les bouteilles d'échantillon (200 ml) dans du papier journal puis dans mes sous-vêtements, chaussettes et chemises. Au milieu de la courroie elle avait cousu un petit bourrelet en cuir.

J'ai passé la journée au service de sauvegarde des monuments historiques de Magdebourg, je me suis rendu chez Maculan et Schuster sans pouvoir rencontrer les responsables locaux ou leurs adjoints, j'ai laissé nos catalogues et j'ai obtenu un rendez-vous le jeudi après-midi et le vendredi matin, chaque fois une demi-heure pour la présentation du produit. Le soir, j'ai pris le train pour Halberstadt où j'avais cinq rendez-vous le lendemain.

Il faisait encore assez jour quand je suis arrivé, ce qui m'a permis d'apercevoir de la fenêtre du train les tours de la cathédrale ainsi que celles de l'église Saint-Martin et de l'église de la Vierge.

Les taxis allumaient leurs phares. J'ai traversé la place de la gare en direction de deux cabines téléphoniques et j'ai déposé mes deux sacs à côté de celle qui acceptait des cartes. Le récepteur en main, j'ai maintenu ouverte la porte d'un coup de hanche et j'ai rapproché mes bagages.

Quand Andrea a dit « Allô ? » j'ai vu le chiffre 45 derrière la virgule se transformer en 26 et j'ai entendu Andrea répéter « Allô » ?

J'ai raconté que le Dr Sidelius, géologue préposé à la sauvegarde des monuments historiques, avait écouté tout ce que je lui racontais et qu'à la fin il m'avait tendu la main en me souhaitant bonne chance.

Les taxis démarraient les uns après les autres, et quand tous furent partis, j'ai dit qu'il n'y avait plus de taxi.

«Sûrement qu'un autre va venir», répondit-elle en disant que juste devant notre entrée – on habitait dans la rue Brockhaus dans le quartier du Lerchenberg – il y avait eu un accident, ce qui ne l'avait pas empêchée de se rendre à la halle d'achats à vélo. Elle utilisait encore cette appellation du temps de la RDA. Andrea dit qu'elle n'avait plus aucune difficulté à faire de la bicyclette et que désormais elle se déplacerait toujours ainsi. Elle se demandait même pourquoi elle ne s'y était pas mise plus tôt. Et d'ailleurs c'était une excellente façon de s'entraîner pour la semaine prochaine, quand elle irait faire une petite excursion à vélo avec Tino et Danny – qui s'était procuré exprès une bicyclette avec siège pour enfant. Elles avaient décidé cela cet après-midi.

Le compteur indiqua 2,88 puis 2,69, puis 2,50. Un taxi approcha, s'arrêta, ses phares s'éteignirent. Andrea ajouta que la halle d'achats avait même un parc à vélos, avec un panneau publicitaire dessus. Il fallait que je devine de quelle marque. Mais elle ne résista pas longtemps et cria : «Prince du Danemark, ma marque préférée!»

«Il y a une semaine tu ne te serais pas risquée», dis-je. «Ah oui! Mais il faudrait qu'ils aménagent des pistes cyclables!» dit Andrea en lâchant ensuite quelques mots en français que je n'ai pas compris. J'ai ri. Je lui ai demandé de me souhaiter bonne chance pour le lendemain, pour arriver à fourguer ma camelote.

«Ne parle pas de camelote, Martin. C'est important! s'écria-t-elle. Toute l'histoire de l'art ne sert à rien si les beaux bâtiments s'effritent. Avec la pollution qu'il y a dans l'air, tout s'effrite!» Un autre taxi arriva, et cette fois je le lui dis.

«Raccroche vite alors!»

«Ne t'en fais pas», ai-je répondu. Brusquement inquiet, je me suis retourné. Les sacs étaient encore là. «Je t'aime», ai-je dit en ajoutant que je ne disais pas ça parce que j'étais là tout seul et sans auto. «C'est bien», répondit Andrea.

J'ai d'abord pensé qu'on finirait à 1,17, mais on est arrivé à 0,98 puis à 0,79, et après son «Salut!» c'est passé à 60 pfennigs et j'ai crié : «Chérie» mais elle avait déjà raccroché. J'ai raccroché à mon tour et repris la carte téléphonique. Il y avait à présent trois taxis. Le chauffeur de la première voiture était appuyé, bras croisés, contre la portière ouverte. Devant lui se tenait une femme en combinaison rouge à manches courtes. Il secouait la tête tandis qu'elle brandissait un papier en se tournant vers moi : une Japonaise aux grands yeux au visage blanc et aux cheveux ondulés. Elle se retourna vers le chauffeur mais je lui demandai : «What do you want?» Sur quoi elle me tendit son bout de papier : «To Magdebourg.» Et, pendant que je déposais l'un des sacs sur mon pied et tendais l'autre au chauffeur : «To Frankfurt.»

«Pas dans le coffre!» dis-je en mettant le second sac sur le siège arrière. Je ne gardai que mon attaché-case et retournai pour accompagner la Japonaise, qui était assez grande pour une Asiatique, jusque dans la gare en passant par la porte battante bleue.

Il n'y avait plus de train pour Magdebourg ni pour Francfort, juste un pour Göttingen dix minutes plus tard. Je lui ai dit qu'à ma connaissance à Göttingen elle ne serait plus très loin de Francfort. Elle acquiesça mais la peur ne quitta pas son regard. Et les petites rides restèrent gravées sur son front. En plus, je n'arrivais pas à retrouver comment on dit le quai en anglais. Et comme elle cessa d'acquiescer quand j'ai dit : «From number three», je suis redescendu avec elle dans le couloir souterrain en lui montrant le deuxième escalier et j'ai répété : «Number three». Mais sur un panneau on ne voyait que le 4 et le 5, et sur l'autre que le 1 et le 2. C'est pourquoi je l'ai accompagnée sur le quai où une locomotive Diesel arrivait traînant deux baladeuses. Sur le panneau d'affichage qui se trouvait là, la correspondance pour Göttingen n'était pas indiquée ni celle pour Magdebourg. La Japonaise demanda ce qu'elle devait faire en me regardant d'un air désespéré et en serrant contre elle son sac à main.

J'ai couru après la contrôleuse descendue du train qui venait d'arriver. Elle a posé son dossier noir sur un banc pour le consulter. D'abord j'ai entendu les talons de la Japonaise, puis j'ai senti sa main sur mon bras. Par-dessus les boutons de sa combinaison j'ai vu l'indicateur des chemins de fer sur papier bible que la contrôleuse feuilletait en hochant la tête. Les petits seins de la Japonaise s'élevaient et descendaient, son ventre se dessinait aussi sous le tissu. J'étais refait si le chauffeur de taxi avait laissé marcher son compteur. «Elle monte avec moi, dit la contrôleuse. Celui de 22 heures 17 jusqu'à Oschersleben, là elle prend un taxi et pour 60 marks elle est à 23 heures 30 à Magdebourg.» J'ai traduit. «And to Frankfurt?» La contrôleuse ferma les yeux un instant, referma son dossier noir, retourna vers les deux wagons et posa un pied sur la première marche menant à la portière.

«Alors?» Son pantalon était tendu sur les cuisses courtes. J'ai demandé à la Japonaise si elle voulait partir avec elle. Pour 60 marks elle pourrait aussi trouver une chambre d'hôtel ici. Elle approuva d'un signe de tête. Je remerciai la contrôleuse qui agrippa la poignée près de la porte, son pied gauche accompagnant le mouvement pour monter le buste penché. Dans le pantalon de l'uniforme son derrière semblait augmenter de volume.

En redescendant avec la Japonaise l'escalier du passage souterrain, je lui demandai d'où elle venait.

«From Korea.»

«Goslar!» ce cri m'échappa, lorsque nous nous retrouvâmes devant l'horaire affiché dans le hall de la gare, «The timetable of Goslar!»

«Thank you very much», me fit-elle.

Tentant d'engager la conversation, je lui dis que c'était wonderful d'entreprendre ainsi un voyage toute seule. Elle approuva d'un signe de tête. Je lui racontai que j'étais historien de l'art et que ma thèse portait sur les silhouettes peu ordinaires d'Ève et Adam dans la cathédrale de Halberstadt. Et je lui demandai si elle avait déjà entendu parler de Dresde.

«Of course, Dresden.» Ses lèvres maquillées restèrent entrouvertes. Elle me regardait en approuvant de la tête et je retins pour elle la porte battante.

Quand j'ai demandé au chauffeur de taxi : «Voulez-vous conduire cette dame à son hôtel ou me conduire à la pension Schneider?» il se contenta de renifler et de s'installer derrière son volant. La pension Schneider était à l'autre bout de la ville, un peu en dehors, l'hôtel, lui, n'était qu'à quelques centaines de mètres, dans le centre. J'accompagnai la Japonaise à l'autre taxi. Le chauffeur, assez jeune, bronzé, en short, resta, comme l'était au début son collègue, debout les bras croisés appuyé contre la portière de sa voiture. Il se contenta de dire que les chambres d'hôtel étaient rares et qu'on ne trouverait rien à moins de 100 marks. Pour cette somme, on pouvait aller assez loin, à Magdebourg, par exemple. J'ai traduit. Mon chauffeur cria que le temps passait et qu'il n'était pas payé pendant ce temps-là. La Japonaise dit : «To Magdebourg.» Alors le chauffeur s'engouffra dans son taxi et ouvrit de l'intérieur la porte de droite. La Japonaise se retourna encore une fois vers moi pour dire «Thank you very much» avant de monter dans le taxi.

«À Magdebourg!» écuma mon chauffeur. Il avait bondi de sa voiture. «À Magdebourg!» On voyait jaillir sa salive comme chez un comédien. «Mais je rêve!» Un nouveau jet dans le faisceau du réverbère. J'ouvris la portière arrière du taxi, frôlai le ventre du chauffeur et me coinçai à côté de mes bagages, mon attaché-case sur le ventre. Nos portes claquèrent en même temps. «Deux jours!» hurla-t-il contre le pare-brise, ça résonna dans toute la voiture. Il démarra, saisit la fourrure qui recouvrait son volant. «Cent pour lui et 15 pour moi!»

Je voulais m'excuser, mais je n'ai même pas ouvert la bouche car sa radio s'est mise à brailler. Le petit ventilateur fixé sur le tableau de bord vibrait. L'instant d'après, je vis que nous n'avions pas pris la direction de la pension Schneider. Je connaissais bien les rues.

On roula encore plus vite, les pneus claquaient sur les pavés. Puis il braqua à droite, ma tête vint heurter la vitre. Il n'y avait plus de lampadaires. Je m'enfonçai dans mon siège, cuisses écartées et genoux appuyés au siège du chauffeur, l'instant d'après la voiture racla le sol, et un peu plus tard nous prîmes une route à travers champs.

Je me suis dit alors que j'aurais dû envoyer la Japonaise à Goslar ou à Brunswick, ça lui aurait coûté moins cher que Magdebourg et elle y aurait eu de meilleures correspondances. Ou encore téléphoner à la pension et demander s'ils n'avaient pas quelque chose de bon marché pour une Japonaise. De toute manière, j'étais un idiot. J'avais privé le chauffeur de taxi d'une course représentant deux journées de travail, je n'avais pas protesté à la police, même pas essayé de récupérer mon permis. Je trimbalais nos valises de vacances chargées d'eau miraculeuse pour essayer de la vendre pendant que ma femme apprenait à faire du vélo pour faire ses courses et emprunter à la bibliothèque des méthodes périmées pour apprendre le français. Avec l'argent que ses parents nous donnaient pour Tino on payait l'abonnement à la loterie. Et avec ça, il s'en était fallu d'un cheveu que je trompe Andrea avec une Japonaise. Qui sait ce que je serais capable de faire encore dans les heures, les jours ou les années qui viendraient?

Je devinais ce que le chauffeur mijotait. Mais je ne voulais pas me défendre. Il avait raison, après tout! Il avait mille fois raison de me jeter dans le prochain fossé avec toutes mes bouteilles.

Brusquement la voiture stoppa. À la lumière des phares, je lus *Pension Schneider*. La musique se tut, une petite lampe s'alluma au-dessus de ma tête.

«Douze marks 20», dit-il.

«Arrondissez à 13», fis-je.

D'une main il tenait à la lumière son long portefeuille de garçon de café, où les billets ne sont pas pliés, tenant dans la main droite mon billet de cent.

«Est-ce que les lampadaires sont en panne?» lui demandai-je. Dehors il faisait tout noir. Il me tendit un paquet de billets et me mit dans la main sept pièces d'un mark.

«Merci», dis-je, en fourrant l'argent dans la poche intérieure de ma veste. Il m'observait dans le rétroviseur.

Montrant la photo en couleurs accrochée au-dessus de la ventilation, je demandai : «C'est votre femme en bikini ?» Le cadre était en bois chantourné.

«Écoutez, fit-il, vous avez payé. Vous pouvez descendre maintenant.»

J'ai sorti les deux sacoches, ai refermé la portière du genou, et me suis dirigé vers la maison d'un pas hésitant – à cause de mon ombre je ne voyais pas la sonnette – et j'ai déposé les sacoches avec précaution. Les phares balayèrent la porte de la maison, s'arrêtèrent sur le seuil, pivotèrent et éclairèrent la route. Un moment encore j'entendis la radio.

En cherchant à tâtons la sonnette, je trébuchai sur mes sacoches. Cela fit un bruit terrible. Mais je ne tombai pas. Je restai debout, presque immobile, le buste seulement légèrement penché vers l'avant. À côté de moi j'entendis un léger bruit qui revenait à brefs intervalles. Sûrement une souris ou un oiseau. La pension Schneider s'était évanouie dans l'obscurité. On ne voyait même pas sa silhouette se découper dans le ciel. Dès que je bougeais, les bouteilles d'échantillon d'Unil-290 s'entrechoquaient. Il suffisait que je bouge un orteil ou que je lève un peu le talon, rien que de me balancer d'une jambe sur l'autre ou de plier un genou, pour que je les entende à nouveau.

CHAPITRE 5

Oiseaux migrateurs

Lydia parle de la doctoresse Barbara Holitzschek qui affirme avoir écrasé un blaireau. Longue conversation sur les animaux. Le lieu de l'accident. Fin énigmatique sans blaireau.

Aujourd'hui c'est lundi, jour de repos en principe. À 10 heures et demie, je dois faire visiter le musée à une classe de septième. Les scolaires, c'est le pire. Je suis fatiguée. Hanni, ma chef, entre et tient la porte ouverte. «La doctoresse Holitzschek a écrasé un blaireau», dit-elle. Une petite femme, au début de la trentaine, longs cheveux, jupe bleu marine et pull gris à col roulé apparaît, reste dans l'entrebâillement de la porte en frappant d'un doigt.

«Holitzschek, dit-elle sans me regarder. J'ai écrasé un blaireau.»

«Lydia Schumacher, dit Hanni en me désignant, notre préparatrice.»

«Salut», dis-je en me levant. Sa main est froide. «Vous l'avez apporté?»

Madame Holitzschek fait non de la tête, tire un mouchoir en papier de son paquet et renifle en se détournant. « Je ne l'ai pas avec moi », dit-elle.

« Un adulte ? »

« Oui, répond-elle. Il avait une odeur forte de gibier. Et ses pattes de devant étaient comme ça. » Elle appuie le dos de ses mains contre ses joues, ses doigts remuent comme s'ils rejetaient quelque chose sur le côté.

« D'après vous c'est un blaireau ? » fais-je. Hanni, à moitié assise sur ma table et tout en caressant de son index plié la tête de ma fauvette, lève les yeux au ciel.

« Il bougeait encore », dit madame Holitzschek.

« Il nous faut bien un blaireau ? » s'écrie Hanni.

« C'est sûr, que je réponds. On aurait besoin d'un blaireau. »

« Eh bien, il y en a un sur la route avant Borna. Madame la doctoresse Holitzschek est pressée. Tu pourrais aller le voir et le rapporter s'il est en bon état ? »

« Et la visite guidée ? »

« Il n'y a pas trente-six possibilités », dit Hanni en me jetant à nouveau un de ces regards qui en disent long tout en continuant de caresser la fauvette. Madame Holitzschek se mouche encore une fois en essayant de sourire. Elle dit : « Donc ce n'était pas complètement inutile », en rejetant ses cheveux vers l'arrière.

Dans sa voiture, une Golf bleu marine à trois portes, mon genou cogne contre la boîte à gants. Elle se penche vers moi pour trouver la manette sous mon siège et touche mes talons. « Poussez », ordonne-t-elle. Au rétroviseur pend un arbre rouge odoriférant. Elle fait des efforts pour mettre le contact.

« Hanni m'a raconté l'histoire du dernier blaireau. Comment peut-on retirer la prise d'un congélateur !

Qui donc a pu faire ça? Personne n'est assez stupide pour faire ça!»

«Je suppose qu'ils avaient besoin de la prise pour brancher leur aspirateur», dis-je.

«Et le blaireau, à quoi il ressemblait après ça? Comment avez-vous fait pour le sortir?»

«J'ai rebranché le congélateur, dis-je, j'ai aéré et j'ai ouvert au bout d'une semaine. Je m'attendais à pire.»

«Heureusement que ce n'est pas à moi que c'est arrivé!»

Nous débouchons dans la rue en parlant des gens qui sont employés par les entreprises d'entretien et les services de sécurité.

Sa voiture semble être neuve. Pas de saleté, aucune poussière. Je lui demande en quelle discipline elle est docteur.

«Je travaille à Dösen. C'était sur le trajet – et voilà qu'il…»

Je ne sais pas ce qu'il y a à Dösen.

«Psychiatrie, dit-elle. En fait je suis neurologue. Vous n'êtes pas d'ici?»

Je lui raconte que je n'habite Altenburg que depuis deux ans seulement.

À la suite du décès du docteur Görne, une place de préparateur était vacante et je voulais trouver un emploi stable, quel que soit l'endroit.

«Il y a les souris des villes et les souris des champs, et il y a aussi celles des petites villes», dit-elle.

«Peut-être que je suis une citadine, dis-je, ou une souris des champs.»

Au feu, devant la fabrique de jeux de cartes, madame Holitzschek cale. Ensuite nous montons à toute allure la rue de Leipzig.

« Vous avez toujours fait ça ? Moi aussi, dans le temps, j'aurais voulu travailler avec les animaux. »

« Et puis ? »

« Mes parents avaient une Skoda avec des housses de protection, en fourrure marron clair, du synthétique bien sûr. Notre boîte à pharmacie était tombée dessus et le soleil tapait fort à travers les vitres. Le plastique a fondu et lorsqu'on est monté dans la voiture, ma mère a arraché la boîte du siège arrière. Quand je veux me faire peur, il me suffit de penser à ça, à cette chose grise déformée avec les bouts de fourrure déchirée. J'avais quatorze ans et je ne pouvais pas me calmer. Ma mère croyait que je faisais tout ce cinéma uniquement pour pouvoir m'asseoir devant, à côté de mon père. Elle ne voulait plus entendre parler de mes projets d'un métier en rapport avec les animaux. » Elle se tourne vers moi tout en parlant au lieu de regarder devant elle.

« Je ne comprends pas », dis-je.

« Quand on est dégoûté aussi vite… Par ailleurs j'ai peur des chiens. Les oiseaux, j'aime bien, Crimson Rosella ou Kookaburra ou Wren. Vous connaissez ? »

« Des espèces d'Australie », dis-je.

Elle approuve de la tête. « Avez-vous des animaux domestiques ? »

« Non », dis-je, et je lui raconte que ma mère n'arrête pas de recueillir des chats qui meurent deux ans après. « Soit la mort-aux-rats, soit les reins, ou bien ils se font écraser. Après, elle me téléphone tous les jours pendant une semaine et me promet d'être inflexible et de ne plus en ramener chez elle. Mais quand elle recommence à me dire qu'on ne demande pas aux chats s'ils veulent venir au monde, je comprends qu'elle a remis ça. »

« Notre voisin a trouvé une mouette avec une aile

cassée et l'a amenée chez le vétérinaire, dit madame Holitzschek. Il l'a tout de suite amputée, sans rien demander. Que peut faire un oiseau avec une seule aile ? Le zoo de l'île n'accepte pas les animaux estropiés. Maintenant la mouette sautille dans son jardin, retourne la terre et mange de tout, comme un porc. Quand elle déplie son aile, comme de l'autre côté il n'y a rien, chaque fois je pense qu'elle va perdre l'équilibre. Quand on pense qu'elle mange de tout ! Les grands reptiles mangent non seulement tout, ils digèrent même la corne. Il ne reste plus que du calcaire, rien d'autre, du calcaire pur. C'est fou, hein ? Vous n'avez pas des grands reptiles ? »

« Non », dis-je.

« On ne devrait pas enfermer les animaux, dit-elle. Quand on pense que des dauphins se mettent à mordre… Tout ça parce qu'ils sont stressés. Ils sont comme les humains, les animaux, c'est-à-dire qu'il faut les traiter comme des êtres humains. Et on peut les décevoir tout autant. Et entre eux c'est pareil, égoïstes et impitoyables. Est-ce que vous avez lu cette histoire des babouins du temple ? Ce qui leur arrive ? Leurs guenons mettent bas prématurément parce que le chef de la horde tue leurs petits de ses morsures quand ce ne sont pas les siens. Il veut imposer ses gènes. C'est tout. Tout n'est qu'égoïsme », dit la doctoresse Holitzschek.

« Est-ce que ça vous surprend ? »

« Je l'ai lu dans le *Spiegel* », dit-elle. Sa main tremble sur le changement de vitesse. Avant Treben, on attend à un feu provisoire devant un chantier. Il y a du vent. Une lumière comme en fin d'après-midi. Madame Holitzschek éternue. « Excusez-moi », dit-elle en éternuant à nouveau, projetant quelques gouttes minuscules sur le pare-brise. À moins qu'il ne s'agisse de gravillons ou d'insectes écrasés. Elle cherche son sac à main sur la banquette arrière. La voiture devant nous démarre. Elle a besoin d'un mouchoir.

«C'était quoi, le petit oiseau sur votre table?»

«Une fauvette», dis-je en regardant ma montre. La classe doit être en train d'arriver au musée.

«Une fauvette?» Madame Holitzscheck a accéléré trop vite et freine. «S'agit-il de l'oiseau qui brûle son intestin en volant? L'énigme de sa condition physique demeure. Il mange 80 % du poids de son corps et les perd ensuite. La fauvette, oui, je crois que c'est elle.» À la tête d'une longue colonne de véhicules nous roulons derrière un camion à bestiaux vide. «J'aimerais bien savoir ce que ça veut dire : "systèmes d'orientation imbriqués"? Comment font-ils pour retrouver le buisson de la fois précédente? Les hirondelles des falaises parcourent en volant quarante mille kilomètres par an. Et le pluvier doré n'a besoin que de quarante-huit heures pour aller de l'Alaska à Hawaï, juste un weekend!»

Ensuite la doctoresse Holitzscheck parle du réchauffement de la planète, du niveau des océans qui s'élève, de la steppe qui s'étend, du manque de nourriture pour les oiseaux et des saisons qui se décalent.

«Les automnes plus doux ont retardé les horloges intérieures des oiseaux. Ils gagnent leurs quartiers d'hiver dix à quinze jours plus tard. Ça veut dire que là où ils se posent, tout a déjà été mangé. Il est vrai que pour certains, dit-elle en tendant à nouveau la main vers son sac, il suffit de quelques générations pour mémoriser dans leurs gènes de nouveaux lieux et de nouveaux itinéraires. Certains passent déjà l'hiver au sud de l'Angleterre plutôt qu'au Portugal ou en Espagne. Pour la plupart des merles, par exemple, l'instinct migrateur est complètement effacé. »

La doctoresse Holitzschek serait la seule à pouvoir doubler le « LONG VEHICLE » qui est devant nous.

« Ce qui est grave, dit-elle, c'est que lorsque le rossignol ou le loriot jaune arrivent à l'endroit où ils doivent couver, les meilleures places sont occupées depuis longtemps par les oiseaux les plus communs. Ils sont plus agressifs et plus reposés que les vrais oiseaux migrateurs. »

Le camion devant nous s'arrête après Serbitz. La doctoresse Holitzschek commence à parler de tentatives de croisement entre oiseaux sédentaires et oiseaux migrateurs. J'ouvre la fenêtre. Les autos derrière nous coupent l'une après l'autre leur moteur. Les voitures venant d'en face passent à côté de nous. Lorsqu'il perce les nuages, le soleil est éblouissant.

Quand ça redémarre, on aperçoit de notre côté une voiture à gyrophare arrêtée. Des policiers nous font signe. « Il y a encore eu de la casse », fais-je. Mais en passant, on ne voit qu'une ambulance, et pas d'auto accidentée. La doctoresse Holitzschek dit : « Et pourtant déjà 70 % des espèces pondeuses sont sur la liste des espèces locales en voie de disparition. »

Sans clignoter ni freiner, elle s'engage à gauche dans un champ de terre et stoppe. À présent il est question des essaims de papillons qu'on ne peut observer qu'une fois par génération. Je l'interromps pour savoir ce qu'il en est du blaireau. Elle se mouche, détache sa ceinture, retire la clé de contact, descend et s'éloigne en courant. Je la suis en direction de la voiture de police, un sac en plastique bleu plié dans la poche de ma veste. Tout en marchant, j'enfile mes gants de caoutchouc.

La doctoresse Holitzschek se tourne de côté à chaque

rafale de vent en penchant la tête comme si on la tirait par les cheveux. Elle traverse la route, se faufile entre deux voitures qui passent et continue à marcher de l'autre côté. J'ai hésité trop longtemps et j'essaie au moins de rester à sa hauteur.

Un policier vient à sa rencontre. Il écarte les bras. Parvenus à proximité l'un de l'autre, ils s'arrêtent. En fait, la doctoresse Holitzschek cherche à l'éviter. Ils parlent en même temps.

Un camion-citerne nous dépasse lentement. Je reconstitue les lettres bleues sur fond blanc : «Plus», et au-dessous : «Bien vivre et économiser». Je suis en plein dans les gaz d'échappement.

La doctoresse Holitzschek croise les bras. Le policier regarde sa poitrine. Ils parlent et soudain se tournent vers moi. Passe un autre camion-citerne.

Le policier, immobile, mordille sa lèvre inférieure. Il m'observe en train de retirer mes gants. Puis il retourne d'un pas lent vers la voiture à gyrophare sans se retourner.

La doctoresse Holitzschek me précède à nouveau, avec cette fois le vent dans le dos. Elle tient ses coudes serrés dans ses mains. Je l'appelle. Elle ne réagit pas et disparaît derrière un autocar.

Quand elle réapparaît, elle boite. Elle a une blessure au genou droit. Elle s'arrête devant moi. Elle porte ses mains sur son front et ses yeux et ramène ses mèches en arrière.

«Il affirme qu'on n'a rien trouvé ici. Je lui ai demandé de me laisser passer. Il dit qu'ils ont fouillé le fossé et le talus et que s'il y avait eu un blaireau ils l'auraient trouvé. Il était mort, vous comprenez, il bougeait encore mais il était mort. »

Je lui demande ce qu'elle a au genou.

« Il était mort, dit-elle. Ils ne laissent passer personne. Et s'ils trouvent quelque chose, ils appelleront le musée. Sinon, il faudra revenir le soir ou l'après-midi, quand ce sera fini et qu'ils auront déblayé. »

« Quoi donc ? »

« Ils ne veulent rien dire. Rien du tout. »

« Laissez-moi conduire maintenant », dis-je en lui tendant mon bras gauche pour qu'elle s'accroche. Deux coups de Klaxon retentissent, on n'y prête pas attention.

« Vous pariez qu'ils auront déjà téléphoné quand on arrivera au musée ? » Le porte-clé du contact ressemble à un panneau indicateur : « Koalas next 15 km ». Je lui ouvre la porte de droite. « Ils vont téléphoner dans les minutes qui viennent, je suis prête à prendre le pari et Hanni va se demander ce que nous fabriquons, elle va penser qu'on est allées se promener au lieu de chercher le blaireau. Vous allez voir, vous aurez des problèmes avec elle. Mais je mettrai les choses au point. C'est pas possible qu'ils rabrouent les gens comme ça. Ah, ils n'ont pas changé ! » Elle éternue et s'essuie le nez du revers de la main. « À cause de ce type buté vous allez avoir des ennuis. Ils sont trop contents d'avoir un prétexte pour vous coller quelque chose sur le dos. »

Je repousse mon siège et mets le contact. La doctoresse Holitzschek cherche le levier sous son siège et reste dans cette position. Son genou saigne.

« Mon bracelet est coincé, dit-elle. Est-ce que vous pourriez peut-être ? »

Elle ne bouge pas. Elle reste penchée en avant, une main sous le siège. Je touche ses paumes avec mes doigts. Je sens son pouls et, du dos de la main, j'effleure son mollet. Je ne vois pas comment faire bouger sa main ou son avant-bras pour qu'elle se dégage. Je cherche le levier à tâtons. Elle s'en remet entièrement à moi. Je tourne son bras. Son collant, elle pourra le balancer. Je me penche un peu plus, ma tête repose presque sur sa cuisse. Ce faisant, je regarde d'en bas, par-dessus le tableau de bord à travers le pare-brise. Les autos ont disparu de mon horizon. Je ne vois que les toits des poids lourds et le ciel nuageux au-dessus.

Soudain sa main est libre. Je me rassois. Une ambulance passe lentement, sans gyrophare.

Sur le chemin du retour, je veille à ne pas trop me rapprocher ni de la ligne médiane ni du bord de la route. Mes mains tiennent le volant comme on l'apprend à l'auto-école : la position 2 heures moins 10, légèrement au-dessus du milieu à gauche comme à droite.

Je m'arrête avant le feu du premier croisement parce qu'elle ne me répond pas. Je ne sais pas où je dois aller. D'une voix hésitante, elle finit par m'indiquer le nom de la rue et le numéro.

« Est-ce au bord du canal ? »

J'arrive à me garer devant l'entrée de chez elle. « On est arrivées ! » dis-je en coupant le moteur. Je m'affaire un peu, avance le siège, remets en place le rétroviseur et retire la clé de contact.

Je lui demande si ça va. Dans le rétroviseur, j'aperçois deux garçons avec leur cartable et j'entends leurs pas sur l'asphalte. L'un passe à gauche de la voiture, l'autre à droite. Quand ils marchent à nouveau l'un à côté de l'autre, ils se retournent vers nous, sans s'arrêter. Je reste encore assise un moment. Puis je dis qu'il va falloir que j'y aille. Je descends, j'attends un peu, puis je finis par claquer la porte.

Devant le musée, les élèves de septième font du boucan. Leur professeur et Hanni sont en train de parler devant la caisse. «Vous vous connaissez?» demande Hanni en nous regardant l'un et l'autre. «Bertram», dit-il. Nous échangeons une brève poignée de main. On retrouve des feuilles mortes jusque dans les salles d'exposition. Devant la vitrine du roi des rats il y a une pomme entamée. Dans l'escalier j'entends sonner le téléphone de mon bureau. Quand il s'arrête je débranche et m'installe à la table de préparation devant la fauvette.

Hanni entre et reste debout derrière mon dos. Il n'y a qu'elle qui ne frappe jamais. Elle retire la veste que j'ai posée sur mes épaules et commence à me masser la nuque. Elle attend que je la remercie parce qu'une fois de plus elle s'est chargée de la visite à ma place.

«Toujours mal à la tête?» demande Hanni. Ses pouces glissent le long de ma colonne vertébrale puis remontent vers les épaules. Je vois le cuticule enflammé de son index droit.

«Tu ne peux pas te payer une séance de manucure?» C'est bizarre qu'une femme comme Hanni s'abîme régulièrement les doigts. Elle pousse un profond soupir pour bien montrer que je la tourmente et combien il lui en coûtera de me mettre à la porte – cette année ou l'année prochaine, en tout cas d'ici deux ans. Elle n'est pas seulement la chef, mais ça fait aussi plus longtemps qu'elle est là, et puis elle a un enfant, une fille.

«Où as-tu mis le blaireau?» demande-t-elle. J'entends ses talons sur les dalles.

«Je ne savais pas que vous vous connaissiez», dis-je.

«Je pensais te faire plaisir. Elle t'a fait des avances?» Sa main remue dans la poche de la blouse. Sous l'étoffe on devine les jointures sur lesquelles parfois elle compte combien de jours il y a dans le mois. Les clameurs des élèves s'éloignent. «Ici tout le monde se connaît, c'est comme ça. Et je voulais te dire que ton Patrick n'arrête pas de te téléphoner.» Elle fait quelques pas vers la porte. «Tu n'as pas dû beaucoup dormir pendant le week-end?»

«À toi aussi il t'arrive des fois de regretter le temps d'avant?»

«Qu'est-ce que ça vient faire maintenant? Ça n'a jamais compté pour toi, non?» dit-elle assez calme. «Je t'en prie, Lydia, explose-t-elle, au moment où je veux lui répondre, on ne te demande rien d'autre que d'empailler quelques animaux. Le pire qui puisse t'arriver, c'est que tu sois obligée de faire visiter le musée à une classe ou qu'il y ait une panne de courant ou que quelqu'un débranche le congélateur. Tu n'as même pas à t'occuper d'un enfant!» Le dos tourné, Hanni allume une cigarette et souffle la fumée au plafond.

«Et le blaireau?»

Je sens la clé de contact dans la poche de ma veste. «Je l'ai oublié», dis-je en brandissant la clé accrochée au porte-clé jaune des koalas, comme si c'était une preuve.

Hanni ne me regarde pas, elle ne se retourne même pas. Elle sort et redescend l'escalier. À chaque pas sa main frappe la rampe de bois. Elle rouspète. Je ne comprends pas ce qu'elle dit, bien qu'elle ait laissé la porte ouverte. Je remets ma veste sur mes épaules, pose la clé de contact sur la table à côté de la fauvette, approche ma chaise et me remets au travail.

CHAPITRE 6

Tant de temps en une nuit

Patrick parle de la difficulté qu'il a eue pour trouver une maison dans l'obscurité. Fête d'anniversaire à la campagne. Retour avec prise en chasse et fête dans une station-service.

Mardi 7 avril. Tom fête son trente-cinquième anniversaire. Il y a deux ans, il a fait un héritage et Billi, sa femme, a fait elle aussi un héritage encore plus important peu de temps après. À présent, ils vivent dans une ferme, quatre bâtiments en carré près de Leisnig. Billi s'occupe des jumeaux et du jardin, donne des cours de flûte. Tom continue à faire ses sculptures sur bois, des têtes géantes avec des nez gigantesques – qu'il n'est plus obligé de vendre. Lydia connaît le couple depuis l'époque où ils étudiaient la pédagogie à Berlin.

Je vois Tom et Billi assez régulièrement quand je suis à Leipzig ou à Chemnitz pour faire des photos de vernissages. Chaque fois Billi nous invite à passer les voir. « Ça vaut le coup d'œil ! » dit-elle volontiers.

Un peu avant 20 heures ce soir-là, quand je téléphone

pour savoir quel est le chemin le plus court pour aller chez eux, c'est Billi qui répond. Elle dit qu'elle nous attendait plus tôt, bien plus tôt, et qu'elle ne fait jamais attention à la route comme ce n'est pas elle qui conduit. On a l'impression qu'elle est en train de saluer des invités ou d'organiser le plan de table. « Tom est en train d'installer sa nouvelle table de ping-pong dans l'atelier », dit-elle pour finir.

Lydia a changé de couleur de cheveux. Elle porte pour la première fois la chaîne d'argent que je lui ai offerte pour son anniversaire. Elle tient sur ses genoux l'atlas de l'Automobile-Club de 1990 dont le dos s'est décollé et sert de signet. Lydia et moi parlons de ce que nous ferions avec un héritage d'environ 1 million. À part un voyage autour du monde, on ne trouve rien, et encore n'est-ce pas une bonne idée parce qu'au retour on aurait perdu notre boulot. Il nous faudrait donc beaucoup plus d'argent.

Lydia me demande si je connais quelqu'un qui, comme nous, n'hérite de rien du tout. « Sans doute », dis-je, sans en être tout à fait sûr. En fin de compte il s'avère toujours que les beaux-parents possèdent un bungalow au bord de l'eau ou qu'il y a une propriété de cinq hectares venant de la grand-mère, comme par hasard justement entre Potsdam et Berlin. Lydia a entendu parler d'une femme seule qui, en raison de la construction d'une nouvelle bretelle d'autoroute près de Schmölln, aurait touché 2 millions pour un champ de pommes de terre. Ni elle ni moi ne pouvons comprendre comment font ceux qui gagnent le gros lot pour être malheureux. Lydia dit qu'ils l'étaient peut-être déjà avant. Je lui tends la main et elle la serre brièvement. À Rochlitz je prends la mauvaise sortie et, au bout de quelques kilomètres, je dois faire demi-tour. Revenu au carrefour, j'ai des doutes. Lydia pense que nous devrions suivre le panneau «Autres directions». J'ai l'impression de revenir sur mes pas en faisant un grand détour.

Au moment où Lydia dit que cela la gêne d'arriver si tard, nous sommes en route depuis une heure. Pensant que nous avons raté un panneau, elle me demande de faire demi-tour. Ajoutant que ça ne sert à rien de foncer comme ça.

«Ah, enfin!» Quand nous atteignons l'embranchement où il fallait rester à droite, Lydia referme l'atlas et se recoiffe. Je roule lentement, pleins phares. Au bout d'une éternité, nous arrivons au village suivant. «Rester à droite à l'embranchement», c'est tout ce que je sais. Dix minutes plus tard, on se retrouve au même embranchement, juste à côté des panneaux. Je fais demi-tour. «C'est sûrement ça, dis-je en faisant des appels de phare. Juste en face de nous!»

«Qu'est-ce que ça veut dire?» dit Lydia. Je coupe les phares. De son côté, je crois effectivement repérer une lumière. Il est vrai que la ferme devrait être sur notre gauche. Mais on essaie quand même de trouver l'accès.

On avance en cahotant dans de profondes ornières. Les touffes d'herbe frottent contre le châssis.

«Billi et Tom ont bien une Jeep?» demande-t-elle.

Je fais oui de la tête.

«C'est ce qu'il faut par ici», dit-elle.

Bientôt nous apercevons la silhouette de la petite maison, éclairée par une seule lampe, un transformateur ou quelque chose comme ça, entouré de grillage. Un écriteau porte l'inscription «Danger de mort».

«En plein champ», dit Lydia.

Je fais caler le moteur. Je ne peux pas faire marche

arrière à cause du pot d'échappement. Lydia se tait. Il faudrait qu'elle descende pour me diriger, mais pas question avec les chaussures qu'elle porte.

Comme par miracle, j'arrive à faire demi-tour. Pendant un instant je suis tout content, comme si nous étions déjà arrivés.

«Tu pourrais peut-être aller sonner quelque part», dit-elle.

«Où ça? Du reste ça fait longtemps que les paysans sont couchés!»

À l'embranchement, je prends maintenant l'autre direction.

«N'importe quoi», dit Lydia.

J'évite le cadavre d'un chat mort. Un peu plus loin, sur la voie de gauche, il y a une corneille collée à l'asphalte. Une aile dressée bouge dans le vent.

«Tu as mal à la tête à nouveau?» fais-je à Lydia.

«Je pensais que tu t'étais fait expliquer le chemin?»

«À droite à l'embranchement, dis-je. Je sonne. Si je vois une lumière quelque part, je vais sonner.»

«Mais Tom a fait un croquis, dit-elle. Fais donc demi-tour!»

Elle fouille dans la boîte à gants. Nous repassons devant la corneille et le chat. Lydia cesse brusquement de fouiller et se cale dans son siège. C'est la première fois que je remarque la petite lampe de la boîte à gants. À Noël elle s'était déchiré un collant contre le couvercle qui pendait. Je dis que maintenant la seule solution qui nous reste est de téléphoner, et je demande à Lydia si elle se souvient d'avoir vu une cabine. Elle ne fait même pas non de la tête.

Quelques kilomètres plus loin nous nous arrêtons à un feu de chantier. Devant nous, une Ford blanche. Je coupe le moteur et lis l'autocollant : «Dieu est plus proche de toi que tu ne l'es de mon pare-chocs!»

«Quelle idiotie, dis-je. Qu'est-ce qu'ils ne vont pas chercher!»

«On fait toujours tout de travers, dit Lydia au bout d'un moment. On fait tout de travers.» Elle regarde droit devant elle, une main au-dessus du siège, à moitié fermée, tournée vers le haut. On pourrait déposer quelque chose dedans.

«Vert, crie Lydia, vert!» en refermant d'un coup sec la boîte à gants.

La cour est pleine de voitures que je ne connais pas, dont deux immatriculées à Wiesbaden. Billi et Lydia s'embrassent longuement tout en se balançant de droite et de gauche. Je porte les cadeaux : pour les jumeaux deux petites boîtes de Lego luxueusement emballées et entreposées depuis plusieurs jours dans notre vestiaire et pour Tom un livre d'art, *Sculpture de la Renaissance. Donatello et son univers.*

Billi dit s'être fait disputer par Tom. Lydia et Billi s'embrassent à nouveau. «Ah! tu sais», lance Billi. À peine entrée dans le vestibule, elle raconte qu'Enrico est là, Enrico Friedrich, le type du théâtre. «Il est venu en autocar, a bu tout son soûl, et maintenant il dort dans mon lit, replié sur lui-même comme un embryon.» Je dis que nous pourrions le ramener avec nous.

«Vous venez à peine d'arriver!» dit Billi en prenant Lydia par la main et en l'entraînant dans la cuisine.

À la table il n'y a que des femmes – et aucune que nous connaissions. Nous faisons le tour en serrant la main de chacune. Quand on a terminé, on nous donne deux assiettes avec de la salade de pommes de terre, des petites boulettes de viande chaudes avec des cornichons. Billi nous invite plusieurs fois à manger tranquillement. Toutes les autres, bien calées dans leurs chaises, nous regardent.

Puis arrivent les hommes. Nous nous levons et souhaitons à Tom un bon anniversaire. Il porte comme toujours un pantalon et une veste de charpentier. Il dit avoir téléphoné chez nous, mais qu'il n'y avait déjà plus personne. Il me propose une petite partie de ping-pong. Quelques couples prennent congé.

De l'atelier j'entends des voitures démarrer. Il faut d'abord que je m'habitue à la table en alu et je loupe presque toutes les balles. Tom demande si je ne vais pas bientôt épouser Lydia, si on pense avoir des enfants et quand il y aura une exposition de mes travaux. De temps à autre il me fait des compliments pour une balle. Il dit qu'il serait prêt à payer pour avoir des partenaires de son niveau. Je demande des nouvelles d'Enrico.

Tom ironise. « Il raconte à tout le monde qu'il a un cancer de l'estomac et qu'il part dans deux semaines au Brésil pour une mission humanitaire, dans le style : c'est la dernière fois que nous nous voyons. N'en crois pas un mot ! D'ailleurs il n'était même pas invité. »

Billi monte l'escalier. Il faut que Tom dise au revoir à quelqu'un. J'attends un moment dans l'atelier parmi les têtes sculptées dans le bois. Puis je redescends dans la cuisine. Lydia parle fort, très excitée, avec les gens de Wiesbaden.

Ils vont passer la nuit ici. Enrico dort. Les autres sont partis. Billi nous demande de rester, comme ça on pourra donner nous-mêmes les cadeaux aux jumeaux. Lydia est très élégante, elle tranche dans le décor de cette cuisine.

L'une des personnes de Wiesbaden est grossiste en vins. En désignant d'un mouvement de tête les deux femmes auxquelles Billi verse du vin, il dit qu'il s'agit de deux sœurs. Ça fait longtemps qu'il apprécie les œuvres de Tom. Au début il n'aimait pas trop celles en couleurs, mais il s'y est fait et maintenant il n'imagine pas qu'elles puissent être autrement. Puis nous parlons du travail de Tom. Billi dit que pour Tom la couleur prend de plus en plus d'importance. Silence. Puis le marchand de vins répète sa phrase en attirant notre attention sur le fait qu'il a prononcé la même un instant plus tôt. Nous opinons. Lydia demande s'il ne faudrait pas réveiller Enrico.

« Je ne suis pas une baby-sitter », dit Tom en se servant une assiette pleine de salade de pommes de terre. Nous nous asseyons tous autour de la table. Lydia évoque avec nostalgie la vie qu'elle menait auparavant, ce qu'elle appelle les derniers temps sa vie berlinoise. Tout en mastiquant et en avalant, Tom raconte une histoire de vernissage, quand la lumière s'était éteinte et que les conversations s'étaient trouvées répercutées par le plafond. Billi et Lydia pouffent de rire. Tom explique qu'il y avait un micro caché pour enregistrer les conversations et qu'il s'était mis à fonctionner à l'envers, un peu comme un amplificateur. Les gens de Wiesbaden rient à leur tour.

Billi s'assoit à côté de moi et, sa bouche contre mon oreille, me demande si Danny – on travaille dans le même journal – a pris chez elle son neveu provisoirement ou définitivement. « La mère du garçon, la sœur de Danny, est morte dans un accident de bicyclette, n'est-ce pas ? »

« Je ne savais pas, dis-je, que tu connaissais Danny. » Billi évoque d'autres cas de délit de fuite et parle du choc que provoque ce genre d'accident, explique qu'au fond le chauffeur devrait bénéficier de circonstances atténuantes. Je suis contre parce qu'alors n'importe quel salaud pourrait trouver de bonnes excuses. «C'est vrai, dit Billi. Mais dans certains cas on pourrait tenir compte du choc». «Vous en avez des sujets de conversation», s'écrie Tom. Il nous invite, Lydia et moi, à venir passer tout un week-end en mai ou en juin, ou bien quand Billi donne un concert avec ses élèves. «Maintenant vous connaissez le chemin», dit Billi. Notre cadeau est sur un tabouret, pas encore déballé.

Quand on se quitte, elle m'embrasse aussi. Il se passe du temps jusqu'à ce que Lydia monte dans la voiture. Nous adressons des signes par les fenêtres et un sourire, bien que personne ne puisse le voir.

«Une heure et demie», dit Lydia. Elle ouvre son sac et déploie les cartes de visite. «Nous sommes invités pour aller au bord de la mer du Nord, à Zittau et à Wiesbaden.» Elle étend ses jambes et les croise au niveau des chevilles. Je lui dis d'incliner son dossier et de dormir.

«Est-ce que j'ai trop parlé?» demande-t-elle.

«Non, pas du tout.»

Lorsque j'arrive au feu de signalement du chantier, Lydia est déjà endormie. Toute droite et bien éclairée, la route qui vient d'être asphaltée traverse le village désert. Je passe au rouge. Soudain une voiture derrière nous fait des appels de phare. Après le chantier je ralentis. Au croisement suivant, je prends à gauche. Ils nous suivent. Et toujours des appels de phare. Je vérifie phares, freins, température, essence et clignotants. Si les feux arrière n'avaient pas fonctionné, Tom nous l'aurait dit quand on partait.

Je remonte le rétroviseur, actionne le clignotant droit. Ils ne veulent pas dépasser non plus. Leur pare-chocs reste à la hauteur de notre axe arrière.

Après la dernière maison la route n'est plus éclairée, de chaque côté c'est la rase campagne. Au-dessus de nous, un croissant de lune. J'accélère, mets pleins phares, roule au milieu, la bande médiane entre les roues. Je suis à 120, on se rapproche d'un bois. Ils nous ont pris en chasse… des Roumains, des Russes, des Polonais, que sais-je? Peut-être qu'il y a un arbre en travers de la route. Je me demande pourquoi on n'a pas emmené Enrico.

Je dois rester calme et ne rien trahir de mes réactions. Il y a encore le quart du réservoir d'essence. La voiture est plus légère. Nous sommes dans un pays à forte densité de population, pas en Sibérie. Les genoux me chatouillent un peu mais je ne sens rien aux pieds. Dès qu'il y a une ligne droite, je me penche pour essayer d'enfoncer le loquet de sécurité de la porte de Lydia, sans y parvenir. Je tâte le loquet de mon côté.

S'ils nous rentrent dedans, on va dans le fossé. On n'a ni ABS ni airbag, même pas de mon côté. On a mis nos ceintures. Je pense que nous avons une protection contre les chocs latéraux.

À nouveau des champs, pas une maison, un chantier, la route se rétrécit. Dans le rétroviseur extérieur je vois leurs phares s'éteindre.

Au passage à niveau de Gethain le signal clignote, les barrières sont déjà descendues. Je me penche par-dessus Lydia et je baisse le loquet de sécurité de sa porte. Derrière nous les phares s'allument.

«Gethain», dis-je à Lydia qui ouvre les yeux.

«Tes mains sont glacées», dit-elle.

«Il y a des dingues derrière nous», dis-je.

«Qui ça?», demande-t-elle en se retournant.

Ils se collent si près que leurs phares n'éblouissent plus. J'aperçois un visage d'enfant tout plat.

«Un dingue», dis-je. Il est penché en avant, le menton sur son volant, comme un conducteur d'excavatrice. Le cou tendu. Son front touche au pare-brise. On perçoit un choc.

«Mais qu'est-ce qu'il veut?» Lydia baisse son pare-soleil.

«Notre pare-chocs… j'avale ma salive, il a voulu… l'embrasser.»

«Qu'est-ce qu'il…?»

Le train arrive. Les rails vibrent sous les wagons chargés de céréales. La jambe tendue, mon pied glisse sur la pédale de frein jusqu'au milieu de la semelle.

Le heurt suivant fait brinquebaler la voiture. Je tiens fermement le volant. On n'entend que le bruit du train. Je me concentre sur la distance qui sépare le radiateur du bord inférieur de la barrière du passage à niveau. La route n'est pas mouillée. Le train n'en finit pas.

Puis j'attends que les barrières soient complètement relevées et que les feux cessent de clignoter.

«Elle manque de reprise», dis-je en frappant sur le volant.

Lydia se redresse, le crâne contre l'appuie-tête. Je roule à nouveau au milieu. Même après les virages, il colle derrière nous.

«Il ne nous suivra pas éternellement», fais-je.

Soudain Lydia dit : «Un OVNI.» Sans trahir d'émotion particulière. Derrière une colline, en plein champ, une clarté est apparue.

«Miami», dis-je. La route décrit une courbe en direction de la lumière qui devient bleue, d'un bleu lumineux, Aral. Je clignote.

«Ralentis! crie-t-elle, ralentis!» Le dingue nous dépasse à toute allure. Je freine dans la voie centrale de la station-service.

«Il y a une fête ici», dit Lydia. Je descends et je dévisse le bouchon du réservoir. Un groupe d'hommes et de femmes à l'intérieur lèvent leurs verres en notre direction. Ils sont accoudés à deux tables hautes rassemblées devant le bac réfrigéré. Un homme coiffé en brosse prend le bras de sa voisine et nous fait signe de venir. Il me désigne ainsi que Lydia, qui vient de descendre de voiture et se tient à mes côtés.

«Surprise, surprise», crient-ils quand nous entrons. Une femme aux cheveux roux lance : «Uweee, Uweee!» «Surprise, surprise», répondent en chœur les autres. Ils sont tous plus âgés que nous.

Le pompiste ouvre un pack de six bouteilles de bière, m'adresse un signe et ouvre les bouteilles. Trois bouteilles dans chaque main, il se dirige vers la table. «Uweee, Uweee!» se remettent-ils à crier quand il les dépose. Les uns après les autres ils saluent Lydia.

«Ils attendent leur taxi», dit le pompiste quand je lui paie l'essence. «Je ne peux pas les laisser attendre dehors. Vous voulez boire quelque chose aussi?»

Je commande deux ginger ale pour Lydia et moi. Mes mains sont toujours aussi froides. C'est pourquoi je ne veux serrer la main de personne. Lydia dit qu'on a affaire à six comptables qui veulent devenir conseillers fiscaux. Ils opinent gravement du bonnet. Mais soudain celui qui se trouve à côté de moi se remet à crier : «Surprise, surprise» en avalant de travers tellement il rit. Une grande bouteille de Jim Beam passe de main en main.

Un des types chuchote quelque chose dans l'oreille de la femme en face de moi. «Noon», dit-elle en m'examinant. «Noon», répète-t-elle en se laissant embrasser. Lydia boit à même la bouteille. Quelqu'un me tape dans le dos.

«Au fait, mon pote… T'as pas vu un taxi?» Je ne sais pas ce qu'il veut dire. Ils se mettent à brailler et Lydia s'essuie la bouche. Le pompiste passe sa machine à étiqueter sur des pots de fromage blanc. J'avale d'une traite aussi la deuxième ginger ale et garde la bouteille en main.

«Uweee, Uweee, on a soif!»

Lydia désigne la bouée en forme de vache qui pend au-dessus de la caisse. «Elle est à moi!» s'écrie-t-elle, déclenchant les applaudissements parce qu'elle n'existe qu'en un exemplaire et qu'il faut la décrocher du plafond. Ensuite elle réclame un jeton pour le lavage automatique.

«Seulement à partir de 6 heures», dit le pompiste. Lydia insiste. «C'est vraiment chouette, ici, dit-elle, et je voudrais être sûre qu'on reviendra.» Elle se met à faire des emplettes. Elle fait ça d'un air très chic, l'anse du panier en plastique à son bras. Elle examine de près chaque emballage. Deux briques de lait, une boîte de six œufs fermiers, de la mozzarella, du pain complet en tranches. Elle complète avec des piles Varta Alkaline long life. «Il n'y a que le muesli qu'ils n'ont pas», dit-elle.

Pendant que je coince la bouée en forme de vache sur la banquette arrière, Lydia prend congé des autres. Les couples montent dans le taxi. Lydia fait une nouvelle récolte de cartes de visite, également celles des femmes.

Quand ils me font au revoir de la main je me contente de lever un doigt du volant. Je sais qu'ils m'ont vite pris pour un pisse-froid, un rabat-joie. J'imagine que Lydia serait capable de partir avec eux. Le pompiste arrive. «Elle a oublié ça», dit-il, en me donnant le jeton pour le lavage et des chiffons emballés sous vide. Il lève la main en signe d'adieu au taxi. Lydia brandit la bouteille de Jim Beam comme une coupe de championnat.

«Tu ne t'es pas du tout occupé de moi quand l'autre nous a tamponnés», dit Lydia. Elle n'a pas complètement refermé sa porte, comme si elle voulait déjà redescendre et tient la bouteille contre sa poitrine. «Tu aurais au moins pu me donner ta main ou dire que je ne devais pas avoir peur, que tu allais me protéger, ou quelque chose comme ça.»

«Je ne voulais pas en faire un drame, finis-je par dire. C'était un jeune connard.»

«Tu ne comprends pas, dit-elle. Chacun était dans son coin. Tu étais assis là et moi ici, c'était affreux!»

«Ce n'est pas vrai», dis-je.

«Bien sûr que c'est vrai!» Elle débouche la bouteille de Jim Beam. «Seulement tu ne veux pas t'en rendre compte, tu racontes l'histoire comme ça t'arrange.» Elle boit, tenant le goulot d'une seule main.

Je ne me sens pas bien. Je voudrais qu'elle arrête de boire, qu'elle boucle sa ceinture et ferme sa porte.

Je descends et me dirige vers l'aspirateur. Je pisse derrière le pilier. L'air froid me fait du bien. Mon urine fume. Je reste encore un moment immobile, braguette ouverte. Puis je donne un coup de pied dans l'appareil à vérifier la pression des pneus. Il bringuebale sur l'ajutage et laisse échapper un chuintement. Le pompiste a poussé derrière la porte d'entrée un rayonnage chargé de briquets, d'animaux en peluche et de tablettes de chocolat.

Lydia se maquille. Il plane dans la voiture un parfum familier que j'aime bien, comme s'il m'avait toujours accompagné. Pourtant nous n'avons la Fiesta que depuis l'automne dernier.

«On n'a même pas un tournevis à portée de la main pour se défendre», dit-elle. Dans sa main droite elle tient le tube de rouge à lèvres et le capuchon dans la gauche. «Cela tient du miracle si les gens ne s'agressent pas plus que ça.» Sa porte est fermée. Je mets le moteur en marche et roule jusqu'à la route. Je règle le rétroviseur.

«Si je prends une assurance-vie, est-ce que je dois mettre ton nom sur le contrat?» demande Lydia. Soudain elle se penche vers moi, m'enlace et commence à embrasser mon oreille droite. Elle effleure l'autre de son rouge à lèvres. Sa bouche descend le long de mon cou. Je sens dans ma poche intérieure le jeton de lavage sur lequel son coude s'appuie tandis qu'elle referme le tube de rouge à lèvres par-dessus mon épaule gauche.

Je passe un bras autour de son corps. Entre ses pieds je vois le Jim Beam et la vache dans le rétroviseur. Sa robe est remontée au-dessus des genoux. Puis je regarde dans le rétroviseur extérieur et quand toute lumière a disparu nous démarrons.

CHAPITRE 7

Villégiature

Où l'on voit Renate et Ernst Meurer remettre en état une maison de campagne abandonnée. La vitre cassée. Meurer reste seul et entreprend une promenade. La nuit il entend quelqu'un chanter.

«Personne ne prétend qu'on n'a pas de chance! Seulement c'est beaucoup de travail, une maison comme ça!» Meurer s'essuya les lèvres avec son mouchoir, posa son assiette sur la petite planche, la mit sur le plateau et suivit sa femme en portant les bouteilles vides de Vita-Malz et les verres. «Et il ne t'a pas parlé non plus de la vitre?» Elle fit volte-face. «Arrête de rouspéter sans arrêt! Comment il pourrait le savoir, hein?»

Meurer s'immobilisa. De la cuisine parvint le bruit sourd signalant que le thermostat du frigo s'arrêtait. Les bouteilles posées dessus s'entrechoquèrent.

«Quand on te fait un cadeau, tu ne vas tout de même pas…» fit-elle dans le silence.

«Tu parles», fit Meurer dans un reniflement. Mais il n'alla pas plus loin.

83

«C'est à toi qu'il l'a proposé, pas à moi. Bien sûr qu'il y a des choses à faire. Sinon tu crois qu'il l'aurait… Tu connais Neugebauer!» Elle souleva le plateau comme si elle voulait le lui tendre. «Après tout, tu es un homme!» dit-elle en se retournant.

Dans la cuisine, Meurer posa les verres et les bouteilles sur le rebord de l'évier; il déplia le torchon, s'empara du couteau à pain et l'enfonça dans l'air. «Si les Roumains viennent», fit-il.

«Ces salopards!» dit-elle. Avec une longue brosse en bois elle frottait les dents d'une fourchette, un côté puis l'autre.

Meurer ouvrit le tiroir et fit glisser le couteau le long du casier à couverts. «Au moins, ils ne leur ont rien fait d'autre», dit-il en lui prenant le verre.

«Tu as de ces idées! Je voudrais bien t'y voir, si jamais ils te… comment tu trouverais ça.» Elle enleva le bouchon et nettoya l'évier. Elle remplit la poêle à moitié d'eau, la mit sur la cuisinière et se rendit dans la chambre à coucher.

«Les journaux exagèrent toujours», dit Meurer. «Allons-y.» Il reposa le torchon sur le porte-serviette et rabattit ses manches. Il laissa la fenêtre ouverte. Depuis deux jours, ils acceptaient d'avoir des courants d'air, mais ça continuait à sentir le moisi et le bois non traité dont on aurait enlevé l'épaisse couche de poussière avec un chiffon humide. Quand elle ressortit avec le sac de voyage, il vit qu'elle avait reboutonné son corsage avec les mains mouillées. «On y va», dit-elle.

Pour la première fois ils prirent la rue dans cette direction. Meurer essaya d'imaginer à quoi tout ça ressemblerait le jour où il se serait habitué à son environnement : le revêtement de la rue, les barrières en bois devant les petits jardins, l'eau de source sortant du tuyau de métal au-dessus du grillage encombré de mousse, les arceaux maçonnés surmontant l'entrée. À ras du sol, sous le portail d'une cour apparut le museau noir et blanc d'un chien qui, couché sur le flanc, se mit à aboyer. Peut-être qu'un jour il finirait par saluer quelqu'un !

Meurer portait le sac contenant les rideaux que sa femme emportait pour les laver. Vendredi au plus tard, il repasserait par ici pour aller la chercher à l'autocar. Le soir, il tiendrait l'échelle et tendrait les rideaux à Renate. Il lui dirait que même s'il y avait encore un micro caché dans la maison, pendant cinq jours et cinq nuits on n'aurait pratiquement rien pu entendre de lui que son ronflement.

Les mollets de sa femme étaient d'une blancheur presque transparente. Sous les lanières des sandalettes, le rouge des talons était vif. Dans le lit, il avait essayé de glisser ses pieds entre les siens et senti qu'elle avait à nouveau limé sa corne ; comme la longueur des draps était insuffisante pour leur matelas, ils avaient disposé des serviettes de toilette à l'extrémité du matelas de mousse. Plus tard il s'était réveillé. Il avait alors voulu fermer la fenêtre, mais s'était aperçu, lorsqu'il s'était redressé, que le bruit ne venait pas du dehors mais de sa femme.

Depuis que, dans l'autocar, elle avait frappé contre la vitre et dit : « La deuxième à partir de la gauche », la maison de Neugebauer le dégoûtait. Le badigeon blanc était délavé. En dessous apparaissait un crépi gris sombre qui, près du sol, était déjà noir d'humidité. « Comme chez les Russes », avait maugréé Meurer. En empruntant un chemin recouvert de tuiles cassées, ils étaient allés de la porte du jardin à celle de la maison. Et, pour finir, cette vitre que quelqu'un avait cassée… C'est sous la table qu'il avait trouvé la pierre, l'avait ramassée avec son mouchoir, posée sur la commode entre la photo de mariage des Neugebauer et le baromètre, avant de replier le mouchoir. En dehors de cela, il n'avait rien fait, s'était contenté de suivre sa femme, de jeter un coup d'œil par-dessus son épaule vers la salle de bains, les toilettes et la cuisine, et l'avait observée quand elle s'était appuyée contre la porte à l'arrière qui coinçait. Dans le jardin à l'abandon, la pompe fonctionnait encore. Entre deux arbres fruitiers pendait un hamac. Le toit semblait étanche mais ils n'avaient pas la clé des deux chambres du premier étage.

Meurer s'était immédiatement mis à retourner un coin de terre près de la maison, sans évoquer fût-ce d'un mot le repas de midi. Elle mettait tant d'énergie à se déplacer sur les genoux tout en fredonnant l'aria de Papageno, élevant la voix au moment du passage *Toujours joyeux, hop-là!* Elle s'attaquait à tout sans crainte, nettoyant la cuvette des toilettes et la cabine de douche, enlevant à la main des toiles d'araignées pleines de poussière des recoins, déchirant une vieille taie d'oreiller pour la fixer avec des punaises au montant de la fenêtre dont la vitre était cassée. Meurer avait même dû faire un effort sur lui-même chaque fois qu'il lui avait fallu abaisser une clenche de porte, et il avait eu un autre mouvement de recul devant le pansement qu'elle avait tiré de la boîte à pharmacie pour l'appliquer l'après-midi sur l'ampoule qu'il s'était faite à la paume. Si elle n'avait pas été prête à laver encore une fois ce service qui n'était pas le leur, il n'aurait pas consenti à lui tendre sa tasse et même à lécher la cuiller après l'avoir tournée dans le café.

Ils marchaient à présent sur la route entre le marquage et le fossé. Dans les longues herbes écrasées au sol, des boîtes et des bouteilles semblaient faire corps avec la végétation. Meurer avait souvent souhaité ramasser tous ces détritus. À condition que d'autres s'y mettent aussi… Une initiative bien organisée à grande échelle pour nettoyer les bords des routes et les abords des voies ferrées, oui, il en serait volontiers.

À l'arrêt de l'autocar, un homme de son âge attendait devant l'horaire. Meurer lui adressa un signe de tête, mais l'autre ne lui rendant pas son salut il marmonna un vague bonjour avant de se détourner.

Il faisait encore très chaud et l'air déplacé par les voitures ne rafraîchissait guère. Chaque fois qu'il en passait une, elle devait plaquer ses mains sur ses cuisses pour empêcher sa jupe de s'envoler. Et son pantalon d'été à lui flottait un court instant.

«Ils ont quand même du culot», dit Meurer à voix basse et sans regarder sa femme, en désignant le marquage de la route dont le blanc s'effilochait sur les bords. «C'est ça qu'ils appellent l'arrêt.»

Un an auparavant, elle s'était encore fait expliquer les différents types de voitures. Si un jour il s'en payait une, il voulait acheter une marque allemande ou au moins une marque avec une entreprise allemande derrière. Il pensait à Seat ou à Skoda. Mais même sans compter ces deux-là, les Allemands avaient six marques différentes, les Italiens quatre avec Ferrari, et les Français seulement trois, malgré Renault. «Votre importateur numéro un en Allemagne!» écrivaient-ils sur leur vitre arrière. Mais ça n'empêchait pas la Golf d'être le numéro un en Europe. Les Japonais possédaient cinq marques différentes. Chez les Américains, on ne s'y retrouvait pas. Et leurs grosses bagnoles ne valaient rien non plus pour les routes de chez nous.

Quand l'autocar est arrivé, Meurer essaya d'embrasser sa femme sur la bouche.

«Téléphone demain, dit-elle. Pas avant 8 heures, tu entends?»

Meurer souleva à sa hauteur le sac tout en le maintenant pendant qu'elle payait. «Et n'oublie pas le vitrier», dit-elle, prenant son bagage des deux mains et le passant devant elle pour s'engager dans le couloir étroit vers l'arrière du car. Il remonta le long du bus et lui fit des signes de la main. Au moment où le car démarra, elle s'assit. Il retint son souffle. Il pensa à Subaru et puis à Isuzu, et cela le mit un peu de mauvaise humeur.

Quand Meurer respira à nouveau, il sentit les gaz d'échappement. Il traversa la route. De l'autre côté commençait un chemin recouvert de dalles en béton. «Constructions nouvelles», lut-il sur un panneau tordu. Le bloc de deux étages qui se trouvait derrière semblait inhabité au rez-de-chaussée.

Il voulut dépasser rapidement les lotissements vides sur sa gauche, avec leurs hauts toits en bâtière. D'un chenil parvint l'aboiement profond d'un saint-bernard. Meurer ne parvenait pas à se rappeler la dernière fois où il s'était retrouvé seul dans un lieu inconnu. Il avait le soleil dans le dos, et sous sa chemise il crut sentir une odeur chaude de renfermé. Cela lui plaisait de marcher sans savoir ni où ni quand il faudrait qu'il revienne sur ses pas. Il ne voulait rencontrer personne, et surtout pas qu'on lui demande qui il était et ce qu'il faisait ici, même si, dans le village, ils le prenaient pour un parent ou un ami de Neugebauer. En voilà un qui avait repris du poil de la bête, au point de donner des tuyaux sur la fiscalité dans la rubrique conseils du *Volkszeitung*. Mais les gens d'ici n'en savaient sans doute rien. Peut-être que

pour eux, il n'avait été qu'un homme roulant en Wart-
burg, vaquant à son jardin, parlant avec l'accent saxon
et qui à présent, pour on ne sait quelle raison, avait disparu en laissant sa maison à l'abandon.

Meurer se demanda s'il n'allait pas enlever sa chemise.
Mais il répugnait à se promener torse nu. De hautes
touffes d'orties bordaient chaque côté du chemin.

Au bout de dix minutes, il parvint à une grange en
briques dont la gouttière et les descentes d'évacuation
avaient été rafistolées avec des morceaux de plastique de
toutes les couleurs et détachées en maints endroits de
leurs fixations. Devant le portail, la mauvaise herbe
recouvrait une machine rouillée dont il eût été bien en
peine de dire à quoi elle avait servi.

Les champs de céréales s'étendaient par les plis de la
plaine jusqu'à une éminence parcourue d'un chemin
dallé, celui-là même sur lequel il se trouvait, qui ne se
signalait que comme un ruban sombre. Une voiture
venait à sa rencontre.

Meurer entendit au loin le ronronnement d'un avion.
S'ils le voulaient, ils pourraient se payer de vraies
vacances et une Golf à crédit sans épuiser toutes leurs
économies. Après tout, même une fois leur argent de
l'Est changé en argent de l'Ouest, il leur était resté
12 000 marks. Trois mois avant, on lui avait d'ailleurs
fait sa fête dans le journal, comme disait sa femme.

Meurer s'écarta pour ne pas obliger la voiture à quitter les dalles. La Fiesta blanche ralentit et le conducteur,
plus jeune que lui mais déjà à moitié chauve, lui adressa
un salut.

Les Meurer payaient leur loyer avec son indemnité de
chômage et mettaient de côté le petit restant. Le salaire
qu'elle touchait comme secrétaire dans le bureau de

comptabilité et de conseil fiscal tenu par Neugebauer couvrait toutes les autres dépenses. Ils s'étaient payé une télé couleur stéréo, une chaîne avec lecteur CD, un mixer et un nouveau sèche-cheveux. En février 90, ils avaient fait un voyage en car à Venise, Florence, et presque jusqu'à Assise. En automne, ils voulaient passer une semaine en Autriche.

Avant de remonter, le chemin traversait une petite dépression couverte de roseaux. Il faisait plus frais, ici. Meurer se baissa pour observer un gros coléoptère noir et brillant qui contournait les trous du béton. On pourrait sans doute apprendre par ici des choses sur la nature. «Bousier», dit-il. Il connaissait également les hannetons, les coccinelles et les doryphores. Mais ce n'était peut-être pas un bousier.

Bien sûr, Meurer n'était pas le seul à en savoir long sur Neugebauer. Mais jusqu'à présent personne n'avait dit mot, même pas les journaux. Quand l'autre lui avait proposé la «petite baraque» pour l'été, Meurer avait compris que Neugebauer avait toujours peur. Ou bien qu'il avait besoin d'un gardiennage gratuit. Ou bien, tout simplement, qu'il l'envoyait en reconnaissance, lui, Meurer, pour le cas où les gens auraient eu vent de ses anciennes responsabilités.

Un petit tracteur s'approchait, traînant une remorque cahotante dans laquelle bringuebalaient quatre ou cinq hommes. Meurer se rangea à nouveau sur le côté. Ils l'avaient aperçu avant que lui-même ne les voie. Une première fois il les salua, alors qu'ils étaient au moins à dix mètres de lui. Quand ils passèrent à côté, il leur adressa plusieurs signes de la tête. Le tracteur sortit des dalles en béton. Un nuage de poussière s'éleva derrière lui. Un des hommes cria alors à Meurer quelque chose, quelque chose à propos de navets ou de navettes, et dans le nuage de poussière il vit l'homme debout dans la remorque, un bras levé. Les autres le soutenaient. Meurer retint à nouveau son souffle.

Au bout de trois quarts d'heure, il atteignit un carrefour. À droite, un chemin de terre partait vers la forêt dans laquelle il semblait aboutir à une sorte de grotte. Meurer prit à gauche.

L'air devenait plus chaud. Il pensa à ses meilleures vacances, un voyage de récompense en Asie centrale, en septembre 86, quand ils arpentaient les ruelles de Boukhara et que sa femme avait dit : « On se croirait dans un four. »

De chaque côté du chemin les champs étaient déjà moissonnés. Parmi les chaumes il se trouvait quelque chose de rond, d'argenté, d'environ trente à quarante centimètres de diamètre. Meurer se dirigea vers l'objet. Il pensa qu'il pouvait s'agir d'un moteur, d'un petit moteur électrique, ou bien d'une mine ou d'un tout petit OVNI. Arrivé à quelques pas de l'objet, il rebroussa chemin en ramassant quelques cailloux et, depuis le chemin, il commença à bombarder l'enjoliveur argenté de la roue décoré du sigle Opel en son milieu. Quand un caillou atteignit la cible, on n'entendit qu'un bref son mat, comme lorsqu'on trinque avec des verres de mousseux pleins à ras bord. Meurer jeta sans viser le reste des cailloux et reprit son chemin. En l'absence du sigle, il aurait dû s'approcher plus près pour comprendre à quoi il avait affaire. Il ne croyait pas aux OVNI, bien que les Américains de la chaîne télé Pro 7 ne pussent être pris pour des menteurs. Il n'excluait en aucun cas l'existence d'OVNI mais il attendrait que le journal télévisé en parle pour se pencher sérieusement sur la question.

Sans l'avoir vraiment cherché, il avait atteint le point culminant de la contrée. C'était arrivé tout simplement. C'était peut-être un besoin naturel, inscrit dans les gènes donc, qui pousse l'homme à conquérir les sommets. Dans le combat des espèces selon Darwin, cela pouvait être utile, pensait-il.

Meurer apercevait la plaine qui s'étendait au loin vers le Nord. Barrant l'horizon, il vit les silhouettes de deux centrales. À ses pieds, sur le versant, se trouvait un village dominé par un clocher en pierres des champs. Meurer essaya d'évaluer la distance qui l'en séparait et aussi à combien de kilomètres se trouvaient les centrales. La maison de Neugebauer, comme plus généralement toute cette région des contreforts du Harz, il se les était imaginées autrement, plus soignées et plus souriantes. Un instant l'image qu'il en avait eue passa distinctement devant ses yeux, comme s'il pouvait s'y rendre d'ici. Il tendit l'oreille, menton levé. Mais à part les alouettes, il n'y avait rien.

Chez eux, dans l'appartement du rez-de-chaussée du quartier nord d'Altenburg, il était régulièrement sujet à des maux de tête. Le vieux Schmidt, victime du nazisme, balayait tous les jours le trottoir. Trois ou quatre fois, il passait son balai sur chaque dalle. Affreux, quand il cognait avec son balai contre le mur. Et ces raclements de gorge! Dès que Meurer l'entendait dans l'escalier, il se réfugiait dans la chambre à coucher ou s'en allait faire des courses. Meurer aimait bien l'efficacité et cherchait toujours à combiner une chose avec une autre, quand bien même il traînait sans rien faire ensuite. Il fallait avoir bien du temps à perdre pour se lancer dans des bavardages sans fin avec le vieux Schmidt à propos de tout et de rien. À midi les enfants revenaient, qui jouaient au foot contre le mur de la maison jusqu'au soir. Une fois, ils avaient cassé la fenêtre de la cave de Meurer. Depuis, il croyait toujours entendre un fracas de vitre brisée après un shoot. Il avait beau savoir qu'il était un peu trop irritable, ça n'y changeait rien.

Quand il descendait la poubelle, il s'attendait que quelqu'un crie son nom d'une des fenêtres et qu'ils se mettent tous à l'insulter jusqu'à ce qu'il s'enfuie. La semaine dernière, sa femme avait fait du rangement dans la penderie, il devait porter à la Solidarité populaire les affaires qu'elle avait triées. Meurer s'était trompé de numéro de rue et n'en finissait pas d'examiner la sonnette du foyer de loisirs jusqu'à ce qu'une voix de femme au-dessus de lui finisse par lui demander ce qu'il fabriquait là. Lorsque plusieurs têtes étaient apparues, il s'était hâté de retourner à la maison avec son sac en plastique plein. Jeudi dernier, voulant aller à la halle d'achats, il avait rencontré un artisan sur le palier. Comme pour justifier sa présence en cet endroit, Meurer avait retiré le journal de la boîte aux lettres, l'avait mis sous son bras et oublié. Ce n'est qu'arrivé à la caisse qu'il s'en était aperçu en sentant la chaleur humide de son aisselle contre le papier. Il avait alors posé le journal avec les autres achats sur le tapis roulant de la caisse et l'avait payé.

Meurer avait suivi le chemin qui, franchissant la crête de la colline, menait du village à une baraque. Derrière elle, se dressaient des piliers de béton. Il ne savait pas si l'on construisait quelque chose ou si, au contraire, on démolissait, et ne le comprit que lorsqu'il vit un panneau portant l'inscription : «Interdit de déposer des gravats».

Meurer dut se hâter sur le chemin du retour. Il longea

un champ de céréales face au soleil couchant. Il songea à ce qu'il avait lu à propos des excavations des mines de lignite qu'on avait cessé d'exploiter et que si on laissait tout reposer la vie pourrait y renaître comme il y a des millions d'années, à condition toutefois de ne pas intervenir. Et peut-être que c'était lui qui était dans le vrai, lui qui ne faisait pratiquement rien. Tout à coup Meurer sursauta. Il fixa les épis.

Tout à côté de lui quelque chose bougeait. Des corps volumineux, des sangliers peut-être. À cinq mètres à peine une biche surgit, suivie de son petit, puis à nouveau la biche. Une fois encore les deux bêtes furent en vue comme autant de cibles, puis restèrent à couvert. On n'entendit plus que le bruit du chemin frayé dans les épis. Il faisait déjà presque nuit lorsqu'il traversa la rue des Travailleurs près de l'étang-réservoir pour obliquer vers la grand-rue du village. Devant l'église, entre deux tilleuls, la plaque commémorative des soldats morts à la Grande Guerre. La terre tout autour avait été débarrassée des mauvaises herbes et ratissée en zig-zag. La palissade qui l'entourait – dont le bois clair semblait être tout neuf – avait une petite porte dont il fallait pousser le loquet pour pénétrer sur l'allée de graviers blancs. Meurer décida d'aller visiter ce monument le lendemain pour compter les noms et en retenir quelques-uns. Sûrement que la plupart de ceux qui partaient à la guerre quittaient cette région pour la première fois. À l'ère de la télévision, les voyages ne sont peut-être plus indispensables, pensa-t-il.

La maison de Neugebauer était la seule à ne pas avoir d'antenne parabolique. Au portail, sur la plaque du nom, on avait collé un sparadrap «R. Neugebauer / E. Meurer» : il reconnut l'écriture de sa femme. Il ouvrit et l'appela.

Dans la chambre à coucher, la taie d'oreiller pendait, accrochée à l'appui de la fenêtre. Il y avait encore deux punaises plantées dans le bois. Les contours du trou dans la vitre évoquaient un buste dont la tête, coiffée d'une casquette, serait dirigée vers le haut. « Lavette ! » dit Meurer. C'est ce qu'avait crié l'homme debout sur la remorque. Il comprenait enfin : « Lavette ! » entendait-il distinctement le type lui crier.

Meurer n'alluma pas, passa par la porte du fond dans le jardin, mit sa tête sous la pompe et s'essuya avec son mouchoir. Il retroussa son pantalon, passa ses pieds l'un après l'autre sous le jet d'eau, revint en les frottant par terre, essaya de se glisser dans l'ouverture de la porte bloquée sans la toucher. Il se déshabilla, ne gardant que son slip, resta un moment debout devant le lit, chercha à tâtons sa veste de pyjama, la porta à son nez – l'odeur d'assouplissant et du repassage lui rappelait sa maison. Dans la cuisine, il regarda longuement la poêle remplie à moitié d'eau posée sur la cuisinière. Il l'aspergea d'un produit. Puis il prit le couteau à pain dans le tiroir.

Une fois sous la couverture, il retira son slip et le glissa sous son oreiller. Il sentit l'odeur de ses sandales, dont les semelles étaient moites à cause de la marche. En les attrapant par la courroie arrière il les poussa aussi loin qu'il put sous le lit. Une mouche ou quelque chose de plus gros n'arrêtait pas de cogner contre le mur et le plafond. Il y avait encore d'autres bruits : les voitures dans la rue, le frigo, le chauffe-eau, le robinet qui fermait mal. Il fit tant d'efforts pour prêter l'oreille qu'il en retint son souffle et manqua s'étouffer.

Meurer ne savait pas combien de temps il avait dormi. Il était assis sur le lit les jambes repliées, la veste de pyjama tirée jusqu'aux chevilles, le dos appuyé contre les barres de la tête du lit, les yeux fixés sur la silhouette à la casquette sous laquelle la taie claquait contre le mur. Il entendit à nouveau le bruit de verre cassé qui l'avait réveillé. Il ne cessait pas de l'entendre, ce bruit qui s'amplifiait et absorbait tous les autres et dans lequel culminaient des frottements, des coups, des raclements et des grincements traversant l'air comme un oiseau ou un nuage jusqu'à ce qu'il heurte une fenêtre. Inéluctablement. Sans perdre la vitre du regard, Meurer frotta son nez sur ses genoux. Ce n'est qu'à cet instant qu'il s'aperçut que sa femme chantait l'air de Papageno depuis un bon moment.

CHAPITRE 8

Le souffle sur mon cou

La doctoresse Barbara Holitzschek raconte un coup de télé-
phone en pleine nuit. Hanni fait un aveu au beau milieu
d'un jeu et aimerait savoir comment c'est la vie avec un
homme célèbre. La fille, le chat et la tortue.

«Oui, bien sûr, pas une éternité», dis-je en coinçant
le récepteur contre mon épaule et en démêlant de l'autre
main le fil du téléphone.

«Est-ce que je t'ai réveillée?» demande Hanni.

«Quelle heure est-il?»

«Oh, zut, s'écrie Hanni, je t'ai réveillée! Excuse-moi,
Babs! Mais je pensais que chez vous on veillait toujours
tard. Sinon je ne t'aurais pas appelée!»

Le cuir du fauteuil est froid. J'essaie d'attraper la chemise de Frank. Pour un bref instant, je dois décoller
l'écouteur de mon oreille. «… que j'avais lu et ils deman-
daient quand il pouvait travailler le mieux, dit Hanni, et
il a dit la nuit, à cause du calme qui règne dehors et
dedans. Je ne l'ai presque pas reconnu sur la photo.» Tan-

dis qu'elle continue de parler, j'enfile la chemise de Frank. «Comment c'est la vie avec un homme célèbre?»

«Ah, Hanni… dis-je. Quelle heure est-il?»

«Pas loin de minuit, dit-elle en parlant à quelqu'un. Babs?» crie-t-elle.

«Oui, dis-je. D'où appelles-tu?»

«On fête un anniversaire.»

Derrière elle j'entends un brouhaha de voix et un homme éclater de rire. «Il s'est passé quelque chose?» je demande.

«Non, pourquoi? Tout se passe bien, Babs, dit Hanni. On fait un jeu et ça consiste à le dire. Et maintenant ils sont autour de moi pour que je le dise, tu entends? C'est un jeu. Maintenant je le dis!»

«Quel jeu?»

«Si on a un gage, il faut téléphoner à quelqu'un qu'on a aimé sans jamais le lui avoir avoué, dit-elle en toute hâte. C'est un jeu. Tu es fâchée?»

«Tu veux parler à Frank?»

«Non, à toi, Babs, à toi bien sûr. Tu es fâchée?»

«Tu m'as aimée?» je lui demande.

«Bien sûr! Tu les entends applaudir? C'est pour nous, Babs, dit-elle. Quand j'ai lu l'article sur toi et sur Frank dans l'édition du week-end, j'ai eu un coup de nostalgie. J'ai ressorti mes anciens journaux intimes. Je voulais te reparler. Et maintenant j'ai un gage. Tu trouves ça ridicule?»

«Non», dis-je.

«Les hommes se moquent toujours des femmes qui leur avouent ça. Ils ne savent pas quoi en faire. Je t'ai toujours admirée. Quand tu étais gentille avec moi, j'étais heureuse. Mais tu étais gentille avec tout le monde. Moi je voulais que tu sois mon amie, la mienne seulement.»

J'attends qu'elle poursuive, et je lui dis qu'au fond je suis quelqu'un de timide.

«Je ne le crois pas, dit Hanni. C'est une litote, c'est ce qui te fait parler comme ça. C'est normal que le meilleur homme ici soit pour toi. Cela te montre que tu n'es pas n'importe qui.»

«Comment va ta famille?»

«Ma fille?»

«Oui, je dis, Rebecca.»

«Tu veux dire Sarah? Sinon il n'y a que Peggy et Fridolin.» J'ai l'impression qu'elle est en train de fumer. «Fridolin malheureusement n'est qu'une tortue. Quand je serai aussi vieille qu'elle, retraitée donc, si j'y arrive, Fridolin sera toujours vivante et il faudra que je trouve quelqu'un qui la prenne. N'est-ce pas fou?»

«Oui, dis-je, presque inimaginable.»

«Un homme si fidèle… le déménagement a complètement chamboulé Peggy. Elle ne sait plus où elle est.»

«Peggy?»

«Notre chatte. Je devrais ouvrir un cabinet. Psychiatre pour animaux. Cette pauvre bête est, comme nous, complètement à côté de ses pompes.»

«Je lis tes articles», lui dis-je.

«Articles, c'est beaucoup dire, Babs, page des annonces, rubrique conseils. Mais je n'arrive plus à faire grand-chose de mieux. Les gens comme Frank, nos représentants du peuple, tout ce qu'ils veulent c'est qu'on écrive des requêtes. Je ne fais plus que ça et ne récolte que des ennuis avec les constructeurs. Le reste du temps je fais les doux yeux aux banquiers et je fais des conférences chez les gens du Rotary parce qu'ils nous ont promis un nouveau projecteur de diapos. Est-ce que tu travailles encore?»

«Comment ça?»

«Eh bien si le parti de Frank gagne, tu seras au moins femme de ministre, je pense? Il m'est arrivé de voter pour les Verts, mais je ne peux tout de même pas scier la branche… Il y aurait encore moins d'argent pour nos musées… Tu te rends compte, ça fait déjà dix-huit ans que nous nous connaissons!»

«Depuis la troisième», dis-je.

«Ça me fait toujours un coup quand j'y pense.»

«Comment ça?»

«Tu vois, je savais que pour toi c'était pas pareil. Tu as pu faire quelque chose. Mais moi, c'est la crise, je suis paniquée. À trente-cinq ans on a déjà fait les deux tiers.»

«Enfin, Hanni, tu veux dire la moitié, au maximum.»

«Non, fait-elle sèchement. Pas pour nous. Pour les hommes, l'âge compte autrement. Pas pour nous. Je ne me fais plus d'illusions. Toi tu es mariée, Babs…» Hanni tire sur sa cigarette. La lumière s'allume dans le vestibule.

«Et le pire, c'est que tout ce qui a été n'est plus là. Les gens, ils sont partis.»

Frank reste dans l'encadrement de la porte, s'y appuie, la tête légèrement penchée vers l'avant comme s'il voulait écouter la conversation. «C'est Hanni», je lui chuchote. Il fait une grimace. Il a une tache bleu-vert à la hanche.

«… et je sais pourquoi, dit Hanni, parce que je ne peux pas être seule. En fait, je peux être seule. Mais quand même je pense qu'il faut être avec les gens et être amoureux. De toute façon, les gens mariés ne me laissent plus approcher. Ils ont tous peur.»

«Tu trouves?» je demande. Frank s'agenouille d'un seul coup entre mes jambes.

« Je trouve quoi ? »

« Si tu le penses vraiment. » Frank écarte la chemise et embrasse mes seins.

« Bien sûr, dit Hanni. Qu'est-ce que je pourrais penser d'autre ? Je le vois bien. Les gens intelligents se tirent et ceux qui restent, ils jouent à ces petits jeux. C'est mon anniversaire, Babs, mon anniversaire ! » Il faut que je soulève le combiné parce que Frank se colle contre moi. Il est tout chaud.

Hanni continue de parler. « Avant-hier, dimanche, je dormais encore. Soudain un boucan terrible dans la maison. On entendait les sonnettes et les portes qui claquaient, les gens couraient dans tous les sens. Je ne saisis qu'à moitié ce qui se passe. Puis on sonne. Le temps que j'arrive à la porte, le silence complet. Alors je pense que s'ils veulent quelque chose, ils sonneront bien encore une fois. C'est pas vrai ? »

Frank me mordille l'épaule.

« S'ils veulent quelque chose, ils reviendront. Je regagne mon lit, à 5 heures et demie du matin il fait encore nuit. C'est alors que j'entends à nouveau les femmes. Je suis à peine couchée que je les entends à nouveau. Tu sais ce qu'elles font ? Elles se donnent rendez-vous pour le petit déjeuner. Je suis à la porte de mon appartement et je peux tout entendre. Elles prennent rendez-vous pour le petit déjeuner car de toute façon elles ne peuvent plus dormir maintenant. Moi non plus. Quand je suis réveillée, c'est fini, je tiens ça de ma mère. Mais maintenant je ne peux plus rouvrir la porte. Et je pense… Ah, laissons tomber. C'était une fuite. Et hier matin, dans le bus, il y en avait une en face de moi, maigre comme un clou mais n'arrêtant pas de manger des muffins. Elle déchiquetait le sachet du bout des ongles puis elle enfonçait le truc dans sa bouche. Ça faisait des miettes. Et le sac où se trouvait le sachet de muffins glissait toujours de ses genoux. Elle n'arrêtait pas de bouffer et de temps en temps le sac lui échappait à nouveau. »

« Tu n'étais pas obligée de la regarder », dis-je. Frank s'est levé et va dans la salle de bains.

« On dirait qu'ils ont tous perdu la boule. Je ne sais pas ce que je pourrais encore faire ici. Ça n'a pas changé. Ils s'en vont tous. Sarah veut aller chez son père, à seize ans. De toute façon je ne la vois pour ainsi dire plus. Qu'elle aille donc chez lui, je n'aurai plus de soucis à me faire. Maintenant il a le beau rôle, c'est maintenant lui qui l'a, le papa, et il est tout fier de sa fille. Quand il fallait que je l'emmène toutes les nuits chez le médecin des urgences à cause de ses crises d'asthme, on pouvait toujours le chercher, le papa. Et il n'a payé que ce qu'il était obligé de payer. À cette époque-là, il ne la ramenait pas. Et c'est maintenant que ce type téléphone. Sarah a pleuré pendant une semaine, et voilà soudain qu'elle veut aller chez lui et qu'elle fume comme un pompier. Je pensais que toi non plus tu ne voulais plus entendre parler de moi. »

« Parce que je suis mariée ? »

« J'ai simplement tout misé sur une carte et j'ai appelé. Tu étais tellement bizarre la dernière fois. Puis après tu n'as plus jamais donné de tes nouvelles. Si je n'appelle pas – moi de toute façon personne ne me téléphone. C'est aussi simple que cela. »

« Je n'allais pas très bien, c'est vrai. »

« À cause du blaireau ? »

« Oui, je dis, à cause du blaireau. »

Ensuite Hanni ne dit plus rien. Pour la première fois

un silence s'installe, le cauchemar d'un silence ; je peux entendre le souffle de Hanni. « Vous avez un blaireau maintenant ? » je demande. Ma voix a un ton tout à fait normal.

« Non, dit Hanni. Je regrette seulement que l'autre fois nous n'étions pas ensemble dans la voiture. Mais Lydia, la préparatrice, tu sais, quand elle doit faire une visite, rien qu'une visite, tout prend toujours du retard. Elle est complètement désordonnée. En fait, un cas pour toi. »

« Pas de problème », dis-je. Frank sort de la salle de bains. Il laisse la lumière allumée dans le vestibule. « J'aimerais bien te revoir, Babs, comme ça, et puis on se fait une soirée sympa, à trois, à deux, comme ça, en parlant de tout ce qui nous passe par la tête. Tu trouves ça stupide ? »

« Non, pas du tout », fais-je.

« Simplement voir quelqu'un d'avant. Est-ce que tu comprends ça ? »

« Oui », dis-je en lui promettant de lui passer un coup de fil sans attendre trop longtemps.

« Babs, dit Hanni pour finir, je t'aime vraiment, tout simplement. Tu me crois ? »

Quand je raccroche, la spirale du fil téléphonique s'enroule et s'assemble en quelques endroits comme une fermeture Éclair. Je prends l'appareil et pose l'écouteur sur le sol. Le fil se détend. Je soulève l'appareil jusqu'à ce que l'écouteur tourne sur lui-même juste au-dessus du tapis. Il faut au moins une minute pour qu'il se balance, à nouveau démêlé. Je repose l'appareil sur la table et raccroche.

« Il est arrivé quelque chose ? » demande Frank.

« Non », dis-je en enlevant sa chemise et en la balançant vers un hypothétique dossier de chaise. « Elle avait pas mal bu, dis-je en me cognant le tibia au lit. Comme tu es quelqu'un de connu, elle se figure que chaque soir tu reçois et que moi je joue la first lady. »

Frank glisse sa tête sur mon épaule, sa jambe droite repliée sur mes genoux. Peu à peu je reconnais les contours de l'armoire et la patère avec les cintres et les reproductions encadrées, les deux lampes et le miroir où sont accrochés mes colliers, et la chaise.

Je sens le souffle de Frank sur mon cou, chaud et régulier. Le soir nous sommes tous les deux toujours totalement épuisés. Je sais que je ne pourrai plus me rendormir. Je connais très bien ce sentiment. Encore six heures jusqu'à 6 heures et demie.

Le plus intelligent serait de me lever et de régler deux ou trois choses. Il faut que j'écrive à ma mère pour lui demander ce qu'elle a l'intention de faire à Noël. Nous irons à Tenerife jusque dans la seconde semaine de janvier. Avant, ce n'était jamais un problème, avec ma mère. Mais depuis notre dernière visite… J'étais en train de lacer mes chaussures dans le vestibule et voilà qu'avec le lacet je ramasse un gros mouton de poussière et des cheveux. Je pensais que le mouton se détacherait de lui-même, mais il s'est mis dans le nœud. Il a fallu que je le défasse, que j'aille jeter la poussière à la poubelle et que je me lave les mains. Ma mère m'a observée sans faire de commentaire. Du moins elle n'a rien dit. Elle aura soixante-huit ans en février. Jusqu'à présent, je m'étonnais seulement qu'elle fasse des courses sans plaisir : saucisson et fromage tout empaqueté, presque jamais rien de frais, et seulement du Nescafé, – il est vrai qu'elle dit qu'elle le trouve meilleur, le Nescafé Gold. Les beaux gobelets bleus et blancs rangés derrière la cocotte ne servent plus depuis des années, et elle sert à boire dans des verres à moutarde tchèques qui ont eu jadis un rebord doré. Elle prend directement la vaisselle dans la machine et ne la range plus jamais. Je ne m'étais pas encore aperçue que ma mère était devenue une vieille femme dont il faudra que je m'occupe peut-être bientôt.

La jambe de Frank tressaille. Sa respiration est très chaude et touche toujours le même endroit de mon cou. Je remonte un peu mes jambes. Je sens mes ongles sous la couverture.

Je n'ai même pas souhaité un bon anniversaire à Hanni. Je ne sais pas ce qu'il faudrait que je lui souhaite. «Frank», dis-je. L'endroit de l'épaule où il m'a mordillée me fait encore mal. Par une des lamelles pliées de la jalousie, de la lumière filtre. Je peux voir les irrégularités du papier peint. Je me représente les pirouettes du téléphone pour que la fatigue me gagne. Sa respiration est trop chaude, c'est insupportable. «Frank», fais-je, doucement. Son avant-bras appuie sur mes côtes, ses doigts touchent ma colonne vertébrale. «Frank, je chuchote, j'ai tué quelqu'un.» Je me tourne sur le côté, vers lui. Le battement de mon cœur nous berce, fait chavirer le lit.

Parfois un bref sommeil au petit matin suffit à faire oublier ce genre de nuit. Alors les heures pendant lesquelles on a veillé se fondent en un seul instant et se défont comme un rêve, comme s'il ne s'était rien passé.

Je devrais me lever et faire quelque chose d'utile. Mais je ne sais pas par où commencer. Je calcule mon âge en années de chat. Il faut multiplier par sept. Pour les tortues, il faudrait diviser. Mais il n'y a pas d'années de tortues.

CHAPITRE 9

Dispatcheur

Pourquoi Raffael, patron d'une société de taxis, ne peut créer des emplois par l'opération du Saint-Esprit et pourquoi Orlando n'est pas fait pour être chauffeur de taxi. Confusion volontaire et involontaire. Trop chaud pour la saison.

Raffael est assis dans le bureau. Ses index se promènent sur le clavier. Son regard va et vient régulièrement entre l'écran et le livre. Au bord de la table une tablette de chocolat Toffifee vide. Il n'arrête pas de s'essuyer les paumes sur ses cuisses.

Raffael entend des pas dans l'escalier. Il regarde la porte et tressaille quand on sonne.

« Raffael ? » La clenche bouge. On sonne encore. « Raffael, qu'est-ce qui se passe ? C'est moi ! » Le bout d'une chaussure cogne contre la porte métallique qui s'ouvre après un bref bourdonnement.

« Tu vas rameuter tout l'immeuble ! » Raffael ferme en se levant le dernier bouton du son pantalon. « Ferme d'abord la porte comme il faut. »

Orlando pose la valise, pousse la porte du genou et actionne la clenche. «C'est fermé», fait-il.

Raffael vient à sa rencontre. «Alors, comment ça va? Tu as grandi?» Devant Orlando il lève les mains. «Je ne veux pas te passer ma crève. Est-ce que tu veux fonder un groupe folklorique?»

«C'est une veste en loden», dit Orlando en la déboutonnant et en dénouant son foulard. «Je peux démarrer».

«Quand es-tu sorti? Tu as de nouvelles chaussures.»

«Aujourd'hui.»

«Et tu te pointes ici avec armes et bagages?»

Orlando fait oui de la tête.

«Tu n'as pas un arrêt maladie?»

«Je peux conduire, sans problème, vraiment.»

Raffael a regagné son siège et s'y laisse tomber. «Tu as grossi, Orlando.»

«C'est qu'on m'a correctement nourri.»

«Depuis que je ne fume plus…» Raffael tapote l'intérieur de ses cuisses. «Graisse d'hiver. C'est là que je la remarque.»

«Donne-moi une voiture, s'il te plaît.»

Raffael lève à nouveau ses deux mains et les laisse retomber sur ses accoudoirs.

«J'ai bien roulé, non?»

«Mais je sais, Orlando.» Raffael se rapproche de la table et feuillette son agenda.

«J'ai vraiment bien roulé. C'est toi-même qui l'as dit!»

«Cinq semaines, Orlando, cinq semaines.» Raffael tourne les pages une à une. «Quatre semaines et cinq jours, pour être tout à fait exact.»

«Six jours par semaine, sept jours, douze heures, treize heures.»

« Et *moi*, tu sais combien de temps je reste assis ici ? Tu y as réfléchi ? Je n'ai même pas le temps d'aller chercher un cachet d'aspirine. Je devrais être au lit, j'ai la fièvre. Tiens, touche ! »

Raffael pose sa main sur son front.

« Je suis chauffeur de taxi. »

« Aujourd'hui, tout le monde est chauffeur de taxi, Orlando. Chacun pense qu'il sait conduire un taxi. Le premier connard venu pense être un chauffeur de taxi ! Ne me complique pas la tâche ! »

« Je fais tout ce que tu veux ! »

« C'était un essai, Orlando. Je t'en prie, j'ai essayé et ça n'a pas marché. Ça n'a vraiment pas marché. »

« L'autre était saoul. »

Raffael pousse un petit cri, à peine audible, comme une expiration soudaine. « Qu'est-ce que tu racontes ! » Il referme l'agenda et se lève. « Aujourd'hui c'est le match retour. »

« Il était saoul et maintenant il est en taule, Raffael ! »

« Mais *toi*, tu es pour quelle équipe au juste ? Assieds-toi donc. Tu veux que je te fasse un thé ? Tu en bois un avec moi ? » Raffael se dirige vers le frigo sur lequel sont posés une machine à café, des tasses, des Wasa et deux pots de confiture. « L'an dernier c'est seulement ce temps de cochon qui nous a sauvés, nous et le commerce des carburants. Et si ça ne revient pas bientôt, c'est la fin des haricots. C'est comme ça la vie. Avant on espérait toujours que l'hiver serait tardif et finirait tôt. Malgré tout je me suis toujours porté volontaire pour être chauffeur, prêt à y aller dès la première neige, quand je n'étais pas de service. La première fois où il se mettait à neiger vraiment, je prenais le chasse-neige pour déblayer, souvent la nuit, quand il n'y a pas encore de traces dans la neige, et là tu es seul à rouler, et devant toi rien que la neige vierge, magnifique!»

«L'autre est en taule, Raffael. Ça n'arrivera pas une deuxième fois!»

«"Ça n'arrivera pas une deuxième fois." Tu peux peut-être aller à Berlin, à Hambourg ou à Leipzig, si tu veux. Mais pas ici! Tu comprends pas ça? "Ça n'arrivera pas une deuxième fois." La prochaine fois c'est peut-être pas dans le dos qu'on te plantera un couteau…» Raffael jette le marc de café dans la corbeille à papier, rince la cafetière et met de l'eau dans la machine. «OK, Orlando. Peut-être que j'exagère. Mais il ne me reste plus de voiture.»

«Tu as dit…»

«Je t'ai dit que je t'aiderai. C'est ce que j'ai dit. Mais je n'ai pas dit que je pouvais te trouver un travail par l'opération du Saint-Esprit.» Il s'essuie les mains à son pantalon. «Arrête de te ronger les ongles. Tu ne t'en aperçois même plus. Va voir Holitzschek, ce type qui est au parlement du Land. C'était marqué dans le journal qu'il voulait t'aider. Pourquoi tu ne vas pas le voir demain? Tu le remercies pour sa visite et pour les fleurs, et tu lui demandes comment il pense aider les gens qui ont une autre couleur de peau.» Raffael branche la machine. «Et maintenant tu me regardes avec les yeux ronds. Est-ce que tu peux me dire à quoi sert l'assurance-maladie si l'entreprise est obligée de sortir du fric pendant six semaines? Je paie cinq fois plus pour l'assurance automobile mais c'est pas pour ça que l'essence est moins chère. Et la municipalité qui supprime des places de parking près de l'étang. Et pour les contractuelles, une auto c'est une auto. Et en fin de compte, monsieur, – Raffael se calme soudain – finalement vous êtes ingénieur, avec un diplôme de La Havane et un autre de l'IUT de Dresde, sans compter tes stages de recyclage. En outre tu en sais dix fois plus sur les ordinateurs que tous ces rigolos qui m'ont installé ce machin. Mais tu n'es pas chauffeur de taxi, dottore. Tu ne touches pas l'intégralité du chômage ? » « Non. » Orlando renifle. Il se détourne. Raffael le retient par l'épaule.

« N'empêche, dit Raffael. Regarde-moi. Tu n'es pas un chauffeur de taxi, dottore, pas un chauffeur de taxi, compris ? Je ne peux pas non plus faire tomber la neige ou faire pousser des palmiers ! Tout le monde veut être aidé. Tout le monde a des emmerdes, tout le monde ! » Raffael pointe son index sur sa tempe. « C'est comme ça ! Et pan… » Son pouce se replie. « Pan ! Je ne peux pas sauver toute la planète. Ce que je peux sauver, c'est quatre emplois et demi. Cela demande de la concentration, Orlando ! Je ne veux plus d'histoires, plus de complications, tu peux pas comprendre ça ? Et arrête donc de te bouffer les ongles ! » Raffael est retourné au frigo et ouvre la porte. « Avec Petra, est-ce que tu sais quand… Tu sais quand je l'ai touchée pour la dernière fois ? À Pâques ! David, je le vois le week-end, des fois. Et à la fin du mois, une fois payées les traites pour les voitures, le loyer ici, le téléphone, les salaires et les assurances, il ne reste pratiquement rien ! Quelle heure est-il au juste ? »

« Neuf heures. »

« La deuxième mi-temps. Est-ce que tu t'es demandé pourquoi je suis pour Dortmund ? »

« À cause de Sammer ? »

« Non. »

« À cause d'Andy… de Möller ? »

« Tu veux le savoir ? Si le Borussia gagne le championnat, s'ils y arrivent cette année, moi aussi j'y arriverai. Je le sais. Sinon, on dépose le bilan. Alors je jette l'éponge. Et là tu pourras avoir toutes mes voitures. Pourquoi tu te marres? Un jour ou l'autre il faut bien en finir, d'une manière ou d'une autre. C'est Petra qui paie tout, l'appartement, la bouffe, les affaires de David, les cadeaux de Noël. Et moi qui voulais être le premier à sortir sa famille des quartiers nord... » Raffael tapote la machine à café. «Il faudrait la détartrer. Qu'est-ce que tu veux comme thé? Maté, thé vert, à la menthe, earl grey, merise, english breakfast? J'ai aussi du thé de Noël.»

« De temps en temps il y en a un qui s'en va, tu l'as dit toi-même, Raffael.»

Raffael essuie les tasses en verre, y dépose un sachet de thé et pose deux ronds en liège sur le bureau. «Je peux te prendre de Noël au jour de l'an. Assois-toi donc, enfin.» Il attrape des morceaux de sucre dans leur carton.

«Non», dit Orlando.

«Tu ne veux pas t'asseoir?»

«Pas comme intérimaire, Raffael.»

«Il n'y a plus de citrons.» Il pose une brique de lait entre les verres, s'assoit et décroche deux écouteurs téléphoniques en même temps. « J'ai toujours pensé que quelqu'un faisait du sabotage. Tu peux me dire pourquoi personne n'appelle? Dans cette ville il y a quarante-huit mille paires de fesses! Disons quarante-sept ou quarante-cinq – on a été plus de cinquante mille, Orlando, cinquante mille paires de fesses! Pourquoi il n'y en a pas une qui veut se poser dans un taxi? Pourquoi ça ne sonne pas sans arrêt ici? Tu peux prendre mon job. Je change avec toi tout de suite, si tu veux. Au chômage, mais sans dettes. Tu es libre! Tu fais ce que tu veux.» Il raccroche brutalement les écouteurs.

« C'est un temps pour partir en voyage, dit Orlando. Pas un temps pour prendre un taxi. » Il met une cigarette entre ses lèvres et pose le paquet sur la table.

« Si les gens n'ont rien dans leur poche, il peut pleuvoir de la bouse de vache ! C'est comme ça ! Essaie donc de comprendre. Et ne fume pas ici, Orlando. » Raffael tripote l'ouverture de la brique de lait. « Pourquoi tu ne te tires pas ? Qu'est-ce qui te retient dans ce bled, hein ? » Raffael lèche le lait sur son pouce. « Aujourd'hui, j'ai rencontré quelqu'un qui était dans la même école que moi. Je vais à sa rencontre. Il me regarde d'un air ahuri et ne dit pas un mot. » Raffael tend le cou et porte ses deux mains à ses yeux comme des jumelles. « Comme ça. Je ne veux pas savoir s'il a du travail. Même s'il en a, il croit sûrement qu'il ne gagne pas assez. Ici ils me prennent tous pour un grand ponte, toi aussi sans doute. Donc je demande des nouvelles de ses enfants, de sa famille, etc. Et c'est bon ! » Raffael cache son visage dans ses mains comme si tout était dit et se frotte le front. « Tu t'imagines pas ! Le voilà qui se met en boule ! Et que je suis bien placé pour le savoir car après tout je l'avais su avant lui ! Je ne comprends vraiment pas ce qui lui arrive, qu'est-ce qui le fait gerber comme ça. Son double menton de bébé bringuebale comme la gorge d'un dindon. "Ça ne peut quand même pas être la norme", se met-il à hurler en pleine rue. Et tu sais quoi ? J'étais censé avoir su avant lui que sa femme avait accouché d'une fille. Impossible de m'en souvenir, même maintenant je ne m'en souviens pas ! Je ne connais même pas sa femme ! D'où le saurais-je, que je demande. Qui donc me l'aurait dit ? Il continue à crier que ça ne peut pas être la norme. C'était sans doute il y a six ans, Orlando, tu t'imagines un peu, six ans ! Il a dû me confondre avec un autre. Mais même si j'étais celui pour qui il me prend… Tu comprends ça ? »

« Non », dit Orlando à voix basse. La machine à café chuinte. De la vapeur s'élève. Dans la cafetière le niveau de l'eau est sous le premier trait.

« Quand quelqu'un trimbale pendant six ans une telle colère en lui, Orlando, tu sais ce que ça veut dire ? Ça veut dire que je suis heureux si je peux m'en tirer avec des éraflures sur ma carrosserie et des pneus crevés ! Je ferais mieux de ne pas mettre le nez dehors. Le téléphone suffit amplement. Tout le reste n'attire que brouilles et embrouilles. »

« Vraiment, je peux commencer tout de suite. Je n'ai plus mal. Tu veux voir ? » Orlando retire sa veste en loden et son pull-over. Il déboutonne sa chemise jusqu'à la ceinture et ôte sa manche gauche. Le dos tourné à Raffael, il s'appuie contre le bureau et fait glisser son maillot de corps de son épaule gauche.

« Pas de pansement ? » Raffael se lève et se penche sur le bureau.

« Il faut que ça reste à l'air, ça cicatrise mieux comme ça, ils m'ont dit. »

« C'est bien comme ça qu'on se l'imagine » Raffael tend le bras et passe un doigt autour de la cicatrice. « Et les fils ? Ça fait mal ? »

Orlando secoue la tête. « Ça chatouille », dit-il.

Raffael lui caresse l'épaule. Sa main glisse le long du bras d'Orlando. Il lui remonte son maillot de corps. Quand il le touche à nouveau, Orlando s'éloigne du rebord de la table.

« C'est que ça fait mal », dit Raffael en se rasseyant.

Après avoir fermé la porte derrière Orlando, Raffael arrache les fils de la sonnette. Il se dirige vers la fenêtre et fait pivoter l'imposte. Il observe Orlando poser sa valise sur la banquette arrière du taxi et monter de l'autre côté. Puis la voiture démarre.

Raffael regarde son ancien bureau. Les deux fenêtres de la gare routière sont éteintes.

« Dispatcheur, fait Raffael. Dispatcheur, dispatcheur, répète-t-il, dispatcheur, dispatcheur. » Il parle de plus en plus vite afin que les syllabes se désagrègent, jusqu'à ce qu'elles résonnent en un galimatias incohérent et qui n'a aucun sens, pas plus que le mot n'a de sens pour la plupart des gens auxquels Raffael répond « dispatcheur » quand ils lui demandent quel métier il exerçait avant. « Dispatcheur pour les transports en commun des districts d'Altenburg, Borna, Geithain et Schmölln, dispatcheurdispatcheurdispatcheur… » Plus il parle, plus sa bouche produit des sons inattendus. Raffael prend du plaisir à cette confusion qu'il provoque lui-même. Il n'y arrive pas toujours. Souvent le mot reste univoque et compréhensible, quoi qu'il fasse.

Avant, il croyait que « dispatcheur » était l'un des rares noms de métier utilisés dans le monde entier. Les Allemands de l'Ouest au moins auraient dû le comprendre puisque c'est de l'anglais. « Dispatcheurdispatcheur. »

Raffael est près du téléphone et saisit le combiné. Il attend quelques secondes avant de décrocher et de dire d'une voix calme : « Taxis Günther, bonsoir. »

« C'est moi. »

« Déjà ? » demande Raffael.

« Comment ça, déjà ? »

« Il t'a aidé à monter la valise ? »

« Je ne suis pas malade, Raffael. »

« Moi je disais ça comme ça. »

« Est-ce que les 47 000 habitants d'Altenburg te téléphonent ? »

« Qui ? »

« Le téléphone s'est remis à sonner ? »

« Oh oui, période de Noël, de temps en temps. »

« Et Dortmund ? »

« Quoi ? »

« Ils ont gagné ? »

« Oui ? »

« Je te demande… »

« J'espère que oui. »

« J'ai juste écouté la météo. Il ne gèle pas. Mais pour la semaine prochaine, ils ne savent pas. »

« Mais ils font toujours comme si. C'est surtout ça qui m'énerve. »

« C'est vrai. »

« La semaine prochaine, tout peut changer. »

« C'est sûr. »

« Orlando ? »

« Oui ? »

« Excuse-moi… J'ai la fièvre. Je ne voulais pas… Tu pourras regarder l'ordinateur demain ? »

« Compte sur moi. »

« Il n'y a plus rien qui marche dans ce machin. »

« Je regarderai. »

« Ce serait vraiment sympa. »

« Tu restes jusqu'à 11 heures ? »

« Jusqu'à 11 heures, oui. »

« Tu as assez de chocolat ? »

« De chocolat ? »

« Tu devrais t'appeler Raffaelo plutôt que Raffael, Raffaelo Ferrero. »

« C'est en rapport avec le peintre. Mais plus personne ne le sait. »

« Raphaël ? »

« C'est ça. »

« Qu'as-tu à voir avec lui ? »

« Je te raconterai ça une autre fois. »

« Est-ce que tu peins ? »

« Je te raconterai. Pas maintenant. »

« Je voulais te proposer quelque chose, Raffael – tu m'entends ? »

« Oui. »

« Je pourrais quand même rouler jusqu'à ce que tout soit remboursé. Quand je suis arrivé ici, ça m'est venu. Tu me dis combien ça a coûté, l'assurance-maladie, la réparation et… »

« Comment ? »

« Je pourrais rouler jusqu'à ce que tout soit récupéré, l'assurance-maladie, la réparation de la voiture. »

« Raconte pas de blagues, Orlando. »

« Je viens demain. Sinon tu sais où tu peux me trouver. »

« Hum… »

« Eh bien, Raffael. »

« Hum… »

« C'est à toi. »

« Quoi ? »

« C'est toujours celui qu'on a appelé qui répond. »

« Alors, c'est à moi. »

« Tu peux compter jusqu'à trois, si tu veux. »

« Il faut que j'arrête maintenant. »

« C'est à toi. »

«Oui», répond Raffael, et il raccroche.

«Dispatcheur», fait-il à haute voix en regardant les deux fils au-dessus de l'encadrement de la porte. Les deux bouts dénudés dépassent comme des antennes. Sa chemise colle sous les bras et dans le dos. Raffael retrousse ses manches. Il se dirige vers la fenêtre, ouvre les deux battants, se baisse sous l'appui et se penche à l'extérieur. «Dispatcheur, dit-il, dispatcheur, dispatcheur.» Il continue à parler, fort et vite. Raffael croit voir son haleine se condenser et même, l'espace d'un instant, la gare routière recouverte de neige. Mais il n'a pas froid. Même pas un petit frisson ou la chair de poule. Il fait encore vraiment trop chaud.

CHAPITRE 10

Sourire

*Martin Meurer raconte ses retrouvailles avec son père bio-
logique vingt-quatre ans après. Une confession inattendue.
Les croyants tombent moins souvent malades et vivent plus
longtemps. L'histoire des apôtres et les maniques.*

Pas facile de restituer la rencontre avec mon père telle
que je l'ai vécue alors, donc de raconter l'impression que
lui et son histoire ont pu me faire. Non que ma
mémoire soit mauvaise – cela remonte à un an à peine
– mais parce qu'aujourd'hui j'en sais plus. Je dirais
même que je suis devenu un autre homme.

Un matin de mars 69, notre mère entra dans notre
chambre, à Pit et à moi, et nous dit : «Votre père s'est
tiré.» Elle a repoussé les rideaux, a ouvert la fenêtre et est
ressortie. J'avais sept ans et Pit cinq. «Peu importe qui
te pose des questions à l'école, tu n'as rien à cacher, rien
du tout», a-t-elle martelé à mon intention avant d'accompagner mon frère au jardin d'enfants. Dans un premier temps, elle ne dit rien de plus sur cette affaire.

Après la naissance de Tino, le 13 février 88, j'ai envoyé à mon père une photo de nous trois. Avec sa lettre de félicitations, il y avait un billet de 100 marks ouest. En octobre 91, Andrea ma femme est morte dans un accident. Je le tins également au courant. La lettre de condoléances était accompagnée d'un billet de 100 marks. Plus tard, je reçus encore une carte postale d'une excursion à Murnau.

Peu avant l'anniversaire de ses cinq ans, Tino, notre fils, était parti chez ma belle-sœur Danny. Elle s'en sortait mieux avec le gamin. Quelques semaines plus tard, Thomas Steuber, notre ancien voisin, me téléphona pour me demander si je pourrais aller chercher à Gröbenzell, près de Munich, une voiture d'un an, une BMW série 5. Il me proposa pour ça 250 marks, plus le défraiement et les frais de voyage. Il devait savoir que j'étais au chômage. J'ai accepté tout de suite.

Sans doute que je ne savais pas moi-même pourquoi j'ai demandé le numéro de téléphone de mon père aux renseignements. C'était peut-être par curiosité ou parce que j'espérais obtenir un peu d'argent de lui. Après tout, il avait été médecin-chef.

Au téléphone, sa voix manquait d'assurance et il m'appela « mon garçon ». Je notai le nom et l'adresse d'un café où on pouvait le rencontrer tous les jours de la semaine à partir de 16 heures. Le lendemain soir mon père rappela. Tu sais sans doute dans quel état physique je me trouve, me disait-il. Il ne fallait pas que je sois surpris. Cela faisait vingt-quatre ans que nous ne nous étions pas vus.

Chez le concessionnaire de Gröbenzell, je n'ai pas dû attendre longtemps. Tout juste le temps de me demander quand j'avais pris un volant pour la dernière fois. J'ai mis une heure pour aller jusqu'au jardin anglais et j'ai trouvé une place pour me garer sans avoir besoin de faire une marche arrière. J'ai fait le dernier bout à pied.

Sur le large trottoir, tout près du café, il y avait des tables rondes, chacune flanquée de deux chaises. Dès que quelqu'un payait, des passants s'arrêtaient, attendaient, et, tandis que le garçon était encore en train de débarrasser, se faufilaient jusqu'aux places libérées. Je me suis mis à côté d'une femme dont les lunettes de soleil étaient posées sur les cheveux et qui se bronzait. Avec le café on apportait l'addition, un biscuit sur la soucoupe.

Mon regard balayait l'espace comme on regarde un match de tennis. J'observais aussi les taxis roulant lentement. De temps en temps je trempais le biscuit dans le café chaud, versais du lait concentré dans la tasse jusqu'à ce qu'elle soit pleine à ras bord et allumais une cigarette. Chaque fois que je pensais à mon père, j'avais devant les yeux la photo du mariage que nous avions cachée dans notre chambre d'enfants. J'étais juste en train de me voir déjà, un instant après, jeter ma cigarette et me faufiler entre les chaises lorsqu'un homme frêle se dirigea vers moi. À chacun de ses pas le long manteau semblait s'emmêler entre ses genoux. Il s'arrêta tout près de moi, effectua un demi-cercle autour de la table, sortit la main droite de sa manche, et sans un bruit récupéra de ses longs doigts sales des morceaux de sucre. La femme, soudain dans l'ombre, ouvrit les yeux. L'instant d'après nous vîmes le bas de son manteau flotter sur ses talons, et il disparut.

À 16 heures j'étais au bord du trottoir, devant l'entrée. À plusieurs reprises, je crus voir son visage.

Puis je le reconnus tout de suite. Il arrivait lentement, traînant un peu la jambe, mais sans canne. Je me mis en travers de son chemin.

« Salut, père », dis-je. Jamais je n'avais dit « père ».

« Bonjour, mon garçon. » Sa tête se détourna un peu. « Je ne vois plus que de l'œil gauche. »

Mon père prit mon bras et nous entrâmes, à pas lents, dans le café. Il était plus petit que moi.

« Ton père est une épave, dit-il, extérieurement du moins. Tu ne trouves pas ? »

« Non, dis-je, pourquoi ? »

Les serveuses étaient habillées en marron clair et portaient des tabliers bordés au crochet. L'une d'elles s'effaça contre la vitrine remplie de gâteaux, de tartes et de biscuits pour nous permettre de passer ensemble. « Bonjour, docteur Reinhardt », dit-elle. Mon père s'arrêta, tourna la tête, et lui tendit la main gauche. « Mon fils », dit-il. Elle eut un regard étonné. « Enchanté, monsieur Reinhardt ! C'est bien que vous soyez venu ! Bonjour ! » Nous nous donnâmes également la main. Puis je sentis à nouveau le bras de mon père. Quelques clients nous regardèrent en souriant. Les serveuses qui venaient à notre rencontre ou nous dépassaient nous gratifièrent elles aussi d'un « bonjour ».

« Tu t'appelles toujours Meurer ? » demanda-t-il.

« Oui », dis-je en l'aidant à retirer son manteau. Sans nous toucher, nous parcourûmes les quelques mètres qui nous séparaient de la table ronde dans l'angle qu'il avait désignée. Il y avait pas mal de monde dans le café, beaucoup de femmes ayant dépassé la soixantaine, souvent par deux ou par trois, plus rarement des couples.

Une très jeune serveuse écrivit quelque chose sur son bloc avant de venir vers nous. « Bonjour », dit-elle en prenant le petit écriteau « Réservé » pour le mettre dans la poche de son tablier. Nous commandâmes deux cafés.

« C'est en été qu'il faut venir, quand les brasseries en plein air sont ouvertes. C'est là que tu devrais venir. » Il rit comme sur la photo, sauf que ses joues étaient creuses. Maintenant il me voyait bien.

« Dans le temps, je pensais que tu deviendrais gros. Tu mangeais comme trois, et quand il restait quelque chose dans une autre assiette tu le finissais toujours. Incroyable, quatorze boulettes de pain et la compote avec. On se demandait toujours de qui tu pouvais tenir ça. La plupart des gens goulus prennent du poids et meurent jeunes. » En s'aidant de sa main gauche, il posa son bras sur la table. « Tu vois, dit-il, ma papatte. » Je cherchai sur son visage les traces de la paralysie mais ne trouvai rien. Il avait encore belle mine, la chevelure encore pleine, un homme avenant au milieu de la soixantaine. Du bout des doigts il vérifia si sa cravate était bien nouée.

Il me raconta qu'à l'époque il s'était levé un matin pour aller aux toilettes et lorsqu'il était revenu dans la chambre il avait vu une chaise renversée. Il l'avait remise debout, et, en faisant ce geste, il avait fait tomber un vase de la table.

« C'est comme ça que ça a commencé, dit-il. Je renversais des objets sans m'en apercevoir. Et puis – un éclair. Ce n'était pas *comme* un éclair, *c'était* un éclair, qui vous traverse, pas un infarctus comme beaucoup de gens l'ont pensé. Je n'ai ressenti aucune douleur. Rien qu'un éclair et te voilà paralysé. »

Mon père se tourna vers la serveuse qui nous apportait les cafés et sourit jusqu'à ce qu'elle s'éloigne.

« Il a fallu que je réapprenne tout, mais avant de pouvoir m'y mettre… Je pensais que ça se calmerait, comme si j'avais une jambe engourdie. »

Je l'observais porter la tasse à sa bouche. Il buvait vite. Sans trembler il la reposa.

« Tu prends du sucre ? »

Je voulus lui passer le sucrier.

« Ah, mon garçon, je voulais te demander si tu mangeais beaucoup de sucre. Parce que moi j'ai du diabète. » Il but encore une gorgée et regarda le biscuit à côté duquel était posée sa main recroquevillée. « Il a fallu que je réapprenne tout une fois de plus, dit-il. Car à l'époque, quand je suis arrivé ici, il a fallu aussi recommencer à zéro. »

« Moi aussi je n'arrête pas de recommencer, dis-je, mais ça ne dure jamais longtemps. »

« Tout cela a un sens, Martin, tout, dit-il, en attrapant sa main droite afin de l'écarter un peu de la soucoupe. Même si pour *nous* le sens n'est pas clair, ou pas immédiatement. »

J'avais beau ne rien dire, il s'anima. « Je sais ce que tu penses. C'est pourtant ce que j'ai appris pendant toutes ces années. » Il sortit un mouchoir plié et s'essuya la bouche.

Je cherchais ce que j'allais répondre tout en buvant mon café. Nous nous taisions. J'étais persuadé que pour cette rencontre avec moi il avait préparé chacune de ses phrases comme pour une conférence. Et ce silence qu'il observait maintenant faisait sans doute partie de sa rhétorique.

Je lui racontai l'histoire du type qui était venu prendre les morceaux de sucre sur ma table. « Et hop, dis-je, il avait déjà disparu. »

« Et alors ? » demanda mon père. Nous restâmes un moment silencieux. Puis il reprit : « Y a-t-il quelque chose de nouveau dans ta vie ? »

«Non», dis-je.

«Pas de petite amie?»

«Bah, non», dis-je.

«Cela remonte à quand, l'accident de ta femme. Un an?»

«Un an et demi.»

«Et le conducteur? Est-ce qu'ils l'ont…?»

«Il n'y en a pas, dis-je. Du moins ils n'ont relevé aucune trace. Peut-être que quelqu'un est passé trop près en la doublant ou bien elle a eu peur de quelque chose. Une chute stupide… après Serbitz.»

J'ai dit que je me sentais coupable de la mort d'Andrea parce qu'on m'avait retiré mon permis de conduire et que je prétendais que nous n'avions pas besoin de voiture. «C'est pour ça qu'Andrea s'entraînait à faire du vélo. Elle manquait terriblement d'assurance.»

J'avais souvent parlé de sa mort de cette manière. Mais brusquement je dis : «J'ai souhaité qu'Andrea meure et c'est arrivé.»

J'ai fixé ma tasse, désemparé d'avoir pu dire une telle chose, et en plus devant lui, lui qui nous avait abandonnés et qui croyait toujours avoir en main la carte gagnante.

«Sans doute que tu ne l'as pas vraiment aimée ou pas assez longtemps. On ne peut jamais le savoir avant.» Mon père reposa la tasse sur la table et poussa vers moi la soucoupe avec le biscuit. «Tu le veux?» Je le mis dans ma bouche, parvins à l'avaler, et lui demandai si ça le dérangeait que je fume. Il fit signe que non.

«Et toi?» demanda-t-il au bout d'un moment.

«Qui donc a besoin d'un historien de l'art, fis-je, et qui n'a même pas encore soutenu de thèse?»

«J'aurais pu te le dire tout de suite.»

Je commençai à parler de peintures sur bois de Bohême, de l'université, des manifestations. « Personne n'est arrivé à finir. Nous avons fait trente-six choses sauf préparer notre doctorat. Et puis d'un seul coup, clac, un nouveau prof, clac de nouveaux assistants. »

Il ne me quittait pas des yeux. « Ils t'ont fichu à la porte ? » demanda-t-il.

« Oui », dis-je en comparant à nouveau son œil gauche et son œil droit sans discerner de différence.

« Tu étais au Parti ? »

« Qu'est-ce qui te fait dire ça ? »

« Excuse-moi, dit-il, mais avec ce Meurer. Meurer le rouge ! C'est comme ça que tout le monde l'appelait. » Mon père plissa les yeux. « Le plus dur, ça a été de lui pardonner. Cet homme, je l'ai haï. Mais je lui ai pardonné. »

« Qu'as-tu à pardonner ? »

« Ah, mon garçon ! Quand ses propres enfants tombent soudain entre les mains d'un homme comme ça… Je ne voulais pas que vous pourrissiez là-bas. J'ai pourtant essayé de convaincre votre mère qu'on s'en aille tous ensemble. Mais elle était butée, absolument butée. »

« Nous non plus nous ne voulions pas partir », dis-je.

« Vous étiez des enfants, Martin. Tu vois bien le résultat. »

« Je n'ai pas de bol, c'est tout, dis-je. Il ne manque plus que je me mette à boire et que je perde mon logement. »

J'aurais voulu continuer à parler, mais ça n'était pas possible. Je pensais à Andrea. Mon gosier sec me faisait mal. Je sentais les larmes venir et j'étais sur le point de m'apitoyer sur moi-même.

Mais mon père détourna son attention de moi en racontant autre chose. Une fois, ma mère avait prévenu la police parce qu'il était revenu d'une promenade bien trop tard. « Elle dormait et vous étiez assis devant la télé. Vous ne vouliez jamais aller prendre l'air. Elle a d'abord alerté le garde-forestier. Elle pensait que je gisais quelque part, renversé par un sanglier. » Il éclata de rire, les yeux plissés. Son front brillait. « Je n'ai jamais oublié ça, » dit-il en regardant sa montre.

« Mon garçon, reprit-il en se redressant sur son siège. Mon divorce avec Renate et mon mariage avec Nora… » Il passa sa main sur sa tempe. « Nora et moi on a été mariés pendant presque vingt ans. Quand j'ouvrais les yeux le matin, elle était à côté de moi et je sentais encore sa main quand je m'endormais. Et ça encore après deux ans de soins au grabataire que j'étais. Bien sûr, je pensais : Nora est ce que j'ai de plus cher au monde, sans Nora… Puis, je voudrais te raconter ça, j'ai défié mon destin. Il y a eu cette révélation qui a balayé toutes les illusions que je n'avais pas reconnues comme telles dans mon aveuglement et mon bonheur borné. » Il déplaça à nouveau sa main. « Régulièrement il y avait un "ange du salut" qui sonnait chez nous, comme je disais à l'époque. Je n'avais guère envie de parler avec ces gens, mais un jour Nora l'a fait entrer. Presque personne ne nous rendait visite. Je ne pouvais plus marcher et je n'avais pas le moindre espoir de pouvoir à nouveau marcher un jour. Cet ange du salut s'est assis, nous l'avons écouté et nous sommes moqués de lui. Il restait patiemment, ne se défendait pas, et soudain il s'est mis à prier. Je le vois encore, les genoux serrés, les mains jointes posées dessus, la tête inclinée, un pli entre les deux sourcils comme s'il souffrait. »

Mon père passa à nouveau le mouchoir sur sa bouche. Tant qu'il raconte ses histoires, pensai-je, je n'ai pas à parler.

« Tu ne veux pas manger quelque chose ? me demanda-t-il en rangeant son mouchoir. Nora et moi nous étions assis à côté de l'ange en prière, attendant qu'il ait fini. Il prit congé comme si de rien n'était, mais deux jours plus tard il revint avec des fleurs, cette fois. Il nous rendit visite trois ou quatre fois par semaine. Je me demandais s'il n'était pas timbré – telle est l'expression abrupte qu'employa mon père. Bon, je vais abréger. Lorsqu'il est parti avec Nora, j'ai compris avec qui j'avais partagé mon existence. Sais-tu ce qui l'avait retenue pendant tout ce temps-là auprès de moi ? D'abord mon livret d'épargne, deuxièmement mon assurance, ensuite ma future retraite – l'argent, toujours l'argent, rien que l'argent. Lorsque Nora m'annonça qu'elle filait le lendemain au Portugal avec Boris, ce prédicateur, elle me dit encore : "Maintenant tu n'auras plus à cacher ton argent." Ma Nora, ma vie ! Tout ce dont nous avions besoin, on l'avait toujours eu, et au-delà ! »

Mon père fit une pause. J'eus l'impression qu'il avait besoin de se ressaisir. Mais il poursuivit d'une voix assurée.

« J'ai pensé alors que c'était la fin. Mais je suis descendu encore plus bas. Je ressentais même une sorte de soulagement. Voilà comme ils sont, pensai-je. Ce qui se cache derrière leur hypocrite piété. Le monde est aussi simple que ça. J'étais un masochiste passionné. Mais, ajouta-t-il en plissant les paupières comme s'il riait d'avance à un bon mot, tu sais quoi, mon garçon ? C'est là que ma vie a commencé. Tout seul ? Justement pas ! Je n'avais jamais été aussi près de Jésus-Christ qu'en ce moment! Qui sommes-nous donc pour être troublés par les gens qui nous apportent le message ? Qui sommes-nous donc ?»

Ce fut pour moi comme un coup de tonnerre. Je n'étais même pas baptisé. Je pensais seulement que les gens qui ont la foi vivent plus longtemps et tombent plus rarement malades. Je l'avais lu quelques jours avant dans la revue *Psychologie aujourd'hui* qu'on trouve dans notre bibliothèque. Le ton de la voix de mon père s'était soudain transformé.

«Chaque jour des frères et des sœurs vinrent pour me porter aide et réconfort, avec eux je pouvais lire la Parole de Dieu et prier, me déclara-t-il sans me quitter des yeux. Tu vois, je m'en tire tout seul. C'est debout que je vais prendre ma retraite.» Il tenta d'atteindre ma main. «Si tu es esseulé et désespéré, dit-il, Jésus-Christ est à tes côtés. Il suffit de dire "oui", Martin, juste "oui".»

«Je ne suis pas esseulé», répondis-je.

«Bien sûr que non!» Il effleura le bout de mes doigts. «Tu n'es pas seul, Martin.» Il agrippa son bras droit et s'appuya au dossier de sa chaise.

Je ne sais plus de quoi nous avons encore parlé. Mais peu après, je lui dis qu'il fallait que j'y aille pour pouvoir rouler un peu avant que la nuit tombe.

Mon père tira un billet de 10 marks de la poche de sa veste, le déposa sur la table, fouilla à nouveau dans sa poche et me tendit un petit paquet vert foncé qui était souple au toucher. «Regarde, si tu veux.»

J'essayai de retirer précautionneusement le Scotch pour ne pas déchirer le papier cadeau. «C'est moi qui ai dessiné le motif», dit-il, lorsque je dépliai les maniques bleu clair avec une étoile à huit branches au milieu. Aux deux attaches était fixée une petite étiquette : Dr Hans

Reinhardt, bâtiment C, chambre 209. «On en a toujours besoin, dit-il. On a toujours besoin de quelque chose d'utile.»

Je le remerciai et il régla l'addition.

Puis je l'aidai à enfiler son manteau. Il me demanda si son foulard était bien mis. Je l'ajustai bien au milieu. Il prit mon bras et nous nous mîmes en route. Un serveur inclina la tête un moment pour le saluer. Quand je levai les yeux, je croisai plusieurs regards. Les femmes nous suivirent des yeux en souriant. J'essayai de me tenir droit. La serveuse qui nous avait salués ouvrit la porte intérieure. Deux femmes qui avaient ouvert la porte sur la rue nous retinrent les deux battants pour nous laisser passer. Elles aussi souriaient.

Son taxi était déjà garé le long du trottoir. Sur un signe que je fis, le chauffeur descendit.

«Bonne chance, Martin», dit mon père. Je sentis son menton contre ma joue droite.

En se tenant de la main gauche à la portière de droite, il se laissa choir sur la banquette. Le chauffeur lui prit les jambes pour les étendre. Je levai le bras pour faire un geste d'adieu, au cas où mon père se serait retourné. La voiture roulait déjà quand il tourna la tête, mais pas assez pour me voir.

Je partis dans ma direction et redressai la tête quand je fus certain que plus personne ne m'adresserait un sourire.

J'entrai dans une cabine téléphonique, composai le numéro de Steuber, lui dis que tout avait bien marché et que je serais de retour entre 10 et 11 heures.

«Fabuleux, s'écria Steuber. On attend! Toute la famille vous attend!»

«Bon», dis-je.

«Et bonne route!» dit Steuber.

«Merci», dis-je, en collant mon oreille à l'écouteur pour entendre les voix à l'arrière-plan.

«Salut!» fit Steuber, et il raccrocha.

Je composai le numéro de Danny. Je voulais parler à Tino. Je voulais simplement lui dire bonjour, mais j'ai raccroché avant la première sonnerie. Je pouvais aussi bien l'appeler le lendemain pour le prix d'une communication locale. Je regagnai ma voiture et je pus démarrer sans avoir besoin de faire une marche arrière.

Aujourd'hui, je sais que le récit de mon père est une véritable fable de saint Paul. Dans l'histoire des apôtres du Nouveau Testament on peut lire comment l'un des disciples du Christ est devenu l'un des missionnaires les plus importants, de ceux qui annoncent la Bonne Nouvelle.

Les deux maniques – là aussi mon père avait raison – sont suspendues à côté de ma cuisinière et je n'ai qu'à tendre le bras quand j'en ai besoin.

CHAPITRE 11

Deux femmes, un enfant, Terry, le monstre et l'éléphant

Comment Edgar, Danny et Tino emménagent ensemble dans un appartement avec balcon situé dans un immeuble neuf. L'odeur des saucisses grillées. Grandes et petites catastrophes. Des taches sur le fauteuil et le kilim.

« Eddi, mon Dieu ! Ce monstre ! » entendit-il crier Danny. Edgar se redressa. Il tenait le fauteuil à oreilles gris comme un casque gigantesque sur la tête. Il avait le front enfoncé dans le siège jusqu'aux sourcils. Ce n'était qu'une question d'équilibre. On l'entendait expirer. Le dossier tout contre les omoplates. Tino fit : « Oh ! »

« Eddi, mais pourquoi ? C'était pas pour aujourd'hui… »

Les pieds de Danny bougeaient devant ses chaussures sur le tapis lie-de-vin. Edgar eut l'impression qu'elle touchait le fauteuil. Il imagina qu'elle venait vers lui en passant sous les accoudoirs pour le prendre des deux mains par la taille. Ils s'embrasseraient sans que Tino le remarque et danseraient lentement.

«Il est costaud, Eddi», dit Danny en tapotant le devant du fauteuil. En guise de réponse il esquissa deux sautillements et la suivit en se baissant là où il pensait que la lampe se trouvait. Sans rien heurter, il parvint jusqu'à l'embrasure de la porte et dans le couloir. «Gratte-moi là.» Du bout de son pied droit il désignait son mollet gauche.

«Merci», chuchota Danny en lui ouvrant la porte de l'appartement.

«Mais gratte!» dit-il sans bouger.

«Il y a des courants d'air, s'il te plaît, vite, Eddi!»

Il se baissa à nouveau et franchit d'une grande enjambée le paillasson sur lequel de grandes lettres noires formaient en arc de cercle le mot «Welcome».

On entendit des pas descendre l'escalier, une femme dont la robe s'arrêtait juste au-dessus du genou. Edgar tenta de deviner son âge à ses chaussures et à ses cuisses. Elle n'avait pas répondu à son salut. Arrivée sur la dernière marche, elle se faufila à côté de lui et lui tint la porte ouverte. Il dit «merci» et n'obtint à nouveau aucune réponse.

De sa main droite, Edgar chercha les clés de voiture dans les poches de son pantalon et de sa chemise. Il s'accroupit, inclina les épaules et la tête jusqu'à ce que les pieds avant du fauteuil touchent le sol. Il se retira de dessous le dossier et se redressa rapidement, mais quand il voulut le rattraper, il referma sa main sur le vide et piqua du nez avec le fauteuil contre le feu arrière de la Ford Transit.

La femme avait disparu. Il secoua le dossier et bâilla. Il faisait lourd.

«Et où c'était?» demanda Tino lorsque Edgar entra dans la salle de séjour.

«À Ahlbeck, sur la mer Baltique, dit Danny. Eh bien, Eddi? Nous sommes impressionnés. Il y a encore assez de place?»

Edgar fit signe que oui. «La clé?»

«Et ça?», fit Tino.

«Quoi donc, mon lapin, sur l'âne, là?»

«Ça!» Tino brandit l'album de photos. «Ben ça!»

«Attends, Eddi, la clé – je ne sais pas, mon lapin, vraiment pas –, dans la cuisine peut-être?»

Devant le frigo, Edgar marcha dans une flaque. Il étendit une serpillière, observa l'eau qui formait des îles et le tissu, collé au sol, dont le contour évoquait la Sicile. Il rabattit les extrémités de la serpillière et porta le paquet mouillé dans l'évier. Il fit ce trajet plusieurs fois. Puis il ouvrit la porte du frigo, qui était déjà entrouverte. L'étui à clés noir pendait du freezer.

Dans le séjour, Edgar essaya de ne pas regarder dans la direction de Tino. «Dois-je emporter quelque chose?»

«Ça!» Danny tapota sur le carton à côté d'elle. «Et deux boîtes pour Terry.»

«C'était vraiment une idée formidable, ah oui, vraiment», dit Edgar.

«C'est *son* chien, Eddi. C'est à *lui* de savoir ce qui est bon ou mauvais pour son chien. Terry s'habitue à son nouvel environnement et ici nous avons le calme. Je trouve que c'est une bonne idée.» Danny s'agenouilla devant le meuble de living, déploya un vieux journal, en déchira une double page, en fourra la moitié en boule dans un verre à bière et l'enveloppa avec l'autre moitié. Edgar fit glisser une feuille de la pointe du pied. «Frustration à la place du plaisir. Masturbation sous le volant» pouvait-on lire en manchette au-dessus d'une photo représentant un camion renversé. Il lui tendit la feuille et éclata d'un grand rire lorsqu'il pensa qu'elle avait fini de lire.

« Bon Dieu, fit Danny. Mais comment peuvent-ils savoir si tout en conduisant il s'est… Enfin. »

« Quoi donc, maman ? »

Edgar tourna la page.

« Quoi donc ? »

Danny avait un regard absent.

« Un accident », dit Edgar. Des taches rouges apparurent sur le cou de Danny.

« Un accident au zoo. L'éléphant Leo s'est appuyé contre le mur et son gardien était entre les deux. »

« C'est vrai, maman ? »

« Pourquoi tu ne crois pas ce que raconte Eddi ? »

Edgar arracha l'article sur le zoo et en fit un avion. Il visa, le bras levé, dans la direction de Tino. L'avion piqua en vrille sur le tapis. Au deuxième essai, il atterrit devant les albums de photos.

« Est-ce qu'ils ont abattu l'éléphant ? »

« Ah, mon lapin ! Il ne l'avait pas fait exprès ! »

« Et après ? »

« Le gardien se rétablira à l'hôpital, sa famille et les autres gardiens iront lui rendre visite, dit Danny en emballant un verre à champagne. Et quand il retournera au travail, l'éléphant Leo le saluera avec un bouquet de fleurs dans la trompe. »

Le menton contre l'épaule, Edgar émit un bruit de trompette en balançant le bras droit.

« Dix-neuf mars ! s'écria Danny. C'est le journal du vendredi 19 mars ! Ça veut dire que ça s'est passé jeudi ? » Elle dévisagea tour à tour Edgar et Tino. « Eh bien, les gars, jeudi 18 mars, hein? Qu'est-ce qu'il y avait? Vous le savez bien, mon lapin, et toi Eddi?»

«Aah…» fit Edgar.

«Eh bien, mon lapin, tu ne sais plus – sud-est, sud-est, tara tara tara! – le nouvel appartement est là!»

«Pendant que nous comptions les arbres, l'éléphant écrabouillait son gardien.»

«Eddi! Ne raconte pas de bêtises!»

«Maman?»

«Ah, mon lapin, Danny secoua la tête, pas écrabouillé.» Elle rabattit le couvercle du carton. Edgar jeta un œil dans son décolleté.

«Ça suffit pour aujourd'hui», dit Danny. Elle se leva et passa devant pour ouvrir la porte de l'appartement.

Edgar freina. La fourgonnette s'engagea dans le terminus des autobus et s'arrêta devant le kiosque imitant une hutte en rondins. La femme blonde en blouson rouge et blanc qui était en train de replier les panneaux du *Bildzeitung* et de *Focus* fit un signe.

«On ferme?» fit Edgar en baissant sa vitre.

«Ça fait longtemps. Est-ce que Betsy est là?»

«Terry, il s'appelle Terry», dit Edgar en descendant de voiture. «Aujourd'hui ils l'ont emmené dans le quartier sud-est, pour qu'il s'habitue. Il y a encore de la tarte?»

«J'en avais pas aujourd'hui. Avec un temps comme ça, de toute façon, les mémés ne viennent pas. J'ai quelque chose pour…» D'un signe de tête elle désigna le lampadaire contre lequel était posé un sac de toile avec, au-dessus, un petit paquet enveloppé dans du papier d'argent.

«Terry, c'est pas compliqué.»

« Pour Terry-Eddi-Betsy, comme on voudra ! »

« Terry parce que c'est un fox-terrier. » Le rideau de fer du kiosque se rabattit en grinçant.

« B'jour, Utchen, dit Edgar lorsqu'elle monta. Aujourd'hui Tino a caché les clés de la voiture dans le freezer. »

« Il n'est pas heureux quand tu es parti ? » Elle posa le paquet en papier d'argent à côté du frein à main et empoigna de la main gauche la poignée du changement de vitesse. Edgar mit en marche et appuya sur la pédale d'embrayage. Elle passa la vitesse. C'est ainsi qu'ils démarrèrent.

De la main droite il caressa son cou et glissa son pouce sous le col de son pull. Elle sentait les frites et le parfum Gabriella Sabatini qu'il lui avait offert la semaine dernière.

« Demain matin à 7 heures on a besoin de la fourgonnette, jusqu'à midi. Après vous pouvez la récupérer. »

« D'accord », dit Edgar en se penchant vers elle et chuchotant : « Utchen. »

« Et Tinko ? »

« Il s'appelle Tino, sans *k*. »

« Moi, je l'appelle Tinko. »

« C'est la terreur, toute la journée. Hier soir j'ai caressé son chien… tu aurais dû voir le Tino. Une crise de jalousie, la haine même. Et elle, toujours avec sa mauvaise conscience, qui lui raconte qu'elle l'aimait déjà quand il était encore dans le ventre de sa mère ! »

« Comment qu'il t'appelle au juste ? Tonton ? »

« Il ne me parle pas. »

« Et elle ? »

« Moman. »

« Maman ? »

« Moman. Pas maman. C'est sa moman. »

«Et pourquoi alors que Moman veut que vous emménagiez ensemble? Dernière grande tentative?»

«Ben, maintenant qu'elle a été lourdée – c'est quand même mieux s'il n'y a qu'un loyer, dit Edgar. En plus, c'est presque dans la verdure.»

«Dans la verdure! Que tu ailles volontairement dans le sud-est en quittant un si bel appartement! T'as la mauvaise conscience ou tu l'aimes vraiment? À cause de ses bouclettes? Tu as la mauvaise conscience parce qu'elle a été virée à cause de toi.»

«"Espionnage", c'est ce que Beyer a laissé entendre. Je me demande de quels secrets il peut bien s'agir. Danny était rédactrice, elle n'avait rien à voir avec les annonces.»

«C'est logique. On ne s'acoquine pas avec quelqu'un qui est chez un concurrent. Et bientôt ce sera à ton tour d'être viré du canard.»

«Non, dit Edgar. Pas moi. Tout ça parce que Beyer avait des visées sur Danny. C'est tout. Et quand il s'est aperçu qu'on était à nouveau ensemble, il a joué au grand Zampano.»

«Au quoi?»

«Le grand Zampano, le costaud.»

«Et le père de Tinko?»

«Qu'est-ce que j'en sais… Pit, son frère, dit qu'il ne sait pas s'y prendre avec les enfants. Il est perdu avec eux. Du moins tant qu'ils sont petits.»

«C'est une drôle d'embrouille chez vous.» Elle lâcha le changement de vitesse et sortit un paquet de cigarettes du sac qui était posé entre ses genoux. «Quand un gamin comme ça a un grain dans le ciboulot, tu as intérêt à faire gaffe.» Elle alluma une cigarette et lui souffla la fumée sur le ventre.

Derrière le bois municipal, là où on déposait les restants d'asphalte, Edgar tourna à droite dans un chemin et s'arrêta. « De l'air! dit-il en ouvrant la porte de la fourgonnette. Et maintenant une surprise. »

« Quoi donc, ce monstre? » Elle se posta à côté d'Edgar.

« Exotique, dit-il. Ou romantique, comme tu veux. »

« Et le tapis de prière? »

« Le kilim? »

« Ton tapis volant. »

« Trop dur », dit Edgar. Quand elle remonta, Edgar sentit à nouveau les frites et le parfum. Il referma la porte derrière elle, grimpa lui-même par la porte arrière droite et la tira de l'intérieur.

« Tu sais, parfois j'imagine, si c'était une fille ou simplement un gentil garçon. J'aime bien les enfants. Tout ce que je demande c'est qu'on soit *fair play*, un peu d'égalité de droits. Nous ne faisons que ce qu'il veut, autrement, tu peux toujours aller te faire voir. »

« Dis-moi comment je peux passer. » Elle avait le dossier jusqu'à la hauteur des épaules. Elle arracha le chouchou en tissu éponge rouge qui tenait ses cheveux et se baissa. Sur les cartons derrière elle on pouvait lire en lettres bleues le mot « Soif ».

Edgar poussa le fauteuil à oreilles vers la droite contre une malle et tapota l'accoudoir gauche. « Et hop! » La cigarette aux lèvres, ayant déjà quitté son pantalon et ses chaussures, elle arriva à quatre pattes avec une serviette dans la main droite.

« Y a toujours des problèmes », dit-elle en ouvrant la fermeture Éclair de son blouson rouge et blanc.

« C'est pour quoi ça? »

« Quoi donc? »

«Ben, ce chiffon, là…»

«C'est à cause du monstre. Hier on a déjà fait des taches sur le tapis…»

«Ils ne prennent pas plus d'égards avec moi», dit-il en balançant la serviette derrière le fauteuil. Puis il enleva son pantalon et son slip en même temps.

«Et alors?» demanda-t-elle.

Edgar tomba sur les genoux, ouvrit ses bras et pressa des deux mains le derrière de la femme.

«Froid, fit-il en souriant. C'est bien froid, ma Utchen.»

Elle écrasa sa cigarette contre le plafond de la voiture et maintint encore un instant son pouce sur le mégot. Puis elle se laissa retomber sur le fauteuil.

Il crachinait quand Edgar ramassa les trois seaux de plastique bleu sur l'emplacement du parking devant la porte de l'immeuble. Il recula lentement la Ford jusqu'à ce que les roues touchent le trottoir. Il ouvrit les portes arrière, saisit les accoudoirs et souleva le fauteuil. Et le ventre plaqué contre le bord, les bras en angle droit, tremblant à cause de l'effort, il entendit l'aboiement. Une fois sur le trottoir, il laissa glisser le fauteuil le long de ses cuisses.

«Suffit, Terry, suffit!» Le chien était debout, les pattes de devant dans la jardinière vide. Un étage plus bas, des rideaux bougèrent. «Suffit, Terry!» Edgar tâta ses poches et retourna à la Ford, prit le petit paquet dans le papier d'argent et courut vers la maison. Il reconnaissait les étages aux présentoirs de jardinière et au calendrier d'entretien de la maison. Au deuxième, entre Baron et Hanisch, rien ne gênait son passage. En revanche, un étage plus haut, sur un piédestal de bambou branlant il y avait deux sansévières et un arrosoir en laiton martelé plein à ras bord. Hier, il avait heurté le long tuyau avec la mallette de disques. L'eau avait coulé dans la cage d'escalier jusque dans la cave.

Terry sautait sur lui en hurlant. Edgar détacha des petits morceaux d'une saucisse et les jeta par-dessus le chien dans le vestibule. Il s'arrêta sur le seuil du séjour. «Corniaud», fit-il à mi-voix. «Quel petit corniaud.» Seul le kilim était encore enroulé contre le mur. Les cartons et les malles avec la vaisselle d'Edgar, ses boîtes de diapos, ses disques et ses livres étaient empilés sur le balcon. Des bourrasques projetaient la pluie contre les vitres.

Appuyé à la balustre du balcon, Edgar se pencha. La jardinière grinça sous le coup de poing qu'il lui flanqua. En bas, le fauteuil gris barrait le passage.

Edgar donna les restes de saucisses au chien qui l'avait suivi et qui ne le quittait pas des yeux. Il rentra en vitesse dans la pièce, rabattit la porte-fenêtre tout en la maintenant inclinée. Il trancha avec ses dents une bouchée de la deuxième saucisse, la recracha dans sa main et attendit que Terry dresse la tête pour la lancer par l'entrebâillement de la porte-fenêtre. Le chien tenta de l'attraper au vol comme dans un numéro de cirque, se retenant toujours de sauter, frétillant sur les cartons et les malles tandis que la plupart des bouts de saucisse tombaient sur la pelouse trois étages plus bas.

Edgar tira la porte derrière lui. En bas, il déplia le papier d'argent contenant le restant de saucisse, rassembla les morceaux éparpillés et posa l'ensemble sur l'herbe devant les balcons.

«Viens, Terry, viens!» Le chien aboya, disparut, apparut sur la balustre du balcon les deux pattes de devant dans la jardinière.

«Au pied, Terry, au pied!» Edgar détachait chaque syllabe comme Tino. Il attendit. Sur les autres balcons il y avait des plantes, des parasols et des antennes. La pluie redoubla. Une camionnette passa à toute vitesse en klaxonnant. «Terry!» hurla Edgar.

Il se dirigea vers le fauteuil que l'humidité avait rendu plus sombre et le traîna à l'intérieur de l'appartement. On ne remarquait presque plus la tache sur le bord du coussin. Il le déposa doucement dans le séjour.

Edgar vit Terry dressé museau en avant sur les cartons, aboyant et remuant la queue comme s'il avait repéré quelque chose en bas. Le chien tout excité tournait sur lui-même.

Edgar saisit la porte-fenêtre du balcon des deux côtés, se concentra, ferma les yeux, puis la referma d'un coup sec. Terry était toujours grimpé sur les cartons. Edgar entendit la sonnette et, tout de suite après, quelqu'un qui entrait. Terry patina, dressé sur ses pattes postérieures, contre la porte-fenêtre. Edgar le fit entrer.

«Eddi, chéri! Tu as tout oublié.» Dans chaque main Danny tenait une boîte à étiquette violette qu'elle brandissait comme une haltère. «La pâtée du chien!»

Edgar flatta les flancs du chien. «Ah, il est tout mouillé.» Sa voix restait calme comme s'il s'adressait au chien. Il alla sur le balcon et revint avec une malle jaune et bleue. «Tout mouillé!» Edgar passa à côté de Danny, déposa la malle, et fit demi-tour.

«Excuse-moi!» dit Danny en le suivant sur le balcon. «Il n'avait pas plu pendant toute la semaine.»

«Vous avez toujours de ces idées!»

«Nous… quand les meubles arriveront demain. Eddi, je… Sinon on ne va pas s'y retrouver, Eddi…» Danny se poussa pour le laisser passer, prit elle-même une malle, le suivit en la portant et la posa sur les autres. Edgar était déjà à nouveau dehors.

«Là», dit-il en s'arrêtant. Les griffes de Terry n'avaient pas seulement laissé des traces sur le dos des livres, elles avaient maculé les pages de petits trous sales. Danny hocha la tête. Edgar s'assit dans le fauteuil mouillé. Terry sauta sur ses genoux.

«Tu veux de la pizza?» demanda Danny. Elle s'était assise sur le kilim enroulé. Dans sa manche gauche, elle cherchait un mouchoir.

Edgar s'appuya sur le dossier avec précaution. «Quand la pluie se calmera on montera le reste», dit-il.

Danny se moucha. «Demain à la même heure, tout sera terminé.»

«Après-demain, fit-il en caressant le chien. Mes meubles à moi arrivent après-demain!» Sous la main d'Edgar, Terry fermait les yeux.

«On t'aidera, Eddi. Et on emmène Terry aujourd'hui, hein Eddi?» Elle remit le mouchoir dans la poche de son pantalon. «Dis, tu sens?»

«Il est mouillé.»

«Non, comme une odeur de frites.»

«Je lui ai acheté une saucisse.»

«Oh, merde! Le cochon, regarde, le kilim! Il a pissé sur le kilim!» Danny avait bondi et déroulait le tapis.

«Il est resté tout seul trop longtemps dit Edgar calmement. Il a rameuté tout l'immeuble avec ses aboiements.»

«Quelle cochonnerie!» Danny alla dans la salle de bains et revint avec un seau en plastique rempli d'eau. «Ou alors il a vomi?» Les avant-bras et les mains d'Edgar reposaient maintenant sur les accoudoirs. Non loin de là on entendit une fenêtre se fermer. Quelqu'un entra dans l'immeuble et monta l'escalier, s'arrêtant sur le palier. «Eddi?» Danny leva la tête. «Eddi?» Elle restait à genoux. «Mon Dieu, tu ne remarques rien? Eddi!»

«Une essoreuse à linge, dit-il. C'est les gens d'au-dessus qui font marcher l'essoreuse.»

«Une essoreuse?» Danny tordit la serpillière, frotta la tache et gratta avec son ongle autour de l'endroit mouillé. La porte de l'appartement voisin se referma. Terry appuya ses pattes antérieures contre le ventre d'Edgar. La serpillière plongea à nouveau dans le seau.

«Qu'est-ce que tu as fait ici tout ce temps-là?» demanda Danny.

«J'ai été obligé de sortir Terry. Il rameutait tout l'immeuble avec ses aboiements», dit Edgar. Il sentait le froid humide de sa chemise contre son dos. «Le gardien est mort.»

«Quoi?» Danny redressa la tête. «Le type de l'éléphant?»

Edgar recula sa tête quand Terry lui lécha le cou. «Ça s'est passé très vite, dans la nuit, je crois. Leo lui a écrasé quelque chose. On a vu les traces dans le sable quand il était déjà parti.»

«Affreux, fit Danny en se penchant à nouveau et en regardant le kilim. Je crois qu'il a vomi.»

Edgar appuya sa tête en arrière et ferma les yeux sous les naseaux de Terry. L'essoreuse s'était arrêtée, dehors plus aucune voiture ne passait, si bien qu'il n'entendit plus que l'ongle qui grattait et le bruit de la pluie.

CHAPITRE 12

Les tueurs

Comment Pit Meurer et Edgar Körner rencontrent leur
concurrent Christian Beyer dans la salle d'attente du Paradis du meuble. *Marianne Schubert, la secrétaire, leur sert*
quelque chose en attendant. Hâte-toi lentement, ça calme
énormément.

On frappe. Deux jeunes hommes pénètrent au même
instant dans la salle d'attente. Tous deux portent blazer,
cravate et mocassins marron clair. Allure sportive. Mains
libres. Ils font halte au milieu de la pièce. Un ventilateur
tourne au-dessus d'eux.

«Vous désirez?» demande la secrétaire. Elle a des cheveux gris coupés court et une grosse alliance.

«Désirer?» Edgar croise les mains dans son dos et se
balance légèrement en avant. «Qu'est-ce que tu désires,
Pit?»

«Je ne sais pas. En fait je ne sais pas ce que je désire.
Une bière blanche, peut-être?»

«Avec du citron?»

«Avec du citron.» Pit réajuste son épingle de cravate et regarde les lunettes attachées à une chaînette d'argent qui reposent sur la poitrine de la secrétaire.

«Je pense, dit Edgar en regardant vers la gauche, que nous désirons la même chose que le monsieur qui est assis.»

Beyer, qui tient dans ses mains une grande tasse blanche, ne bouge pas. «Nous devions venir avant 6 heures. Il est bientôt moins le quart», dit Pit en désignant la pendulette posée sur le meuble de rangement derrière la secrétaire. «Est-ce qu'il est là?»

«Il est la demie», dit-elle sans se retourner, en désignant la rangée de chaises devant les baies vitrées à travers lesquelles on peut voir sous la tente d'exposition-vente. Des deux mains elle ajuste ses lunettes, survole la feuille qui se trouve à sa droite, la déplace un peu et commence à écrire.

«Pouvez-vous me dire s'il est là ou si c'est trop vous demander?»

«Il est la demie, Pit. Elle a raison, enfin.»

«Je voudrais une réponse. On a un rendez-vous et on est ponctuel, plus que ponctuel. Eddi, j'ai bien le droit de demander s'il est là?»

«Est-ce qu'il a dit quand il viendra?»

«Si vous avez rendez-vous...» La secrétaire lève les yeux sans s'arrêter de taper tout en effleurant du dos de la main un agenda ouvert. «Je ne vois rien de marqué.»

«Alors il n'est pas là?» demande Pit.

«Y a-t-il du café quelque part?» Eddi fait un mouvement en direction de Beyer. «Ou bien c'est lui qui l'a apporté?»

«Demande-lui quand son journal doit être à l'imprimerie. Demande-lui. Ça va encore être ric-rac. Et après, le travail est salopé. Le vendredi, c'est toujours trop serré chez M. Beyer. »

La secrétaire s'est levée. On entend un bruit de tasses. Beyer est toujours assis sans bouger, comme s'il observait à travers les jalousies ouvertes les gens qui se pressent dans les allées étroites entre les fauteuils, les tables et les banquettes. Une queue s'est formée à la caisse des articles cadeaux. Sur leur tablier rouge, les vendeuses portent un badge blanc où l'on peut lire « Vous êtes conseillé par », suivi, écrit en lettres vertes, de « Madame » et du nom ; pour les apprenties, il n'y a que « Julia », « Susanne » ou « Anna ».

« Du lait et du sucre avec le café ? »

« Du lait, pour tous les deux », dit Eddi en s'asseyant devant Beyer le long de la fenêtre. « Viens donc, Pit. »

« Eddi, j'ai la dalle. Si on n'a pas le droit de fumer, dit Pit en désignant la pancarte d'interdiction fixée sur la porte, j'aimerais au moins croquer quelque chose. Ou bien est-ce que les pompiers ferment un œil ? »

« Sûrement pas », dit la secrétaire qui se trouve maintenant devant eux.

Sur le plateau tendu, Edgar et Pit saisissent avec précaution leur tasse pleine.

« Mais il n'a rien contre le ventilateur, j'imagine ? demande Pit. Dans une cambuse comme ça, question de distance réglementaire, etc. Enfin, merci et à la vôtre ! »

« À la santé du contrôle d'hygiène et de sécurité », dit Eddi. La secrétaire repose le plateau contre le bureau.

Pit tient sa tasse d'une main, posée sur son genou. Il montre le ventilateur du doigt. « Un peu de vent frais c'est bon pour tout le monde. La concurrence c'est bon pour les affaires. N'est-ce pas, monsieur Beyer ? »

«Bon Dieu qu'il est chaud!» Eddi pose la tasse de café entre ses pieds sur le revêtement gris. «Personne ne peut attendre aussi longtemps. Ça vous coule une affaire. C'est pas pareil chez vous, monsieur Beyer?»

«C'est encore lui qui a eu la plus grande tasse.»

«Hâte-toi lentement, ça calme énormément. On a beaucoup trop de clients, Pit, beaucoup trop.»

«Sans parler des campagnes de promotion.»

«Au fait est-ce que tu sais ce que monsieur Beyer dit de toi?»

«On raconte des choses sur moi?»

«Il a dit : "Pit a un râteau au cul."»

«Un râteau?»

«Parce que tu ratisses toutes les annonces, là où tu es passé, il n'y a plus rien, tout a été ratissé.»

«Un râteau au cul?»

«Tu rafles tout, a-t-il dit. Mais avant il a parlé de râteau.»

«Que veux-tu, Eddi, la vérité est toujours dure, pas vrai?»

«C'est sûr. Quand il a raison, il a raison, Pit. Par exemple quand tu as ratissé chez le marchand de bois Schmitt. Il se fait inviter à dîner par mister Beyer, mais ensuite c'est avec toi qu'il signe, et pour une première page en plus, pour que tout le monde pige.»

«C'est en train de dégringoler chez Beyer.»

«Faut pas *tout* révéler, Pit.»

«J'en ai trop dit?»

«Après tout, c'est un concurrent.»

«Et il fait marcher le commerce, Eddi, comme nous.»

«Mais il prend les choses trop à cœur.»

«Et ce que j'ai remarqué aussi…»

«Pit!»

« Je voulais dire que magenta ce n'est pas rose ou rouge pompier ou orange. Magenta c'est magenta, vient de nous dire monsieur Krawtcyk. Monsieur Krawtcyk, du magasin de matériaux de construction qui porte son nom. Et quand Monsieur Krawtcyk parle de magenta, c'est magenta qu'il veut dire. Et pas rose ni rouge pompier ni orange. Et en plus si le jaune sort mal, monsieur Krawtcyk est triste, très triste. »

« Tu veux dire, Pit, que ce n'est pas toujours une question de prix quand nous devons consoler quelqu'un ? »

« Je voulais dire que soit chez Beyer les transparents ont été mal ajustés, soit ils ont bougé pendant le transport, ou qu'à l'imprimerie le travail est salopé. Pas de quoi s'étonner, ensuite. Alors il aura beau signer et resigner contrat sur contrat, voilà ce que je voulais dire. »

« Tout un paquet de bons conseils… »

« J'en aurais à revendre. »

« C'est pas la peine, Pit ! Je parie que cela ne te vaudrait aucun remerciement. Est-ce que je me trompe, monsieur Beyer ? »

« On ne fait pas de la critique systématique. C'est pour faire avancer les choses. »

« Comme vous l'avez écrit, monsieur Beyer. La vérité, il faut la tendre à quelqu'un comme un manteau, et pas la lui balancer sur la tronche comme une serpillière. C'est pourquoi il fait preuve de compréhension aussi pour les licenciements, en tout cas d'après Danny. Il se met vraiment à la place des gens. C'est pour ça que j'ai découpé votre « Billet du dimanche », il nous a bien plu, pas vrai Pit ? »

« Est-ce que vous saviez, madame… »

« Madame Schubert, dit Eddi. Madame Marianne Schubert. »

«Est-ce que vous saviez, madame Schubert, que monsieur Beyer écrit lui-même? – Coucou, je vous parle!»

«Laisse tomber, Pit.»

«Ici on est transparent pour tout le monde.»

«Est-ce que tu veux dire qu'il perce à jour?»

«J'irais pas jusque-là.» Pit boit une gorgée. «J'ai la dalle et si j'arrête de parler, c'est encore pire.»

«On devrait faire quelque chose contre ça. Tu l'as mérité.»

«Si ce n'était qu'une question de mérite…»

«Je vais aller te chercher quelque chose parce qu'on est vendredi et que tu es obligé de vivre avec un râteau au cul. Et que personne ne te remercie.»

«Ah, Eddi, tu es vraiment sympa!»

«En attendant, raconte quelques blagues!» En se levant, Edgar reboutonne son blazer. «Pour qu'il y ait un peu d'ambiance ici quand je reviendrai.»

Pit lui fait un signe de la main, boit encore une gorgée, pose sa tasse par terre à côté de l'autre. «Je crois, dit-il en regardant la secrétaire, je pense qu'on devrait abréger.» Il sort une enveloppe de sa poche intérieure et s'évente, les bras appuyés sur les genoux. «Je vais vous donner ça.»

La secrétaire glisse son pied gauche derrière le pied central de son siège de bureau. À côté, il y a une brique de Nesquick vide d'où dépassent une paille et l'empaquetage d'une petite saucisse.

«Il aura tout le temps de lire ça en détail, poursuit Pit. Qu'il prenne son temps, qu'il lise calmement et sans rien précipiter. Et comme ça, monsieur le gérant, vous aurez également plus de temps.»

Beyer se cale contre son dossier. Un moment, leurs

regards se croisent. «Définitivement ratissé», dit Pit, puis il hausse les sourcils, se lève, se dirige vers le bureau, l'enveloppe posée sur ses mains ouvertes. «C'est comme un chèque. Je dirais un nombre à cinq chiffres, qui peut être économisé, et plus peut-être, voilà.»

«Eh bien déposez-la.» La secrétaire a cessé d'écrire. Elle est assise, droite comme un *i*.

Pit lui tend l'enveloppe et se tourne. «Et de quoi allons-nous parler maintenant, mister Beyer?»

Dehors quelqu'un a heurté la porte. «Une poêlée chinoise ou une saucisse au curry?»

«Tu n'as rien pour notre ami?»

«Ah bon! Tu l'appelles déjà Christian?»

Pit prend l'assiette en carton où se trouve la saucisse au curry et commence à manger. «Il y a une minute il m'a même regardé», dit-il en mastiquant.

«Ouah!»

La secrétaire met l'enveloppe dans une chemise et l'emporte dans le bureau du patron. Elle laisse la porte entrouverte.

«Pit, quand on voit comment tu avales ça, sans rien laisser, même si je n'avais pas faim...»

«On mange aussi avec les yeux.»

«Exact.»

«Je lui ai dit qu'il perdait son temps ici, qu'on se chargera du travail et qu'il peut partir relax en week-end.»

«Pendant que nous on ratisse le pays, Pit.»

«Que personne ne dise qu'on l'a pas prévenu.»

«Parfaitement. On joue cartes sur table. On n'a pas de secrets.»

«Bien sûr qu'on a des secrets!» Pit s'essuie sous le nez avec son pouce. «Trente ans, les cheveux bouclés, elle était en face de lui... Est-ce que tu peux...» Il désigne de son petit doigt écarté la poche de sa veste. Eddi en sort un mouchoir en papier tout chiffonné.

«Faut que ça arrive quand on se régale», dit Pit en se mouchant. Puis avec le reste du pain il sauce le curry, pose l'assiette sur sa tasse et se mouche à nouveau.

«Mister Beyer a trouvé une véritable amie ici, mais Marianne non plus ne peut plus rien faire.»

«Tu peux dire à Marianne que nous mettons les voiles, mister Beyer.»

«Ou les filets, Pit. En fait nous allons jeter nos filets.» Ils se lèvent.

«En tout cas, on vous laisse tout seuls.» Pit esquisse une révérence. «Quand le soir tombe, c'est bien de faire la bombe. Offre-lui une radio et dansez un peu, en guise de pause gymnastique.»

«Christian ne nous regarde même pas.»

«Qu'est-ce que Christian peut bien avoir en tête? Avec l'allure qu'il a…»

«Merci beaucoup pour le café, madame Schubert!» dit Eddi en faisant un signe à Pit.

«Merci beaucoup, madame Schubert! Et bon week-end!»

«Je vous le souhaite aussi», dit Eddi en tapotant deux doigts sur son crâne en guise d'au-revoir.

Dans le bureau du patron on entend des portes de placard se refermer. Beyer fait les cent pas et s'arrête devant les jalousies.

«Ça ne vaut plus le coup, fait-il. 6 heures 10.»

La secrétaire rentre, met une feuille dans sa machine et appuie sur une touche. «Vous ne seriez pas le premier qu'il oublie.»

« La publicité marche pourtant bien, non ? » Beyer observe le papier qui se met en place.

Elle pose un petit arrosoir dans le lavabo. Quand elle tourne le robinet, le jet tombe juste dans l'ouverture. Elle se dirige vers le philodendron et ouvre les clapets des pots à réserve d'eau.

« Il faut arroser à travers les granulats, dit Beyer. Il paraît que c'est mieux. »

La machine à écrire a cessé de ronronner. Le papier a disparu.

« Je ne pensais pas que c'était des vrais. » Beyer regarde les pots. « On arrive à imiter parfaitement le lierre. Sans les aiguilles noires dans le bac, personne ne pourrait le deviner. »

La secrétaire remplit à nouveau l'arrosoir.

« Le nom de Körner, ça vous dit quelque chose ? » demande Beyer en regagnant son siège. La mèche au-dessus de son front bouge au souffle du ventilateur. « Savez-vous qui était Körner et ce qu'il a fait jusqu'en novembre 89, Edgar Körner ? »

« Je ne retiens pas les noms. »

« Vous ne lisiez jamais le journal, avant ? Celui qui embauche un gars comme lui… on sait quand même qui c'est ! Intelligent et vénal ! Je l'ai toujours connu en chemise bleue [1]. »

« Je vais fermer maintenant », dit-elle. Elle pose l'arrosoir plein près des pots, tire le bout d'une feuille entre les lamelles blanches et ferme les jalousies.

« Est-ce qu'on reprend l'ancienne annonce ? »

« Surtout pas ! »

---

1. Chemise des membres de la FDJ, organisation des Jeunesses communistes en RDA. (*Ndt*)

Beyer essaie de rire.

« Vous n'auriez pas dû être ici. Pas mardi. Il n'y a personne chez vous pour relire les épreuves ? » La secrétaire s'assoit à son bureau, ouvre un signataire et y pose la feuille de la machine. « Les gens pensaient que nous racontions des bobards pour les attirer. »

« Vous ne lui avez pas dit qu'on ne facturerait rien ? »

« Vous en avez de bonnes, vous, ne rien facturer ! On serait obligé de… S'il y a une réclamation, c'est de toute façon chez vous qu'elle arrivera. »

« Il n'a pas de téléphone dans sa voiture ? »

« Si. Mais vous connaissez le numéro ? Pas moi… » Elle recouvre la machine en tirant sur les bords de la capuche.

« On fait quand même paraître quelque chose ? » Beyer se penche vers les deux tasses sur lesquelles sont posées les assiettes en carton. « Je voulais en plus lui proposer une remise de 5 %, en général. »

« S'il ne vient pas aujourd'hui, il ne sera pas là avant mardi. Faites-lui la proposition par écrit. » Elle enferme le porte-tampons dans le tiroir du bureau.

« Je préfère la lui faire de vive voix… Vous pouvez m'appeler quand il sera de retour ? » Beyer reste devant le bureau les tasses à la main.

« Il faut que j'y aille », dit-elle en se baissant pour ramasser les assiettes en carton qui viennent de tomber.

« Excusez-moi, c'est à cause du courant d'air », dit Beyer en regardant le ventilateur. « Vous ne pouvez pas m'appeler, de toute façon, je veux dire la semaine prochaine quand il sera revenu ? »

« Je ne serai plus là. Plus cette année. Et je ne sais même pas si je reviendrai. »

« Je ne comprends pas. Est-ce qu'il vous a… »

«Je passe sur le billard.» Elle jette les assiettes en carton dans la corbeille à papier.

«Permettez?» Beyer pose avec précaution les tasses dans l'évier.

Elle ouvre le robinet. Elle passe l'éponge Scotch-brite sur le rebord et l'anse des tasses.

«Je vais lui écrire que comme nous ne savions pas exactement ce qu'il fallait faire, nous avons repassé l'annonce, corrigée bien sûr. Tenez, il y a encore un plateau.» Il se baisse.

«Mettez-le là.» D'un mouvement de tête, elle lui indique le coin de table devant lui. «Donnez-moi votre tasse.» Beyer range sur le bord du bureau un dérouleur de Scotch, les trombones, un marqueur orange et une gomme verte en forme de coccinelle Volkswagen pour faire de la place au plateau. Puis il va poser sa tasse dans l'évier. «Vous voulez que j'essuie?»

«Vous pouvez éteindre le ventilateur – derrière vous.»

«Oui, dit Beyer, je vais lui écrire. Je pense qu'on va faire comme ça.» Il éteint le ventilateur, s'assoit, tire son attaché-case de dessous sa chaise, le pose sur ses genoux et sort un bloc et un stylo. Légèrement penché, il commence à écrire.

Pendant que la secrétaire essuie les tasses et les pose sur le plateau, elle l'observe. Les doigts de sa main gauche sont joints sur l'angle de l'attaché-case. Le pouce maintient le papier. Il écrit rapidement, ligne après ligne. Un moment, sa main droite s'immobilise. Beyer regarde le plafond.

Bien que Marianne Schubert l'observe avec attention, elle ne saurait dire si son attention est retenue par les rotations du ventilateur. Elle est frappée en tout cas de constater à quel point Beyer fait jeune, on dirait presque un étudiant qui aura bientôt besoin de lunettes mais a encore la vie devant lui, toute une vie.

CHAPITRE 13

Maintenant tu peux

Marianne Schubert parle de Hanni. Difficultés à s'endor-
mir, reproches et appels. Une découverte importante met
Marianne Schubert de bonne humeur.

«D'abord j'ai pensé que ce sifflement venait d'un
homme qui appelle un chat, à peu près comme ça»
(Hanni lève la tête pour siffler et essaie encore une autre
fois, cou tendu et poitrine en avant). «Oui, dit-elle, à peu
près comme ça, un signe de reconnaissance enfin, rien de
particulier quoi.» Elle trempe ses lèvres dans son verre de
vin. Ses bracelets d'argent glissent en cliquetant de son
poignet vers son avant-bras. «J'étais réveillée, j'écoutais
ce sifflement, et avec les grains de beauté sur le dos de
Detlef je composais des constellations. Dehors, autour de
l'hôtel – en fait ce n'était pas un véritable hôtel, nous, on
dirait un foyer de travailleurs, mais ils appellent ça hôtel,
quatre lits par chambre! – Dehors, donc, le boucan des
ventilateurs et des systèmes de refroidissement, et en plus
les gens qui se disputaient ou rigolaient, c'était pas des

Allemands – et ce lampadaire juste devant notre fenêtre ! Le pire, comme je l'ai dit, c'était ce bouh bou bou bouh bou bou boum boum qui n'arrêtait pas en dessous. » D'une main Hanni martelait le rythme dans l'air. « Bouh bou bou bouh bou bou boum boum. » Elle repousse le verre et allume une cigarette.

« Sur l'omoplate gauche de Detlef il y a la Grande Ourse et à côté, près de la colonne vertébrale, Cassiopée. La roue avant du petit chariot est juste au-dessus de la raie des fesses. Faut que je triche un peu pour que ça colle. Ou bien le timon est trop court, c'est-à-dire la forme d'Orion, ou trop long. Si je ne suis pas la première dans la salle de bains pour attendre Detlef au lit, il dort déjà. Il faisait si chaud, et à côté de lui je ne pouvais pas bouger. » Hanni tire une bouffée et souffle la fumée sous l'abat-jour. « J'étais en train de me demander si je n'allais pas aller dans le lit d'à côté, juste une serviette par-dessus l'oreiller et sur la couverture. Je ne risque pas d'attraper quelque chose, ai-je pensé – rien que des Allemands, tous de chez nous, bien sûr, on les paie comme des Turcs, ben oui, avec les autres, le service de surveillance ne peut même pas se faire comprendre. En tout cas, il y avait ce sifflement et puis d'un seul coup tchouktchouhouchoukchoukouk ! » Hanni allonge le cou à nouveau : « Tchouktchouhouchouk ! » Elle s'interrompt puis remet ça une troisième fois. Elle a pas mal bu et fait comme si nous étions seules ici, comme si nous avions l'appartement ou toute la maison pour nous. Les trois bougies ont brûlé jusqu'au bout.

« Mais, bien sûr, c'était un bruit différent, dit Hanni en posant la paume de sa main sur son décolleté, guttural et chantant à la fois, une langue de la savane, rien que l'on puisse facilement imiter. Où l'as-tu mis ? »

Elle regarde autour d'elle, tenant sa cigarette verticale au-dessus de la soucoupe où est posé un petit pain entamé. Je vais jusqu'à l'évier pour rincer le cendrier. «Merci, dit-elle quand je le replace devant elle. J'étais surprise, complètement surprise que ce soit une voix de femme, c'était tout simplement magnifique. Je n'en ai pas encore parlé, Marianne, une voix d'alto, qui semblait jaillir sans effort. Puis ce boucan à nouveau, bouh bou bou bouh bou bou boum boum.»

«La salle de bains est libre», dis-je à Dieter qui vient traîner ses savates devant la cuisine. Hanni n'a pas entendu. La lumière s'éteint dans le couloir.

«J'étais donc allongée sur un lit qui n'était pas le mien. La couverture sous moi était d'une fraîcheur agréable. Tout ce que j'entendais c'était ce bouh bou bou bouh bou bou boum boum.»

«Excuse-moi un instant», dis-je en me levant.

«Mais je t'en prie», dit Hanni en souriant et en m'envoyant sa fumée au visage.

«Dieter», dis-je en fermant derrière moi la porte de la chambre à coucher. Il me montre le réveil. «Tu sais l'heure qu'il est? Une heure passée, une heure passée!» Sa tête est toute rouge comme s'il criait.

«Cette greluche n'en finit pas de jacasser tout en enfumant la baraque. Elle nous a gâché tout notre dimanche, justement ce dimanche, dit-il. Tu n'as même pas encore pu préparer tes affaires!»

«Je sais, dis-je, en m'asseyant sur le lit. Elle avait sûrement besoin de quelqu'un.»

«Est-ce qu'elle t'a au moins demandé comment tu vas, *toi*? Ou bien une secrétaire d'un magasin de meubles ce n'est pas assez intéressant pour elle?»

«Elle a demandé des nouvelles de Conni.»

« De Conni ! Et qu'est-ce que tu lui as dit ? »

« Pas si fort ! »

« Cette greluche ! Elle s'imagine peut-être qu'elle peut tout se permettre parce qu'elle est directrice ? À quoi elle pense ? Est-ce qu'elle est capable de penser, d'abord ? »

« Hanni n'est plus directrice. Elle n'est plus au musée. »

« Comment ça ? Licenciée ? »

« Elle n'est plus au musée, je te dis. »

« La Stasi ? Elle aurait été… ? »

« C'est toi qui lui as dit de rester. »

« Mais je pensais qu'elle allait se tirer quand elle se rendrait compte qu'on veut aller se coucher ! Est-ce qu'elle a avoué qu'elle était de la Stasi ? »

« Mais qu'est-ce que ça veut dire ? C'est la première fois que tu la vois. »

« Justement ! Elle a le bon goût de m'appeler Zeus, cette greluche ! J'aurais dû la mettre à la porte, un point c'est tout. Et lui interdire de t'appeler sa petite Marianne. »

« Tu as été très gentil avec elle », dis-je.

« C'est ton amie. » Dieter se couche sur le dos, les bras croisés derrière la tête.

« Tu n'as pas arrêté de la regarder », dis-je.

« Marianne, dit-il, je t'en prie. »

« Mais c'est vrai », dis-je.

« N'importe quoi, dit-il. Quelqu'un qui se maquille comme ça à table, devant tout le monde… »

« Il ne s'agit pas de ça », dis-je.

« Aha », fait Dieter.

« Elle ne sait pas où je vais demain », dis-je.

« Bien sûr qu'elle le sait. Quand elle a fait cette blague idiote avec la nodosité au sein. Après ça je lui ai dit qu'elle pouvait garder ses blagues pour elle. Bien sûr qu'elle est au courant!»

«Quand j'étais sortie? Tu le lui as dit?»

«Oui», dit-il.

Nous nous taisons. Puis je lui demande ce qu'il a raconté à Hanni.

«Que tu devais aller demain à Berlin, à l'hôpital te faire opérer par un as et qu'il te fait passer en "recherche" pour que notre caisse d'assurance-maladie prenne en charge, dit-il en me regardant. C'est pas vrai?»

«Et après tu as proposé qu'elle couche ici, pour qu'elle puisse se reposer as-tu dit.»

«Oui, répond Dieter, mais je pensais qu'elle allait s'en aller.»

Je me lève. Il veut me retenir. «Qu'est-ce que tu as encore?» crie-t-il en donnant des coups de poing sur la couverture. Je ne me retourne pas, j'éteins la lumière et regagne la cuisine.

Hanni s'est resservie. «Tu es fatiguée?» me demande-t-elle. Je sors de l'armoire un torchon propre.

«Ça faisait vraiment mal, ce martèlement dans l'oreille : bouh bou boub bouh bou bou boum boum.» Hanni pose ses doigts écartés sur le pied du verre. «J'ai même fermé la fenêtre, ce que je ne fais jamais d'habitude, parce que ça me donne des maux de tête, au plus tard vers le matin. Ça semblait venir directement de dessous mon oreiller, bouh bou boub bouh bou bou boum boum. Les pauses étaient trop brèves pour que ce soit une bande magnétique qu'on rembobinait et trop longues pour qu'il s'agisse d'un CD. C'était ça le pire, que je comptais les coups pendant les pauses. Ça s'arrêtait, deux fois et demie la cadence, puis ça reprenait à boum boum quand on pensait que c'était fini, bref, ça recommençait, un truc primitif, vraiment pas raffiné. Viens donc t'asseoir à côté de moi, ma petite Marianne. »

Je reste debout près de l'évier et j'essuie les beaux verres et les couverts. Hanni trifouille dans le cendrier. Ses gros bracelets cognent contre la table.

« Je devenais hystérique, dit-elle. Je trouvais ça monstrueux que quelqu'un se permette de cogner directement dans mon oreille, de prendre mon tympan pour une timbale. Et que cela ne semble gêner personne. J'ai secoué Detlef pour le réveiller. D'habitude il entend toujours tout, le réveil, le téléphone, d'habitude c'est lui qui me réveille quand son insomnie le met en boule, pour que je le calme. Rien ne l'angoisse plus que l'insomnie. "C'est absolument insupportable", lui ai-je dit. Apparemment il n'entendait rien, il a juste levé un peu la tête en demandant : "Quoi donc ?" simplement "Quoi donc ?", puis s'est retourné. "Ce tintamarre, ai-je dit. Tu n'entends rien ?" Et lui : "C'est pas très fort". "C'est un martèlement sous l'oreiller, ai-je dit. Un martèlement dans mes oreilles, cela me fait mal !" Je voulais qu'il fasse quelque chose. "Mon Dieu, il faut faire quelque chose, qu'est-ce que c'est que cet hôtel ! Et qu'est-ce que c'est que ce service de surveillance qui laisse faire sans rien dire ?" »

Hanni boit et allume une nouvelle cigarette. « "Il y a deux possibilités", a dit Detlef. » Hanni secoue l'allumette. « "Ou bien tu fais comme si tu ne l'entendais pas et tu te concentres sur autre chose, ou bien…" (et il n'a même pas ouvert les yeux en me parlant) "…tu laisses le bruit pénétrer en toi et tu en seras débarrassée" – "ou bien tu te lèves et tu y mets un terme, ai-je dit. C'est tellement fort que ça me masse la plante des pieds." "Tu charries", a-t-il rétorqué. (Après, il a prétendu avoir dit chérie et non tu charries.) "Tu charries, a-t-il dit, ils vont se moquer de nous." Il ne voyait pas où était le problème. Il voulait m'attirer dans le lit. J'ai cru devenir folle. J'imagine que c'est comme la vitesse de la lumière. Comme la lumière des étoiles. Elle n'existe plus, mais pour nous elle vient juste d'apparaître et quelqu'un passe pour l'avoir découverte et la baptise du nom de sa femme ou de sa maîtresse; et pourtant l'étoile n'existe plus, elle a déjà disparu, il n'y a plus rien que de la lumière. Tu connais cette impression?» Elle me fixe. «Du coup j'ai perdu le fil», dit-elle.

«Les étoiles, et ce vrombissement sous toi, Detlef», dis-je en étalant le torchon sur le chauffage central.

«De temps en temps j'avais l'impression d'avoir dormi. Je me suis mise à la fenêtre et j'ai pleuré. Puis je me suis bouché les oreilles. C'était toujours là. Et quand le bouh bou boub bouh bou bou boum boum s'arrêtait, je le déterrais pour ainsi dire en dessous de nous. Ma petite Marianne, j'ai cru devenir folle.» Hanni secoua la tête. Je pose les beaux verres sur un plateau. Je lui demande de m'ouvrir la porte. Elle se lève tout de suite. Je porte le plateau dans le séjour où je lui ai fait son lit sur le divan. Elle m'attend dans la cuisine.

«Je ne pouvais pas descendre, j'étais la seule femme, apparemment il n'y avait que moi que cela gênait.» Elle soulève le cendrier pendant que j'essuie la table. «La nuit d'avant je pensais encore que tout pourrait bien aller à nouveau entre Detlef et moi si seulement ce bouh bou boub bouh bou bou boum boum s'arrêtait. Je voulais seulement qu'il me dise la vérité, et ensuite on verrait. Je pensais qu'on se ferait un joli petit week-end à Francfort pour qu'il me montre la ville. Qu'une seule fois encore ça se passe bien entre nous – bien sûr je prenais mes désirs pour des réalités.» Elle dépose les dernières gouttes de la bouteille de vin sur le bord de son verre. «D'ailleurs c'est plein de putes et de gens qui se shootent. Inimaginable. Tu peux les voir faire, je parle des drogués.»

Elle cherche à reboucher la bouteille et n'arrête pas de tourner le bouchon.

«C'est alors que c'est arrivé, ma petite Marianne», dit-elle en reposant le bouchon et en saisissant mes mains. «Je pleurais, mais soudain l'appel a surgi dans ma gorge. Je suis parvenue à le sortir de moi. Comme si d'un seul coup je retrouvais une mélodie très ancienne, dit-elle d'un air important. J'ai poussé le cri, doucement, sans effort, et au même moment dans tout mon corps j'ai senti que le calme m'envahissait, que la fatigue cessait de me brûler, et doucement me berçait. Soudain je ne fis qu'un avec moi-même, comme jamais auparavant. Je maîtrisais cet appel que l'on ne peut transcrire, qu'on peut seulement entendre. Comme si j'avais tenu le coup et que j'étais récompensée pour ça, tu comprends? Peut-être que je n'étais venue à Francfort que pour apprendre ce cri.»

Je retire mes mains. Hanni reste assise les bras tendus.

«Quand Detlef m'a réveillée ce matin-là, dit-elle, j'étais morte de fatigue. Mais je souriais. Il est allé dans la salle de bains et je me suis mise à la fenêtre. Je me suis préparée, j'ai fermé les yeux – rien. Comme si pendant le sommeil on me l'avait volé, arraché de la gorge, comme si quelqu'un l'avait effacé. J'ai regardé la moustiquaire, je ne reconnaissais rien de ce qui était derrière, sauf ce grillage. J'étais si déprimée, ma petite Marianne. Detlef m'a touché l'épaule et m'a embrassée dans le cou. J'ai commencé à chialer. J'ai tout de suite su que tout ça n'avait aucun sens, que Detlef n'existait plus pour moi. Tu peux comprendre ça?»

Maintenant tu peux

Hanni lève les yeux. Elle fait tourner son verre vide. Elle attend quelque chose de moi. Mais c'est quelque chose que je ne peux pas faire, comme elle, me tirer et raconter à d'autres de telles histoires. Cela fait trois ou quatre ans que nous ne nous sommes pas revues. On s'est connues à la gymnastique féminine. C'était elle la plus jeune. Mais on ne s'est jamais rendu visite, on allait juste manger ensemble après, et boire un petit coup.

Je me lève de table. Je veux boire un verre d'eau. Hanni ôte ses anneaux d'argent et ouvre son bracelet-montre.

« Ma petite Marianne », dit-elle en venant vers moi. Elle tend les bras. Elle va se pendre à mon cou. Je saisis ses mains et les pose sur mes épaules. Mais ça, je ne le veux pas non plus. Je ne veux pas qu'elle me touche.

Je lui demande si elle regrette Detlef. Elle secoue la tête. Je lâche ses mains. Elle continue à tenir mes épaules. J'essaie d'éviter son haleine. « Tu es tendue », dit-elle. Ses doigts me massent un peu. De près, je m'aperçois que sa lèvre supérieure a perdu sa couleur. D'ailleurs son visage ne me semble plus très beau.

« Tu peux y aller maintenant », dis-je, et comme elle me regarde en plissant le front, j'ajoute : « La salle de bains est libre. »

Je ferme la porte de la cuisine et ouvre la fenêtre. Je vide le cendrier et le lave, sinon ça ne servirait à rien d'aérer. Même le petit pain dans lequel elle a mordu porte des traces de rouge à lèvres. Je le balance avec le bouchon, je rince la bouteille et le verre, et je commence à mettre la table du petit déjeuner. Je pose les bracelets et la montre entre le coquetier et la soucoupe.

De la salle de bains me parviennent des cris étranges. Je ne sais pas si on crie vraiment fort ou si c'est une

167

impression. J'essuie le cendrier. Je le place à côté du bracelet-montre et je me lave les mains en laissant l'eau couler un moment. Je pose la bouteille vide dans la corbeille à papier d'où je sors le supplément télé de la semaine dernière. Appuyée à la table, je lis l'horoscope de la semaine : «Vierge 22/8-21/9. On a à nouveau besoin de vous. Si vous vous mettez à la place de quelqu'un qui souffre, il vous viendra sûrement une bonne idée pour lui venir en aide.» Puis l'horoscope de Dieter : «Scorpion 23/10-21/11. Une décision à prendre vous cause bien des tracas. Attendez de voir comment les choses évoluent et occupez votre temps agréablement !» Ailleurs : «Le rouge à lèvres protège du cancer. Les femmes sont moins souvent affectées du cancer des lèvres que les hommes. Explication : les femmes mettent du rouge à lèvres et se protègent ainsi des rayons ultraviolets. Les pigments du maquillage ont un effet d'écran.»

Je n'arrive pas à mettre le gros bracelet de Hanni. Seulement quelques-uns des plus minces. Sur sa montre on ne voit que la moitié de la date.

Je mets dans la machine à café de l'eau pour six tasses, mais je laisse le couvercle ouvert, pour mémoire, pour que demain on ne le fasse pas déborder. Le paquet de filtres en papier est vide. Je l'aplatis et l'enfonce entre les vieux journaux. Nous n'avons plus qu'un paquet de filtres trop grands, taille 4 au lieu de 3, dont l'aspect m'est familier, rangé dans le coin derrière les sachets de levure et les entremets. Je l'ouvre.

Le filtre, une fois que j'ai découpé une mince bande, s'ajuste parfaitement et du premier coup dans l'entonnoir de notre machine à café. Je découpe les autres sur ce modèle. Je me demande pourquoi je n'ai pas fait ça depuis longtemps. Je ressors le paquet de filtres vide, je l'ouvre franchement et y glisse les bouts découpés, puis je l'enfonce à nouveau entre les journaux. Je prends le gros réveil de cuisine et le place devant moi pour observer le mouvement de l'aiguille des minutes. Quand je commence à avoir froid, je me lève et vais à la fenêtre. On ne voit pas d'étoiles. Pas de lune non plus. Je ferme lentement les battants. Je me souviens que je voulais boire quelque chose. En prenant un verre dans le buffet, je me dis que tôt ou tard nous devons tous mourir. En cet instant, j'ai l'impression de faire une grande et merveilleuse découverte.

Je bois de l'eau, je gratte encore la cire attachée au chandelier, enlève ce qu'il reste des bougies et en installe des neuves. Soudain je ne suis plus fatiguée et j'ai même envie de mettre la radio et d'entendre de la musique, simplement une belle musique. Mais j'y renonce. Je ne veux rien risquer. Je veux garder pour moi cette bonne humeur, au moins quelques minutes encore.

CHAPITRE 14

Miroir

Ce que Barbara et Frank Holitzschek ont à se dire. Scène dans la salle de bains. L'homme politique ne réagit pas puis s'étonne. La chaussure perdue dans la fuite.

Frank applique son front sur la porte de la salle de bains. « Tout va bien ? » demande-t-il. Sa voix est sourde. Il pose la main sur la clenche. « Je peux ? » Le goût de son chewing-gum ne parvient pas à lui faire oublier son dîner, un sauté de veau à la crème précédé d'une soupe à l'oignon, tiramisu pour le dessert. À part la bière, il n'a rien bu. Ils sont sortis vers minuit de la brasserie de l'hôtel de ville. Maintenant, il est 1 heure.

« Barbara ? » Ses doigts pianotent contre le cadre de la porte. « Tout va bien ? »

Il sursaute quand elle déverrouille, attend un instant et finit par ouvrir lui-même. « Je peux ? »

En chemise devant le miroir, elle se tamponne le sourcil gauche avec un coton. Sa robe est posée sur l'abattant des toilettes, le corsage et le collant devant, à même le

171

carrelage. Elle pose l'ouate sur un flacon, le retourne rapidement et tourne sa tête de l'autre côté. Quand elle lève son bras, il aperçoit les petits poils collés sous l'aisselle.

« Babs, fait-il en l'embrassant dans les cheveux. Ça fait encore mal ? » Dans le miroir son visage a une autre expression.

« Qu'est-ce qui arriverait au fait si j'affirmais que tu m'as battue, que tu m'as dérouillée ? Hein, qu'est-ce qui arriverait ? »

Son visage se détend. Il sourit. « Ce serait la fin. Alors là je suis cuit. »

« Je ne le crois pas, dit-elle en se penchant à nouveau en avant. Il suffit que tu affirmes le contraire et tout le monde ira témoigner que nous formons un couple harmonieux. Et ce sera moi la méchante, la bonne femme hystérique et cupide. C'est comme ça. »

Elle coince le petit morceau d'ouate derrière le robinet. « Ils ne suspendront même pas ton immunité parlementaire. »

« Il n'empêche, dit-il en l'embrassant à nouveau, il en reste toujours quelque chose. »

« Et si j'avais été enceinte ? » Elle le regarde dans le miroir.

Il écarte sa queue de cheval et l'embrasse dans le cou. Du bout des doigts il frôle ses omoplates.

« Je suis vraiment désolé », dit-il en fermant les yeux.

« Tu n'es pas obligé d'être désolé », dit-elle.

« Quand même », dit-il en posant ses mains autour de son ventre. « J'aurais dû réagir plus tôt, beaucoup plus tôt. Mais personne ne pouvait le prévoir ! »

« Frank », dit-elle. Il passe sa main sous sa chemise. Il la remonte vite et regarde dans le miroir ses mains sur la poitrine de sa femme. Barbara essaie d'essuyer le fard à paupières. «Personne ne pouvait s'en douter», dit-elle. Un peu d'ouate est resté accroché aux paupières. Elle dit :

«Comment on aurait pu prévoir?»

Il lui embrasse l'épaule.

Elle retourne son bras gauche et regarde son coude éraflé. «Toi aussi tu trouves que je suis maniable, Frank? Suis-je maniable?»

«Qu'est-ce que tu racontes!» dit-il.

«Juste une question. Les petites femmes sont bien maniables, n'est-ce pas? Dis-le moi, suis-je maniable?» Il la lâche. Barbara rabat d'une main sa chemise.

«Comment on aurait pu prévoir?» répète-t-elle tout en ramassant le coton sur le rebord du lavabo et en appuyant du pied sur la pédale de la petite poubelle. Un bout de ouate tombe à côté. Frank se baisse pour le ramasser. Il crache son chewing-gum dans sa main, le met dans la ouate mouillée et jette le tout dans le seau. «Des collégiens de quatorze ou quinze ans, dit-il en se relevant. Qui ont triplé leur classe, de pauvres bougres au fond.»

«Pas un d'entre vous n'a bougé quand ils ont commencé, Frank. Aucun.» Elle ouvre le robinet et passe son bras replié sous l'eau qui coule.

«C'est justement ce qu'il ne faut pas faire, dit-il. Ça se règle tout seul.»

«Cinq hommes, dit-elle. Sur cinq hommes, pas un pour lever son cul. Tu sais ce qui m'étonne?»

«OK, dit-il. C'est ta façon de voir les choses. Mais moi je crois qu'on a bien fait.»

«Tu sais, ce qui m'étonne, c'est que vous n'ayez pas demandé à la serveuse…»

«Ils voulaient provoquer, rien d'autre.»

«Eh bien, Dieu soit loué, on ne s'est pas laissé provoquer, Frank, ça c'est réussi. Et ton ami Orlando, ils voulaient seulement le provoquer? C'est pour ça qu'ils lui ont planté leur couteau dans le dos?»

«Enfin, je t'en prie!»

«Pendant une demi-heure ils ont lancé leurs slogans. Et vous restiez assis…»

«Et toi tu n'as pas arrêté de boire.»

«Vous êtes restés assis dans vos costumes bavarois à mastiquer du chewing-gum. Et quand Hanni a dit qu'elle ne voulait pas rester plus longtemps, vous avez dit, bon, et vous avez demandé l'addition.»

«Au bout de dix minutes la police était là pour les mettre dehors. Un quart d'heure au plus…» Il étire la serviette sur le séchoir pour qu'elle sèche mieux.

«Et dehors ils nous ont attendus.»

«Tu crois qu'ils m'auraient écouté? Si je les avais fichus à la porte moi-même, ça ne serait pas arrivé bien sûr. Est-ce cela ta logique? Veux-tu que je prenne des leçons de karaté?» Elle se lave le visage.

Il dit: «Tous les gamins qui veulent jouer au malin ne sont pas pour autant des nazis! Est-ce que tu veux les envoyer tous en taule?»

«Qu'est-ce que tu dis?»

«Fais pas comme si t'avais pas compris», dit-il.

«Frank», dit-elle. Elle s'appuie des deux mains au rebord du lavabo. Des gouttes d'eau tombent de son menton et du bout de son nez. «J'ai encore de l'estime pour toi…»

«Et alors? Tu peux me dire ce que j'aurais dû faire?»

«Tu sais comment ils ont appelé ta femme, tu n'as peut-être pas entendu quand ils m'ont dit comment ils voulaient me traiter, Frank, traiter ta femme maniable?»

«Arrête, Babs…»

«Et je n'ai pas retenu le pire.»

«Mais arrête de crier! Moi aussi je l'ai entendu.»

«Bon. Si tu l'as entendu aussi… Je pensais… Il m'avait semblé. Je me suis encore trompée. Excuse-moi de t'accuser injustement.»

«Est-ce que je dois me bagarrer?» Frank recule un peu.

«Je serais venu à bout de deux d'entre eux, trois peut-être. Mais ils étaient au moins une dizaine. Ils m'auraient tabassé, et alors…»

«Et alors?» demande-t-elle, le visage mouillé penché au-dessus du lavabo. Elle cherche la serviette. «Continue, Frank. Ils t'auraient tabassé. Et alors?»

«C'est ça que tu veux? Qu'ils me tabassent?» Il s'adosse au mur en croisant les bras. Son slip a glissé un peu vers le bas.

«C'est pour ça qu'on a couru comme des lièvres, Frank. Comme des lièvres. Et quand je suis tombée, tu ne m'as même pas attendue. Je ne t'ai même pas remercié pour ça. Oh non, je suis vraiment injuste. Tu m'as attendue, oui, mais quelques mètres plus loin, et en me donnant des conseils!» Elle repose la serviette sur la tringle. «Tu ne t'es encore jamais battu, Frank? Au bout d'une semaine, au plus tard, tu serais sorti de l'hôpital. Je serais allée te voir tous les jours et je t'aurais même préparé des petits plats. Tu sais ce que tu es?»

«Tu es cinglée, dit-il en laissant son regard glisser le long de ses jambes. Je n'ai qu'à sortir de la maison et je peux tout rattraper.»

«C'est ça», dit-elle, en dénouant sa queue de cheval et en commençant à se brosser les cheveux, la tête inclinée sur le côté. «C'est ce que je voulais te demander. Tu peux en tout cas aller me chercher ma chaussure, ça ne représente peut-être que quelques lanières mais ça m'a quand même coûté 200 marks. »

« Babs », dit-il.

« Oui ? Je t'écoute, Frank. »

« Tu crois que je me sens bien ? »

« Non, je ne le crois pas. Qu'est-ce qui te fait dire ça ? »

« Ce qui me fait dire ça ! » Il la regarde dans le miroir enlever les cheveux de sa brosse. « Tu peux penser de moi ce que tu voudras, dit-il en mettant les mains dans les poches de son pantalon. On aurait dû prendre un taxi, mais à part ça ? »

« Elle est belle, votre démocratie, ce n'est pas à cause d'eux qu'elle périra. »

« Votre démocratie ! Très original, Babs ! Je peux lire ça chaque matin au petit déjeuner. Ça me dégoûte ! »

« Eh ! je ne suis pas sourde ! » Elle ouvre la boîte plate et ovale de fard à paupières.

« Bien sûr que non. Tu n'es pas sourde, juste saoule. T'as réussi encore. » Il déboutonne sa chemise.

« Tu ne m'as pas répondu, Frank. » Elle se fait les cils.

« Qu'est-ce que je n'ai pas fait ? »

« Tu n'as pas répondu à ma question. » Du petit doigt elle tapote le coin de l'œil au-dessus de la pommette. Il accroche sa chemise au robinet du radiateur et défait sa ceinture.

« Est-ce que tu vas chercher ma chaussure ? Je te pose seulement la question. »

Elle referme la boîte.

Il laisse tomber son pantalon. « Tu permets que je passe ? »

« Frank, dit-elle en dessinant la ligne de ses lèvres. Ça

veut dire… si je comprends bien… que tu n'es pas prêt à aller chercher ma chaussure. C'est bien ça ?»

Frank jette ses chaussettes dans la corbeille à linge, pose son pantalon par-dessus et s'assoit sur le bord de la baignoire. Avec la pomme de douche il fait couler de l'eau froide sur ses pieds. Barbara remonte son slip, sort de la salle de bains et ferme derrière elle la porte de la chambre à coucher.

Frank étale une petite serviette devant le lavabo. Pressant le tube rouge d'Elmex, il met de la pâte dentifrice sur les deux brosses à dents, remplit un verre d'eau chaude, pose dessus la brosse de sa femme et commence à se frotter les dents. «Beauty Cosmetic – Pads Naturelle», voilà ce qu'il lit sur l'emballage accroché à côté du lavabo. «Double coussin de pur coton, aussi doux qu'une fleur, en plusieurs couches, ne peluche pas, un bonheur pour votre peau.»

Barbara frappe et ouvre la porte tout de suite après. «Peux-tu me donner ça?» Elle pointe le doigt vers le couvercle des toilettes. La brosse à dents dans la bouche, il lui tend les choses une à une.

«Lui aussi est foutu», dit-elle en jetant le collant sous le lavabo et en enfilant le corsage.

«Mais qu'est-ce qu'il y a?» dit-il, la bouche pleine de dentifrice. Elle passe sa jupe. «Mais qu'est-ce que tu fais?»

Barbara remonte la fermeture Éclair. Frank se penche vers le robinet et se rince la bouche. Il s'écarte pour qu'elle puisse se regarder dans le miroir.

«Mais enfin, qu'est-ce qu'il y a?» demande-t-il en se redressant à côté d'elle.

«Je peux supporter pas mal de choses, dit-elle. Mais me cacher dans un trou… Je me demande vraiment pourquoi j'ai un mari.»

Dans le vestibule, appuyée à la table du vestiaire, elle enfile ses escarpins en fouillant dans son sac.

« Mets donc un gilet de laine », dit-il.

« Où est ma clé ? »

« Dans la serrure. »

« Tu ne t'es même pas demandé si tu viens, Frank ? »

« Non », dit-il.

Il la suit jusqu'à la porte. Elle ouvre. Il la rattrape par l'épaule avant qu'elle puisse abaisser la clenche. Tenant Barbara par les avant-bras, il la ramène dans le vestibule, enlace son ventre et la fait tourner sur elle-même. Maintenant Frank est devant la porte. « Babs, dit-il, pas avec moi. »

« Personne ne le croirait, dit-elle. Ou bien ? Est-ce qu'on me croirait ? Un homme si énergique ! Et qui intervient sur-le-champ ! Chapeau, je dis, chapeau ! » Elle ajuste son corsage. « Allez, Frank, laisse-moi sortir. À moins que tu veuilles rester là toute la nuit ? » Elle fait un pas en avant. « Allez ! Ne réfléchis pas cent sept ans. Je vais juste chercher ma chaussure et ensuite on fait dodo. Demain tu as une journée fatigante. »

« Pourquoi tu fais ça ? » demande-t-il.

« Je n'ai pas arrêté de te l'expliquer, dit-elle en changeant de pied. Bon. Combien de temps ça va durer ce petit jeu ? »

On sonne. Deux sonneries brèves et une longue, suivie, après un petit moment pendant lequel ils se regardent, d'une nouvelle sonnerie brève. Il lui fait signe de reculer. « Babs ! chuchote-t-il, Babs ! » Il se faufile dans la salle de bains. Il éteint la lumière et va à la fenêtre. Sans faire de bruit il ouvre et se penche. La lampe au-dessus de l'entrée de la maison s'éteint. Un instant plus tard, il crie : « Hého ? », et au même moment il entend s'ouvrir la porte de l'appartement. Grâce à la lumière du vestibule, il aperçoit une silhouette dans le miroir, debout, en petite chemise, une main sur la poignée de la fenêtre. Il observe le visage et attend qu'il se passe quelque chose. Il sent un courant d'air sur ses jambes.

« Fränki, s'écrie-t-elle en refermant la porte de l'appartement. Viens ! Quelqu'un l'a rapportée. Elle était là sur le seuil. Viens te coucher ! » et elle se dirige vers la chambre à coucher sans même enlever ses chaussures.

Il voit qu'il est toujours debout, la main gauche posée sur la poignée de la fenêtre. Et puis il se voit en train de fermer lentement la fenêtre.

Chapitre 15

Big Mac et Big Bang

Dieter Schubert et Peter Bertram parlent de deux femmes. La chasse à la carpe, un nouveau sport. Des difficultés s'élèvent à propos de l'objet du succès et de son illustration. Des élancements dans la région du cœur. Brouillard et soleil du matin.

« Big Mac ! » s'écria Bertram en serrant contre lui l'énorme carpe et en gravissant la berge, cherchant un appui à chaque pas et ne s'immobilisant qu'au moment du flash. « Gigantesque ! » s'écria-t-il en brandissant le poisson encore plus haut.

« Qu'est-ce qui se passe ? cria Schubert. Il y a quelque chose de bloqué ! » La nageoire arrière battait sans cesse. « Ne l'écrase pas, grand pêcheur de carpes ! » Il y eut un nouveau flash. Les doigts de Bertram s'enfoncèrent dans le corps du poisson. Schubert vint à sa rencontre mais, après quelques pas, il désigna du doigt un objet qui se trouvait à quelques mètres derrière lui. « La balance », dit-il en faisant demi-tour.

Bertram s'assit en tailleur dans l'herbe devant la tente. De la main gauche il tenait la carpe miroir sous la nageoire droite, la maintenant là où le ventre blanchâtre finissait et où la queue commençait. La nageoire inférieure battait contre l'extrémité des chaussures couvertes de boue de Bertram.

« Attention ! » dit Schubert en s'accroupissant.

Bertram sourit. « Cette fois c'est bon, Dieter ! » Il brandit le poing. « Je parie qu'elle fait cinquante livres ! » Son menton touchait la nageoire dorsale.

« Bouge pas ! » dit Schubert. « Bien, dit-il, très bien. »

Bertram, le poisson contre la poitrine, avança en glissant sur les genoux et le posa avec précaution sur la balance aménagée.

« Cinquante et une livres quatre ! s'écria-t-il. Bouge pas, bon Dieu ! Cinquante et une cinq ! »

« Nom de Dieu », dit Schubert.

Bertram saisit sous la gueule la carpe qui se tortillait.

« La balance est tout simplement trop petite, beaucoup trop petite pour des mastocs pareils ! Cinquante et une six, cinquante et une virgule six ! »

« Nom d'une pipe », dit Schubert en se penchant jusqu'à ce que le poids indiqué par l'aiguille et le poisson apparaissent dans son objectif, puis il appuya sur le flash.

« Ça lui a plu nos Boilies, dit Bertram en déroulant le mètre. Meilleur que des Smarties. Quatre-vingt quatorze. Tu y es ? »

« Une seconde », dit Schubert. Il fallait attendre que le flash se recharge. Il arrosa le poisson avec une grande bouteille de Fanta pleine d'eau.

Bertram tint le mètre au niveau de la nageoire dorsale et le passa autour du ventre. « Quarante-huit », dit-il.

« Elle brille comme une aile d'insecte », dit Schubert. Il rapporta l'appareil sous la tente et revint avec un tube.

« Big Mac », chuchota-t-il en la tripotant. « Une panse pareille et presque pas d'écailles ! Étonnant qu'elle bouge encore. » Avec précaution il enfonça le doigt dans la gueule et étala de la pommade cicatrisante Klinik là où l'hameçon s'était accroché. « Guéris de ton bobo, mon petit coco, chantonna Schubert. On devrait encore faire une photo, elle l'a mérité. » Il essuya sa main dans l'herbe.

Bertram vida la bouteille de Fanta sur les ouïes. « Passe-la moi. » Il saisit la carpe et redévala la berge. Arrivé au canal, il descendit encore un peu plus et pataugea dans l'eau avant de libérer la carpe.

« Bon vent, Big Mac ! s'écria Schubert du haut de la berge en imitant la fanfare du *Yellow Submarine*. Tu la vois encore ? »

Bertram, les mains posées derrière les hanches, regardait la surface lisse et brune de l'eau et le brouillard. Puis il passa en revue les autres gaules. Schubert marcha parallèlement à lui sur la berge, effectua quelques flexions des genoux, fit tournoyer ses bras avant d'entamer un petit cross vers le poteau électrique suivant. Arrivé à mi-parcours, il rebroussa chemin.

« Alors, grand pêcheur de carpes, haleta-t-il, comment on se sent ? » Sa lèvre inférieure brillait.

Bertram alla jusqu'à la tente et but à la gourde. Il la tendit à Schubert. Mais celui-ci fit non de la tête et commença à faire des flexions du tronc.

« La prochaine est pour toi !, dit Bertram en se déshabillant.

« C'est pas la peine alors de faire toute ta gymnastique. Tu es tout excité, Dieter, baskets neuves et survêt… » En sandales de bain et en slip, il marcha nonchalamment en direction des cordes qu'ils avaient tendues entre la tente et le poteau électrique et y jeta chemise, chaussettes et pantalon kaki. Il déposa ses sandales mouillées à l'entrée de la tente et fouilla dans son sac à dos.

Schubert secouait bras et jambes pour les détendre. «Même pas besoin d'appâter pendant trois jours, dit-il. Le deuxième jour elles ne redoutent plus rien.»

Bertram passa un pull-over et se tint en équilibre sur une jambe, tenant des chaussettes propres dans une main.

«Hé! grand pêcheur de carpes, quelle heure est-il?» demanda Schubert en commençant ses exercices de respiration.

Bertram posa son pied nu dans l'herbe, essuya ses orteils à l'autre jambe et enfila une chaussette. Puis il se glissa sous la tente. «Tu aurais dû aller voir ta Manka au lieu de venir ici!» cria-t-il de l'intérieur de la tente.

«Mais comment ça? Je suis en pleine forme, dit Schubert en rabattant l'ouverture. As-tu faim, Peter?»

«Je pensais que tu en avais acheté tout un paquet, dit Bertram. Tu avais dit que tu voulais acheter un paquet de pellicules.»

«C'est fait.» Schubert rampa sur le tapis de sol.

«Ça faisait presque une heure. Pendant presque une heure, j'ai lutté avec elle sans qu'une seule photo soit prise parce que tu roupillais.»

«T'aurais dû dire quelque chose! Schubert replia son sac de couchage. Je ne suis pas un reporter sportif!»

«Tout ce qui t'intéresse, c'est ta… Ce qu'on fait ici ne t'intéresse plus du tout. Même pas ça.» Entre son pouce et son index, il y avait à peine un centimètre.

«Mais si», dit Schubert.

«Raconte pas d'histoires. Tu n'as plus que cette

femme en tête, ça et ton permis de chasse en tant que victime de persécutions politiques. C'est vrai, à la fin. »

« Si je n'en avais pas eu envie, je ne serais pas ici. Mais avec la gueule que tu faisais… » Schubert se mit à rire. « T'en revenais pas quand on a entendu le signal qu'un poisson avait mordu. » Il referma la fermeture Éclair. « Tu as sonné l'alerte, tu as hurlé ! »

« Comme à la frontière », dit Bertram.

« Là aussi il y avait un signal sonore ? »

Bertram renifla et croisa les bras sous sa tête.

« Là on récoltait tout, des lièvres, des renards, des chevreuils, des cerfs, des sangliers, des blaireaux – tout. »

« Et moi j'ai récolté ça », dit Schubert en montrant son œil de verre.

« Ce qui m'étonne, c'est que les bêtes n'aient pas compris. Elles voyaient bien ce qui se passait, comment les autres étaient déchiquetées. D'habitude elles flairent tout, même les tremblements de terre. »

« C'est pour ça qu'ils t'ont licencié ? »

« Quoi ? »

« T'avais une fonction importante, non ? »

« Quand ils en piquaient un, ça rapportait un galon, et après ? J'y suis pour rien. Et puis les autres étaient dans le groupe de combat[1] ! »

« À cause de quoi alors ? »

« Je pensais qu'on était là pour pêcher, Zeus. »

Schubert se mit à rire et montra encore une fois son œil de verre. « Le dernier qui m'a appelé Zeus, ça ne lui a pas porté chance. » Il tapa contre le toit de la tente. Des gouttes tombèrent. « Pas porté chance du tout. »

---

1. Organisation paramilitaire d'entreprise, susceptible de défendre la « patrie socialiste ». (*NdT*)

« Tu es puéril. » Bertram saisit la main de Schubert.

« Oui, dit Schubert, vieux et puéril. »

« Et sentimental. »

« Si tu veux. En tout cas ton nom n'apparaît pas dans mes dossiers. Tu devrais être content, au moins quand tu pêches. »

Bertram lâcha la main de Schubert. « Une pute, dit-il, qui te pompe ton fric. Et ça te fait plaisir ? »

« Elle est… »

« Une… petite pute, plus jeune encore que votre Conni. »

Schubert tapa à nouveau contre la tente.

« Zeus », dit Bertram en se retournant. Il tira sur son sac de couchage jusqu'à ce que son dos soit recouvert. « Et Marianne, ça ne l'étonne pas que tu viennes si souvent à Berlin ? »

Bertram sursauta.

« Ce n'était rien », dit Schubert au bout d'un moment. Il se remit à fredonner quelques mesures de *Yellow Submarine*. On entendit des Klaxons sur l'autre rive. « Allez, Peter, dit-il. On se connaît. » Il se lissa les cheveux. « Peut-être que tout cela n'est pas si mauvais pour nous. »

Bertram partit d'un rire clair. « Ça va pas la tête ! »

« Tu parles, dit Schubert, comme si tu étais un vieillard. Plutôt que d'en chercher une, tu concoctes ces cochonneries que personne ne veut imprimer. »

« Ah ! parce que maintenant c'est des cochonneries ? »

« Je pense que tu devrais te chercher une femme. »

« Maintenant c'est des cochonneries ? »

« Allons, Peter. Reste calme… »

« Je te demande seulement si ce que j'écris est devenu d'un seul coup une cochonnerie. Je me souviens pourtant de tout autre chose, d'un véritable enthousiasme, non ? »

«Avoue quand même que ce n'est…»

«Eh bien?»

«Pas tout à fait normal.»

«Pas tout à fait normal?» Bertram s'appuya sur son coude. «Et pourquoi alors tu voulais les acheter, mes cochonneries? Pourquoi tu en as fait des copies? Pourquoi tu as dit qu'on se mettait à bander rien qu'en lisant? Ça marche plus alors?»

«N'importe quoi», dit Schubert.

«Peut-être que c'est Zeus qui n'est plus tout à fait normal? Et pourquoi donc tu paies ta petite pute si tu dis qu'elle ne réclame rien?»

«Parce que j'y tiens», dit Schubert.

«Tu veux que je te dise pourquoi tu y tiens, pourquoi tu te sens obligé de la payer?»

«Je veux que la situation soit claire, rien de plus. Elle là-bas, moi ici, et puis on se rencontre. Elle a son argent et on se quitte.»

«J'aimerais bien avoir ton imagination, dit Bertram. D'abord la petite veut gagner quelque chose, ensuite tu lui demandes quelques extras, tel que je te connais. C'est pas vrai, Zeus?»

Le vent creusa le toit de la tente. Bertram leva à nouveau la tête.

«Qu'est-ce que tu vas imaginer, Peter», dit Schubert.

«Mais qu'est-ce que je peux imaginer au sujet de quelqu'un qui lit des cochonneries?»

«Peter, enfin!»

L'instant d'après ils sursautèrent en même temps.

«Vite!» cria Bertram. Le signal sonore de la dernière ligne avait retenti.

Peu après, Schubert suivait déjà le poisson en remontant vers la centrale.

«Donne du mou, il s'en va! Hé, héé!» criait Bertram en applaudissant. Il entendait le ronronnement de la bobine qui se déroulait. On n'entendait aucun autre bruit à part le crépitement du câble électrique et le passage de rares autos sur l'autre rive. Quand il se retourna, Schubert courait déjà vers lui.

«Qu'est-ce qui se passe? Je cours jusqu'à la centrale… Nom de Dieu, Dieter, cria Bertram, je veux voir des tourbillons, de gros tourbillons!»

Au même moment la gaule en fibres de carbone frémit comme si elle était vivante. Schubert tendit les deux bras et la bobine continua à se dévider.

«Une sacrée roublarde!»

Bertram alla chercher la truble. Schubert était accroupi sur la rive, les mains tendues, l'extrémité de la gaule trempait presque dans l'eau. Il rembobina un peu.

«C'est pas possible! Pas aussi facilement! Elle n'est plus là?» Schubert se redressa et se laissa entraîner vers l'aval. Il ne faisait plus aussi froid. Peu à peu on apercevait l'autre rive, les glissières de sécurité et les phares des autos.

Soudain la ligne se tendit, l'extrémité de la gaule plongea dans l'eau. Schubert serra les lèvres. Les veines de son front et de ses tempes saillirent ainsi que les tendons sous son menton.

«C'est quelque chose! s'écria Bertram. C'est ça, faut de la bagarre! Il faut que tu la baptises!»

Schubert respirait difficilement et était plié sous l'effort.

«C'est ça qui est le plus beau, de la sentir, cette force! Dieter! Comment tu l'appelles?»

«Big Ben», fit Schubert entre ses dents en tentant de s'éloigner de la rive à petits pas. La carpe bondissait dans tous les sens mais Schubert l'entraînait, et l'élasticité de la gaule épousait les violents tiraillements.

«On a déjà eu Big Ben. Appelle-la Big Bang, fit Bertram sans quitter l'eau des yeux. C'est pas mal, Big Bang, non? Vas-y pour Big Bang.»

La carpe apparut à la surface de l'eau. «Ouais!» s'écria Schubert. «Nom de Dieu, Dieter! s'écria Bertram. Prêt pour l'atterrissage. Prépare-toi!»

Le poisson semblait avoir renoncé à toute résistance. Des vaguelettes vinrent clapoter contre le rivage. Schubert remonta la carpe. De l'avant-bras, il tenta d'essuyer une mèche de son front humide mais heurta le poisson avec son nez. «Beeh», fit-il. Il y eut un flash.

«Alors? demanda Bertram, tu en fais une tête!»

Schubert ne répondit pas. La carpe tomba avec un gros floc sur la balance. «Cinquante et une virgule cinq, virgule six», dit Schubert en s'écartant pour faire de la place à Bertram. Il observa ce dernier se pencher sur l'aiguille, soulever un peu le poisson, regarder en dessous et le reposer.

«Cinquante et une virgule cinq, dit Bertram. Incroyable. Cinquante et une virgule six.»

Debout côte à côte ils regardaient la carpe. Bertram s'avança d'un pas : «Cinquante et une virgule cinq. Mais elle ne peut pas être aussi bête que ça, c'est pas possible! C'est Big Mac!»

«Je me sens patraque, dit Schubert. Elle pue tellement.»

«Arrête tes salades, dit Bertram. Allez, il faut en finir.» Il tendit le centimètre au-dessus du poisson. «Quatre-vingt quatorze. Tu peux pas prendre la photo, au moins? Quarante-huit. Qu'est-ce qui t'arrive?» Bertram prenait la pommade cicatrisante. «On a oublié l'eau.» Il montrait les ouïes. Puis il enfila son doigt dans la gueule de la carpe.

Schubert, lui, massait son cœur. De la main gauche il tenait l'appareil-photo.

«Personne te croira, Dieter, vraiment. Celui qui verra la photo pensera que tu l'as empruntée à quelqu'un. À moi.»

«Ou le contraire.»

«Comment ça?»

«L'appareil ne date pas les prises.» Schubert fit une grimace et se détourna. «Quelle merde», lâcha-t-il.

«Tu crois…»

Schubert s'accroupit.

«Mais qu'est-ce qu'il y a, Dieter, tu ne te sens pas bien?»

Schubert s'étendit dans l'herbe. «Il faut que je m'allonge», dit-il, et il se tourna sur le dos. «J'ai des élancements.»

«Quoi?» Bertram repoussa la carpe. «Mais quoi donc?»

«Ça va aller», dit Schubert. Il se mordit la lèvre inférieure. Il passait la main sous sa chemise. «Fous-la en l'air, Peter, je t'en prie, elle pue tellement.»

Bertram redescendit le long de la berge avec le poisson, trébuchant à plusieurs reprises mais se rattrapant chaque fois.

Quand il eut de l'eau jusqu'aux genoux, il y laissa tomber la carpe qui s'enfonça devant lui. Il la repoussa du bout du pied, se baissa, puis se redressa aussitôt après.

«Dieter!» s'écria Bertram. Il ne voyait que la tente aux cordes tendues et ses affaires mouillées. «Zeus!»

Vers l'aval le soleil perçait le brouillard. Maintenant on pouvait distinguer les couleurs des voitures sur l'autre rive.

« Hé ! L'alpiniste ! s'écria Bertram. L'alpiniste ! » Il se baissa soudain et poussa des deux mains la carpe en avant comme un petit bateau. Les pieds dans la vase et les pierres, il sentit l'eau qui le saisissait autour des hanches et poussa un grand cri.

Le courant emporta le poisson. Bertram fit demi-tour et revint vers la rive les bras écartés. En parcourant les derniers mètres qui le séparaient de la terre ferme il se retourna et crut apercevoir une fois encore le ventre blanc de la carpe entre les reflets du soleil matinal.

Bertram s'essuya les mains à son pull-over, avança en traînant les pieds sur les cailloux – ses sandales couinaient doucement – et de là remonta la pente.

Longtemps il resta agenouillé dans l'herbe à côté de Schubert. Au bout d'un moment, il posa sa tête sur ses genoux et lui ferma l'œil et la bouche. On pouvait voir les empreintes de la mâchoire supérieure sur la lèvre inférieure.

« Bon Dieu, Zeus ! » dit Bertram. D'une main il ne cessait de caresser le front et la joue, de l'autre il protégeait l'œil de verre.

Chapitre 16

Canettes

L'élève infirmière Jenny et la patiente Marianne Schubert se rencontrent près de la clinique de Virchow à Berlin et parlent d'un mort. Maik, un jeune serveur, leur apporte les consommations. La cigarette de Jenny reste dans le cendrier. Valeurs éphémères et éternelles.

« Pourquoi vous me racontez ça ? »

« J'ai pensé que si vous le saviez… »

« Je ne vous crois pas. »

« C'est votre problème », dit Jenny.

Elles étaient assises l'une à côté de l'autre, au bar. Le jeune serveur derrière le comptoir leur avait fait du café, plus un gin tonic pour Jenny, puis il avait enlevé les chaises autour des tables. Il avait ensuite disparu derrière un rideau au fond de la pièce et ne réapparaissait de temps en temps que pour vider le cendrier. Il avait une épaisse chevelure rousse, semblait pâle et abattu ou tout simplement très fatigué. La lumière perçait à peine à travers les fenêtres parce qu'un échafaudage d'où pendaient de longues bâches était installé devant la maison. Il était à peu près 9 heures du matin.

« Et pourtant vous devriez le savoir », dit Jenny.

« Quoi ? »

« Que ce que je dis est vrai. »

« Non. »

« Il a dit qu'entre vous deux… »

« Écoutez… »

« … Rien n'allait plus. » Jenny écrasa sa cigarette, qu'elle n'avait fumée qu'à moitié. « C'est pour ça que je vous l'ai raconté, pour que vous ne vous tracassiez pas, pour que vous… »

« Pour moi, tout ça c'est fini. Jamais je n'ai parlé de ces affaires. À personne. Vous vous permettez de ces choses… »

Jenny but. « Excusez-moi, dit-elle. Quelques glaçons restèrent au fond du verre. Moi, je pensais… »

« C'est le produit de votre imagination… »

« Pourquoi m'avez-vous téléphoné alors ? Vous auriez pu poster la lettre et tout était fini. »

La femme ferma les yeux un instant puis jeta un coup d'œil par-dessus son épaule dans la pièce vide.

« La police m'a rapporté ses affaires, et d'une. » Elle leva son pouce droit. « Deuxièmement, j'ai trouvé la lettre dans son sac de voyage, non affranchie. Je ne connaissais pas de Jenny Ritter à Berlin. L'adresse ne me disait rien. J'ai pris l'annuaire du téléphone et je vous ai appelée. »

« Vous vouliez savoir qui était Jenny Ritter. »

« Non. » La femme fixa ses ongles. « Je ne voulais pas qu'un homme mort envoie du courrier. »

« Mais après… »

« Ce n'est pas au téléphone qu'on parle de ça. Vous

qui êtes infirmière, vous devriez le savoir. Je voulais vous informer de ce qui était arrivé à mon mari. »

« Il ne vous a pas semblé reconnaître ma voix ? »

« Et quand bien même… Qui peut imaginer quelque chose comme ça ? De toute façon, j'ignorais votre nom de famille. »

« Vous n'êtes même pas curieuse de savoir ce qu'il y a là-dedans ? » Jenny sortit l'enveloppe grise de sa veste de cuir et la posa entre les tasses de café. « Moi j'aurais voulu savoir. Je veux toujours savoir la vérité. » Elle alluma une cigarette et souffla sur l'allumette pour l'éteindre.

« Moi je ne le veux plus », dit la femme en détournant le regard lorsque le serveur apparut.

« Encore un », dit Jenny en poussant son verre vide.

« Et vous, demanda-t-il, café ? »

« Non, merci. Ou bien de l'eau, juste de l'eau du robinet. C'est possible ? »

« Bien sûr », fit le garçon. Son visage s'éclaira un instant. Elles se turent jusqu'à ce qu'il eût posé le gin tonic devant Jenny et fût reparti vers le fond en emportant un verre.

« Que savez-vous encore de moi ? » demanda la femme à voix basse.

« Votre prénom… Marianne. »

« Ça vous plaisait, un homme avec un œil de verre ? J'imagine que quelqu'un comme vous, si vous vouliez… »

« Vous pensiez que je n'aurais pas remarqué Dieter – ou bien quoi ? »

« Non. Rien. Vous ne l'auriez pas remarqué. »

« Il a fait des acrobaties pour se glisser vers la fenêtre, préférant enjamber trois chaises plutôt que d'en déplacer une. Après être tombé, il s'est relevé aussitôt, à cause du manteau. Il l'a plié en boule sur ses genoux. Et quand on lui a apporté la carte, il ne savait pas où le mettre. Il ne tenait pas en place – des tas de mouvements superflus, vous comprenez? En plus il parlait trop bas et la serveuse a été obligée de lui faire répéter. Il mangeait précautionneusement, les yeux fixés sur son assiette pour éviter que nos regards se croisent. Quand il a eu terminé, il est allé payer au comptoir et est parti à toute vitesse.»

«Voilà, dit le serveur. Elle n'est pas glacée. Juste froide.» Il avait un léger accent souabe.

«Merci», dit la femme.

«Autre chose?»

«Non, vous êtes bien aimable.» Elle fouilla dans son sac. Le serveur hésita un moment, changea le cendrier puis s'éloigna.

Jenny prit ses coudes dans les mains. «Le mercredi suivant nous nous sommes revus. J'ai pensé qu'il venait assez souvent ici et lui pensait que j'étais toujours là. Il m'a invitée. Un pur hasard.» Jenny tourna son poignet gauche jusqu'à ce que sa montre heurte le verre de gin. «Quand je sortais une cigarette, son briquet s'allumait. Je continuais à parler, il s'éteignait, et il attendait l'occasion suivante. Et cette façon de m'aider à mettre ma veste et de me tenir la porte… Quand j'ai vu la tournure que ça prenait, j'ai dit que j'avais grandi à Berlin-Est, dans le quartier de Friedrichshain.»

«Quelle tournure?»

«Il pensait que comme nous étions ici à l'Ouest, on devait être tous de l'Ouest. C'est pourquoi j'ai dit ça. Mais ou bien il ignorait où se trouvait Friedrichshain ou bien…»

«Il n'aimait pas Berlin. On n'est jamais venus ici.

Même pas à Sans-Souci. Il préférait Dresde, le baroque italien. Là il avait les montagnes, le massif gréseux de l'Elbe. Il a dû vous raconter qu'il faisait de l'alpinisme. » Elle prit son verre et fit tomber dans l'eau un comprimé d'aspirine.

« Cela n'avait pas beaucoup d'importance pour moi », dit Jenny. Elle se gratta les deux avant-bras. « On a bu quelque chose et soudain voilà qu'il me propose 300 marks. Il me dit qu'il ne voulait rien d'autre que s'allonger à côté de moi et se réveiller comme ça. »

Les deux femmes observaient le comprimé d'aspirine qui s'agitait au fond du verre comme un turbot.

« Il savait que j'allais devenir infirmière. »

« Les petites souris du phénol, comme on les appelait dans le temps. À l'hôpital, elles avaient toutes cette odeur. »

« Je lui ai dit que j'allais être infirmière. Mais il a souri comme s'il ne le croyait pas. »

« Il ne l'a pas cru apparemment. Vous n'étiez pas offensée ? Pourquoi n'avez-vous pas refusé ? »

« Oui, dit Jenny. J'aurais pu. » Elle fixa le rideau, observa les étagères avec les bouteilles de grappa et la cloison du fond recouverte d'un miroir, puis regarda le verre où le comprimé se tortillait et se mettait presque à la verticale.

« Il vous plaisait ? »

« Quand il a vu que je réfléchissais, il a proposé 500. Je n'ai pas eu peur. »

« Mais la dernière fois… »

« Ça n'avait rien à voir avec la peur. » La main de Jenny recherchait le gin tonic.

« Vous ne voulez pas en parler ? »

« Je l'ai fait. Mais c'est vous qui ne me croyez pas. »

« Vous avez seulement dit qu'il avait été brutal. »

Jenny trempa ses lèvres. « Pervers, pas brutal. »

« Vous dites ? »

« Pervers, quoi. »

« Qu'est-ce qu'il a… Qu'est-ce qui s'est passé ? »

« C'est comme de la poudre à limonade, dit Jenny en désignant le verre du menton. La seule chose que je voulais ensuite, c'était de voir son visage. Quand il venait vous voir à l'hôpital, quand nous nous rencontrions dans le service ou quand j'ouvrais la porte de votre chambre et qu'il était assis près de votre lit, quand je vous demandais si vous vouliez du fromage ou du saucisson pour le dîner. C'était son visage que je voulais voir. »

« Vous vouliez le faire chanter ? »

« J'imaginais ce qui pouvait lui passer par la tête. »

« Et ? »

« La panique. »

« Vous souhaitiez… »

« Qu'il panique, oui. »

La femme approuva puis hocha la tête. « La petite souris du phénol qui joue les… eh oui. »

« Ce n'est pas mon genre. Et vous le savez très bien. »

« Vous acceptiez son argent. »

« C'était le hasard. C'est lui qui l'avait voulu. Pourquoi vous ne me croyez pas ? »

« Vous vous êtes retrouvés cinq fois, d'après ce que vous dites. Vous avez donc encaissé cinq fois. »

« Non, dit Jenny. Pas la dernière fois. »

« Vous avez pris l'argent. »

« Ça n'a rien à voir. Vous n'êtes pas obligée de m'insulter. »

Le comprimé flottait à la surface de l'eau. Des particules se détachèrent et vinrent se coller contre le verre. Le pétillement éclaboussait l'enveloppe.

« Oui, et maintenant il vous a filé entre les doigts. C'est arrivé pendant une partie de pêche. Quand on l'a trouvé, il était trop tard. »

« Je sais, dit Jenny. Ils nous ont informés à l'hôpital. Il parlait beaucoup de la pêche. Il n'arrêtait pas de raconter. Il savait raconter. »

« Il était professeur. »

« Il voulait m'expliquer tout ce qui se passait à l'Est. »

« Il était aigri. »

« Je sais, à cause de son œil. Parce qu'on ne lui avait jamais bien mis en place son œil de verre. »

« Quoi ? »

« Ben oui, bien sûr. Il haïssait la RDA parce qu'ils n'ont jamais réussi à fabriquer un œil de verre correct, au moins pas pour lui. »

« À cause de l'œil ? »

« Et de son surnom. »

« C'est arrivé peu de temps après la guerre. Ils avaient trouvé des munitions… C'est tout de même pas pour ça que… »

« Je connais ses histoires, toutes, les cours du soir, l'école de dessin, les études, et comment ils l'ont foutu à la porte… »

« À cause de trois fois rien ! »

« C'est ça. Et parce qu'il a dû aller bosser dans une mine de lignite pour faire ses preuves, et parce qu'ils n'en voulaient plus comme prof ou au moins pas tout de suite et que votre fille a été défavorisée et que Conni malgré tout a vu ce qui allait venir, et ces histoires de canettes et tout le machin. »

« Quelles histoires de canettes ? » La femme tenait le verre contenant le comprimé dissous.

« Vous savez, ces canettes de bière dressées en autel… Quand Dieter passait la nuit ici, dans l'appartement de votre neveu, Liselotte-Hermann Strasse, cet autel trônait dans le séjour. Mon frère était pareil. Pour lui il n'y avait rien au-dessus de ça. Il échangeait tout contre ça. Même de l'argent. »

« Des canettes de bière vides ? »

« Bien sûr. Vous n'en avez jamais parlé ? À Michendorf il fouillait les corbeilles à papier. C'est pour ça qu'il ne pouvait pas s'en séparer. Chaque canette avait son histoire. Maintenant ça ne vaut plus rien. Maintenant on en trouve dans tous les kiosques. Il l'a dit lui-même. Mais apparemment il ne l'a jamais complètement pigé. »

« Mon mari ? »

« Lui non plus sans doute. »

« Vous parliez de ces choses-là ? »

« Toute la nuit. Une fois il a dit : "Regarde, n'est-ce pas merveilleux ?" Dehors il commençait à faire jour. Nous n'avions pas du tout dormi. Il a pris mes mains et les a baisées avec mille précautions, un baiser ici, un baiser là, jusqu'au bout des doigts. D'un seul coup je n'ai pas pu m'empêcher de bâiller. Je sentais ma bouche s'ouvrir de plus en plus, c'était plus fort que moi. Pendant ce temps-là, il regardait dans ma bouche. Pendant tout le temps. Je ne pouvais pas mettre la main devant, il la retenait. Je me suis excusée et il m'a dit : "Fais-le plus souvent, ça ne me gêne pas" en continuant à m'embrasser les mains. Tout lui plaisait en moi. »

« Pourquoi vous me racontez tout ça ? »

« Pour que vous me croyiez. Pour que vous voyiez que je ne pouvais pas m'attendre à ça. Peut-être que j'aurais dû m'en douter, quand quelqu'un ne fait que raconter, raconter et ne va pas plus loin. Ça ne peut pas bien finir.»

«Parfois il pétait les plombs», dit la femme.

Jenny se mit à rire. Elle saisit son verre puis le reposa.

«Je veux dire… Mais pourquoi vous riez?»

«La façon dont vous dites ça…»

«Quoi?»

Jenny secoua la tête.

«Mais s'il vous a raconté tant de choses, qu'est-ce que vous voulez de plus?»

«Vous ne comprenez pas.» Jenny posa une main sur l'avant-bras de la femme. «Dans le métro il y avait une femme turque assise en face de nous. Vingt ans, peut-être, chargée de cinq ou six sacs à commission. Des mains immenses, comme des pelles. Dieter a imaginé son destin d'esclave du travail, il ne pouvait se calmer. C'était bien lui, ça.»

«Vous preniez le métro avec lui?»

«Oui, pourquoi?»

Dans le verre vide il ne restait plus du comprimé qu'un mince anneau blanc au bord.

«Attention! dit la femme. Là, elle va tomber!»

Jenny s'empara de la cigarette qui reposait sur le rebord du cendrier et l'écrasa.

«Ça fait encore mal?» De son pouce Jenny désignait le sein.

«Je dois être à 10 heures là-bas. Les rayons. Faut que j'y aille.»

«Oui, dit Jenny, en approuvant de la tête. Pas la peine de se faire des adieux.» Elle s'inclina sur le côté. «J'aplatis toujours les contreforts.» Elle se baissa pour repêcher ses chaussures et sa tête toucha l'épaule de la femme.

Même quand la joue de Jenny s'appuya contre sa hanche, l'autre resta assise toute droite sans bouger.

« Ce sont de bonnes chaussures, dit Jenny quand elle se redressa. Mais je les aplatis toujours, pure paresse. Vous y allez à pied ? »

« C'est vraiment pas loin. »

Jenny approuva. « Ça va mieux après l'aspirine ? »

« Bon Dieu, dit la femme en se laissant glisser du tabouret. Ce n'est pas fait pour moi. » Elle dut s'appuyer un instant sur la cuisse de Jenny. « Vous allez perdre un bouton… là, tout en haut. »

« Merci », dit Jenny, quand elles furent debout l'une en face de l'autre.

« Vous ne devriez pas fumer autant, dit la femme. Et même, pas du tout. »

Jenny approuva à nouveau d'un signe de tête et la suivit des yeux jusqu'à ce que la porte se referme.

« Et alors ? demanda le serveur, qui était soudain réapparu. Tu te sens mieux maintenant ? » Il essuya le comptoir, souleva le cendrier et le reposa à la même place. Jenny se rassit.

« Je ne comprends pas à quoi ça rime. Qu'est-ce que ça t'a rapporté ? » Il pencha le buste en avant et inclina la tête pour voir son visage. « Hé, Jenny, je te parle. Elle ne t'a pas cru. À quoi ça rime cette connerie ? » Il vit qu'elle faisait sortir une cigarette du paquet et lui présenta tout de suite du feu.

« Tu as cru que j'allais le raconter, dit Jenny en soufflant de côté la fumée. T'es resté derrière le rideau parce que tu ne voulais rien louper. »

« Tu débloques, dit le serveur. Est-ce que tu l'as invitée au moins ? »

« Tu sais comment on appelle ça, Maiki ? J'appelle ça

un mateur. » Jenny reposa la cigarette sur le cendrier, ouvrit l'enveloppe grise et regarda à l'intérieur.

« Ce n'est pas un boulot pour toi, dit le serveur. Je te l'ai dit tout de suite. Ce n'est pas pour toi. »

« Ce n'est pas mon boulot », fit-elle.

« Tu débloques vraiment », dit-il, sans la regarder. Son visage avait rougi. Le front et le bout du nez brillaient. « Ou bien ça ne te pose pas de problèmes ou bien tu laisses tomber. Alors ce n'est plus ton boulot. Tu piges ? Et pourquoi tu viens t'asseoir ici au bar si tu ne veux pas que j'entende ? » Il lui apporta un autre gin tonic. « Dans l'état où elle était, elle aurait préféré s'asseoir en bas, à une table, normalement. »

Jenny compta les billets en les faisant glisser d'une main à l'autre. « Tu veux savoir ce qu'il a fait ? »

Le serveur retourna l'enveloppe vide. « C'est son écriture ? »

« Sans doute. Sans doute est-ce la sienne. » Jenny bâilla et recompta les billets. « Alors tu ne veux pas le savoir, Maiki ? »

« Très généreux, dit le serveur. Cinq cents ? Pour ce prix-là tu aurais pu attendre qu'elle l'ait mis en terre, tu aurais pu attendre au moins jusque-là. »

Jenny empocha l'argent. « J'ai besoin de nouvelles chaussures », dit-elle en bâillant.

« Bon Dieu, Jenny ! C'est quand même pas pour ça ! » s'écria le serveur. « Je t'en achète vingt paires, autant que tu veux ! » Il essuya les mains à son torchon. « Tu es fatiguée ? »

« Non, dit-elle. Sauf qu'il n'y a jamais de lumière ici. »

« Tu veux que je te fasse encore un café ? »

« Non, dit Jenny en tapotant légèrement la cigarette jusqu'à ce que le filtre ne dépasse plus du bord du cendrier. Ça va. Je me sens vraiment bien. » Avec précaution elle porta le verre plein à sa bouche et commença à boire tandis que le serveur l'observait, mains posées sur les hanches.

CHAPITRE 17

Dettes

Christian Beyer raconte ses vacances d'été à New York avec Hanni, sa nouvelle amie. Une visite inattendue. Hommes, argent et eau.

Après cinq jours passés dans la ville, à part la statue de la Liberté, le World Trade Center et le Museum of Natural History, nous n'avons encore rien visité de New York. À 11 heures du matin, d'après la télé, la température est déjà de 101 degrés Fahrenheit (d'après le calcul du Baedeker, cela correspond à 38 degrés 33 Celsius). Tout est chaud et humide, même la lunette des toilettes, et les livres se gondolent.

La climatisation ne marche pas. Elle est fixée sous la fenêtre de gauche, exactement au-dessus de notre lit. Ce truc inutile, qui ressemble au derrière d'une vieille télé, nous vaut 25 % de réduction sur le loyer de ce studio qui appartient à Alberto, un architecte espagnol. Le mur de gauche est recouvert de miroirs jusqu'au plafond, ce qui nous permet de nous observer sans cesse chaque fois que nous allons dans la salle de bains ou à la porte d'entrée en contournant la grande table et en passant devant la kitchenette.

Hanni est allongée sur le ventre, la tête tournée sur le côté. De la main droite elle retient ses cheveux au-dessus de sa nuque. Son derrière et une mince bande sous ses omoplates sont blancs. Adossé aux deux oreillers, je lui lisais à haute voix le numéro de *Géo* sur les Juifs de Crown Heights.

« Est-ce que tu dors ? » je lui demande.

La tête d'Hanni remue, puis elle dit : « Non. »

Tous deux nous faisons de drôles de rêves. La nuit dernière, c'était plus un sentiment, une situation : ce sur quoi je suis étendu, mon lit, est une ville portuaire d'Asie le soir ou la nuit, avec beaucoup de lumières. Tout ce qui est sous moi est vivant, où que je pose ma tête il y a toujours beaucoup de vie, ça grouille de voix et d'informations qui me sont en partie destinées. Le rêve ne m'a même pas quitté quand je suis allé aux toilettes. Ce n'est que vers le matin que je me suis calmé, comme si le lit sous moi s'était enfin endormi.

« Tu veux que j'ouvre la fenêtre ? » je demande. La tête de Hanni bouge. « Ça veut dire non ? »

« Non », dit-elle, la bouche à moitié sur le drap. Nuit après nuit, quand la balayeuse passe, il y a toujours une voiture dont l'alarme se déclenche. Je connais la succession des signaux : il y a juste deux secondes de calme avant que tout commence. De temps en temps, l'échelle à incendie vibre. Le réservoir d'eau sur le toit d'en face fuit. Ça ressemble à un bruit de pas. Le matin, des gouttes dégringolent sur la climatisation. Sans doute que quelqu'un au-dessus de nous arrose ses plantes. À cause de la moustiquaire devant la fenêtre on ne peut pas se pencher.

« Tu veux boire quelque chose ? »

« Continue à lire », dit-elle.

« J'ai fini, dis-je. Tu veux que je fasse du thé ? »

« Je ne veux pas de thé. Hier tu as tout balancé. »

« Pas tout », dis-je.

« D'accord, pas tout, dit Hanni qui tourne la tête et me regarde. Pourquoi tu n'as rien dit quand c'est arrivé ? »

« Cela m'est assez désagréable, dis-je en feuilletant l'exemplaire de *Géo*. On se sent comme incomplet, amputé. »

« Bon Dieu ! On pourrait imaginer le pire ! s'écrie-t-elle en se tournant sur le dos et en s'asseyant. Est-ce que c'est si dur pour toi ? Une semaine sans stress pour une fois, et tu veux vivre de pain sec et d'eau ! »

« Oui, dis-je, on est comme sans défense. »

« C'est ton problème », dit Hanni. Elle enroule ses cheveux autour de sa main et de l'autre elle attrape une barrette à côté du lit. La moitié inférieure de sa poitrine est blanche. « Excuse-moi, dit-elle. C'est vraiment ton problème. Moi, en tout cas, on ne m'a pas encore bloqué ma carte de crédit ! J'ai encore quelques économies. Et en attendant j'ai envie qu'on s'offre quelques belles sorties et qu'on roule en grosse limousine. Et au restaurant, je voudrais des serveurs qui vous commentent la carte, et des bougies sur la table. Et un beau panorama. Et prendre l'hélicoptère et aller au MET ! Et ne pas me priver de toi. Et avoir de l'eau minérale italienne. »

Hanni s'est levée. Accroupie devant le frigo, elle en maintient la porte ouverte avec le coude et boit. Elle boit d'un trait en levant la bouteille toujours plus haut jusqu'à ce que je puisse voir l'étiquette bleu clair. Elle laisse la porte se refermer et pose la bouteille vide par terre à côté des autres. «Et puis…» Le regard de Hanni m'effleure. «Je veux être heureuse à nouveau. Ne dis rien, s'il te plaît. Je sais que tu n'es pas une machine. Je voulais simplement te le dire. J'ai quand même le droit de le dire.» Elle prend sur la table son chapeau de paille et se regarde dans le miroir. «Et d'ailleurs ici tout n'est pas aussi cher qu'on pourrait le croire. Et c'est quand même Manhattan!» Des deux mains elle tire sur le rebord du chapeau. «Et alors?» Elle enfile ses sandales et me regarde. «D'autres objections, mister Univers?»

«Toi non plus tu n'as pas d'argent», dis-je.

«Je t'achèterai un nœud papillon. Un nœud papillon et peut-être un smoking. C'était vraiment bon marché et tout ce qu'il y a de plus design.» Elle sort la batte de base-ball d'Alberto de dessous la table de télé, la pose sur son pied droit et pose sa main gauche sur sa hanche. «Comment s'appelait le garçon? Donatello?»

«Viens», dis-je. À l'endroit où elle était allongée on voit la trace humide de son ventre.

«Donatello, dit-elle, en s'appuyant sur l'autre jambe. Il n'y a que les chaussettes qui manquent.»

«On ira partout où tu voudras, dis-je, si tu…»

«Il avait les cheveux longs et un *belly* si mignon…» Hanni sort son ventre. «Comme ça. Pas comme toi. Comme ça.»

Quand je me lève, elle secoue la tête. «Faut que j'aille aux toilettes, me dit-elle en me tendant la batte de base-ball. Juste la petite commission.» Elle se hâte vers les WC en traînant ses sandales, le chapeau toujours sur la tête. Devant la haute fenêtre d'en face il y a une chaise en plastique blanc avec un dossier en éventail, un régime de bananes vertes sur le siège. Je replace la batte sous la télé et m'allonge en travers du lit. J'entends dans les toilettes le bruit du jet dans l'eau de la cuvette. La porte est entrebâillée.

On ne sort que rarement avant 1 heure ou 2 heures. Quand c'est insupportable, nous nous réfugions dans un magasin. Le soir, l'air ne se rafraîchit pas. La chaleur s'accroche à l'asphalte, aux pierres. Les stations du *subway* sont un enfer. Et ça pue partout. J'entends la chasse d'eau puis, un moment après, la douche.

J'ai fait la connaissance de Hanni quand nous cherchions quelqu'un qui puisse donner des conseils en matière d'animaux domestiques et qui connaisse, de façon générale, toutes ces histoires extraordinaires que l'on raconte sur la faune. Chaque semaine, Hanni nous fait deux colonnes. Tantôt sur les chats, tantôt sur les vers de terre, les oiseaux migrateurs ou les araignées. Quand je lui ai annoncé que je voulais aller à New York, elle a dit : « Moi aussi. » On frappe, elle arrête la douche. Un instant tout est silencieux. Quand on frappe à nouveau, j'enfile mon short et je vais voir dans la salle de bains. Hanni est debout, pleine de savon, dans la petite baignoire. Elle ferme les yeux. « Ferme la porte », chuchote-t-elle. Je garde la poignée de la porte de la salle de bains dans la main, comme si je voulais empêcher Hanni de sortir et j'attends. « Sir ? Excuse me, sir ? » Une voix d'homme claire et haut perchée. « I'm Robert Vanderbilt from Palmer Real Estate, sir, would you please open the door, please ? » Le judas est bloqué. « Mister, fait-il, mister Beyer. I have to take some photos of Mr. Sullivan's apartment, sir. I'll pass my card under the door, okay, sir ? »

La carte de visite de Robert D. Vanderbilt apparaît devant mes doigts de pieds.

« Sir, would you please open the door, please ? »

Je n'arrive pas à décrocher la chaîne de la porte d'entrée parce que la petite bobine métallique s'est bloquée dans le rail. Il faut la déplacer lentement et bien droit. À la moindre erreur elle se coince et il faut revenir en arrière. J'essaie encore une fois, puis une troisième. Il n'y a que moi sans doute pour entendre le bruit provoqué par le frottement du métal sur le métal. Puis je laisse entrer Robert Vanderbilt.

« Mais qu'est-ce que vous avez foutu ? » Hanni cligne des yeux. Elle tire un T-shirt de la valise. Elle tient une serviette autour de ses hanches, le pouce et l'index en guise de pince. Une autre serviette, plus petite, est enroulée en turban sur sa tête. « Qu'est-ce qui s'est passé ? »

« Robert D. Vanderbilt, dis-je. Il vend le studio d'Alberto. »

« Qu'est-ce qu'il fait ? » Elle s'assoit sur le lit. Elle a les yeux rougis.

« Il essaye de vendre le studio », dis-je.

« Et tu crois ça ? » La serviette glisse de ses hanches. Elle l'étale sur ses cuisses.

« Il a passé sa carte de visite sous la porte », dis-je. Je sens la sueur dans mon dos et sous les bras, et même aux pieds.

« Pourquoi tu n'as pas téléphoné pour demander s'il avait le droit ou si toi tu avais le droit ? Que sais-tu au juste de ce qu'Alberto veut faire de son logement et quel genre de type c'était ? »

« Qu'est-ce qui te prend ? dis-je en m'asseyant. C'était un homme aimable qui s'occupe du studio et rien de plus. »

« Ici on est à New York et tu ouvres la porte à quelqu'un que tu n'as jamais vu et tu me laisses poireauter là-dedans comme si je n'existais pas. Vous bavardez et…» Elle ferme les yeux et appuie sur ses paupières avec le bout de ses doigts.

«Hanni», dis-je.

«Et même pas me demander si j'ai besoin de quelque chose…»

Elle retire la serviette de sa tête et la jette derrière elle. «Même pas demander…» Elle enfile son T-shirt et cherche quelque chose autour d'elle. Son slip est au pied du lit. «Tu aurais pu au moins frapper et demander si tout allait bien.»

«Qu'est-ce qui aurait pu se passer?»

«Quoi? Tout traîne par terre, l'argent, le linge, tes chaussettes… Tu aurais pu au moins attendre que je sois habillée.»

«Mr. Vanderbilt est parti», dis-je.

«Pour toi, tout est toujours réglé. Et si jamais il revient? S'il a espionné? S'il était venu juste pour ça?»

«Alors il n'a rien trouvé», dis-je.

«Bon Dieu», dit-elle en levant les yeux au plafond. Puis elle me regarde. «Maintenant, au moins, tu pourrais téléphoner.»

«C'est Alberto qui l'a envoyé. Sinon, comment il connaîtrait mon nom? Tu as bien entendu?»

«Comment peux-tu toujours être si sûr? "C'est Alberto qui l'a envoyé" – Et si ce n'était pas le cas? Pourquoi il n'a pas photographié la salle de bains? Si je suis intéressée par un logement, je veux savoir à quoi ressemble la salle de bains!» Elle cale les deux oreillers derrière son dos et ramène ses genoux. «Tu ne pourrais même pas le décrire! N'importe quel enfant y penserait. Mais pas monsieur le gérant.»

Je vais chercher la carte de visite et la photo polaroïd qui se trouvent sur la table. Elle se frotte les cheveux avec la serviette.

«Tiens, regarde et appelle Alberto.»

«Comment ça?» s'écrie-t-elle.

«Il l'a oubliée. Ou bien il n'en avait pas besoin, dis-je. Les miroirs lui posaient un problème.»

«Comment? Tu as laissé un Chinois faire des photos ici? Non, mais c'est pas vrai!»

«Il a tout de suite dit qu'il voulait faire ça quand il était encore dehors. Il faut bien! S'il veut vendre, faut bien qu'il puisse montrer quelque chose!» Hanni a pris le polaroïd dans ses mains. Chez Alberto c'est occupé. J'ouvre le frigo et je pose une nouvelle bouteille de San Pellegrino sur la table, je vais chercher deux verres et une bouteille de jus de pomme. «À part le fait que c'est un Chinois, si c'en est vraiment un, il ne te vient rien d'autre à l'esprit?» je lui demande.

«Tu as oublié de rentrer ton ventre.»

«Il porte un costume sombre avec une chemise blanche et une cravate bleue», dis-je, en lui tendant un verre plein.

«Bien sûr, vous avez fait une petite causette, vous vous êtes bien entendus. Merci. C'est seulement dommage qu'il soit reparti, hein?»

Je repose la bouteille dans le frigo. Je bois une gorgée en marchant et je m'assois devant le téléphone.

«Il a passé deux ans au Texas. L'eau commence à manquer là-bas.»

«Au Texas? Qu'est-ce qu'un Chinois va faire au Texas?»

«Pourquoi pas?», dis-je, en refaisant le numéro.

«Là-bas ils brûlent même les cactus pour que les bêtes

aient quelque chose à manger. Les gens vont chercher les statues des saints dans les églises et les portent à travers champs pour leur montrer à quel point tout va mal. Les bestiaux ont déjà des têtes de mort et tous les fermiers sont ruinés. »

« Dis-moi, dit-elle, tu crois qu'un Chinois devient fermier au Texas ? »

« Ce n'est pas ça que j'ai dit. J'ai seulement dit qu'il a quitté le Texas où il a passé deux ans et que la sécheresse ruine les fermiers. Si le pays connaît la sécheresse, les maisons se vendent moins bien également. Une telle sécheresse, ça a des conséquences évidentes, non ? »

« Quelles conséquences ? »

« Des conséquences évidentes, dis-je. Et personne n'y peut rien. Personne ne peut te faire de reproches. Tu es touché ou tu n'es pas touché. Personne ne te reprochera de ne pas t'y connaître ou d'être un raté. Toute la colère se décharge sur le Bon Dieu, ou sur une Madone ou sur ce qu'ils ont là-bas. Mais quelque part, la situation est claire et nette. »

« Il a dit ça ? »

« Il a raconté pendant tout le temps qu'il a photographié. C'était difficile, à cause des miroirs. Ça donne une image complètement fausse de l'espace, des mesures. Je ne savais pas où me mettre, à chaque fois je me retrouvais sur la photo. »

Hanni et moi vidons nos verres en même temps. Mes cuisses collent à la chaise, mes avant-bras à la toile cirée.

« Il te demandait de dégager ? »

« Non, il ne demandait rien. Il attendait juste. Alors je savais que je n'étais pas au bon endroit. Ils sont plus polis que nous. Je crois qu'il s'est tiré à cause de ses dettes. »

« De ses dettes ? »

« Quelque chose comme ça. » Le combiné coincé entre l'épaule et l'oreille, je compose le numéro pour la troisième fois. Hanni a posé la photo sur un genou, la carte de visite sur l'autre.

« Qu'est-ce que ça signifie ce D avant Vanderbild ? Ding, ou bien Dong, ou Dung ? Pas Dung. Dschin, peut-être ? »

« Ou bien Detlef », je dis. Nous nous regardons. « Sans doute qu'Alberto ne vend que parce qu'il a des dettes. Ils ne descendront pas au-dessous de 220 000 dollars. Et sans doute qu'ils auront plus. Ils pourront se remettre à flot avec ça. »

« Tu n'as pas dit que c'était le Chinois qui avait des dettes ? »

« D'abord il a dû penser qu'il pouvait vivre avec des dettes, c'est ce qu'il a dit en tout cas. Quand il recevait une mise en demeure, il se contentait de la déchirer. Mais un beau jour, soudain, il a dû se souvenir en se réveillant de toutes les mises en demeure. Et encore le lendemain, puis le jour d'après. Il ne pouvait plus s'en empêcher. Sa première idée c'était les dettes. Surtout quand il était tout seul. Pas possible de rassembler l'argent. Alors il a fichu le camp. »

« Mais de qui tu parles au juste ? Du Chinois ? »

« Un commissaire aux comptes coûte au contribuable 60 000 marks par an. Et sais-tu ce qu'un type comme ça fait rentrer dans les caisses ? Un million quatre cent. T'imagines un peu ? Un million quatre cent. »

Hanni s'évente avec la photo. J'attends que la voix de femme qu'on entend sur le répondeur d'Alberto ait fini de parler puis je raccroche.

« Hé, dis quelque chose ! s'écrie Hanni. De toute

façon il ne décroche jamais. » Je regarde par la fenêtre vers les bananes vertes et je refais le numéro.

« Le Chinois a raconté qu'il a quitté le Texas à cause de la sécheresse et qu'il vend maintenant à New York le studio d'Alberto ? C'est bien ça ? » demande Hanni. « Et avec ça ils se remettent tous les deux à flot ? Je crois que tu n'as pas bien compris ou bien que tu t'emmêles les pinceaux. Ou que ce type était vraiment un gangster qui t'a servi une histoire à la noix. » Elle regarde un moment la photo puis continue à s'éventer avec. « Ou bien quand il parle d'eau il veut dire l'argent. »

« Comment ça l'argent ? »

« Oui, peut-être. Peut-être qu'ici ils ont la même expression que chez nous quand on dit qu'on a de l'eau jusqu'au cou. Ou bien on lui a fermé le robinet à ton mister Ding Dang Dong ? »

« On peut toujours lui téléphoner. » J'attends le bip après la voix de femme. Puis je dis que Robert Vanderbilt est venu et qu'il a photographié tout l'appartement et qu'on espère que c'est d'accord.

« Tu es contente maintenant ? » Je prends le verre mais il est vide.

« C'était vraiment le minimum que tu pouvais faire », dit-elle.

« Vraiment. »

« Vanderbilt est un homme aimable et sympathique, dis-je en me dirigeant à nouveau vers le frigo. Il ne nous a rien fait. »

« Oh, moi, ce que j'en dis », fait Hanni.

« Si j'étais une femme, fais-je, il aurait toutes ses chances avec moi. »

« Mais toi pas avec lui, dit Hanni sans quitter des

yeux la photo posée sur son genou. Peut-être Donatello. Pourquoi pas ? D comme Donatello ? »

Du coin de l'œil, j'aperçois mon image dans le miroir.
Je devrais demander à Hanni pourquoi elle a dit qu'il
fallait que je ferme la porte de la salle de bains si elle ne
voulait pas que quelqu'un entre. Après tout elle aurait
pu dire aussi : n'ouvre pas. Mais c'est peut-être une sorte
de luxe que de se disputer sur des broutilles pareilles.

Hanni a secoué les coussins et s'est étendue. La photo
est à côté d'elle. Elle tend son T-shirt. Il lui descend jusqu'aux cuisses. Un bras posé sur la tête, elle passe l'autre
main à travers la manche courte et essuie la sueur sur
son front. Ce qui fait remonter le T-shirt.

« Christian ? » dit-elle.

« Oui », dis-je.

« Non rien, je voulais seulement savoir si tu étais bien
là. »

« J'arrive », dis-je. Je repose mon verre dans l'évier et
je vais dans la salle de bains. Son chapeau est posé sur
l'abattant de la lunette. Comme je ne sais pas où le
poser, je le mets sur ma tête. J'appuie sur la chasse pour
que Hanni n'entende pas le ruissellement.

Puis je tourne des deux mains les robinets de la
douche en maintenant la tête de côté pour ne pas
mouiller le chapeau. Ici l'eau sort toujours chaude ou
froide de la pomme de douche, comme on veut. Et je la
bois, même.

CHAPITRE 18

Le matin après le soir

Frank Holitzschek raconte un matin de fin février. Barbara et la récente évolution de son cauchemar. Tentatives de Frank pour lui redonner du courage. Enrico Friedrich, Lydia et les photos.

Je me réveille en entendant parler Barbara. Elle est allongée sur le dos, un avant-bras posé sur le front. Le jour se lève. Barbara a encore fait un cauchemar. Peut-être ai-je cligné des yeux sans le remarquer ou me suis-je tourné, ce qui lui a fait croire que j'étais réveillé. Ou bien elle a tout simplement commencé à parler. Après ce rêve-là, il faut toujours qu'elle parle. Si je ne suis pas là, elle me téléphone, où que je sois. Elle rêve qu'elle est au volant d'une voiture et qu'elle double une cycliste, et quand Barbara clignote à nouveau à droite et regarde dans le rétroviseur la cycliste n'est plus là. Barbara n'y prête guère attention, jusqu'à ce qu'au prochain village un homme qui crie les mains couvertes de sang se précipite sur elle pour la tirer de sa voiture. Ses bras font des moulinets dans l'air et cognent sur elle. Barbara se voit gisante près du pot d'échappement. Elle tente de lever la tête, non par curiosité ou par peur, mais pour que l'homme puisse cogner plus facilement. Elle veut recommencer la journée depuis le début, elle veut que tout ceci ne soit pas vrai. «Je vous en prie, je vous en prie, gémit Barbara dans son rêve, il faut que ce soit un rêve, rien qu'un rêve», bien qu'elle sache pertinemment que ce n'est pas un rêve et que la journée ne peut pas recommencer. Les choses restent en l'état. Et l'homme crie : «Au meurtre!» et : «Criminelle!» Barbara est photographiée, par des passants, par la police, on la photographie à partir de voitures qui passent. Elle voit sa photo grande comme une affiche sur les avis de recherche placardés aux colonnes Morris et il faut qu'elle attende dessous qu'on vienne l'arrêter.

J'ai entendu déjà ça si souvent que c'est un miracle que je n'en rêve pas moi-même. Chaque fois que je vois des croix devant des arbres le long de la route ou des couronnes attachées à un lampadaire, je pense au cauchemar de Barbara.

Elle replie aussi l'autre bras et le pose sur ses yeux. Je m'approche d'elle et des lèvres je tire sur les poils de son aisselle gauche. J'ai sur la langue le goût prononcé de son déodorant. Nous nous sommes couchés tard, ce qu'à vrai dire nous ne pouvons plus nous permettre l'un et l'autre, au moins les jours de semaine.

«Et tu prétendais que cela ne fait rien, que ce sont des choses qui arrivent», dit Barbara. Je ne vois que son bout du nez et sa bouche demeurée légèrement entrouverte. Elle se racle doucement la gorge. «Tu disais : "Si on fait vite, personne ne s'en apercevra, il suffit de se dépêcher." Je devais m'asseoir sur le porte-bagages de ton vélo. Tu n'arrêtais pas de me parler comme ça sans même… – elle rétracte ses lèvres –… te soucier du cadavre. »

« Et l'homme qui te frappe ? Où est-il ? » J'observe le battement de son pouls à la veine de son cou.

« Je ne sais pas, dit Barbara. Il est là, quelque part. Il sait tout. » Elle parle d'une voix complètement résignée.

Je passe ma langue sur mes dents pour me débarrasser du goût amer de déodorant. « Tu viens avec moi dans mon rêve ? »

J'embrasse son sein droit. Comme Barbara ne répond pas, je dis : « C'est désagréable d'apparaître dans les cauchemars de sa femme. Ce n'est pas un reproche, j'ajoute, car lorsqu'elle est dans cet état elle n'a aucun sens de l'humour. Peut-être que je représente un secours. Ce ne serait pas possible ? » Elle se tait et ne semble pas non plus remarquer que je la caresse en descendant le long de ses côtes puis des hanches jusqu'aux cuisses.

« Quand tu es dans un lit d'hôpital, dit-elle, peut-être plâtrée de la tête au pied, et que tu fixes le plafond en sachant que tu as tué quelqu'un… »

« Mais tu ne conduis plus, dis-je. Ça fait déjà deux ans. » Depuis que Barbara a écrasé un blaireau, rien ni personne ne pourrait la convaincre de se remettre au volant. Ce refus complique notre vie. Pour aller à Dösen il lui faut une heure et demie si elle ne rate pas le car. Elle m'énerve à cacher ses yeux. Cela n'annonce jamais rien de bon. Elle s'obstine à rester dans son rêve.

« C'est un blaireau que tu as écrasé, dis-je, un blaireau ! Et si ça se trouve tu n'as fait que le frôler, et entre-temps il s'en est remis et il est peut-être grand-père ! »

« Peut-être bien, dit Barbara, si tu le dis, c'est peut-être vrai. »

Je la caresse sous le bras vers le haut, contourne le coude, descends jusqu'au poignet où ma main passe à l'autre bras et décrit un arc pour aboutir assez rapidement sous l'aisselle gauche, mon avant-bras frôlant ses seins. Continuant à descendre, je repasse de mon côté, au niveau de ses genoux.

Barbara dit : « Tu es allongé là, fixant le plafond, le temps ne passe pas, ou si lentement que ce n'est pas la peine d'en parler, et pourtant le temps est la seule différence qui te vient à l'esprit, la seule chose qui sépare la vie de la mort. »

« Tu as rêvé et maintenant tu es réveillée », dis-je en posant ma tête sur son sein droit et traçant d'un doigt un cercle autour de son sein gauche.

« Et si un jour je ne peux pas me réveiller, si un jour il s'avère que ce n'est pas un rêve ? » Je sens son corps vibrer quand elle parle. Elle demande : « Qu'est-ce que tu feras de moi, alors ? »

« Alors je t'épouserai une nouvelle fois, dis-je. Ou bien, que dois-je faire à ton avis ? »

Collant mon ventre au sien, je me penche vers le réveil. La couverture glisse et tombe. Le réveil en main, je me relève, rajuste la couverture et me couche sur le dos. Ma tempe heurte son coude. Je veux lui demander de retirer son bras. Je veux le repousser. Le sans-gêne de Barbara m'énerve. Mais je ne dis rien et je me retourne de mon côté.

Si on se levait maintenant, ce serait une matinée normale : douche et petits pains autour du café. La porte de notre chambre à coucher est fermée. Sinon je pourrais entendre Orlando en train d'accrocher le sac contenant les petits pains à la poignée extérieure de la porte. Je mets la sonnerie du réveil à 7 heures et le garde en main. Ça fait quand même vingt minutes. Et ensuite, si on se dépêche, on devrait y arriver.

Elle dit : «Avant de remarquer qu'on ne se réveille pas, on pense : peut-être que je suis quelqu'un d'autre, que c'est seulement une erreur si c'est justement *moi* qui se retrouve dans *ce* rôle-là. Mais on s'aperçoit qu'on ne peut pas se réveiller, qu'on ne sort pas de ce corps.»

«Babs, dis-je, qu'est-ce que tu racontes-là?»

Jusqu'ici, ça n'a jamais été aussi grave. Les fentes au plafond font des lignes parallèles comme des bords de papier peint, mais elles sont dentelées. Dans les irrégularités de la couche de peinture blanche apparaissent des motifs, parfois des têtes de bonshommes simplifiées en cercles et traits puis des colonnes en spirale ou des ressorts dont il surgit une fleur retournée sur elle-même avec un grand calice, de longues feuilles froissées et une courte tige, comme dans le moucheté du papier peint. Détachée du reste, la fleur peut être aussi bien un chérubin bouclé et potelé à la bouche déformée par un cri.

«Je me lève, maintenant, dis-je. Il faut tout simplement qu'on se couche plus tôt.» Hier soir on est allés voir Enrico Friedrich, un vieil ami de Barbara. Elle voulait que je l'engage comme rédacteur de discours, pour l'aider à s'en sortir. Mais il n'en est pas question. Un gars qui picole, qui raconte n'importe quoi, qui se prétend poète et qui écrit même sur les murs et les papiers peints afin de n'oublier aucune de ses précieuses idées…

«Où avais-tu connu sa femme, cette Lydia?» je lui demande.

«Ce n'est pas sa femme», fait Barbara au bout d'un moment.

«Mais elle habite chez lui?»

«Non, dit Barbara. On s'est juste vues comme ça par hasard au musée d'histoire naturelle.»

«Et pourquoi vous êtes-vous disputées?»

«Qui dit que nous nous sommes disputées?»

«Ça se sentait. Pendant que j'étais aux toilettes, vous vous êtes crêpé le chignon.»

«Tu dois bien le savoir, puisque tu étais aux toilettes.»

«Je ne comprends pas, dis-je, comment cette femme peut tenir le coup avec cet Enrico. Ça tient du miracle vu comment il se conduit et avec la gueule qu'il a.»

«Il y a pire», dit Barbara.

Elle a toujours défendu Enrico. Pour elle, c'est toujours la faute de la société. Ça fait déjà deux fois qu'on va chez lui. Deux fois que je suis obligé de regarder les photos. Enrico et Barbara sur un pont au bord de la Baltique. Je déteste ces poses. C'est pour ça qu'il n'y a presque pas de photos de Barbara et de moi, à part celles du mariage et puis les photos officielles. Celles-là, on ne peut pas les éviter.

Et je ne veux pas savoir non plus s'il y a eu quelque chose entre Barbara et lui. Je ne vais tout de même pas embaucher un ivrogne comme rédacteur de discours pour les beaux yeux de Barbara. Ce serait pour lui un échec de plus et moi je me ridiculiserais complètement. «Tu sais quel est le problème d'Enrico? dis-je. C'est de ne plus trouver de problèmes sur lesquels il pourrait écrire des romans ou des poèmes dignes de ce nom. Nous, le monde entier nous envie pour les problèmes que nous avons. Ils changeraient tout de suite avec nous. C'est ce qu'un gars comme Enrico a du mal à piger. Il veut souffrir.»

Autrefois, quand nous revenions de chez des gens qui nous avaient invités, Barbara et moi tombions dans les bras l'un de l'autre dès que nous étions à nouveau seuls. Autrefois, il nous arrivait de nous dire qu'on allait bien, qu'on ne s'en rendait même pas compte, vivant heureux et en bonne santé. Quand je me réveillais la nuit et que je n'entendais pas Barbara, je tendais ma main pour la toucher ou bien j'allumais. Il m'est même arrivé d'être jaloux d'Enrico. Hier, c'est Barbara qui a été jalouse. C'est sans doute pour cela qu'elle a besoin d'être consolée.

Je voudrais raconter quelque chose pour lui changer les idées. Seulement rien ne me vient à l'esprit. Je regarde le plafond où le chérubin est redevenu un ressort. J'essaie de repérer la carte du monde sur l'enduit, là où c'est moins lisse. L'Inde est en face de la Floride, pas à l'échelle, mais bien distincte, en dessous la Scandinavie et l'Australie dans la Baltique.

« Tu te rappelles Candelaria ? je lui demande. L'écho de la sirène du bateau que répercutaient, toujours plus faiblement, les montagnes en terrasse ? Et quand chaque matin je croyais qu'il allait pleuvoir ? Ce n'était que la montagne qui cachait le soleil. Et le soir on ne savait pas où la mer s'arrêtait et où le ciel commençait, tout était d'un gris argenté, sans différence. »

« Ça ne s'appelait pas Candelaria », dit Barbara.

« Comment ça s'appelait alors ? » Et comme elle ne réagit pas, j'ajoute : « Moi je suis sûr que l'endroit où nous habitions s'appelait Candelaria. »

On se dispute sur la moindre petite chose. La semaine dernière, j'avais fait du rangement dans le tiroir où je mets mes chaussettes. Barbara a cru que j'avais jeté une de ses chaussettes relax. Je n'ai balancé aucune chaussette seule, rien que des paires, dis-je, celles que je n'utilise plus depuis des années, qui ont rétréci, qui sont moches ou délavées. Mais précisément les chaussettes relax ont l'air vieilles quand elles sont neuves. Et la paire coûte 15 marks. Je lui ai demandé ce que c'était au juste. Elle m'a alors demandé comment je pouvais prétendre ne pas en avoir balancé une si je ne savais même pas de quoi je parlais. J'ai répété que je ne balance les chaussettes que par paires et que du simple fait de la taille j'aurais bien remarqué que ce n'était pas à moi. Sur le rebord de la fenêtre j'ai trouvé une étiquette : «Chaussettes relax – SANS (puis en plus petits caractères) FILS ÉLASTIQUES, CONFORT, textile fiable, fibres garanties sans substances nocives, norme Ökotex n° 100.» Le lendemain, j'ai voulu lui dire que si elle ne retrouvait pas sa chaussette, c'était peut-être bien moi en effet qui l'avait jetée, bien que je ne puisse guère m'expliquer comment puisque cela suppose qu'elle ait rangé ses chaussettes avec les miennes. Après tout, c'est toujours elle qui range le linge dans l'armoire. Barbara m'a alors dit qu'elle l'avait retrouvée. Quand je lui ai demandé pourquoi elle ne me l'avait pas dit plus tôt, elle m'a jeté un regard étonné, l'air de ne pas comprendre comment je pouvais poser de telles questions, bien que son expression pût aussi signifier : «Je te l'ai pourtant dit, mais comme d'habitude tu ne m'as pas écoutée.» Au moins la moitié de nos malentendus vient de ce qu'elle dit que je ne l'ai pas écoutée alors que je serais prêt à jurer que nous n'en avons pas parlé. Je ne suis pas sourd, tout de même!

Le réveil se met à sonner. Je l'arrête. Le seul bruit qu'on entende est celui d'un hélicoptère. Je finis par dire : «Babs, il faut qu'on se lève.»

«Frank», dit-elle. Elle lève vers moi son coude droit.

« Si ce n'est pas un rêve, si l'on ne peut même plus se réveiller et qu'on a vieilli en quelques heures et qu'on sent qu'on a assez vécu et finalement qu'on a assez attendu et qu'on ne veut plus continuer à attendre et qu'on va à la fenêtre et qu'on regarde dehors et que ça vous est égal de voir ou de ne pas voir quelque chose, si c'est le jour ou la nuit, et de savoir qu'on sait qu'il n'y a plus de différence, aucune, alors on a vécu le seul miracle qu'on pouvait encore espérer. Alors on peut sauter. »

« Il est 7 heures, dis-je. Il faut y aller, Babs, tu entends ? » Je m'assois, glisse jusqu'au pied du lit, enfile mes pantoufles et me dirige vers la fenêtre. Le canal est gelé. Des bouteilles en plastique bleu, jaune et vert clair sont prises dans la glace, ainsi que les branches des saules. La rue sur l'autre rive est barrée. C'est pour cela qu'on ne voit pas d'autos. La femme de l'agence disait qu'on ne loue pas seulement un appartement mais une autre vie : les voisins, la circulation, la vue qu'on a.

J'appuie mon front contre la vitre pour voir la rue devant la maison. Elle est vide. Deux pies sautent de branche en branche dans le marronnier d'en face. J'essaie de me concentrer et je passe en revue les jours à venir. Samedi c'est le bal du théâtre, dimanche le père de Barbara vient prendre le café avec sa nouvelle amie.

« Ou bien tu dis que tu es malade ou tu te lèves maintenant, dis-je. Je te fais couler l'eau ? » Barbara ne répond pas.

Sans doute n'a-t-elle rien entendu.

« Tu restes avec moi ? » demande-t-elle.

« Je dois aller à Erfurt », dis-je.

« C'est pas ça que je veux dire, fait-elle. Est-ce que tu resterais avec moi quoi qu'il advienne ? »

« Babs, dis-je. Que faut-il que je fasse encore ? »

«Qui va encore voter pour toi, avec une femme pareille?»

«Bon Dieu, dis-je, que se passe-t-il? Tu es réveillée quand même!»

«Ne crie pas», dit Barbara. Elle écarte les bras. Le gauche pend le long du lit, les doigts effleurent la moquette. Je peux enfin voir ses yeux. Barbara lève la tête, me regarde et se laisse retomber. Je ne sais pas ce qu'il faudrait que je dise pour qu'elle se lève et accepte d'aller dans la salle de bains. Et que vais-je faire moi-même dans un instant? Je n'en sais rien. Les pies s'envolent. L'une après l'autre. Pendant un moment les branches sur lesquelles elles étaient perchées remuent. Puis plus rien ne bouge, comme sur une photo.

CHAPITRE 19

Un miracle

Où Enrico Friedrich reçoit une bouteille de Martini en cadeau. Il raconte à Patrick la soudaine apparition et disparition de Lydia. Ce faisant, il boit à en rouler sous la table. Patrick se tait avant de finir par lui poser la question cruciale.

« Les femmes avaient dû se rencontrer déjà quelque part », dit Enrico en déballant la bouteille de Martini. Il lissa le papier cadeau, le plia maladroitement et ouvrit le tiroir du bas où étaient rangés les sacs et les pochettes. « Frank, tu l'as photographié des centaines de fois ! Bien sûr que tu le connais. » Le papier se coinça contre le rebord supérieur. Enrico le repoussa et ferma le tiroir. « Avant les élections au parlement du Land il s'est promené sur le marché en distribuant des roses. Il a arrêté de fumer, mais il ne peut toujours pas se passer de chewing-gum. » La main d'Enrico glissa sur le bouchon à vis. « Clac, dit-il en ouvrant la bouteille. Quel bruit merveilleux. De la glace ? »

«Non», dit Patrick. En lisant les notes griffonnées sur le papier peint il fit basculer contre le frigo le dossier de sa chaise. Enrico remplit à moitié les deux verres.

«Lydia parlait de je ne sais quels oiseaux qui n'ont besoin que de cinquante heures pour aller de l'Alaska jusqu'à Hawaï. Pardon, je voudrais passer.» Enrico montrait le frigo. «D'abord j'ai pensé que Barbara faisait partie de cette association qui s'appelait avant Ligue culturelle ou Urania ou quelque chose comme ça. Ils ramassaient des musaraignes, des musaraignes mortes. On se demande ce qu'ils voulaient prouver avec ça.»

Patrick reprit sa position.

«C'est déjà une habitude», dit Enrico devant l'évier. Il frappa le conteneur à glaçons contre le rebord et le retourna sur la paume de sa main. «Jamais plus de deux, quand même.» La plupart des glaçons tombèrent sur la vaisselle sale. Enrico les récupéra, les entassa dans une assiette, les retint de la main jusqu'à ce qu'il ait posé le tout au milieu de la table en bois. «Toute la vaisselle que j'ai ici, je l'ai héritée de ma grand-mère.»

Patrick finit d'emplir son verre avec de l'eau minérale. «À la tienne», dit-il.

«À la tienne», dit Enrico en prenant des glaçons.

«Et ça?» demanda Patrick.

«Deux paires de collants noirs, une brosse à dents dure, des ciseaux à ongles, une lime à ongles, quatre Kleenex, un billet de transport périmé, 2 marks et 5 pfennigs.» Enrico envoya une pichenette contre le bocal en verre qui se trouvait entre eux deux. «C'est tout ce qu'elle a oublié.» Enrico regarda, par-dessus la tête de Patrick, la maison d'en face où deux fenêtres s'étaient allumées.

«Frank a dit son prénom et a voulu qu'on boive un

coup et qu'on se tutoie. Peut-être qu'il a pensé que Lydia n'oserait pas parce qu'il siège au parlement. *Cheers*, mon vieux, trinque avec moi!»

Patrick tendit son bras.

«Il regardait dans sa manche. Chaque fois qu'elle lui passait quelque chose, il regardait dans sa manche. Elle portait cette robe noire large avec des…» Il décrivit un quart de cercle sous son aisselle. «Et après, quand il est allé aux toilettes, il a dit : "Chez elle, tout est dans les jambes." Il l'a dit en chuchotant.» Enrico se tourna vers la porte. «Allez, Kitty, allez, eh ben quoi? Le voilà encore assis à regarder. Je l'appelle – c'est pas trop tôt – installe-toi. Je l'appelle Kitty! Quand il dort, il ronfle. En revanche il ne ronronne pas.» Il gratta le chat rouquin sous le menton. «As-tu remarqué que les jours rallongeaient?»

Patrick secoua la tête. Il passa sa langue sur ses dents de derrière sans bouger les lèvres. Il regarda à nouveau les papiers peints griffonnés. Enrico se resservit et brandit la bouteille. Patrick trinqua avec son verre à moitié plein.

«Eh bien? dit Enrico. Imagine un peu ça. D'abord Lydia est arrivée et change tout ici, puis Frank téléphone et me propose ce poste. Je n'ai qu'à écrire ce que je pense, à ma manière. C'est ça qui compte, a-t-il dit. Eh, bien Kitty!»

Enrico fit bouger son nez. «On a appris le salut des Esquimaux!» Le chat flaira puis s'esquiva.

«Je lui demande combien ça rapporte, je lui demande en présence de Lydia et de Babs, pour que les choses soient claires. Il me le dit. Et moi je lui dis : "Tu vois, je suis un homme comme il faut, capable de gagner de l'argent". Alors Lydia m'a donné un baiser.»

Dès que les caresses s'arrêtaient, le chat se pressait contre la main d'Enrico posée sur sa nuque ou bien il tendait sa patte vers le bras d'Enrico.

« À peine arrivée elle est repartie. Elle se tenait là avec sa valise, ce truc vert qui était sur l'armoire de votre chambre. D'abord on voulait partager le loyer. En attendant. Cela n'a pas été plus loin. Je préparais le thé. Elle a acheté des pots plus grands pour les plantes, le vaporisateur et le palmier. Je dis palmier mais ce n'est pas le mot. Et il a fallu que je descende à la cave pour chercher une moulure qui servirait de tuteur. Elle savait quelle quantité d'eau chaque plante réclamait et combien de fois il fallait l'arroser. Tous les deux jours, elle tournait les pots. Tu veux que j'allume ? » Enrico embrassa le chat entre les deux oreilles. « T'imagines un peu, mon vieux, si c'était Lydia qui avait décroché ? Ce n'est pas pour ça que les choses auraient tourné autrement. Mais si c'était elle qui avait décroché ? Je sais pas, mais qu'est-ce que t'aurais dit ? » Enrico se mit à rire et vida son verre.

« Ça aurait été encore mieux. Je dis ça, ça n'a rien à voir avec toi, je parle juste de la situation ! Imagine un peu la situation ! Complètement absurde. Tu m'excuses, mon vieux, mais j'y peux rien ! » D'une main il dévissa le bouchon et brandit la bouteille. « À moins que tu penses que j'y peux quelque chose ? T'en veux pas ? » Enrico se servit. Le chat restait maintenant sans bouger dans son bras gauche. « C'était vraiment chouette ici, l'harmonie totale. Pour le bruit de la porte quelqu'un est venu, puis après le plombier et le chauffage a même été purgé. D'un seul coup tout marchait. J'écris, Lydia lit, Kitty laisse pendre une patte de l'appui du fauteuil et ronfle. Dans la cuisine, ça sent bon le gâteau. Pas besoin de te raconter, le vrai miracle, je pensais. Et tu veux que je te dise encore ? Ne le prends pas mal, vieux. Lydia était la première, vraiment la première qui trouvait bien ce que je fais. Longtemps j'ai attendu que quelqu'un me dise c'est bon ou mauvais. C'est pas un reproche, vieux, seulement pour dire. J'ai quand même besoin de quelqu'un qui me dise : je trouve ça bien, ce que tu écris. » Enrico balaya de ses doigts écartés le papier peint recouvert d'écriture. « Rien que des idées, dit-il. Et quand Frank et Babs sont venus, les deux femmes devaient se connaître déjà. Ces deux-là sortent beaucoup parce que Frank, comme jeune parlementaire, est en train de percer, la relève pour ainsi dire, et pour les jeunes parlementaires, ils ont un programme spécial, ça va jusqu'en Australie. Je lui ai demandé ce que ça voulait dire au juste. Il pense que cela lui apporte quelque chose, que cela modifie la façon de voir quand on considère tout ça d'un autre point de vue, à cause de l'Asie et du Japon, que sais-je moi ? Tout ce qu'il a pu raconter ! Il pense toujours que je peux en tirer quelque chose, des histoires ou je ne sais quoi qu'il peut imaginer. » Enrico fit glisser l'ongle de son pouce dans la ciselure horizontale de son verre, tourna celui-ci de quelques degrés et recommença dans l'autre entaille.

« En Australie, l'un des jeunes parlementaires a avalé son inlay en mangeant. Pendant trois jours il n'est pas allé aux chiottes tellement il avait peur de devoir fouiller dans la merde pour le retrouver. Puis en cours de voyage il a fallu qu'il y aille, quelque part où il n'y avait que de la terre rouge et quelques touffes d'herbe. Il a demandé au car de s'éloigner. Et quand ils sont repassés pour le prendre, il fouillait effectivement dans ses matières. Frank, il ne raconte que des trucs comme ça. Ou ce prof qui, avant la fête de Noël, avait arraché les ailes des anges parce qu'il était matérialiste et qu'il considérait les anges comme une provocation contre la raison. Les deux femmes devaient déjà se connaître avant. Parce qu'elles se sont disputées au moment où Frank était aux toilettes. Elles pensaient que je ne m'en apercevrais pas. J'ai mis ça sur le compte de la jalousie. Mais c'était pas ça. Lydia disait qu'elle pouvait comprendre Babs, bien sûr elle ne disait pas Babs mais la doctoresse Holitzschek et s'en tenait toujours au vouvoiement, Lydia disait qu'elle comprenait Babs, mais qu'il ne fallait pas qu'elle prétende avoir recherché un blaireau, sûrement pas un blaireau. Mais si l'on a écrasé quelqu'un et si de toute façon le mal est fait, ce n'est pas une raison pour bousiller sa propre vie. Lydia disait qu'elle comprenait Babs. Et puis Babs a commencé à crier que Lydia mentait.» Enrico se mit à pouffer de rire. «Lydia ment, Lydia ment, li la lan. Mais tout s'était calmé quand Frank est revenu des waters, li lan laire. Elles se taisaient toutes les deux. Tu veux que j'allume la lumière? Qu'est-ce qui se passe, tu es fâché, mon vieux?»

Enrico regardait Patrick tremper le bout de ses lèvres dans son Martini et il se resservit.

«Des fois on suit des yeux une femme à cause de ses jambes, ou de son profil, ou de ses cheveux. Mais quand elle se retourne et qu'elle parle… Lydia, elle, on peut tout regarder, plus ça dure, mieux c'est. Mais dis quelque chose! N'importe qui serait heureux qu'une femme comme ça se retrouve en face de lui, pas vrai?» Il vida son verre sans glace ni eau. «Je peux bien m'imaginer ce que tu ressens, vieux. Mais faut pas m'en vouloir. Allez! Lydia t'a laissé tomber. Et elle a rappliqué chez moi. Et c'est bien. Je demande seulement si c'est bien, te laisser tomber, et rappliquer chez moi. J'te demande seulement d'répondre. » Enrico tendit la tête en avant. « Vrai ou pas ? »

Enrico porta le verre vide à ses lèvres et le leva lentement jusqu'à ce que quelques gouttes coulent dans sa bouche grande ouverte.

« Tu crois que j'peux pas m'empêcher de boire ? Que si je bois pas, y a plus personne, hein ? Écrire, oui, ça je peux pas m'en empêcher, vieux, et si j'avais voulu, elle serait restée. » Il serra son verre à deux mains et esquissa un rictus. « Tu veux que j'te dise pourquoi elle est partie ? J'le sais très bien moi. »

Le chat changea de position sur ses genoux. Enrico se pencha vers lui jusqu'à poser son nez entre ses deux oreilles.

« Elle a pas pigé, elle a pas vu le miracle, c'est ça le problème. » Le chat sauta par terre et resta assis à côté de la porte entrebâillée. Enrico croisa les bras sur la table et son regard se promena d'un coude à l'autre. « Elle a tout simplement pas vu. » Il serrait les lèvres et hochait lentement la tête. « Je n'avais pas rangé la bouteille. Elle était sous le porte-serviette. J'ai nettoyé la salle de bains et versé le Monsieur Propre dans le seau. Je voulais vider la bouteille, je pensais qu'il y en avait encore beaucoup dedans. Je l'ai oubliée. D'ailleurs tu peux pas la voir quand tu es devant le lavabo, tu ne la vois pas à cause des serviettes. »

« Je comprends rien du tout », dit Patrick en faisant tourner le restant de Martini dans son verre.

« On a fait le ménage, à cause de Frank, Lydia la cuisine et moi la salle de bains. Quand on est devant le lavabo et qu'on se lave, on ne voit pas la bouteille. »

Patrick se rapprocha.

« Ça t'intéresse, vieux, hein ? » Enrico resservit. « J'étais debout dans la salle de bains devant le lavabo. Tout ce qui lui appartenait avait disparu, brosse à dents, crème, déodorant. Lydia a pris encore un bain. Après le bain, elle a tout emballé, y compris la serviette mouillée. Je lui ai seulement demandé s'il fallait que ça se passe maintenant, si elle devait partir au milieu de la nuit. Sur un papier elle a noté quand et comment je devais arroser les plantes, et elle a posé la clé sur le papier, a ouvert le frigo : il y a des poivrons, des rollmops… tss. » Enrico pouffa de rire. Des petites bulles de salive apparaissaient entre ses dents. « Des rollmops doux sans peau – tss. Je me suis passé les mains à l'eau pour me calmer pendant qu'elle attendait contre l'encadrement de la porte. J'ai fermé le robinet et je me suis essuyé, très lentement et consciencieusement, comme un chirurgien. Je ne suis pas obligé de boire. Si je veux, je peux m'en empêcher. Et lorsque j'ai remis la serviette sur la tringle à côté de l'autre, je me suis concentré, ce n'était pas symétrique, c'est retombé juste sur Monsieur Propre et ça l'a renversé. Et c'est là que c'est arrivé, mon vieux. » Enrico se mit à bâiller. « Maintenant écoute-moi, comme un lynx. » Des deux mains il dessina de grands triangles autour de ses oreilles. « C'était bizarre, complètement inhabituel. Même Copperfield n'y arriverait pas à tous les coups, parce que c'est une question de chance. » Enrico but. « Je me baisse, je ramasse la serviette, et Monsieur Propre se lève en même temps. Pour ainsi dire ça le fait lever aussi, il vacille, je ne bouge pas. Lentement, verticalement, je lève plus haut la serviette comme si je la faisais sortir d'un chapeau de prestidigitateur. Monsieur Propre ne vacille plus. Je voulais dire quelque chose, quelque chose plein d'espoir, parce que c'était un bon signe, pour Lydia et pour moi, un

miracle, quoi, qui jette une lumière toute différente. »
Enrico reprit le verre et recommença à faire glisser son
ongle dans les ciselures. « Tu as vu ? Je lui demande. Mais
pas de réponse, juste un courant d'air, juste la poignée
de la porte qui bouge doucement, comme chaque fois
qu'elle referme, puis c'est la porte de l'immeuble, clac,
et son pas sur le trottoir. Puis j'entends ce crépitement.
Je l'avais jamais entendu. La mousse fondait, la mousse,
qui ne s'était pas écoulée, elle fondait comme on dit, tu
vois ce que je veux dire. Avec elle il n'y avait jamais assez
de mousse. Mais il fallait voir crever toutes ces petites
bulles. À chaque instant il y avait des centaines de petites
bulles qui crépitaient, dit Enrico. C'est la dernière chose
que j'ai entendue de Lydia. » Il vida son verre et le reposa
rudement sur la table.

Lorsqu'il releva la tête, il n'aperçut que la courbe de
l'épaule gauche de Patrick et le haut de son bras qui se
dessinait devant les fenêtres allumées d'en face et la
lumière crue du lampadaire. Il vit la silhouette des
plantes, la moulure du papier peint dans le pot de fleurs
et à droite, en profil, le vaporisateur.

Il essaya de distinguer les objets sur la table : le bocal
en verre de Lydia lui apparut comme une coupe à glace
dans laquelle la brosse à dents s'était métamorphosée en
cuiller en plastique, la ciselure du verre qu'il avait dans
la main en rouage, en une roue de loterie peut-être, son
pouce en petit cran. Les lignes du papier peint s'entor-
tillèrent jusqu'à former de grosses cordes, des câbles disposés en labyrinthe.

Enrico remarqua soudain qu'il faisait nuit. Mais il
pensa : c'est seulement parce que Patrick s'est mis entre
moi et la fenêtre, parce qu'il se dresse de toute sa taille
devant moi. Cette déduction lui prouvait que son cer-

veau fonctionnait encore avec précision, qu'il était capable de raisonner, qu'il pourrait écrire sur tout ce qui lui passait par la tête. Il vit le chat près de sa chaise qui n'arrêtait pas de se lécher les pattes et de les passer par-dessus sa tête. Il voulait décrire ça aussi, comment un chat fait sa toilette, et quelqu'un qui se met dans la lumière et à qui l'on dit : Pousse-toi un peu, tu me caches le soleil. » Enrico pouffa en silence. Il fouilla ses poches à la recherche d'un stylo. Il n'avait besoin que d'un stylo et de papier. Il voulait écrire sur tout, sur le monde entier. Pousse-toi, écrirait-il, c'est tout ce que je demande. Si je n'étais pas obligé de pouffer comme ça, pensa Enrico, je pourrais écrire : ôte-toi de mon soleil. Si j'avais un stylo et du papier, je pourrais écrire maintenant. Enrico entendit prononcer son propre nom et celui de Lydia. La roue de la fortune disparut sous l'ongle de son pouce. S'il y avait encore de la place sur le papier peint… Il ne comprenait pas la question que quelqu'un ne cessait de lui crier à l'oreille, et si c'était l'odeur de l'après-rasage ou simplement son haleine qui frôlait son visage. Bien sûr que j'ai couché avec Lydia. Il faut bien que tout le monde couche une fois, même Lydia, même moi, si l'on ne couche pas on meurt, pensa-t-il, mais il faut aussi que j'écrive, il faut surtout que j'écrive. Et même quand Enrico sentit cette douleur dans la nuque et que son front heurta la table, même alors il ne put cesser de décrire le monde. Il ne pouvait tout simplement pas s'arrêter d'écrire.

CHAPITRE 20

Enfants

Edgar Körner raconte un voyage avec Danny sur un vieux bout d'autoroute. La femme au volant, ou quand tous les deux aiment bien conduire. Histoires vraies, histoires inventées. Le véritable amour peut attendre.

Danny n'a pas lâché le volant. Elle a conduit du début à la fin, et quand elle faisait le plein elle se contentait de quelques flexions près de la porte gauche restée ouverte. La semaine d'avant elle s'était fait couper les cheveux très courts sans me demander ce que j'en pensais. Elle était énervée parce qu'elle ne trouvait pas de travail et à cause de Tino qui devenait chaque jour plus difficile. Et le jour du départ il avait d'ailleurs fait une colère en lui donnant même des coups de pied. Il ne voulait pas rester deux semaines chez son père. Toutes mes économies étaient passées dans la nouvelle cuisine Ikea. À chaque fin de mois on tirait le diable par la queue. Et pourtant elle ne voulait pas renoncer à sa vieille Plymouth, banquette avant et porte-canette, sa

237

Jimmy junior comme elle l'appelait pour la distinguer de Jimmy, la vieille Skoda.

Danny ne conduisait pas mal, même si elle avait tendance à pousser les vitesses. Mais quand ce n'est pas moi qui conduit, en général j'ai mal au cœur. Et ce bout de vieille autoroute, c'était l'enfer, à chaque dalle un choc, la vraie torture. Je me représentais la scène comme un documentaire pédagogique : les roues heurtent les jointures goudronnées des dalles et le choc se répercute dans le siège et la colonne vertébrale. Le pire c'est pour les cervicales, qui trinquent le plus. Et tout de suite après, c'est un autre coup qui vient des roues arrière, les nerfs se coincent et à la fin on a perdu trois centimètres. En plus, Danny continuait de prendre la pilule alors qu'on était tombés d'accord pour avoir notre propre enfant. À trente-quatre ou trente-cinq ans, elle ne serait pas parmi les plus vieilles, avait-elle dit. Et moi j'avais répondu : «Moi je veux bien, Danny.» Pourquoi poser des questions si elle remettait encore ça à plus tard? Il y a toujours des raisons, ce n'est pas ça le problème. Mais Danny finissait toujours par dire qu'il vaudrait mieux sans doute en rester là.

«Qui sait, Eddi, si dans deux ans on s'aimera encore?»

Plus tard, elle avait pleuré et s'était excusée. Je l'avais prise dans mes bras en lui demandant pourquoi elle devrait s'excuser.

En fait, elle lisait trop de trucs de psychologie. D'abord il y avait eu Kathe Miller puis C. G. Jung. Chaque fois elle me sortait un nouvel argument. Un jour, je lui ai dit qu'elle perdait son temps avec ces histoires de charlatans. Mais tout ce que je peux dire ne sert à rien tant qu'elle n'a pas fait elle-même son expérience.

J'étais en train de me pencher en avant – pendant un moment j'avais cru qu'un avion nous accompagnait à gauche mais ce n'était que de la saleté sur la vitre – lorsqu'elle me demanda : «Tu connais la dernière de Lucas?»

Lucas c'est son filleul, l'un des jumeaux de Tom et de Billi. L'autre jumeau s'appelle Max. Lucas avait cloué son ourson à son lit et Billi lui avait donné une gifle – pour la première fois. Le lendemain Lucas s'était emparé de la perruche. Mais elle lui avait échappé et ils avaient peint des affichettes qu'ils avaient punaisées aux arbres du village pour demander si quelqu'un avait vu Herbert, la perruche vert et jaune. Billi avait aussi raconté l'histoire de Jésus aux enfants, et Tom avait construit avec eux une petite maison destinée aux oiseaux pour laquelle ils avaient utilisé tout leur stock de clous.

Comme Danny ne souriait pas, je m'attendais à ce qu'elle cite une fois de plus Miller ou Jung. J'ai dit que je trouvais ça bien, cette histoire de la maison pour les oiseaux.

Elle appuya sur l'allume-cigare et m'expliqua en quoi justement les premières années de l'enfant étaient importantes car ce qui était raté à ce moment-là ne pourrait être rattrapé plus tard qu'au prix de gros efforts, et encore. Et bien des profs qui s'échinent dans leur métier y arriveraient mieux si plus de parents étaient de meilleurs parents. Je lui ai demandé à qui elle pensait. Elle répondit qu'elle voulait simplement faire tout en pleine conscience, si jamais un jour nous avions un enfant. Je la caressai à l'endroit où s'arrêtait son pantalon court. Elle posa sa main sur la mienne. Puis elle dit qu'avec Tino on s'y était souvent mal pris.

«C'est parce qu'ils l'ont trop gâté», dis-je.

« Non, dit-elle, ce n'est pas pour ça. » Mais nous en restâmes là.

Bien que Danny roulât moins vite, les cahots s'aggravèrent soudain. Ça vous secouait complètement. Une petite pomme tombée de je ne sais où roula entre mes pieds. Quand je la ramassai elle avait la consistance d'une pomme au four, fripée et chaude. Puis les papiers de la voiture tombèrent de derrière le pare-soleil. Je lui dis qu'elle devrait enfin dépasser ce traînard devant nous et rester ensuite sur la file de gauche. Mais très vite on a eu des appels de phares. Il a fallu se rabattre sur la file en mauvais état. J'ai posé la pomme cuite dans la cavité où normalement on met la boîte de Coca.

Danny se dépatouillait avec le paquet de Lucky Strike, finit par le porter à sa bouche pour attraper une cigarette avec les lèvres. Le filtre coincé entre les dents, elle demanda si j'en voulais une aussi en baissant un peu la vitre.

« Je ne me sens pas très bien », dis-je.

« Il faut dire qu'on est mal tombé aujourd'hui ! » dit-elle en faisant glisser son pouce sous la ceinture de sécurité pour lui donner un peu plus de jeu avant de la laisser revenir en place. Je crois qu'elle ne s'est pas rendu compte à ce moment-là combien j'aimais la voir faire ce geste. Je regardais sa main droite qui tenait la cigarette. On pouvait voir les veines sur le dos de sa main, mais pas trop visibles, et les poils blonds de l'avant-bras ne se remarquaient que lorsque Danny était vraiment bronzée.

Je lui ai demandé encore une fois de rester si possible sur la file de gauche et de s'arrêter à la première station-service. Elle s'est mise à rouler moins vite et j'ai eu l'impression que nous étions les seuls à ne jamais doubler. Quand on cherche une station-service, bien sûr, ça ne vaut pas le coup. Danny a éteint sa cigarette, baissé complètement sa vitre et laissé pendre sa main gauche par la portière comme si elle voulait admirer ses ongles dans le rétroviseur.

Au fond, nous aurions pu avoir de belles vacances. Les dalles allaient bien finir par s'arrêter, et du reste on allait bientôt quitter l'autoroute. Je croyais qu'elle me passerait le volant après la pompe à essence, quand je conduis je n'ai pas mal au cœur. Danny se laisserait glisser vers moi, enlèverait ses sandales de cuir, appuierait ses orteils contre le pare-brise et plierait sa jambe gauche pour que je la caresse. J'espérais qu'elle retrouverait du travail en septembre ou en octobre. J'ai encore dit qu'avant qu'on soit obligé de changer les amortisseurs on devrait vraiment se payer une autre voiture.

Mais je dus bien constater que Danny avait dépassé la station-service sans s'y arrêter. Au moment où nous passions devant, elle dit que dans le prix des voitures allemandes il fallait payer la piscine des ouvriers, que les françaises et les italiennes ne valaient rien, et que les japonaises n'avaient aucun style. Elle ralentit brusquement, occasion d'une grande secousse, suivie d'une autre quand elle rétrograda.

« La piscine, je l'associe plutôt à l'Amérique », dis-je. Elle m'énervait avec cette manière d'avancer les lèvres en relevant à la verticale la boîte de Fanta comme si elle était presque vide. Elle se passa la main sur les lèvres pour les essuyer, appuya la boîte contre son cou, la fit rouler au-dessus du décolleté et l'appuya ensuite contre ses épaules.

« Ça ne change rien. » Danny parlait avec une indifférence appuyée. Et je pensais que lorsqu'on est à côté du chauffeur on est toujours un peu bête, et que par ailleurs ce n'est pas bon pour la voiture de changer brusquement de vitesse. En plus, ça n'avait aucun sens de laisser son clignotant puisqu'on était encore à soixante-quatre kilomètres de la pompe à essence suivante. Le pare-brise, constellé d'insectes écrasés, avait besoin d'être lavé, j'avais mal au cœur et la file de droite était vraiment désastreuse. Je voulais faire quelque chose, dire quelque chose, mais surtout pas lui demander si ça la gênerait de me laisser le volant. En tout cas le plaisir était gâché.

C'est à peu près dans cette situation que j'ai fait la bêtise de lui raconter quelque chose qui n'allait pas manquer de la provoquer. Et si elle remettait ça avec «Synchronicité et acausalité» de C. G. Jung, j'avais bien l'intention de lui montrer une bonne fois pour toutes que pour moi tout ça c'était des idioties et que dorénavant je me refuserais à écouter de telles stupidités. Je voulais lui conseiller de s'intéresser plutôt à la musique. Quelque chose de réel au moins. Ou à l'astronomie.

«Est-ce que je t'ai déjà raconté le voyage en train?» lui demandai-je. À sa manière de dire «non», j'ai remarqué son étonnement car ce voyage remontait presque à une semaine. Toujours est-il que j'ai commencé à lui parler d'un garçon et d'une fillette qui faisaient des allers et retours en courant dans le couloir du train. Les enfants étaient avec deux femmes qui leur avaient déposé des animaux en peluche – un pingouin et une grenouille géante – sur la banquette libre en face de moi avant de regagner leur place à l'autre bout du wagon.

Je ne pouvais m'empêcher de penser aux jumeaux de Tom et de Billi, comment ça se passait chez eux, pour pouvoir agrémenter mon histoire.

«Les gosses n'ont pas cessé de crier, dis-je. Un type chauve avec une voix haut perchée a tenté de les calmer. Sa femme dormait ou en tout cas faisait semblant. Peu après, ces deux personnes ont quitté le wagon. D'autres les ont imitées quand les enfants ont commencé à claquer le couvercle d'une poubelle. Un vieux assez corpulent qui était resté assis s'est mis à rouspéter. D'abord les enfants se sont calmés, puis ils ont recommencé à faire du boucan et le vieux, tout en hochant la tête, a cherché du regard les femmes au bout du couloir.» «Quel âge?» demanda Danny. Je lui dis que j'ai toujours du mal à évaluer ça, mais qu'ils devaient être en primaire, première année.

«Je parle de leurs mères», dit Danny.

«Vingt-cinq ans environ», dis-je, puis j'ai observé un moment de silence.

Notre voiture cahotait derrière un énorme camion à benne dont le pot d'échappement nous envoyait des nuages de fumée.

«Finalement, les enfants ont joué à "s'attaquer" comme ils disaient, fis-je en continuant mon histoire. La fillette devait arpenter le couloir et le gamin lui sautait dessus par derrière et la faisait tomber. Ils ont permuté les rôles et quand le tour du garçon est venu à nouveau, le vieux s'est interposé. Le garçon a expliqué qu'il voulait plus tard s'engager dans l'armée pour étrangler ses ennemis. Il a raconté de tels trucs que le vieux s'est mis en colère en disant qu'à l'armée il ne pourrait pas du tout faire ce qu'il voulait, bien au contraire, car à l'armée l'ordre règne. Il avait attrapé le garçon par le bras en le secouant. Puis j'ai entendu le vieux qui demandait : "Mais qu'est-ce que tu veux faire en Yougoslavie?"»

J'ai fait une nouvelle pause. Danny jeta un bref coup d'œil vers moi, pour la première fois de tout le voyage.

«Que voulait-il donc faire là-bas, demandait le vieux, et le petit de répéter : "Étrangler mes ennemis!"»

«Et alors?» demanda Danny.

«Le vieux l'a lâché.»

«Et toi?» Danny avait doublé le camion à benne et s'était rabattue sur la file de droite où ça continuait à cahoter bien que nous ne dépassions pas le 80.

Lorsque j'ai compris ce qu'elle avait en tête, j'ai dit : «Le gamin avait six ou sept ans…»

«Et il a le droit de tout faire…?»

«Danny…» fis-je sans savoir que dire. Avec elle l'affaire prenait une tout autre tournure.

«Incroyable», murmura-t-elle en poussant un long soupir et en faisant siffler l'air entre ses dents. Je remontai le dossier de mon siège, histoire de faire quelque chose. «Le gamin n'a pas tort, c'est comme ça, dis-je. Et tant que personne n'entreprendra quelque chose, le massacre va continuer jusqu'à ce que le nettoyage ethnique soit terminé. On ne peut tout de même pas se contenter de regarder.» Je lui expliquai en long et en large ce que j'en pensais avec le sentiment que je disais des choses raisonnables. Je voulais encore lui demander de s'arrêter ou de prendre la file de gauche, tellement je me sentais mal, mais les voitures nous doublaient les unes après les autres. Et on a quitté l'autoroute.

Danny roulait maintenant à vive allure. J'ai posé ma main sur son genou et lui ai demandé si elle voulait une cigarette. Elle n'a pas bronché. Sur le dos de ma main, il y avait la petite cicatrice de la brûlure que je m'étais faite en retirant les petits pains du four. Ce n'était plus qu'un point rouge. Danny finirait bien par poser sa main sur la mienne. On voyait des planeurs au-dessus des champs.

Le dernier beau moment dont je me souviens c'est quand j'ai soudain aperçu sur l'accélérateur l'intérieur brillant de la semelle de sa sandale de cuir puis son pied nu aux ongles vernis. Un moment, j'ai cru que c'était pour ça que nous roulions si vite.

Quand nous avons recommencé à parler, nous n'avons pas cessé de nous disputer. Elle m'a dit qu'elle ne me reconnaissait plus du tout, qu'elle ne pouvait croire qu'une chose pareille sorte de ma bouche. Et qu'elle était toute décontenancée. J'ai cru qu'elle allait se mettre à pleurer. Mais elle est devenue hargneuse : « Tu serais prêt à le répéter ? » demanda-t-elle. Je lui ai dit que c'était un peu trop facile de parler ainsi. Danny fixait droit devant elle. Elle a dit qu'elle avait trop longtemps pensé comme moi. Que c'était une grosse erreur. « En 89 tu n'aurais jamais parlé comme ça, jamais ! » Elle n'arrêtait pas de lâcher le volant d'une main et de le reprendre à la manière d'un haltérophile en répétant qu'elle n'arrivait pas à imaginer que c'était moi qui sortais des choses pareilles.

Nous reprîmes de l'essence et Danny fit quelques flexions pendant que je m'occupais du reste. Pendant le repas du soir, nous avons lu le journal ou nous sommes restés les yeux fixés sur le morceau de beurre posé entre nous. Le lendemain matin elle est repartie chez elle.

J'ai passé les quinze jours tout seul dans le bungalow près du lac de Scharmützel. De toute façon, on ne nous aurait pas remboursés. Dès que je me levais, je faisais tout de suite mon lit et la vaisselle pour ne pas laisser le désordre s'installer. Je ne quittais le petit terrain que pour aller me baigner. J'ai même acheté deux fois des fleurs parce que j'avais trouvé un vase dans le buffet de la cuisine.

J'ai essayé d'y voir plus clair dans ma relation avec Danny et Tino. Mais tout ce qui me venait à l'esprit, je le savais déjà depuis longtemps. Je trouvais que c'était normal de vouloir avoir un enfant à soi. Non pas que je refuse de m'occuper de Tino. Jusqu'au dernier jour, j'ai pensé que Danny viendrait au moins me chercher.

D'abord elle s'est installée avec Terry chez le père de Tino, son beau-frère si l'on veut. Un moment j'ai espéré qu'elle ferait signe le jour de mon anniversaire. Après tout, elle avait encore des tas d'affaires dans l'appartement : le baladeur, quelques bouquins, ses compacts de la Callas, le monstre gris, son fauteuil préféré –, sans compter tout ce que nous avions acheté ensemble : le service de cuisine, les nattes en rafia, les deux lampadaires, les transats pour le balcon. Mais je n'allais tout de même pas lui téléphoner pour dire : «Salut Danny! C'est mon anniversaire aujourd'hui. Tu ne veux pas me le souhaiter?»

J'étais furieux contre Billi et Tom parce que je ne pouvais m'empêcher de penser que c'était eux qui lui avaient conseillé de se séparer de moi. Six mois plus tard, à la fin janvier, j'ai été licencié. Personne au journal ne s'attendait à ce que ça tombe sur moi. Mais moi je savais bien qui était visé quand on disait qu'il fallait devenir compétitif. Tous les licenciements, y compris celui du mauvais collaborateur du service extérieur que j'étais, on y procédait non seulement dans l'intérêt de la majorité du personnel mais également dans celui de l'économie dans son ensemble – et par conséquent dans mon intérêt aussi.

Tout cela était tellement dans la logique des choses que je me suis épargné la peine d'aller aux prud'hommes. Il ne manquait plus une touche à l'image lamentable que j'offrais depuis le départ de Danny.

Au début je trouvais d'ailleurs pas mal de ne plus avoir à aller tirer les sonnettes. J'en avais tellement marre aussi de toutes ces gueules! Il n'y avait que Pit que je regrettais, car il m'était arrivé de bien m'amuser avec lui.

Pour mettre à profit le temps dont je disposais, j'ai commencé à lire la *Petite Histoire universelle de la philosophie* de Störig, mais j'ai capitulé avant même d'arriver à Platon. Puis j'ai entamé *L'Homme sans qualités* – ça faisait une éternité que les quatre volumes bleus de l'édition Ex-libris trônaient sur mon étagère. Mais l'envie m'a passé au bout de quatre-vingt pages. J'ai pris un abonnement de six mois pour 449 marks au club de remise en forme, mais au bout de deux semaines je n'y ai plus mis les pieds. J'ai même laissé tomber mon pensum quotidien, la lecture du *Vocabulaire anglais de base* édité chez Langenscheidt, qui était toujours posé à côté de mon lit. Je ne savais plus de quoi j'aurais pu parler. Quand j'y repense maintenant, je ne sais plus ce que j'ai fait durant ces neuf mois sauf que j'ai acheté un nouvel aspirateur et que je suis sorti de temps à autre avec Utchen. Il y avait quelque chose que je ne maîtrisais plus, sans savoir quoi au juste.

Je pensais être le seul à remarquer que la Terre tourne. Personne ne comprenait ce que je disais. Et pourtant j'avais longtemps réfléchi à l'idée que voici. La Terre tourne et on ne peut rien attendre d'autre qu'elle continue à tourner, cela changeait ainsi la perspective, de telle sorte qu'on voie justement les choses d'une manière différente. Jusqu'à ce qu'apparaisse enfin cette fenêtre cosmique dont on a besoin pour pouvoir faire partir la fusée. Mais malgré tout, je voyais toujours la même chose.

Puis j'ai retrouvé un boulot, suite à une banale lettre de candidature, du genre de celles qu'on oublie sitôt l'enveloppe fermée. « Friedrich Schulze, Berlin-Mariendorf, Transports internationaux » – ils ont des nouvelles filiales à Crimmitschau et à Guteborn près de Meerane.

Maintenant je me rends deux fois par semaine en France pour livrer du vinaigre et de la moutarde d'Altenburg aux supermarchés Lidl. Ce qui me laisse quand même suffisamment de temps pour rêver de Danny, d'une Danny qui ne s'est pas coupé les cheveux.

À présent elle vit avec son ancien collègue, un photographe du journal de Beyer que sa femme a quitté. Je l'ai vu une fois chez Tom et Billi. Ils ne vont pas ensemble.

Sans doute que tout devait finir ainsi. Je voudrais seulement que Danny remarque un jour que personne n'a pris sa place, que je l'aime vraiment, elle et pas une autre, même si parfois je pense que nous aurions du mal à imaginer ce qu'on pourrait faire ensemble et de quoi on pourrait bien parler. En tout cas, je ne trouve pas anormal d'aimer une seule personne, même quand on ne vit pas avec elle, même si on ne se rencontre pas.

Il y a quelques semaines, j'ai aperçu sa Jimmy junior sur le parking du centre commercial. Il n'y avait personne, j'ai regardé à l'intérieur. Rien de changé. Comme si je n'avais qu'à monter dedans. Seule la pomme n'était plus là.

J'ai imaginé que c'est moi qui avais été au volant et que je n'avais pas inventé cette histoire avec les deux gosses… Danny se serait blottie contre moi, appuyé sa tête contre mon épaule, ôté ses sandales, posé ses talons tout à droite du tableau de bord. Ses cheveux se seraient étalés sur mon bras et ses ongles vernis se seraient appuyés contre la vitre. Elle se serait endormie, fatiguée comme elle était. Et le soir j'aurais conduit la voiture jusqu'au bord du lac, lui aurait embrassé les paupières et murmuré : « Hé, Danny, regarde où on est ! »

CHAPITRE 21

Aiguilles

Où Martin Meurer reçoit son premier visiteur dans son nouvel appartement. Un homme pour Fadila. Poissons dans la bouteille et le saladier. Curricula vitae. *Le nettoyage d'un toit de balcon. Qui attends-tu?*

« Veni, vidi, vici », dit Tahir dans un rire qui lui projette la tête en arrière. Il s'arrête sur la dernière marche et tend à Martin, qui maintient ouverte avec son dos la porte de l'appartement, une bouteille d'un litre et demi d'eau Bonaqua.

« Mais d'où est-ce que tu viens? Le déménagement c'était la semaine dernière? »

« Regarde », dit Tahir.

« Ah bon, deux? Encore un? » Entre les deux étiquettes bleues, Martin regarde les poissons.

« Si tu les laisses dans la bouteille, ils vont devenir très gros. Nobody knows comment ils y sont venus. » Tahir porte une chemise délavée avec un petit crocodile sur la poitrine, un pantalon noir qui brille le long des poches, des chaussures éculées, une veste sur le bras.

« Tout droit, Tahir, toujours tout droit. » Martin ferme la porte.

« Ça te plaît ? »

« Passe », dit Tahir. Il se dirige avec la bouteille vers le meuble du living, pousse les voitures en modèle réduit Matchbox et les pierres, fait avancer un bateau dans une bouteille. « Quand ils grandissent, tu dois le mettre comme ça. »

« Tu dois *la* mettre, *la* bouteille, Tahir. La bouteille c'est féminin. »

Tahir la pose en travers sur l'étagère. Son bouchon bleu touche le bouchon des autres.

« Qu'est-ce que je dois leur donner à manger ? »

Tahir se retourne et fait sauter son index sur le dos de sa main gauche. « Comment ça s'appelle ? »

« Oui, dit Martin. Des puces, mais jusqu'à lundi ? Est-ce que le magasin pour animaux… »

Tous deux sursautent. La bouteille roule lentement de l'étagère du meuble et tombe presque sans bruit sur le tapis.

« Rien de cassé, dit Tahir en se baissant. Rien de cassé. »

Martin, en chaussettes et jeans coupés au-dessus des genoux, se tient debout sur du papier journal à côté de ses tennis, essuie un pinceau plat au rebord de la fenêtre et le rince dans un pot en verre à moitié rempli en pressant les soies contre le fond.

« J'aurais eu besoin de toi, dit-il. Je voulais vous présenter l'un à l'autre, Steuber et toi. Il a des tas d'autres possibilités, des tas ! »

Tahir balance la bouteille entre deux doigts. « Il fallait que je joue aux échecs », dit-il.

« Ici tu aurais gagné plus de 15 marks – ou bien combien ça rapporte maintenant, une partie d'échecs ? Mon frère Pit lui aussi était là, la seule personne dont les vêtements seraient à ta taille.

« Qu'est-ce que c'est ? » demande Tahir.

« White spirit. »

« Non. Tic-Tac tic-tac. Un clock ? »

« C'est affreux, non ? Comme une bombe à retardement. Je pensais que tu étais l'électricien. »

« Je ne suis pas électricien. »

« Pas toi ! J'attends l'électricien qui doit me faire quelque chose et je croyais… »

« Ah oui », dit Tahir en hochant la tête.

« Ça bourdonne comme un bloc transformateur. » Martin essaie d'imiter le bruit. « Et en plus ce tic-tac. Si c'est ça la nouvelle technique… S'ils n'y arrivent pas, on paie pas, no money, c'est simple. » Martin essuie le pinceau sur un slip déchiré. « Ici ce n'est que l'appartement du gardien. Tu devrais voir à quoi ça ressemble chez eux en bas. Dans le style Art déco, deux étages, une merveille. Avant c'était un jardin d'enfants, complètement dégradé, et ici sous le toit l'appartement du gardien avec entrée séparée. »

Tahir balance sa veste sur son épaule, un doigt passé dans l'attache, et le suit dans le couloir.

« Pour Tino, si jamais il vient. La porte aussi est repeinte. » Martin appuie sur la clenche du bout des doigts. Le rideau est coincé dans la fenêtre. « C'est un peu petit, mais ça va. » Il ouvre la fenêtre, remet le rideau en place, sort et ouvre la porte en face.

« C'est ici que je dors. Il n'y a rien à voir. Steuber n'en parle pas mais il en a eu au moins pour 1 million pour les deux étages. T'as vu les poignées des fenêtres, une fois restaurées, c'est chouette, non ? Steuber avait toujours peur que le vieux, le gardien, foute tout ça en l'air. Il ne laissait entrer personne chez lui. Tu peux pas imaginer de quoi ça avait l'air il y a six semaines. Tu peux pas te figurer. Viens voir par ici. » Dans la salle de bains Martin rabat le couvercle des toilettes. « La baignoire ne pouvait pas être plus grande, mais l'essentiel c'est qu'il y en ait une. Tiens, appuie ici, une lampe supplémentaire. Et ce miroir ! J'ai fait faire les devis et j'ai mis les factures dans sa boîte à lettres. Et il me paye aussi. Et maintenant, le plus beau. Tu peux fermer ? »

Dans la cuisine, Martin ouvre en grand la porte donnant sur le balcon et la bloque en poussant la cale avec son pied. « Le jour où ce sera fini… Appartement avec balcon, pour ainsi dire, je vous en prie, monsieur. » Il prend la bouteille des mains de Tahir. « Pour que tu ne la balances pas sur la tête de quelqu'un », dit-il en la posant sur la table.

Martin doit retirer les trois saladiers en plastique transparent pour atteindre le plus grand. Il le rince à l'eau froide, le vide, et dévisse le bouchon de la bouteille de Bonaqua. « Le seul bruit qu'on entend c'est les oiseaux, fait-il. Dans la région c'est rare de trouver des pins. De la mousse aussi, les pins et la mousse. » Martin incline le récipient comme un verre de bière. L'eau coule le long du bord. Il relève lentement la bouteille.

« Je pensais, Fadila est chez toi peut-être ? » Tahir reste debout dans l'ouverture de la porte du balcon.

« Fadila ? Mais c'est ta fiancée ! » Martin incline la bouteille. « Je ne la connais même pas. Comment saurait-elle… »

« Je dis beaucoup de toi. » Tahir rejette sa tête en arrière en riant. « Nous disons beaucoup de vous ! »

« Nous *parlons* beaucoup de toi, si c'est de moi que tu parles. » Martin secoue la bouteille pour en faire sortir un poisson et revisse le bouchon.

« C'est consigné 35 pfennigs. »

« Nous parlons de Fadila et de tu – pourquoi pas ? » Tahir accroche sa veste à la chaise. Il sort de sa poche une photo en couleur, essuie la table avec la main et pose la photo devant Martin.

Une jeune femme pieds nus en jeans délavés, chemise de flanelle et coiffure de page est appuyée contre un mur crépi. Fadila a des pommettes saillantes et un regard sérieux.

« Elle ressemble ? »

« À qui ? »

« Je te demande. »

« Pour la coiffure et la taille, dit Martin, Mireille Mathieu. »

« Juliette Binoche. Elle est pas forcée de se maquiller pour avoir bien. »

« Pour avoir *l'air* bien. »

« Tu vois ? Ils sont pas plus grands que ça ! Tahir indique un écartement d'environ dix centimètres. Bon, comme ça ! » Ses doigts s'écartent l'un de l'autre comme deux aiguilles. « Pas plus. »

Fadila a le pied droit posé sur le gauche, le genou plié.

« Minuscules petites chaussures comme Juliette Binoche. »

« Elle a des petites chaussures ? »

« Je sais pas. » Tahir éclate de rire.

« Je croyais que Fadila était à Berlin. »

Tahir regarde la photo. « Nous habitons dans Leipziger Strasse. La mère à Berlin. »

« Mais la dernière fois c'était l'inverse ! » Martin ouvre une porte de l'armoire. « Et ton père ? »

Tahir éclate de rire.

« Est-ce qu'il est là aussi ? »

« Découpé. »

« *Ton* père ? Comment ça ? »

Tahir rit, pose son poing sur son nombril, le fait remonter jusqu'au menton et dit : « Ils l'ont ouvert. »

« Je… Je ne voulais pas… excuse-moi. » Martin pousse un paquet de Wasa, des nouilles Glocken et un sachet de muesli aux fruits rouges. « Où est-ce que c'est arrivé ? »

« À l'hôpital, à Brcko. »

« On mangera quelque chose après, Tahir, hein ? Ou bien tu veux quelque chose maintenant ? » Martin lui montre un paquet sur lequel est représenté un entremets au chocolat arrosé de sauce jaune. « Pas besoin de cuisson ! »

Tahir secoue la tête.

« Je t'invite. Tu es la première personne qui me rend visite. On y va ? »

« Oui », dit Tahir.

« Tu as faim ? »

« Oui. »

« Quand tout sera terminé, je pendrai la crémaillère. Tu viendras avec Fadila ? Oui ? Est-ce que ça va aller avec du basilic ? » Martin tapote le bord du sachet.

Tahir se cogne à un pied de la table, l'eau déborde presque. « Pourquoi pas épouser Fadila – pourquoi pas ? » demande-t-il.

Les deux poissons couleur orange touchent le fond du saladier avec leur gueule. Le poisson bleu nage lentement. Martin mélange le basilic. « Tu ne la cherches donc pas, Fadila ? » dit-il en relevant la tête.

« Je cherche Fadila. Fadila… » De la main gauche Tahir saisit au vol un moustique. Il retire ses doigts lentement de la paume.

« Rien », dit Martin.

Tahir écarte les doigts et montre une tache entre le majeur et l'annulaire. Il envoie d'une pichenette le moustique dans le saladier. « Je pensais que vous étiez fiancés. Tu as dit que vous étiez fiancés et maintenant tu me demandes si je veux me marier avec elle ! » Martin remet le sachet de basilic dans l'armoire de la cuisine. « Est-ce que tu crois vraiment qu'elle va venir aujourd'hui ? Que Fadila va venir ? »

« Je crois », dit Tahir.

« Où les as-tu trouvés, au fait, les poissons ? »

Tahir remet la photo dans son portefeuille. « Quelqu'un a cassé aquarium, grande dispute entre tous. Chacun a pris ceux qui… » Il agite ses doigts.

« … qui vivaient, frétillaient encore ? »

« Oui. Frétillaient. »

« Cassé un aquarium ? »

« Oui. » Tahir remet le portefeuille dans sa poche. Quelques miettes de basilic restent collées sur le rebord du saladier.

« Ce tic-tac me rend dingue, cette boîte de sécurité. Ou c'est moi qui débloque, Tahir ? Quelle heure est-il ? » Martin montre son poignet.

Tahir saisit son poignet gauche et tourne le bracelet jusqu'à ce qu'il puisse voir le cadran. L'aiguille des secondes fait du sur place.

« Tu as besoin d'une nouvelle pile, dit Martin. Il lui faut une pile. Tu me donnes un coup de main dehors ? Tout seul c'est trop dangereux. Il faut que je balaie le toit au-dessus du balcon. »

«C'est toi lui?» Tahir a pris une photo sur la boîte à pain.

«Tu me reconnais? Tout à fait à droite, celui qui est accroupi. J'avais vingt ans.» Martin fait le tour de la table. «Celui-là. J'ai retrouvé ça dans le déménagement. Et lui, il montre quelqu'un d'autre du doigt, c'est lui qui a oublié la photo chez moi, Dimitrios, un Grec.» Martin sort deux bouteilles de bière Clausthaler du frigo. «Tous les gens qui sont sur la photo, tu peux les oublier tout de suite, aucun d'entre eux n'est devenu quelqu'un.»

«Comment, pas devenu?»

«Théoricien de l'art, historien de l'art. Tu bois de la Clausthaler? Il y a trois ou quatre ans, je le retrouve tout d'un coup ici, Dimitrios, sans avoir prévenu, sans avoir téléphoné. On a sonné, j'ai ouvert, il avait la tête toute rentrée dans les épaules. C'est comme ça qu'il sourit toujours, la tête rentrée.» Martin l'imite. «Il avait une énorme valise. Et sur le palier étaient posés deux gros sacs qu'on porte en bandoulière.» Avec une bouteille de Clausthaler dans chaque main, Martin dessine de grands cercles devant le visage de Tahir avant de lui en tendre une. «C'était le groupe de notre séminaire pendant la récolte des pommes. Dimitrios avait des doigts de joueur de guitare ou de violoniste, avec des bourrelets. Il se rongeait les ongles.» Martin joint le geste à la parole : «Tu comprends? Il parlait anglais, espagnol, français, italien, et au bout d'un an à l'Institut Herder de Leipzig, allemand aussi. Et le grec, bien sûr. Et comme de bien entendu chez les communistes – son père avait été prisonnier sur l'île de Makronisos –, le russe également. C'était en 88, l'année du diplôme, on s'est vu pour la dernière fois. À ce moment-là, il voulait se marier avec une Danoise et retourner au pays avec elle, à Athènes. Au musée d'ici il voulait voir les peintres du Quattrocento, Guido da Siena, Boticelli, etc. Puis il m'a demandé un verre d'eau. Autrefois il n'aurait demandé qu'un demi-verre. À la tienne, Tahir. »

« Pourquoi ? »

« À la tienne. Parce qu'il voulait souffrir, pour le communisme, pour la science, pour… » Martin but. « Pour tout, au fond. La valise et les sacs étaient bourrés de matériel, comme il disait. Il disait qu'il instruisait des camarades révolutionnaires, partout où il y en a. Ici il ne connaissait personne à part moi. Je lui ai dit que je pensais qu'une révolution en Allemagne n'était ni vraisemblable ni souhaitable. Alors il a recommencé à souffrir et il a dit : "Il y en a trop qui pensent comme ça, mais ce n'est pas juste." Le lendemain on est allé au musée puis à la gare. De temps en temps je lui prenais sa valise. Il aurait pu y avoir une bombe dedans. Je n'ai jamais plus entendu parler de lui. Tu n'aimes pas ? »

« Et lui ? »

« C'était le gars qui nous espionnait. Il est arrivé deux semaines après l'enterrement de ma femme, Andrea, pour demander comment j'allais. À Leipzig on avait arrêté de se parler. Je ne sais toujours pas pourquoi je l'ai laissé passer la nuit ici. Pas ici, mais dans l'ancien appartement de Lerchenberg. À l'époque je m'étais énervé parce qu'il n'avait même pas changé les draps du lit. Il ne s'est pas lavé non plus. En fait, je m'en voulais parce que c'était moi qui le servais. Je n'ai pas l'esprit de repartie. Je n'ai plus jamais voulu le voir. Et si c'était arrivé, je me serais mis devant lui pour lui dire : "Ici il n'y a de la place que pour l'un de nous deux". Je me suis entraîné pour être prêt. » Martin but à même la bouteille.

«Et tu l'as fait?»

«Ça fait longtemps qu'il a quitté Leipzig.»

«Martin c'est maintenant Jésus-Christ, il aime tout le monde.»

«Et Tahir observe le jeûne pour Allah et pue de la bouche.»

«J'ai pué, moi?»

«Oui. Je t'ai même proposé une pastille de Fisherman's friend, à la centrale de covoiturage. C'était seulement pour l'air.» Il agite sa main devant la bouche puis montre son ventre. «Pas pour ça. Tu préfères l'eau minérale?»

«Et celui-là?»

«Il a perdu son emploi et a commencé à boire ou bien il l'a perdu parce qu'il buvait. Il était déjà divorcé avant. Il y a un an, on s'est rencontré à Berlin. Il n'avait pas changé, je veux dire qu'il racontait toujours la même chose qu'avant et il ne lisait rien d'autre que ce qu'il lisait avant. Mais il se saoulait tous les jours. "Putain, que c'est froid Berlin", répétait-il toujours. Une façon de dire que l'atmosphère est froide. Ils ont restauré la maison où il habitait, Knaackstrasse, dans le bâtiment du fond. Tout est neuf, les tuyauteries aussi. Il y avait partout des trous dans le plancher, de gros trous. Et saoul comme il était, il est tombé un étage plus bas et il est mort de froid. Les autres locataires étaient partis depuis longtemps. On peut pas faire grand-chose avec nous.» Martin se dirige vers l'évier pour rincer sa bouteille. «Celle qui est à côté de moi a bouclé sa thèse d'habilitation en un rien de temps; c'était notre princesse. Même au foyer d'étudiants elle mangeait avec une serviette de table en tissu sur les genoux. Mais les nouveaux professeurs ont amené des gens à eux. Maintenant elle est guide de tourisme à Erfurt. Et cette belle brune, là, elle a divorcé, elle a deux enfants et vit avec sa mère quelque part près de Templin. Les autres, on n'en a plus entendu parler. Allez, te force pas. » Martin lui prend la bouteille de Clausthaler et la rebouche. « Eux non plus ils n'aiment pas ça, dit-il, penché sur le saladier. Faut d'abord qu'ils s'habituent au nouvel environnement. »

Martin va chercher ses tennis. Revenu dans la cuisine, il s'assoit sur un tabouret, tire la languette et desserre les lacets.

« Parmi les professeurs et les assistants, il y en avait quelques-uns à cette époque pour qui on comptait, ou au moins ils faisaient ça pour la cause, et qui voulaient sauver quelque chose et le transmettre. La Grèce ou Hildesheim, ils ne connaissaient que par les photos. » Martin plie sa jambe, appuie le talon sur le bord du tabouret et fait une double rosette. « Ça me fait vraiment de la peine pour eux qu'on ne soit rien devenu. I feel sorry for them. Tu comprends ? »

Tahir repose la photo sur la boîte à pain.

« Tu m'aides, maintenant ? » Martin passe devant, un tabouret sous le bras, et se dirige vers le balcon. Là, il lève l'index. « C'est du plastique ondulé, un truc comme ça. Quand c'est propre, tu peux voir à travers. Il y a de la saleté dans les parties creuses. Des branches, des aiguilles et de la saleté. Ça tombe des pins. Quand je vois ce que Steuber ramasse de mousse toutes les semaines – la mousse c'est sa plus grande fierté. Et ici ça fait des années que personne n'a rien fait. Tu n'as qu'à me tenir, tenir seulement. » Martin secoue la balustre où se trouvent encore des fixations pour jardinières et rapproche son tabouret. « Tiens-moi ici. » Il montre sa ceinture. « De préférence avec les deux mains, comme ça. Ça d'abord…» Derrière le seau où se trouvent les pinces à linge, il déniche une pelle d'enfant et une balayette. «Ça d'abord, puis ça ensuite.»

Martin frappe du plat de la main contre les solives qui soutiennent le toit. «Après, faudrait s'occuper de ça. C'est complètement bouffé.» Avec l'ongle du pouce il gratte de la peinture blanche. «On peut y aller?»

Tahir rit. Martin s'agenouille sur le tabouret et se redresse lentement. Ses mains s'accrochent à la solive d'angle. Il fait un pas sur la balustre. «Tu tiens bien, Tahir!»

Martin amène l'autre jambe. «Tahir! Vas-y, tiens bien!» Martin très lentement se retourne sur l'appui en position courbée.

«Qu'est-ce qui se passe? La pelle!»

«Il pleut», dit Tahir.

«La pelle!» Martin prend le manche entre les dents et passe la tête au-dessus du toit. «C'est un vrai champ! Regarde un peu! Rien que des saletés.» Il en envoie val-dinguer tout un tas dans le jardin. «Un vrai champ!» Tahir suit les mouvements de Martin. Il observe le jeu des muscles des mollets et les tennis qui se déplacent lentement sur la balustre.

«Il pleut», dit Tahir.

Martin se dresse sur la pointe des pieds. «Je fais pleu-voir la saleté et les aiguilles. Tu vas voir comment ça va s'éclaircir. C'est la cerise sur le gâteau.» Sa main droite apparaît à nouveau sous le toit, attrapant plusieurs fois le vide. «La balayette!»

Tahir lui passe le manche.

Au bout d'un moment, la tête de Martin réapparaît sous le toit. Ses cheveux sont mouillés, il s'est sali le menton et le nez. Il saute de la balustre sur le balcon.

«Et alors? C'est quand même autre chose, non? T'as vu tout ce que j'ai enlevé?» Du manche de la pelle il cogne d'en dessous contre le toit. «Maintenant, tu peux compter toutes les aiguilles qui sont tombées!»

«Fait du bruit maintenant», dit Tahir.

«Juste quand il pleut, dit Martin en s'essuyant le front, le nez et le menton contre sa manche. J'aime bien entendre la pluie sur le toit. Regarde dans la salle de séjour pour voir si la pluie entre, à cause des fenêtres, tu comprends?»

Quand Tahir revient, Martin est accroupi le long du mur. Dans le jardin, quelqu'un jette des jouets d'enfants entre les arbres. On entend une femme crier plusieurs fois très fort : «C'est tout sale! Les jouets sont tout sales!»

Puis Thomas Steuber apparaît. Il marche précautionneusement sur la mousse et ramasse les jouets. D'une main il tient un tracteur à trois roues et une benne, de l'autre il porte différents moules à sable. Soudain, la roue arrière du tracteur heurte sa cheville. On entend à nouveau la voix de la femme. Steuber se retourne.

«Mais pas sur la mousse!» hurle-t-il en levant ses bras écartés. Un moule rouge tombe. Sa chemise colle aux épaules. Il se penche et essaye de ramasser le moule avec un doigt. Il fait plusieurs tentatives. Sans y parvenir. Il se redresse, prend de l'élan et balance le tracteur sur l'escalier de la véranda, puis la benne. Il jette tous les autres objets l'un après l'autre, s'empare du moule à sable et l'envoie par-dessus la palissade.

«Il est fou, dit Tahir, complètement fou!»

Martin, accroupi, cligne des yeux vers le toit où la pluie frappe, couvrant tous les autres bruits. Une aiguille de pin sautille de côté, juste un peu, puis revient à sa place, chahutée par les gouttes de la pluie. Et puis tout de suite après c'est le tour d'une autre, et d'une autre encore, elles ne cessent de bouger.

« Bon Dieu ! dit Martin. Tu vois ça ? »

Le toit est parsemé d'aiguilles. Ça grouille d'aiguilles qui sautillent en tous sens.

« Tu vois pas ? Tic-tac, tic-tac. » Martin remue son index.

« Oui, dit Tahir, ça frétille comme petit poisson. » Il s'adosse au montant de la porte. « Quand arrivent électriciens ? Tu attends ? »

« Non, dit Martin au bout d'un petit moment. On peut y aller maintenant. » Et il se redresse lentement, son dos glissant le long du mur.

CHAPITRE 22

Ce qui est passé est passé

Une conversation à l'hôpital du Parc à Dösen. Où Renate et Martin Meurer racontent la brève histoire d'Ernst Meurer. La doctoresse Barbara Holitzschek prend des notes. Ce qu'il advient de l'amour. Une épouse qui a un accident et une auto-stoppeuse amoureuse.

«Comment ça? demanda Renate Meurer, reprenant sa respiration comme si elle voulait continuer à parler, puis retenant son souffle les mains jointes entre ses genoux. Non, pas surprise. Je m'y attendais même. Pas la peine d'être voyante, vraiment pas. Quand même…» Elle jeta un coup d'œil sur le côté. «Enfin, dit-elle. C'est quand même bizarre qu'il faille que quelque chose arrive pour que les gens se remuent. Que de pareilles lois…»

«Je sais, dit la doctoresse Holitzschek. Mais on est bien obligé de s'y tenir. Et d'ailleurs… Comment voulez-vous faire autrement?»

Martin sourit. «Il faut que l'enfant tombe dans le puits pour que quelqu'un aille le rechercher.»

«Eh oui, dit Renate Meurer. C'est ce qu'on a appris.»
Elle redressa les épaules et resta assise bien droite. «Je ne
savais vraiment pas *ce* qu'il fabriquerait, mais ce qui
arrive, c'était aussi certain que le mot *amen* à la fin de la
messe.» Elle but une gorgée d'eau minérale et posa le
verre devant elle sur le bureau. «Maintenant je trouve
ça tout à fait logique. Il fallait que ce soit un truc complètement idiot, rien qui ait à voir avec lui. Un autre cas
de figure qui ne rentre pas dans le schéma, dans l'ordre,
que sais-je moi, dans les lois. Sinon personne ne réagit.
C'est uniquement pour ça que je suis contente qu'Ernst
ait fait cette bêtise. Et qu'il ne soit rien arrivé à personne.
C'était un brave homme.»

«*C'était* un brave homme?» demanda Martin.

«Oui, vraiment!»

«Tu dis que *c'était* un brave homme. Ernst est en
vie!»

«Bien sûr qu'il est en vie. Mais ça m'empêche pas de
dire qu'Ernst était un brave homme. Qu'est-ce qu'il y a
d'horrible à ça?»

«Rien», dit Martin.

«Un être bon, comme disent les Russes. Tu préfères?
Ces derniers temps, Martin trouve toujours quelque
chose à redire à ce que je fais.»

Sans se détourner, la doctoresse prit sa veste en laine
sur le dossier de la chaise et la passa sur sa blouse
blanche à manches courtes qui était trop grande pour
elle.

«J'avais vingt-sept ans quand je me suis mariée pour
la deuxième fois, dit Renate Meurer. Ernst aimait beaucoup les enfants. Martin avait huit ans et Pit en avait six.
Je ne voulais pas d'autres enfants. Il l'a accepté, bien que
le fils de son premier mariage fût déjà mort. Il avait posé

une seule condition, c'est que nous n'entretenions plus aucune relation avec mon premier mari. Quand Hans nous écrivait, nous renvoyions la lettre, les paquets aussi. Je trouvais que je devais bien ça à Ernst. Il n'avait pas le droit d'avoir des contacts avec l'Ouest. »

« Votre premier mari était… »

« Il pensait, dit Martin, que lorsqu'il serait de l'autre côté on le rejoindrait. »

« Celui qui part fait aussi un choix vis-à-vis de ses enfants, c'était ce que pensait Ernst. Au début j'avais pensé qu'Ernst voulait rester avec moi parce qu'il avait pour mission d'empêcher qu'on s'en aille. Mais je ne voulais pas partir. Il me plaisait. Et il n'avait pas tout à fait tort. »

« En quoi n'avait-il pas tort ? » demanda Martin.

« Tu sais bien ce que je veux dire. Tu n'es pas obligé encore de… » Elle fixa la table devant elle. « Des fois, l'argent c'est pire que le Parti. Ce n'était pas la faute de gens comme Ernst. Et si tu veux changer quelque chose, disait-il, tu ne peux pas rester en dehors, tu dois entrer au Parti. Cela aurait pu être juste… J'ai pas le droit de dire ça ? »

« Votre mère… »

« Oui, bien sûr, dit Martin. Je dis ça comme ça, excuse-moi mais… »

« En tant que directeur d'école, on n'est pas une personne privée. C'est partout pareil. Il y a des choses qu'il faut imposer, même si ça ne vous plaît pas. »

« Personne ne dit le contraire », dit Martin en se tournant vers la doctoresse Holitzschek. « Qu'est-ce que vous vouliez dire tout à l'heure, que tout d'abord… Vous lui avez administré des calmants ? »

« Jusqu'à présent nous n'avons rien fait. Il a été admis

comme ça la nuit dernière à l'hôpital.» Elle tira sur sa veste en laine.

«Et que croyez-vous…»

«Je ne peux rien dire encore.»

«Mais…»

«Rien du tout. C'est d'abord l'affaire du médecin désigné par le tribunal. Après nous verrons. Tout ce que je sais, c'est que ce n'est pas un cas isolé. C'est tout.»

«Il va rester là?»

«Quelques jours, sûrement.»

«Quelques jours?» demanda Renate Meurer.

«Et après? Est-ce qu'on peut…» Martin se tut quand elle hocha la tête. «Je comprends», dit-il.

«C'est évident, dit Renate Meurer. Faut pas se faire d'illusions. Je sais bien ce qui lui est arrivé. C'est ce qui rend les choses si difficiles. Le pire, c'est que je sais très bien ce qu'il éprouve. Je le sais très bien.»

«Pardon», fit la doctoresse, quand on entendit quelqu'un frapper. Elle ouvrit la porte qui n'était qu'entrebâillée. Elle parla à voix basse en faisant un signe affirmatif de la tête. Sa queue de cheval, maintenue par trois chouchous de velours à égale distance l'un de l'autre, se balançait dans son dos.

«Comment tu trouves ça, ici?» chuchota Renate Meurer.

«C'est remis à neuf, au moins», fit Martin.

«Oui, tout est impeccable.»

«Excusez-moi, dit la doctoresse en s'asseyant. Je vous ai interrompu…»

«Je l'ai vu changer, petit à petit.» Renate Meurer dessina des marches dans l'air. «Jour après jour. Mais je pensais que ça finirait bien par s'arrêter.» Sa main retomba. «Les autres y sont bien arrivés.»

«Ils l'ont utilisé comme un bouclier, dit Martin. Il a toujours accepté ça. Jamais il n'a dit non quand les autres voulaient quelque chose.»

«Il a dit non, Martin. C'était pas comme ça. S'il n'avait pas dit non…»

«Mais chaque fois il s'est laissé utiliser.»

«Quand ça a commencé, en 89, il a reçu pour consigne d'écrire une lettre de lecteur», dit Renate Meurer.

«Et le camarade Meurer a pris sa plume», dit Martin.

«Il n'a écrit que ce qu'il pensait. Il a évoqué la Hongrie en 56 et Prague en 68, expliqué que les manifestations ne changeraient rien et que les provocateurs ne pouvaient escompter être traités avec indulgence. Et quand ils ont commencé à défiler avec leurs bougies et leurs slogans, on a pu lire sur une pancarte : "Pas d'indulgence pour Meurer." Et dans le journal, ils ont publié une photo où l'on pouvait justement voir cette pancarte. J'avais peur. Je l'ai admiré en le voyant aller le lendemain à l'école. J'ai pensé qu'un beau jour on allait les retrouver devant notre porte. Quand Martin m'a demandé si je voulais l'accompagner à Leipzig[1], si je ne voulais pas voir ça, une fois au moins, Ernst l'a fichu à la porte, lui a interdit de revenir à la maison en quelque sorte. Et que fait Martin? Que fait-il avec Pit? Ils nous offrent un voyage en car en Italie. En février 90, on s'est rendu illégalement en Italie.»

«Pour le vingtième anniversaire de mariage, cinq jours à Venise, Florence et Assise, dit Martin. Pour leur changer un peu les idées.»

«Et alors?» demanda la doctoresse Holitzschek, comme ils ne disaient plus rien.

---

1. À l'automne 1989, des manifestations réclamant la démocratisation du régime se déroulaient chaque lundi à Leipzig. (*Ndt*)

«C'est à toi de le raconter, maman.»

«Sans ce voyage en Italie, sans la lettre dans le journal, tout se serait déroulé autrement. Du moins c'est ce que je pense parfois. Un jour il avait licencié un professeur parce qu'un élève avait écrit "Ex oriente bolchevisme" sur son cahier de textes. Ils avaient reproché au professeur d'être au courant – dans le même cahier il y avait la convocation pour le dernier conseil de classe contresignée par lui. Ça devait être en 78. La CDU tenait alors un congrès à Dresde, et sur son affiche on lisait «ex oriente lux» ou «pax», peu importe. Il fallait qu'Ernst agisse, instruction venue d'en haut, de très haut! Lui n'a jamais été un dur de dur. Et il a fallu que justement ce Schubert soit du voyage.»

«Zeus?» demanda la doctoresse en clignant un œil.

Renate Meurer fit un signe affirmatif.

«Ah tiens, dit la doctoresse. Mais n'est-il pas mort il y a un ou deux ans?»

«Cette affaire ne lui a pas porté grand tort. Il a trouvé…»

«Comment pas porté tort, maman? Trois ans dans une mine de lignite! Pour qu'il fasse ses preuves en allant dans la production!»

«Il y en a d'autres qui font ça toute leur vie… Après il s'est retrouvé dans un musée. Chargé des animations. C'est toi-même qui m'as dit qu'il avait toujours voulu faire ça. Martin et lui se connaissent.»

«Je le voyais de temps en temps. Il était partout, à chaque inauguration. Ici tout le monde se connaît.»

«Excusez-moi, mais qu'est-ce qui s'est passé avec Zeus, avec M. Schubert?»

Renate Meurer hocha la tête.

«Avant Assise, dit Martin, le car est tombé en panne.

Alors Zeus a disjoncté. Giotto c'était pour lui ce qui comptait le plus. Et en vue d'Assise, voilà qu'il faut faire demi-tour. Il a pété les plombs. Un choc culturel, je dirais. Ça arrive, non? Mentalité RDA, comme s'il ne lui serait plus jamais possible d'y retourner.»

«Il a dégoisé sur Ernst, en l'attaquant devant tout le monde. C'était tellement absurde!» Renate Meurer frotta précautionneusement le lobe enflammé de son oreille droite. «Mais le pire c'est quand Tino, son petit-fils, l'a rejeté. Ernst était gaga de son petit-fils. Tino est difficile, très difficile.»

«C'est mon fils», dit Martin.

«La mère de Tino est morte dans un accident en octobre 92. Et depuis, Tino ne veut plus parler qu'aux enfants, aux enfants et à sa tante. Il ne réagit pas face aux autres, même pas avec Martin. Quand il va aller à l'école, ça va pas être triste.»

«À vélo? Votre femme, était à vélo…?»

«Vous ne vous souvenez pas? interrogea Renate Meurer. C'était marqué dans le journal. Délit de fuite.»

«Elle venait juste d'apprendre à rouler à bicyclette», dit Martin.

«Martin se fait des reproches…»

«Maman…»

«Rupture des cervicales, on meurt sur le coup! Mais il pense qu'on aurait pu la sauver…»

«Si votre femme s'est brisé les cervicales, c'est la mort sur le coup.»

«Tu vois? sur le coup…»

«Si vous vous faites des idées à ce sujet…» commença la doctoresse Holitzschek en tripotant un bouton de sa veste. Puis elle arrangea le décolleté de sa blouse, se pencha au-dessus de la table, s'empara des lunettes sans monture qu'elle avait abandonnées sur une revue, tourna une page d'un cahier à spirale qui se trouvait devant elle et commença à prendre des notes.

«Martin a offert un chien à Tino, un fox-terrier, dit Renate Meurer. Ernst pensait que nous voulions monter le gamin contre lui et que c'était pour ça que nous lui avions acheté un chien, lui qui est allergique aux poils de chien.»

La doctoresse Holitzschek écrivait.

«Raconte dans l'ordre, maman. Ça, c'est beaucoup plus tard!»

«Le journal lui a fait sa fête, dit Renate Meurer. Zeus était derrière tout ça, c'est sûr. Ils ont réchauffé l'histoire avec Zeus, mais comme s'il n'y avait pas eu de Parti, comme si c'était Ernst qui avait monté ça tout seul et pris la décision. C'est paru en 90, une semaine avant Pâques. Puis il y a eu une commission d'enquête, devant laquelle il a été convoqué. Les plus grandes crapules en faisaient partie. Ils ont tous dû démissionner, l'un après l'autre. Des lettres anonymes arrivaient. Le pire, c'étaient les déclarations de solidarité, anonymes elles aussi.»

«Il a commis une erreur, dit Martin. Il a donné lui-même sa démission. Après la publication de l'article, il a envoyé sa démission en espérant, je suppose, que quelqu'un interviendrait, que quelqu'un dirait ce qui s'était vraiment passé. Bien entendu, personne n'a bougé, c'est clair. À ce moment-là, Ernst avait perdu le contrôle. S'il avait posé la question de confiance, il s'en serait tiré, j'en suis presque sûr. Mais du coup, ils ont tous pensé qu'il était de la Stasi. Sinon pourquoi démissionner volontairement? Et patatras, il est devenu chômeur et tout le monde l'a évité dans la rue. Bien sûr, s'il avait quitté le

Parti c'est parce que personne n'avait rien dit. Mais c'était logique qu'ils ne s'accusent pas eux-mêmes. Il aurait dû attendre. Le nouveau conseiller du district pour les affaires scolaires l'aurait tiré d'affaire ou l'aurait mis en pré-retraite. C'est Ernst lui-même qui a tout bousillé. »

« Ce n'est pas vrai, Martin. Tu es bien placé pour savoir tout ce qui s'est passé après cet article. On a même menacé de te casser la figure. Pourquoi tu racontes ça ? Ils ont fichu Ernst en l'air, l'ont livré à la curée. Personne ne s'est interposé. Personne n'a rien dit. »

« Est-ce qu'il s'est défendu ? Est-ce que votre mari a entrepris quelque chose ? »

« Que vouliez-vous qu'il entreprenne ? C'est allé si vite… D'un seul coup ça n'intéressait plus personne. Le principal, c'était le fric et le boulot, le logement et la carte de crédit, s'y reconnaître dans les lois et dans les formulaires. Le reste, tout le monde s'en fichait, plus rien d'autre ne comptait. C'est ça qui l'a achevé. Ça et Tino. » Renate Meurer se moucha.

« Voulez-vous encore un peu d'eau ? demanda la doctoresse. Et vous ? » Sans poser son crayon à bille elle dévissa la capsule de la bouteille de la main gauche et remplit alternativement les deux verres jusqu'à ce que la bouteille fût vide.

« Merci, dit Renate Meurer. Après avoir été licenciée de chez Textima, j'ai travaillé chez un type, qui, jusqu'à la fin… je préfère pas dire ce qu'il était, un apparatchik quoi, et maintenant il a un bureau de comptabilité et de conseil fiscal, pas tout seul, mais c'est lui qui est le patron. Il est intelligent et il a mis la main à la pâte, il n'y a pas de petits profits. Neugebauer s'est contenté de ricaner quand ils ont parlé de copinage avec les anciens camarades au moment où il m'a embauchée – car en fait je suis statisticienne. Il m'a embauchée et ricané jusqu'à ce qu'Ernst le fasse chanter. Ernst a rédigé un texte à propos de lui-même, de Neugebauer et de quelques autres, il les connaissait tous. Tous devaient signer et l'article devait être envoyé à tous les journaux. C'est Neugebauer qui m'a appris ça. D'abord je n'ai pas compris ce qu'il me voulait, qu'est-ce qu'il fallait que j'empêche. Bien sûr, c'était quand même gênant qu'il nous propose sa maison de campagne dans le Harz pour l'été tout entier, et gratuitement avec ça. Mais j'ai trouvé ça sympa. J'ai pensé que ça ferait sortir Ernst. À la maison il tournait en rond. Et quand j'étais là, il était toujours sur mon dos. Nous y sommes allés ensemble, il a fallu que je revienne, et le lendemain il était devant la porte, rouspétant et l'air vexé comme si j'avais voulu me débarrasser de lui. Après ça, il a résilié le contrat de location de notre jardin, qui était à son nom. Il disait qu'il fallait laisser la nature s'occuper d'elle-même. J'ai pleuré à cause des fraises, c'était mon oasis. C'est là que j'ai vraiment compris que quelque chose ne tournait pas rond. Mais je pensais que le temps allait arranger les choses. »

« Je dois vous interrompre, dit la doctoresse. À ce moment-là, les journaux n'ont parlé de rien ? »

« Comment ça ? Quand le dernier responsable de la jeunesse communiste s'enrichit en procurant des commandes à des entreprises de construction, il connaît Dieu et tous ses saints. Ce sont des patrons qui réussissent, créent des emplois et font rentrer des annonces payantes. Pourquoi les journaux ouvriraient-ils leur gueule ? Ce qui est passé est passé ! » dit Renate Meurer. Neugebauer voulait savoir si je réclamerais le licenciement économique. Au moins comme ça, je toucherais

le chômage. Ernst m'accueillit à la maison avec une bouteille de mousseux. Alors j'ai voulu divorcer. Deux mois
plus tard, j'ai trouvé quelque chose d'autre, près de
Stuttgart. Ernst m'a accusée de trahison. Il ne disait pas
ça sur le plan politique. Chaque jour il téléphonait, deux
à trois fois – des notes de téléphone de 600 à 700 marks
par mois, complètement fou. Lui aussi aurait pu trouver un travail. On a d'ailleurs voulu l'engager pour donner des cours de soutien. Il a toujours été un bon
enseignant, faut le dire, c'est de notoriété publique. Mais
poser sa candidature pour un poste, c'était indigne de
lui. Il ramenait toujours sa fierté et sa dignité. Les formulaires du bureau d'aide sociale, c'est moi qui les rem-
plissais. Chaque année. Vous vous retrouvez tout nu, je
peux vous le dire, complètement nu. Ils voulaient même
savoir ce que gagnait son père. Qui est mort à la guerre
et qu'il n'a jamais vu ! En fin de compte, ils en savent
plus que la Stasi. »

« Maman, dit Martin, tout ça parce qu'ils sont dans
l'immeuble que les autres occupaient dans le temps… »

« Eh bien oui, ça s'ajoute. Ils se retrouvent dans la villa
de la Stasi. Et puis ses maladies, les rhumatismes, les
bourdonnements d'oreille, la fièvre. Quand il est revenu
de chez le médecin, il m'a regardée en silence, comme un
animal traqué pour ainsi dire. J'ai pensé au cancer, ou à
quelque chose de ce genre. Rien d'étonnant que cela l'ait
rongé. Et Ernst me dit : "En bonne santé. Même pas
quelque chose au poumon." Il était vexé quand j'ai voulu
l'envoyer chez le psychiatre. » Renate Meurer regarda le
mouchoir en papier qu'elle avait dans les mains.

« On joue aux échecs ensemble, dit Martin, une fois
par semaine. Jouer aux échecs. Il ne veut rien faire
d'autre. »

« Il ne parle pas ? »

« De choses sans importance. Je ne veux rien aborder de ce qui le concerne et réciproquement, bien que pour moi cela ne poserait pas de problèmes. Sauf quand je me suis fait baptiser. Pour lui c'était comme si c'était la CDU, comme si je passais dans le camp des vainqueurs de l'Histoire. »

« Vous ne lui avez posé aucune question ? »

« Sur quoi ? »

« Quel mal a-t-il fait ? demanda Renate Meurer. Dans la cage d'escalier de l'agence pour l'emploi où ils ont tendu un filet – il y a un foulard rouge pour que tout le monde voie et que personne n'essaie de se jeter – Schubert et lui se sont croisés. J'ai souvent accompagné Ernst quand il devait aller toucher le chômage. Quant au bureau d'aide sociale, il n'y va jamais seul, il faut que je l'accompagne. »

« Votre mari a adressé la parole à M. Schubert ? »

« Ce n'était pas possible. Schubert a fichu le camp. Il voulait qu'on reconnaisse qu'il était victime de "persécutions politiques", avec l'attestation et tout et tout. On n'en savait rien. Il ne voulait plus parler. C'était quand même bizarre, tous ces gens qu'on rencontrait. Quand j'entends parler de filet de sécurité sur le plan social, je ne peux m'empêcher de penser à cette cage d'escalier. »

« Tu veux parler du hamac », dit Martin.

« Ensuite on allait au salon de thé Volkstädt pour prendre une tarte aux fraises ou aux groseilles à maquereau avec de la meringue. Volkstädt, c'était notre seul luxe. Après, on rentrait directement. Et pourtant Ernst a recommencé à tenir un agenda. Comme s'il voulait tout prévoir des mois à l'avance. Je m'asseyais à côté de lui, c'était comme un enfant qui veut expliquer son emploi du temps. Quand je lui demandais quelque chose, il consultait d'abord son agenda. "C'est bon", disait-il, en inscrivant l'heure, l'adresse, le prénom et le nom de famille, même quand il allait chez Martin. Un jour j'ai demandé à Ernst s'il n'y avait pas quelque chose après 89 dont il aimait à se souvenir. Il m'a regardée et m'a dit : "Jamais je n'ai aimé me souvenir de quelque chose que j'ai vécu tout seul" – comme si ses enfants et moi nous n'existions pas. »

« Y a-t-il des choses qui l'intéressent à la télé ? Il lit ? Il se promène ? Ou bien que fait-il ? »

« Autrefois il lisait volontiers aux enfants du Fallada *Histoires de flâneries* ou bien *Fridolin, le blaireau effronté*. Pour son anniversaire, je lui ai offert deux perruches. Il voulait leur apprendre à parler. Rien à faire. Sans doute qu'elles sont déjà trop vieilles. Mais il l'a mal pris, un peu comme si elles faisaient ça contre lui. Il prend absolument tout comme ça ! Une fois, les tulipes que j'avais apportées ne se sont pas ouvertes. Alors j'en ai acheté d'autres en cachette pour qu'il ne pense pas que c'était de sa faute. Et il est devenu maniaque. À peine le repas du soir terminé, il mettait la table pour le petit déjeuner, et malheur à moi si je ne lavais pas tout de suite un verre après utilisation. Et puis le bruit de sa mastication… Il crachotait et reniflait. Avant, ce n'était jamais à ce point-là. Et puis il y a eu les travaux de rénovation. C'est ce qui l'a achevé. On a tout recouvert avec des draps. On se serait cru dans le bureau de Lénine. Ernst plaisantait encore. Les premiers jours, il se contentait de traîner autour d'eux. Mais quand le temps qui avait été initialement prévu fut écoulé, il a commencé à se plaindre. Ernst exigeait que les artisans enlèvent leurs chaussures, toutes les cinq minutes il essuyait derrière eux, et il a fini par ne plus leur ouvrir la porte de l'appartement. Ils avaient déjà terminé l'autre bâtiment que chez nous il restait encore trois fenêtres à faire. J'ai dû prendre un congé pour qu'ils puissent avoir accès à notre appartement. Et quand tout a été terminé, il a prétendu que les gens qui avaient emménagé après la rénovation marchaient sur notre paillasson. Il guettait derrière le judas et ouvrait brusquement la porte quand quelqu'un passait. Les enfants jetaient des ordures et des souris mortes par la fenêtre ou sur le balcon : ils avaient peur de lui. »

Le téléphone sonna. La doctoresse Holitzschek fit plusieurs fois : « Oui » et « D'accord », puis, après avoir raccroché : « Excusez-moi. »

« Les gens qui habitent au-dessus de nous ne sont pas méchants, dit Renate Meurer, sauf qu'ils sont toute la journée à la maison, ce sont des jeunes. Ils m'ont même invitée à entrer. La musique n'était pas trop forte. Mais ce sont les basses… Quand on pose les mains sur la table de la salle à manger, on le sent. Ernst reste toute la journée dans son antre et réagit comme un animal qu'on excite. Il y a un moment où ça vous porte sur le système, je le comprends, pas la peine d'être devin pour ça. »

« Je ne connais que le rapport de la police », dit la doctoresse.

« Ils ont pris l'appartement d'assaut. Cinq hommes munis de gilets pare-balles et tout ce qui s'ensuit, un véritable assaut. »

« Et seulement parce qu'ils ne savent pas faire la différence entre un vrai pistolet et un pistolet à gaz », dit Martin.

« Personne ne vous a téléphoné ? »

« Après », dit-il.

«Et à vous?»

Renate Meurer secoua la tête.

«La police ne vous a pas téléphoné?»

«Non», dit Renate Meurer.

«Qu'est-ce qui est écrit dans ce rapport?» demanda Martin.

«Dans la cage d'escalier il a tiré un coup avec le pistolet à gaz, menacé de recourir éventuellement à la violence pour obtenir le calme, et puis il s'est retiré», dit la doctoresse. «Heureusement il n'a opposé aucune résistance.»

«Je ne peux tout de même pas tout laisser tomber à cause de lui. Il faut que je travaille encore au moins sept ans, peut-être même douze. Si je revenais de Stuttgart, je donnerais raison à Ernst. Je ne vais pas lâcher mon travail à cause de lui. C'est ça qu'il veut. Il faut qu'il se rende compte que ce n'est pas possible. Personne ne se conduit comme lui, personne. Je suis sa femme. On n'est pas au jardin d'enfants. S'il n'arrive pas à comprendre ça, je divorcerai.»

«Vous disiez, madame Meurer, que vous le compreniez?»

«Bien sûr. Je le comprends, mais justement. Il faut bien que la vie continue.»

«Ce qui veut dire, dit la doctoresse Holitzschek, quand il va sortir…»

«Quand?» demanda Renate Meurer.

«… qu'il vivra tout seul pendant la semaine, tout au moins au début?»

Renate Meurer fixa à nouveau son mouchoir sans rien dire.

«Bon», dit la doctoresse.

«Il peut venir chez moi», dit Martin.

« Non, Martin. C'est idiot. Ce serait vraiment idiot. Tu ne l'aiderais pas, comme ça. Tu dois trouver du travail. Tu ne peux pas rester à la maison pour t'occuper de lui. D'ailleurs il ne le voudrait pas et Tino ne viendrait plus du tout. »

« Il y en a beaucoup qui habitent seuls, dit la doctoresse. Cela ne veut pas dire que personne ne s'occupe d'eux. On ne le laissera pas tout seul. »

« J'ai dit seulement qu'Ernst peut venir habiter chez moi s'il le souhaite. »

« Bon », dit la doctoresse Holitzschek, en écrivant.

« Martin… »

« Tout est là-dedans, dit-il en montrant le sac. Affaires de toilette, linge, peignoir, portefeuille, etc. »

« Pas de ceintures, de ciseaux, de limes, de canifs, pas de rasoirs ? »

« Est-ce qu'il est seul dans une chambre ? » demanda Renate Meurer.

« Non. »

« Ce n'est pas la peine qu'il sache que je suis venue. C'est Martin qui a apporté les fleurs. » Le téléphone sonna. « Vous ne lui dites pas que je suis venue ? »

« Si vous ne le souhaitez pas… »

« Et quand pourra-t-on lui parler ? demanda Martin. Il posa les affaires de toilette et le rasoir sur la table.

« Demain, après-demain peut-être. Mais il faut téléphoner avant. »

Martin acquiesça de la tête. Il fit une boule du papier qui avait enveloppé les fleurs et se trouvait à côté de sa chaise. Le téléphone continuait à sonner.

Voyant que Martin et Renate Meurer restaient encore assis, la doctoresse Holitzschek dit : « Bon », et elle se leva. Elle tira un rideau qui dissimulait un lavabo, se lava les mains, les essuya longuement et se mit un peu de parfum derrière les oreilles.

Les semelles de Martin grincèrent sur le revêtement du couloir. Les deux femmes marchaient sans faire de bruit. Autour des petites tables, des patients étaient assis, habillés normalement, chaussés de pantoufles ou de tennis. Un infirmier en blouse jouait aux petits chevaux avec eux. La doctoresse poussa de l'épaule la porte de la salle du pavillon et s'immobilisa devant.

«À bientôt», dit-elle en les laissant passer.

«Merci», dit Renate Meurer en lui tendant la main. La doctoresse prit d'abord sa main, puis celle de Martin. «Il faut que je monte», dit-elle. Les mains dans les poches de sa blouse, elle se hâta vers l'escalier. Ses talons résonnèrent sur les marches en pierre. La porte du pavillon se referma dans un claquement sourd.

«Tu n'aurais pas dû dire ça, Martin, avec les vainqueurs de l'Histoire. Son mari est député au parlement du Land…»

Ils traversèrent le parc de la clinique côte à côte en direction de l'entrée principale.

«Les gens qui se trouvent ici sont jeunes ou vieux, dit Renate Meurer. Entre les deux, rien, pas vrai?»

«Tes perruches bavardent toute la journée, dit Martin. "Bonjour, Renate, bon appétit, Renate."»

«Vraiment?»

«Bonjour, bonne nuit, bien rêvé? Qu'est-ce qu'on fait? Renate, Renate, Renate, toute la journée comme ça.»

«C'est curieux, dit-elle en s'arrêtant. Et à part ça?» Elle sortit de son porte-monnaie une boucle d'oreille rouge rubis et la fixa au lobe de son oreille enflammée.

«Avec l'habitude, on arrive à les comprendre», dit

Martin qui avait réduit le papier des fleurs à la dimension d'un œuf. Une femme portant un sac écossais rouge et noir vint à leur rencontre.

« Le prochain bus ne part qu'à 5 heures et quart, tu n'as pas à te presser », dit Martin. Il lança la boule de papier en l'air et la rattrapa de l'autre main.

« Est-ce que tu me méprises ? demanda-t-elle sans le regarder. Tu es devenu si sévère – c'est pour ça ? » Elle tira une mèche de cheveux.

« Parce que tu les teins ? »

« Parce que je n'ai rien dit à Holitzschek… de… la boucle d'oreille. Ça vient de lui. »

« Elle te va bien. Et comment s'appelle le grand inconnu ? »

« Qui ? – Hubertus. »

« Tu veux vraiment divorcer ? »

« Je pense toujours que je ne fais pas ce qu'il faut. Je ne suis plus sûre de moi quand tu m'observes comme ça. Tu me trouves ridicule ? »

« Pas la peine de courir. Le car n'arrive que dans quarante minutes. »

« Martin ? » Elle prit son bras et s'efforça de régler son pas sur le sien. « Il faut que je te pose une question, Martin. » Elle leva les yeux vers lui. « Est-ce que tu es… homosexuel ? Ne rigole pas ! J'ai bien le droit de demander. Pourquoi ne cherches-tu pas de femme ? Tu es le seul homme que je connaisse qui ne fait rien pour ça, et Danny… »

« Danny ? »

« Je pensais vraiment, quand elle a quitté cet Edgar, que c'était pour pouvoir emménager chez toi, ça j'en étais sûre. C'est pour ça aussi qu'elle s'est fait couper les cheveux, parce qu'elle pensait que ça te plaisait mieux.

Et cette femme en blouse transparente, cette Holitz-schek… elle te regardait aussi avec insistance. As-tu remarqué comme elle a rougi quand j'ai parlé de l'accident d'Andrea, et tu n'as pas vu ses yeux ? Ce n'est quand même pas normal, quelqu'un comme toi… Pit n'est pas comme toi. » Martin se mit à rire. Elle serra son bras. « Pit au moins il essaie. Tu ne fais pas le moindre effort. Et pourtant il n'y a rien de plus beau que d'être amoureux, absolument rien ! »

« Je sais », dit Martin.

« Tu me trouves ridicule ? Je ne supporte pas le métal de cette boucle d'oreille. L'amour est une puissance céleste, dit-il toujours. C'est bien ce que tu penses, hein ? »

« Qui… Ah oui… »

« Laisse Ernst où il est, Martin. Tu ne sais pas ce que tu vas te mettre sur le dos. Qui voudra encore de toi ? Se mettre volontairement un tel boulet au pied ! Arrête de rire ! » Elle agrippa son bras replié. « Où est-ce qu'il irait, dans la chambre de Tino ou quoi ? On n'est pas un clan familial, pas une tribu de l'âge de pierre. »

Elle appuya sa tête contre l'épaule de Martin.

« Peut-être que je vais bientôt me marier », dit-il quand ils franchirent le portail.

« C'est une blague ? »

« Non. On peut s'asseoir là-bas. » Martin désignait l'abribus en face de l'entrée. Ils traversèrent la rue.

« Tu crois ? », dit Renate Meurer en l'entraînant.

« Mais où veux-tu aller encore ? » demanda-t-il.

Elle lâcha son bras. Il resta devant l'arrêt du car. Elle redescendit sur la chaussée. « Tu m'as dit que le car ne passait que… »

« Maman ! » s'écria Martin quand elle commença à

faire signe en tendant le bras. La voiture, une Audi rouge à quatre portes, freina, puis accéléra de nouveau et fila à toute vitesse.

«Arrête, on va attendre!» Martin se baissa pour ramasser la boule de papier qui était tombée devant lui.

«On parie?» fit Renate Meurer sans se retourner vers son fils. «Je parie tout ce que tu voudras que celui-là va s'arrêter.» Elle continua à marcher lentement agitant son bras, ne lâchant pas des yeux une voiture bleu foncé qui arrivait à toute allure en murmurant : «S'il vous plaît, s'il vous plaît!»

CHAPITRE 23

Fin des émissions

Où Christian Beyer assure que Hanni a mal compris ses projets. Soudain tout est différent. Un patron déchiré et un fonctionnaire corrompu. Tout ça à cause de justificatifs manquants. On ferme les yeux – ça peut être amusant. Voyage en train dans le silence de la nuit.

« Ce n'est pas vrai, dit Beyer. Ce n'est tout simplement pas vrai, Hanni, enfin ! » Il jeta son manteau sur le canapé.

« Allons, Hanni, cesse de pleurer. Il n'y a aucune raison, absolument aucune raison. » Il ôta sa veste et se tourna vers elle. Elle était restée sur le seuil de la salle de séjour, dans sa cape noire, les pieds joints, une main devant la bouche.

« Tout ce que je peux te dire, c'est que ce n'est pas vrai, que tu m'as compris de travers. C'est tout. Fini maintenant. »

Son sac à main pendait encore à son bras gauche.

« Ce n'est pas vrai ! Combien de fois dois-je le répéter ?

C'est moi qui devrais m'indigner, c'est moi qui devrais en faire une histoire parce que c'est toi qui me prêtes cette intention, et pas le contraire. Pourquoi tu ne me crois pas ? »

Bien que Hanni pressât la main devant sa bouche, on l'entendait pleurer encore plus fort. Elle fit quelques pas à reculons, se retourna, le sac tomba sur le tapis du vestibule. Elle courut dans la salle de bains, claqua la porte et s'enferma.

Beyer entendit tout de suite après l'eau couler dans le lavabo, puis la chasse d'eau. Il ramassa le sac et le posa sur le guéridon après avoir poussé le téléphone et la petite lampe qui se trouvaient dessus.

Il prit des cigarettes et des allumettes dans sa veste. Avant de s'asseoir, il fit glisser le cendrier sur la table de verre en le rapprochant du canapé.

Beyer se demanda quelle cravate il portait. Parfois tel jour ou tel autre de la semaine précédente ne lui inspirait plus qu'un grand trou noir. Comme si un autre que lui avait occupé le bureau du patron du journal. Ses doigts tâtèrent le nœud, longèrent le tissu jusqu'au bout et la remontèrent. Il n'aimait pas la bleue avec les dés jaunes. Mais après tout, il ne pouvait pas porter la même chaque jour.

Il pensa à Hanni, à son menton qui tremblait, et à cette exclamation qui était sortie d'un gémissement. Il tapota le fond du paquet de Marlboro Lights. Il tint l'allumette très haut. Les coudes appuyés sur les genoux, il commença à fumer.

Beyer saisit la télécommande. Le Dow Jones et le DAX continuaient à monter. Pour chaque dollar il devrait maintenant payer presque 40 pfennigs de plus que pendant le voyage à New York. Il posa la cigarette sur le rebord du cendrier et se leva. Il s'accroupit devant la porte de la salle de bains et regarda par le trou de la serrure. À part une tache claire, il n'y avait rien à voir qui bougeât en face.

«Hanni, cria-t-il. Hanni?» L'eau continuait à couler dans le lavabo. Elle avait dû ouvrir le robinet en grand. La tête baissée, il attendit puis revint vers le canapé. Il tira encore une bouffée puis éteignit la cigarette, se renversa en arrière, bras étendus et nuque appuyée au rebord supérieur du dossier. Le froid du cuir contre sa nuque le fit frissonner. Même ses cuisses étaient parcourues par la chair de poule.

Beyer regarda le plafond et les souvenirs disposés sur l'étagère supérieure du meuble de living. Il observa longuement la bouteille ventrue en bois qu'il avait achetée à Plovdiv et essaya de détailler les dessins des pétales sculptés au compas. À côté il y avait une cruche roumaine bleu et blanc qui aurait dû logiquement se trouver dans la cuisine mais n'entrait pas dans le buffet suspendu. Le candélabre en cuivre lui avait été offert par les enfants de la voisine après la mort de celle-ci pour le remercier d'avoir si gentiment pris sa voiture pour aller chercher, à plusieurs reprises, des médicaments à la pharmacie de garde. Quand il l'avait reçu, les sept bougies rouges étaient déjà à moitié brûlées et recouvertes d'une couche de poussière. Plus loin à droite, se succédaient un vase blanc en forme de boule sur le rebord duquel pendait un minuscule lampion multicolore, une chope à bière avec un écusson et un couvercle en plomb, et, pour finir, le haut-parleur droit. Beyer ferma les yeux. Du talon droit il fit tomber sa chaussure gauche, voulut faire de même avec la chaussure droite mais craignit de salir sa socquette avec le talon.

Soudain il sursauta. On avait ouvert la porte de la salle de bains. Il ne savait pas depuis combien de temps il n'y avait plus aucun bruit. Hanni portait sa cape sur le bras. Elle tenait ses chaussures à deux doigts. À côté du vestiaire, elle ouvrit en s'aidant du pouce la boîte du bas et y déposa la paire de chaussures. Puis elle prit son temps pour accrocher sa cape sur un cintre.

« Hanni », dit Beyer. Il se trouvait exactement sur le seuil du séjour, tenant encore la télécommande dans la main. Hanni vint vers lui et resta sans bouger. Il la prit dans ses bras.

« Mon trésor, murmura-t-il, mon trésor adoré. » Elle s'appuya contre lui de telle sorte qu'il dut faire un pas en arrière. La télé était éteinte.

« Et pourquoi serions-nous épargnés ? demanda alors Hanni. Nous avons été épargnés, c'est tout, simple question de chance… »

Il la pressa contre lui.

« En fait nous avons de la chance, dit Hanni quand elle put à nouveau parler. On croyait que tout cela n'avait plus cours, en tout cas chez nous, que c'était révolu, comme le féodalisme. On a seulement été épargnés. » « Allez », dit Beyer en lui embrassant le front. Il se dirigea vers le canapé. La télécommande tomba sur le tapis. « Viens. » Il prit Hanni par les poignets. Elle se laissa tirer et s'assit sur ses genoux.

« Ce serait de la folie de ne pas le faire. Ce serait disproportionné. » Elle le prit par le cou.

« Ne parle pas », dit-il.

« Je ne sais pas pourquoi je me mets dans cet état. Quand tu allumes la télé tu peux voir chaque soir une histoire comme ça. Vraiment. Peut-être pas chaque soir mais presque. »

«Qu'est-ce que tu racontes?» Beyer regardait les ongles de pieds de Hanni recouverts de vernis blanc. À partir de l'orteil du milieu de son pied droit le bas avait filé sur le cou-de-pied.

«Il y a eu un film formidable là-dessus, un film américain, c'était encore du temps de la RDA. Un jeune couple d'étudiants qui faisaient un trafic de ventres de cochon. Bien entendu l'affaire n'a pas marché et il a fallu qu'il devienne chauffeur de taxi. Elle, à la maison, a pensé qu'elle aussi devait faire quelque chose. C'est comme ça qu'elle a commencé. Le gag c'était qu'il conduisait lui-même les clients chez elle en pensant, tiens ça me donnera l'occasion de passer à la maison. C'était le gag absolu. Mais à la fin il s'est avéré que les ventres de cochon étaient bien le bon truc. Une comédie dingue.» Elle s'inclina sur le côté pour tirer le cordon du lampadaire. «Tu sais à quoi je pense quand je ne vais pas bien? Avant Noël quand nous étions dans la halle d'achats et qu'il y avait un merle sur l'étal aux légumes. Alors ces types sont arrivés avec un truble pour le capturer.» Elle passa ses doigts écartés dans ses cheveux, si bien qu'il se retrouva complètement ébouriffé. «Je pensais : pourquoi personne ne fait rien? Ils vont pourchasser ce pauvre merle jusqu'à ce qu'il crève de peur et d'épuisement! On a abandonné le caddie et tu es allé dans le bureau du patron. Qui n'était absolument pas au courant de ce qui se passait. Et quand il t'a demandé ce qu'il fallait faire, tu as dit : "On éteint la lumière, on ouvre les portes et juste la lumière à l'entrée, c'est pourtant bien simple." Mais il n'a rien fait.» Beyer lui replaça une mèche derrière l'oreille.

«Je ne connais personne qui serait allé frapper à la porte du patron d'une halle d'achats pour un oiseau.

C'est pour ça que je t'aime. Et quand j'imagine maintenant que tout ton travail c'est comme si tu n'avais rien fait… Tu ne sais même plus ce que c'est que de rester à la maison et de se faire une petite soirée agréable. »

« Maintenant ça va changer, Hanni. Crois-moi. Je ne dis pas ça en l'air. »

« Sais-tu ce que j'ai pensé encore ? Celui qui a le pouvoir exerce un chantage. Et de son point de vue, c'est parfaitement normal. »

Il retint la mèche derrière son oreille. De l'autre main il caressa le bas de sa jambe.

Hanni lui posa la cravate sur l'épaule et appuya son majeur sur les boutons de sa chemise les uns après les autres.

« Il appose sa signature. Quand il aura signé, il partira, n'est-ce pas ? Alors l'affaire sera réglée. Terminée, une fois pour toutes. Tu ne crois pas ? »

« Oublie donc tout ça, Hanni… »

« Et il est seul. Il est bien tout seul ? »

« Bien sûr. »

« Et lui seul doit signer ? »

« Lui seul. »

« Tu vois ! Alors on le tient. En fait c'est nous qui le tenons… »

« Hanni ! Ce n'est pas ma faute. S'il n'était pas revenu sur les comptes de 1991… Maintenant il n'aurait même plus le droit. Je me suis fié aux gens. Je ne m'y connais pas en comptabilité, tu comprends ? Et d'ailleurs il ne s'est rien passé, rien d'illégal, aucun détournement. Seulement personne ne le croit. Dans ce bordel, personne ne croit que tout est correct, parce que les justificatifs manquent. Il manque simplement les preuves, rien d'autre. »

«Je sais bien, dit-elle. Tu n'as pas à te justifier.»

«C'est tout simplement mon incapacité, Hanni. Je n'aurais jamais dû commencer. Mon erreur est d'avoir commencé. Je n'aurais jamais dû m'embarquer dans une telle entreprise. Je lui ai même proposé de l'argent.»

«Les joueurs ne peuvent pas s'empêcher de jouer, dit-elle. Je vois bien tout ce que tu fais pour moi. Tout ce que tu as fait c'est pour nous. Sans toi…»

«Hanni», fit-il en se calant au dossier. Beyer sentit qu'il avait les larmes aux yeux.

«Allez, dit-elle. Tu me l'as expliqué une fois. Tu as dit que tu te sens comme une mouche, une mouche entre la fenêtre et le rideau. À l'époque, j'avais trouvé la comparaison bizarre. Tu disais que la mouche ne peut être sauvée que par hasard, par quelque chose qui va contre sa logique, car sa logique lui dit qu'elle passera à travers la vitre. Et c'est ce qu'elle tente de faire, jusqu'à ce qu'elle meure. Tu te souviens?»

«Oui, dit-il. Ça n'arrête pas et sous les yeux de tout le monde.»

«Je voulais chasser une mouche et je m'étonnais qu'elle ne bouge pas. Je ne sais pas pourquoi les mouches mortes sont toujours sur le dos. Elle était sur le ventre, c'est-à-dire qu'elle était debout et s'appuyait encore sur sa trompe. Et c'est à ce moment-là que tu as fait cette comparaison.»

«Je voudrais m'envoler avec toi, Hanni, vers un endroit où il fait chaud. Au moins une semaine. Si on faisait ça?» Il se redressa.

«Quand vient-il?»

«Il est là. Il est revenu lundi. Jusqu'à vendredi, à l'*Hôtel du Parc*, chambre 212.»

«Et quand devrions-nous prendre l'avion?»

« Demain, vendredi, samedi, last minute, ce qu'on pourra trouver ! »

« Samedi ? »

« Si tu veux. » Il lui caressa la nuque.

« Oui, dit Hanni. Quand ce sera terminé. Je me contenterai de fermer les yeux et de penser à toi. » Elle redressa le dos tout en restant assise.

« Ça peut être amusant si en même temps je pense à toi. » Elle sourit et se laissa glisser de ses genoux. « Chambre 212 ? »

« Oui, dit-il. *Hôtel du Parc.* »

« Et comment s'appelle-t-il ? »

« Chambre 212. »

« Je reviens tout de suite », dit-elle. Elle tira à nouveau le cordon du lampadaire puis retourna dans la salle de bains.

Beyer se pencha, ôta sa chaussure droite et ramassa la télécommande. Il regarda une fanfare sans mettre le son. Les hommes portaient des culottes vertes trois quarts. Le public était assis à de longues tables et levait des verres de bière vers la caméra qui passait devant eux. Deux femmes aux grands yeux se souriaient en chantant.

Beyer se dirigea vers l'armoire, en sortit une bouteille de cognac entre le pouce et l'index, et repêcha un verre du petit doigt. Tout en marchant il se servit et avala le cognac d'un trait, puis souffla bruyamment. Il alla chercher un deuxième verre et les remplit tous les deux à moitié. Après quoi il porta ses chaussures et son manteau dans le vestiaire.

Quand il revint dans le séjour, il desserra sa cravate et la passa par-dessus sa tête. Il ôta son pantalon en le saisissant par les plis et le posa sur la chaise. Il cacha ses socquettes derrière les jambes du pantalon. Il accrocha la chemise et le maillot de corps au dossier.

Beyer regarda un instant son slip et le retira. Du pied droit il le lança vers lui comme ferait un jongleur et le cacha entre sa chemise et son maillot de corps. Il éteignit la lumière dans le séjour et posa sa montre-bracelet sur la table.

Le froid du revêtement en cuir lui procura une excitation. Il observa son sexe dans la lueur émanant de la télévision et toucha avec circonspection ses testicules.

Il passa d'une chaîne à l'autre pour revenir finalement à la musique populaire, puis recommença à zapper. Sur la MDR[2] il y avait un match de foot en noir et blanc. Il mit le son, observa la multiplication des traits verticaux verts mais n'entendit rien. Il prit une cigarette que, dans un grand geste, il fit rouler sur la table en verre.

« Roland Ducke, dit quelqu'un d'une voix forte. Une fois de plus aujourd'hui infatigable. » Beyer entendait maintenant les bruits de fond du stade. Les shorts des joueurs étaient très courts et collants, on apercevait à peine les spectateurs dans la pénombre. « Oui, chers amis du sport, ici au stade central nous approchons de la fin de la première mi-temps. » Beyer reconnut la voix de Heinz-Florian Oertel. « RDA-Angleterre : 0-0 » apparut en lettres blanches au bas de l'écran. Beyer prit sur le fauteuil la couverture dans laquelle Hanni s'enveloppait le soir en regardant la télé, la déplia et la rabattit sur ses épaules en s'allongeant.

---

2. Mitteldeutscher Rundfunk, station de radiotélévision qui couvre une partie de l'est de l'Allemagne et rediffuse assez souvent des émissions de l'ex-RDA. (*Ndt*)

Le téléphone sonna. Beyer s'agenouilla sur le canapé, tenant dans la main gauche un coin de la couverture et l'écouteur dans la main droite. « Beyer à l'appareil, bonsoir », fit-il mécaniquement. Il y avait en fond sonore une musique de guitare. Il dit encore : « Allô ? » puis on raccrocha. Il avait dormi presque deux heures.

Sur l'écran, Jürgen Frohriep se penchait au-dessus d'un bureau, les bras écartés. Il regardait une jeune femme qui levait lentement la tête et disait quelque chose.

Beyer alluma. Le sac à main de Hanni n'était plus là. Il traversa l'appartement tout nu. La grande couverture était encore rabattue, la chemise de nuit était sur l'oreiller. La porte de la salle de bains était entrebâillée. Il regarda partout, même dans la réserve de la cuisine.

Il vida l'un des verres. Ses pieds étaient glacés. Il zappa à nouveau. Il chercha la neige qui autrefois apparaissait toujours à la fin des émissions et qui éclairait toute la pièce. Pendant un moment il suivit un trajet en train à travers des prairies estivales. On avait dû installer la caméra sur la locomotive. Il attendit que quelque chose se produisît. Il changea à nouveau de chaîne pour finalement revenir sur le train. Il poursuivait son chemin en rase campagne, peu d'arbres, pas de maisons, pas de gens non plus. Pour tout bruit, un cahot faible et assourdi, un cylindre que l'on tourne. On ne voyait rien de la locomotive. On apercevait seulement quelques traverses de la voie.

Beyer vida aussi le second verre et s'étira sous la couverture, tournant le dos à la télé. Là où il s'était allongé, c'était encore chaud. Le froid ne l'atteignait que lorsqu'il essayait de se tourner complètement sur le ventre ou sur le dos. Il croyait entendre le halètement de la locomotive, le choc régulier des roues à chaque intersection des rails.

Soudain Beyer eut envie de voir à travers quel paysage le train roulait en ce moment. Il voulut se tourner pour regarder par la fenêtre lorsqu'il se rendit compte que la nuit était très avancée et qu'il faisait tout noir. Il éternua, remonta la couverture et s'y essuya le nez. De temps à autre il remuait un peu les pieds. En dehors de cela, il ne bougeait presque pas.

CHAPITRE 24

Pleine lune

Pit Meurer raconte la fin d'une fête d'entreprise. Peter Ber-
tram et lui regardent sous la jupe de Hanni. Projet pour le
chemin du retour. Marianne Schubert surgit en amazone.
La naissance d'un chevalier, le début d'un amour, et la ten-
tative ratée de se racheter.

Kuzinski, qui possède le magazine d'annonces pour
lequel je travaille, avait loué au *Toscana* la salle pour les
fêtes de famille et avait à nouveau fait son numéro de
DJ. Sa femme, en robe blanche portefeuille à parements
argentés, a dansé depuis le début, et la plupart du temps
toute seule. Avec la mine de quelqu'un qui sort un solo
de guitare en balançant les hanches, les bras ondulant
vers le haut avant d'enfoncer ses doigts écartés dans ses
cheveux.

Comme nous pouvions difficilement bouder les inci-
tations de Kuzinski, on a remis ça avec la danse des
canards qu'il avait déjà fait passer plusieurs fois l'an dernier. Les cinq femmes de la mise en page et de la récep-

tion ont liquidé trois bouteilles de schnaps Küstenne-
bel, puis ont commandé deux bouteilles de Batida de
coco pour disparaître avec.

Bertram, arrivé très tard, fut salué au micro comme le
numéro treize. Quand Kuzinski appela les gens pour la
polonaise et quand sa femme, imitant d'un mouvement
des bras la locomotive à vapeur, se mit à courir en rond,
Bertram alla se planquer dans les toilettes. Je n'avais pas
compris pourquoi Eddi avait été viré ni pourquoi Bertram, un enseignant au chômage, avait été embauché. Le
pli vertical entre ses sourcils lui donnait toujours un air
concentré. Avec lui, Kuzinski prenait des gants.

J'ai essayé de prendre une cuite puis j'ai tenté de dormir, malgré la pleine lune. Plus c'est tard, mieux c'est,
pensais-je. Kuzinski nous avait maintes fois montré, et
avec le plus grand sérieux, la bonne manière d'avaler la
tequila en suçant bien son pouce. Plus tard, il serra la
main à tout le monde et c'est sa femme qui prit le volant
pour rentrer.

Vers 1 heure et demie, il ne restait plus que Bertram
et moi avec une bouteille de calvados à peine entamée,
je ne sais plus qui l'avait commandée. Nous nous
sommes déplacés vers le restaurant où je mangeais souvent à midi. Au bout d'une demi-heure, les derniers
clients ont fini par s'en aller eux aussi. Il ne restait plus
que cette femme assise à une table pour deux, près de la
porte de la cuisine. Elle était mince et élégante, portant
une courte jupe noire et un blazer. Accoudée à la table,
elle fixait un verre de vin vide. Son sac à main était
accroché à la chaise.

Quand Bertram revint des toilettes, il se dirigea vers
elle, lui adressa la parole en me désignant du doigt à
deux reprises. C'est à peine si elle leva la tête.

«Elle chiale», dit-il en se poussant à côté de moi pour pouvoir mieux la voir. Franco lui servit une grappa dans un grand verre à cognac aux reflets bleutés et repartit avec le verre à vin sur son plateau en nous adressant un clin d'œil.

Bertram fit quelques remarques sur Kuzinski et son épouse. Pour changer de sujet, je l'ai interrogé sur sa passion de la pêche. Tous les vendredis, Bertram prenait le train de nuit pour arriver de bonne heure au bord du Rhin ou du Neckar, ou encore au bord du canal de Twente en Hollande, là où des centrales rejettent leurs eaux de refroidissement. Au milieu de son récit, il me demanda : «Elle te plaît, cette nana?»

«Ça se pourrait», dis-je, sur quoi il approuva d'un mouvement de tête et continua. Bertram m'expliqua la pêche à la carpe, parla des Boilies, de combat rapproché et d'actions brutales, de manœuvres et de tourbillon, et ne se tut qu'au moment où la femme se leva. Elle pouvait avoir dans les trente-cinq ans. Elle se dirigea d'un pas saccadé vers le téléphone et ses hauts talons claquaient sur le sol. Elle avait déjà dû pas mal descendre. Sous son blazer elle ne portait qu'un corsage de soie.

Le combiné dans une main, elle introduisit de l'autre des pièces de 10 pfennigs dans la fente, composa le numéro et raccrocha sans avoir parlé. Peut-être qu'elle s'était trompé de numéro. L'argent en tout cas n'était pas retombé. Elle sortit encore quelques pièces d'une petite bourse. Et c'est là que c'est arrivé : elle fit tomber une pièce de 50 pfennigs ou de 1 mark. Sans s'en soucier, elle composa le numéro. Cette fois, elle parla, mais à cause de la musique – Franco est un fana de guitare – et comme elle nous tournait le dos, on n'a rien pu comprendre. Après qu'elle eut raccroché, elle se baissa pour ramasser la pièce sans s'accroupir.

« Waow », dit Bertram. Nous fixions son slip rose. « Waow, fit-il à nouveau quand elle se releva. Craquante, hein ? »

Franco la suivit peu après jusqu'à la table avec la bouteille de grappa, attendit qu'elle fût rassise et remplit le verre ballon jusqu'au quart.

D'une main, elle retenait Franco et de l'autre lui signifiait par un geste du pouce et de l'index qu'il devait verser plus. Mais il en resta à sa mesure. Elle avala la grappa d'un seul coup. Avant de verser à nouveau, il marqua un trait sur le rond de bière posé devant elle.

« Elle boit comme un trou, dit Bertram. Comme un trou. »

Franco releva la bouteille et marqua un autre trait.

« Pit », dit Bertram. Puis il commença à m'exposer son plan. Il parlait très calmement en ne me quittant pas des yeux. Même si je ne répondais pas et n'opinais pas, son projet avait quelque chose d'évident, au moins d'envisageable. Et de temps en temps il répétait : « Si ça marche, alors ça marche, sinon, tant pis. » Il disait : « Ce sera chouette pour tous les trois, rien que pour s'amuser, tu verras, Pit. Mais si tu ne veux pas… » Il disait : « Elle ne boit pas. Elle se saoule. Comme un trou. »

Tous deux n'étions plus à jeun. J'entendais parler Bertram et j'observais Franco et la femme qui portait sous sa jupe un slip rose, un minuscule slip rose. Bertram a mis sa main au-dessus de son verre quand j'ai voulu le resservir. C'était une situation un peu stupide.

« Finito », dit Franco. La femme se tourna vers lui et se leva, ou plutôt elle s'appuya sur la table pour se dresser. Ses premiers pas étaient plus ou moins assurés, puis elle frôla une chaise, en heurta une autre et s'arrêta. Elle regarda autour d'elle, tira sur sa jupe puis reprit sa marche saccadée en direction du téléphone.

« Tu vois les lèvres ? demanda Bertram. Des lèvres vigoureuses. » Il avança les siennes en les retroussant comme s'il voulait imiter la gueule d'une carpe, et lui fit un signe. « Je suis sûr, dit-il, qu'elle ne s'en souviendra plus. »

Elle posa le combiné et introduisit plusieurs pièces de 1 mark dans la fente.

« Une fois on s'est parlé, dit Bertram, il y a des années de cela, quand elle dirigeait encore le musée d'histoire naturelle. »

« Et si elle commande un taxi ? » demandai-je.

Bertram me regarda tout réjoui. Mais la ride entre ses deux sourcils ne disparut pas pour autant. « Eh bien, c'est *nous* qui ferons le taxi. » Il posa sa main sur mon avant-bras et le serra. « Tu sais comment ils faisaient, avant, pendant la guerre ? La robe par-dessus la tête et on s'assoit dessus. » Il me serra encore une fois le bras avant de le lâcher.

Elle attendait, l'écouteur contre l'oreille et le bras gauche appuyé contre sa hanche. Elle se détourna quand elle commença à parler. Ce ne furent sans doute que quelques mots. L'instant d'après elle raccrocha brutalement. La monnaie qui restait dégringola dans la sébile.

En repartant elle se servit des dossiers de chaise comme d'une rampe, perdit soudain le contrôle et s'affala à deux tables de la sienne, où l'on n'avait pas encore débarrassé.

Franco éteignit la musique. Il faisait ses comptes. De la cuisine provenaient les derniers bruits.

« On ferme », chuchota Bertram en poussant vers moi

son verre. J'ai partagé le reste de calvados. «Kuzinski est généreux, dit-il, faut lui reconnaître ça!»

Puis tout alla très vite. Hanni posa sa tête sur la table. Franco arriva avec l'addition et le rond de bière, se pencha pour lui parler et la tapota doucement. Elle leva son coude comme si elle voulait le repousser.

«Franco!» s'écria Bertram, et il se leva en sortant son porte-monnaie de sa poche.

C'est à cet instant que Marianne Schubert fit son apparition. Il y avait longtemps que je ne l'avais pas revue.

«Fini, s'écria Franco. Fermé!»

Bertram s'assit. Elle passa près de notre table, lança à Bertram «Salut, Peter!» et m'adressa un signe de tête.

«C'est moi qui paie», dit-elle à Franco en se faisant apporter l'addition et le rond de bière.

«Maintenant je comprends! murmura Bertram. L'amazone et la Hanni de Beyer. Suffisait d'y penser.»

«De *notre* Beyer?» demandai-je.

«Exactement, son plumard et Marianne. Tu piges pourquoi maintenant tout ce qui vient du *Paradis du meuble* aboutit chez Beyer? Je connaissais le mari de Marianne et je pensais bien que je finirais par prendre pied dans le *Paradis* par son intermédiaire et par celui de Marianne. C'est là qu'il y a du fric! Mais avec une relation de ce genre tu peux toujours courir.»

«T'en as un, oui ou non?» demanda Hanni d'une voix forte. Je n'ai pas pu comprendre ce que Marianne a répondu.

«Tu as dit que tu allais en avoir un! Hanni semblait soudain énervée. Dans les jambes, fallait dire, pourquoi tu as pas dit dans les jambes? C'est bien toi, ça! criat-elle. Dans le cœur ou dans la tête! C'est bien toi, ça!»

Marianne passa à côté de nous.

«Grappa, amaretto, cognac?» demanda Franco. Elle lui tendit le bon de caisse avec un billet de 50 et s'appuya contre le comptoir en tenant son porte-monnaie dans ses mains repliées.

Je ne savais pas pourquoi nous restions encore. Nous nous taisions et la bouteille elle aussi était vide. On restait tout simplement là. Je me demandais si j'allais récupérer l'argent resté dans le téléphone pour l'apporter à la table de la femme.

La tête de Hanni tomba vers l'avant. Elle en sursauta et renversa un verre. Il heurta un cendrier, roula en décrivant un arc, tomba sur la moquette où il s'immobilisa. Elle croisa les mains et coucha sa tête dessus en écartant les coudes.

«Vous voulez un coup de main?» s'écria Bertram. Marianne haussa les épaules. Franco fut plus rapide. D'abord il sembla se baisser pour ramasser le verre. Mais Franco saisit Hanni sous les genoux, passa sous son bras gauche et – juste au moment où la chaise basculait vers l'arrière – la souleva. Marianne essaya de soutenir la tête de Hanni qui retombait. Je m'étais levé, j'ai regardé sous la table pour voir si rien n'y était resté et j'ai pris le sac à main. Bertram portait son manteau. Nous sortîmes tous ensemble.

Franco avait l'habitude, ça se voyait, et c'est sans peine qu'il déposa Hanni sur le siège du passager dont le dossier était incliné. Avec précaution, Bertram couvrit Hanni de son manteau.

«Voulez-vous que je vous aide, après, pour descendre?» ai-je demandé à Marianne en lui tendant le sac à main.

«Vous allez aussi dans le quartier nord?»

«Oui», dis-je en me demandant si Bertram pouvait savoir si je mentais.

«Alors vous n'avez plus besoin de moi, fit-il tout de suite en me serrant la main. Salutenski, Marianne», ajouta-t-il.

«Tu veux qu'on t'emmène?» demanda-t-elle.

«Comment vous feriez?» fit Bertram qui adressa un dernier salut en s'éloignant.

«Ciao, Franco», fis-je.

Marianne conduisit prudemment et très lentement dans les virages. Il y avait longtemps que je ne m'étais pas retrouvé coincé sur le siège arrière. Le front de Hanni se rapprochait de plus en plus de mon genou droit. J'observais Marianne dans le rétroviseur. Une fois, nos regards se croisèrent mais nous n'avons rien dit.

Avec Hanni dans les bras, j'ai attendu devant l'entrée que Marianne trouve un endroit pour se garer. J'essayais d'imaginer l'effet que ça fait quand la nuit on se met à la fenêtre et qu'on voit un type se balader avec une femme étendue dans ses bras. Je souhaitais que Hanni se réveille, me sourie et se rendorme.

Marianne, clé en main et manteau de Hanni posé sur l'épaule, fut prise d'une quinte de toux. «C'est au troisième, vous allez y arriver?»

Je commençais à ne plus sentir mes bras.

L'appartement de Marianne sentait bon, un peu comme dans le temps les boutiques Intershop[1]. Elle débarrassa le canapé de deux magazines, *Burda* et *TV Spielfilm*, ainsi que d'un livre vert emprunté dans une bibliothèque. Rassemblant mes dernières forces, je m'ac-

---

1. Boutiques du temps de la RDA où l'on pouvait acheter notamment tabac, alcools et parfums de l'Ouest – en payant en devises occidentales. (*Ndt*)

croupis et allongeai Hanni avec mille précautions. Marianne me dit d'enlever les chaussures. «Les siennes! Pas les vôtres», lança-t-elle d'un ton sec au moment où je défaisais mes lacets. Je retins la cheville de Hanni et dégageai facilement le talon de la première chaussure. Pour la deuxième, je repliai sans le faire exprès sa jambe si bien que je revis son slip.

Marianne apporta une couverture, la coinça derrière les épaules de Hanni et sur les côtés, et en entoura également ses pieds. Je relaçai mes souliers. Hanni avait une respiration lourde, comme si elle allait se mettre à ronfler. Je vis une petite bulle éclater entre ses lèvres.

Marianne posa encore un sac en plastique bleu avec un peu d'eau à la tête du lit, se racla la gorge et dit : «Eh bien…»

Nous avons pris place dans la cuisine dont le mur gauche était recouvert de cartes postales. «Elles viennent toutes de ma fille, dit Marianne. Hier Conni a téléphoné de Caracas. Auriez-vous su tout de suite que Caracas est au Venezuela?»

«Non», dis-je.

«Je crois, dit-elle, que Conni ne sait parfois même pas elle-même où elle se trouve.»

Nous avons bu du thé puis du café. Je n'ai pas pu lui dire depuis combien de temps Hanni se trouvait déjà au restaurant.

«Elle a pris une biture et a téléphoné deux fois», dis-je.

«Deux fois? demanda Marianne. Je m'étais allongée sans dormir, et lorsque j'ai voulu aller chercher une bière, j'ai vu clignoter le répondeur. Alors j'y suis allée.»

«L'alcool est le seul remède contre la pleine lune», dis-je.

«Si quelqu'un m'avait prédit qu'un jour vous seriez

assis dans ma cuisine… Je connais votre père aussi… le camarade Meurer, directeur d'école de son état. »

« Maintenant il est à Dösen », dis-je.

« À Dösen ? Moi-même je ne l'ai vu que deux ou trois fois, dans le temps, dit Marianne. Mais me croirez-vous si je vous dis que c'est sans doute la personne dont on parlait le plus à cette table ? »

J'approuvai d'un signe de tête. Je pensai lui dire qu'Ernst n'était pas mon vrai père. Mais elle l'aurait sans doute mal interprété.

En buvant le café nous avons croqué des sticks et parlé de la peur, cette peur qui fait que les gens ne se risquent plus à sortir quand il fait nuit, comportement qui frise l'hystérie.

« Il suffit de voir les portes des appartements, dis-je, et le genre de serrures qu'on installe. »

« Quand je suis seule le soir au magasin de meubles, commença-t-elle, moi aussi je commence à avoir peur. Et pourtant ça fait longtemps que j'avais oublié ce sentiment. Quand on a peur, c'est qu'on a quelque chose à perdre. Donc je ne vais pas aussi mal que je le pense parfois, si c'était le cas tout me serait indifférent. C'était comme ça pendant un moment. Mais maintenant il me vient souvent l'idée que ça va péter, que des types vont entrer et tout embarquer. Mais c'est quand même pas une raison pour avoir un pistolet. » Elle réprima un bâillement. « La psychologue, parce qu'il y a toujours une psychologue quelque part maintenant, m'a demandé ce que je ferais si quelqu'un s'approchait de moi. Je tirerais, j'ai dit. Sur quoi ? voulait-elle savoir. Alors je lui ai dit : "Il n'y a que deux endroits où c'est sûr, le cœur ou la tête." "Vous tireriez vraiment ? m'a-t-elle demandé." "Bien sûr, qu'est-ce que vous croyez ?"

Elle m'a dit qu'on ne me l'accorderait pas, qu'elle ne pouvait pas donner un avis favorable, qu'elle n'avait pas le droit, à cause des directives. J'ai remercié. Au moins c'était clair et net. »

Marianne prit les deux derniers sticks et m'en tendit un. L'autre disparut lentement et progressivement dans sa bouche. Elle mastiquait avec application puis se passa la langue sur les dents.

« Tiens, regardez qui arrive ! » s'écria-t-elle. Hanni se tenait dans l'embrasure de la porte et frottait de son talon droit le cou-de-pied gauche. Une moitié de son visage était rouge.

« Est-ce qu'on t'a réveillée ? » demanda Marianne.

Hanni voulut dire quelque chose puis plaça son avant-bras devant sa bouche. Finalement, elle leva la tête et lança : « Salut. »

« Salut », dis-je en me levant. Marianne fit les présentations.

C'est comme ça que j'ai connu Hanni. Trois mois plus tard elle m'a demandé ce que je pensais du mariage. C'est la plus belle chose qui soit arrivée dans ma vie.

Ma mère fut folle de joie. Mais aussi Ernst et Martin et Danny, même Sarah, la fille de Hanni, tous nous trouvèrent bien.

Au mariage, Ernst s'approcha soudain de la table de Marianne. Marianne et lui dansèrent ensemble, sans dire un mot. Lorsqu'il la reconduisit à sa place, il la remercia en s'inclinant. Ensuite elle est partie. Elle m'avait déjà proposé le tutoiement avant. À présent, c'est nous qui avons récolté la pub d'une page pour le *Paradis du meuble*. J'ai fait bénéficier Bertram de ce coup-là. Cela a mis Marianne en colère. Elle dit que Bertram avait déjà plusieurs fois essayé de décrocher cette affaire et que c'était une bêtise impardonnable de ma part de renoncer à une commission mensuelle de 800 marks au moins, que si elle avait su, elle se serait épargné toute cette peine. «Quand même pas pour Bertram!» dit-elle.

Je sais que Marianne a raison, même si je ne l'avoue pas et si, bien sûr, je ne veux pas que Hanni l'apprenne. Mais surtout, je sais que c'était aussi inutile qu'absurde de renoncer à cet argent. J'aurais dû savoir que ça ne marche pas, que je ne peux pas me racheter, Bertram ou pas. Au plus tard lorsque j'ai revu Hanni dans son slip rose, j'aurais dû le savoir.

CHAPITRE 25

Mon dieu, qu'elle est belle!

Où Edgar Körner raconte des histoires et invite Jenny et Maik dans un motel. Soudain il veut s'en aller. Ça ne marche pas. La serveuse se tourne vers un jeune héros.

« Je fais des photos le matin près de l'église de San Cristobal. Devant elle, était assis un vieux tout crasseux qui s'est levé et s'est mis à courir dès qu'il a vu mon appareil. À midi, le même vieux m'a indiqué un coin pour me garer à la Calle de Sebastian. Je lui ai donné 300 pesos. Quand je suis reparti deux heures plus tard, il était à nouveau là, un mince bâton dans la main. Je lui ai donné toute la monnaie que j'avais. En fin d'après-midi, il était assis au comptoir du *Bar colonial* et buvait une bière – enfin, ce qu'ils appellent une bière. Quand je suis entré il était en train de cracher par terre, puis il a pris une serviette, s'est mouché et l'a jetée à ses pieds. » Edgar jeta sa serviette à côté de la table. « Comme ça. Puis il a reniflé dans une autre serviette et il l'a balancée. On était assis juste l'un en face de l'autre, le comptoir était en fer à cheval. » Edgar dessina en l'air deux angles droits. « Le vieux a salué et a crié quelque chose. Il avait de la salive qui collait aux commissures et sur le devant de ses lèvres. On aurait dit qu'il essayait d'évaluer la distance qui nous séparait. Il a glissé de son tabouret, mais heureusement il s'est rassis et a continué à boire. » Edgar regarda d'abord Jenny, jusqu'à ce qu'elle détourne son regard, puis Maik. Il avait encore la moitié de son escalope dans son assiette et fumait. Il fit tourner sa tasse de café par l'anse comme lorsqu'on fait tourner l'aiguille d'une montre.

« Eh oui, dit-il. Sur le côté court du fer à cheval, quasiment entre nous, deux hommes étaient assis, têtes rapprochées. Soudain – Edgar tendit son buste –, l'un d'entre eux a attrapé le serveur. Il l'a saisi tout simplement derrière lui, sans bouger, et l'a chopé par la poche de son pantalon. Le serveur ahuri ne s'est d'abord pas défendu. Puis ils se sont mis tous les deux à hurler, s'envoyant des insultes nez à nez. L'homme a renversé son express sur le sachet de sucre dans sa soucoupe et est venu vers moi le bras levé, a commandé un nouvel express, mais tout de suite après a fait mine de le repousser avec dégoût et a frappé sur le comptoir. À cet instant, j'ai senti l'odeur du vieux. Il levait son verre à ma santé et m'a dit : "Bonjour !" Edgar prit sa tasse à deux mains comme s'il voulait se réchauffer. « À sa gauche et à sa droite deux garçons foncent sur lui. Le vieux fixe sa bière, lève les yeux comme s'il reprenait ses esprits et s'écrie : "Bonjour !" Les garçons le houspillent, me jettent un coup d'œil en coin puis lui cognent sur la nuque, très vite, une fois, deux fois, trois fois – avec le plat de la main ou avec le poing, je ne sais pas. Bien qu'à chaque coup la tête du vieux tombe vers l'avant, il ne se défend pas. Mais il ne lâche pas son verre. » Edgar reposa la tasse vide et ramassa sa serviette. « Vous reprendrez encore quelque chose ? »

« Et ensuite ? » demanda Jenny. Maik alluma une cigarette.

« Il puait horriblement. J'ai fini mon verre et je suis sorti. »

« Et le vieux ? » demanda-t-elle.

« Ils l'auront sans doute foutu à la porte. » Edgar les observa tous les deux. Maik regardait dehors. D'ici on ne voyait pas l'autoroute. Il arracha un bout de pain blanc et essuya la sauce tomate sur le bord de son assiette.

« Pourquoi vous racontez ça ? » demanda Maik sans regarder Edgar.

« Pour ne pas m'endormir. Parce que vous n'ouvrez pas la bouche. »

« Faux, dit Maik. Parce que je vous ai dit que je travaillais derrière un comptoir et que pour vous les serveurs ne comptent pas, c'est pour ça. »

« Eh, mon gars, s'écria Edgar. Je croyais que tu étais barman ! » Il roula la serviette en boule et l'enfonça dans la tasse. La serveuse resta un instant devant eux, les assiettes vides sur le bras.

« Tout va bien, Britti », dit Edgar.

« Merci, dit Jenny, c'était fameux. »

Comme Maik ne levait pas les yeux, la serveuse s'éloigna.

« J'aime bien les vieux », dit Jenny.

Edgar mastiquait en hochant longuement la tête.

« Chez eux on voit bien comment ça fonctionne. Tu les questionnes et ils te racontent d'abord une chose. Tu leur poses une autre question et ils te racontent autre chose. Puis tu les interroges une troisième fois. Et c'est fini. »

« Tu ne veux pas avoir tout de suite la bonne réponse ? » demanda Edgar.

« Non. J'interroge, est-ce que je sais moi, sur le sept, et les vieux te parlent du quatre, et si je demande encore, ils parlent du six et sur le trois. Et quand je renonce, ils disent seulement : quatre plus six moins trois ça fait sept. Mais ce n'est pas une bonne comparaison. »

« Si, dit Edgar. Je comprends, bien sûr que c'est une bonne comparaison. »

« Tu connais ça toi ? »

« Peut-être que cela n'a rien à voir, dit Edgar. Mais une fois il m'est arrivé quelque chose au cinéma. On est arrivé en retard, il n'y avait plus de places qu'au premier rang. On est entré dans le noir. C'était une vue d'avion, au-dessus de la forêt vierge. J'ai fermé les yeux pour ne pas avoir le vertige. Alors j'ai entendu à ma droite un profond gloussement, un rire magnifique. »

« Maiki, qu'est-ce qu'il y a ? » demanda Jenny. Maik fit glisser son briquet dans sa poche et s'appuya contre son dossier.

« Moi aussi je suis fatigué », dit Edgar en repoussant sa chaise comme s'il voulait se lever.

« Non, dit Jenny, je voudrais entendre ça, s'il vous plaît. »

Edgar regarda Maik. « Donc, dit-il, cinéma, premier rang, le rire à côté de moi… »

« Un rire magnifique », dit Jenny.

« Exactement. Et toujours à des moments qui avaient quelque chose de particulier, où personne ne riait d'habitude. Elle avait croisé les jambes et balançait son pied droit. Parfois je voyais son mollet et sa cheville. J'ai louché vers elle et écouté le gloussement. Et ce pied qui se balançait comme une invitation… J'ai touché son coude avec le mien, elle ne s'en est même pas aperçue. Je pensais qu'il suffirait que je passe mon bras autour d'elle pour qu'elle s'appuie contre moi comme si cela allait de soi, comme si c'était comme ça que les choses devaient se passer. Et en même temps je voulais caresser son mollet. Il fallait vraiment que je me domine, on était si près l'un de l'autre. "Mon dieu, qu'elle est belle!" ne cessais-je de penser. Après chaque gloussement, je voulais l'embrasser. »

« Et… est-ce que tu l'as fait? »

« Je n'arrivais pas à savoir qui était assis à côté d'elle. Un homme, certes, mais était-il avec elle, ce n'était pas clair. Je n'étais sûr que d'une chose, je lui adresserais la parole même si pour cela je devais laisser mes amis en plan. »

« Elle n'était pas seule? » demanda Jenny. La serveuse posa un nouveau cendrier sur la table. Maik écrasa sa cigarette.

« Non, dit Edgar. Elle n'était pas seule. Elle était avec tout un groupe. » Il fit une pause.

« Comment ça? »

Edgar secoua la tête. « Je n'avais pas pu le voir. Elle était débile. Et c'était un groupe de débiles. »

« Oh, merde », dit Jenny.

« J'étais tombé amoureux d'une idiote. »

« C'est pas vrai… »

« Oui, dit-il. Le pire, c'est que je la voulais quand même. »

« Quoi? »

« J'étais tombé amoureux, le mal était fait. » Edgar bascula son corps en avant, les doigts posés sur le rebord de la table. Jenny sourit. Maik avait récupéré son briquet dans sa poche et jouait avec.

Autour d'eux, il n'y avait plus que quelques routiers et des couples qui mangeaient en silence. Aux tables un peu plus loin, entre la caisse et l'entrée, c'était un peu plus bruyant.

«On devrait y aller maintenant, dit Edgar en posant la clé de la chambre entre Jenny et Maik. Allez-y. Je me charge du reste.»

«Ça va, Maiki?» Jenny prit la clé et se leva.

«Merci», dit-elle.

Maik considéra le lourd porte-clés en métal portant le chiffre 7 qu'elle tenait dans la main. Sans regarder Edgar, il repoussa sa chaise et la suivit.

«Où es-tu allé chercher ces enfants? Je peux débarrasser?»

Edgar fit un signe de tête affirmatif. «En fait ce ne sont plus des enfants, dit-il. Mais d'une certaine manière, si, tu ne trouves pas?»

«Tu lui as piqué sa fiancée, dit la serveuse, avec tes histoires à dormir debout.»

«Allez, Britti», dit-il.

«Tu vois bien. Ça marche pas fort.»

«Je ne lui demande rien à la petite. Tu le sais bien. Apporte deux cafés et laisse tomber les idiots là-bas.»

«Ça me regarde pas, Eddi. Tu peux faire ce que tu veux. D'ailleurs c'est toujours ce que tu fais.» Elle débarrassa et ramassa les serviettes.

«Ces deux-là sont comme l'eau et le feu. Elle vient de Berlin-Est et lui de Stuttgart. Je sais pas pourquoi ils se font la gueule. Le petit te fait de la peine?»

« Tu veux peut-être me dire », elle se tourna à moitié, « que tous les gars doivent en passer par là ? »

« Je les aime bien tous les deux, vraiment. Mais je suis content de ne pas être obligé moi aussi d'attendre sur le bord de la route avec mon sac à dos. Des fois j'en suis vraiment content. »

« Toute l'addition pour toi ? »

« Vas-y. » Il la suivit des yeux quand elle passa à côté de la caisse, ralentit devant la porte automatique à battants et tourna à droite dans la cuisine. Il prit un cure-dents, le rompit puis rompit également les deux moitiés. Ses ongles étaient propres. Il observa les tables devant le comptoir. Une femme avait fait pivoter sa chaise et parlait fort avec les hommes qui se trouvaient à la table voisine. Brit arriva avec une grande tasse de café.

« Tu es fâchée ? » Edgar jeta les bouts de cure-dents dans le cendrier. Brit posa le café devant Edgar, balaya la nappe et fit disparaître la petite brosse dans la poche de son tablier.

« Ils voulaient traverser la France. On leur a fauché leur fric et maintenant ils n'ont plus un rond. C'est ce qu'ils disent en tout cas. »

« Tu dors dans ta bagnole et tu leur paies la chambre ? »

« C'est pas bien ? »

« Pas habituel en tout cas. »

« Et après ? »

« C'est que tu es généreux, surtout quand les jeunes dames vous laissent regarder jusqu'à la pointe de leur cœur. »

« Britti », dit Edgar en posant un billet de 100 marks sur la table.

« Tu leur diras demain matin que tout est réglé ? Je paie le petit déjeuner. »

«Comment?»

«Je vais jusqu'à Herleshausen, je préfère, si demain ça bouchonne.»

«Tu as le droit?»

«J'ai encore une bonne heure.»

«Ils ne viendront pas prendre le petit déjeuner s'ils n'ont pas d'argent!»

«Je vais y aller, Britti. Je crois que ça vaut mieux.»

«Ah, la la», fit-elle.

«Quoi donc, ah, la la?»

«Ne fais pas l'idiot. En plus je ne suis pas de service demain matin, comme tu vois.»

«Je paie tout ça maintenant. S'ils ne viennent pas, j'ai un avoir. Ça marche comme ça, Britti?»

«Et s'ils fauchent quelque chose?»

«Enfin!»

«Moi, ce que j'en dis…»

«Ces pauvres agneaux…»

«Ce ne sont pas des agneaux, Eddi, ni l'un ni l'autre.»

«Est-ce que ça suffira?» Il montra les deux billets de banque.

«L'ordinateur fait des siennes.» Elle s'assit en face de lui, fit l'addition et arracha la feuille du bloc.

«C'est qui, ces types là-bas devant?» demanda Edgar.

«C'est pas très chouette, aujourd'hui», dit-elle.

«Comme des cochons.»

«Oui, dit-elle en fouillant dans son porte-monnaie. Cochons de tous les pays…»

«C'est bon. S'ils ne se pointent pas, j'ai un avoir, OK?»

«Quel gosse tu fais», dit-elle en agitant le bloc devant son nez.

«Fous donc dehors ces connards.»

«Comment ça, moi? Tant que le café coule…»

«Comment ça, le café? Ils sont saouls.»

Brit replaça la bouteille de vinaigre dans la ménagère. «Tu devrais te raser, Eddi.»

«Si tu veux», lui lança-t-il. Puis il ouvrit les deux pots en plastique contenant du lait concentré, les vida et remit son portefeuille dans la poche de sa veste.

Aux toilettes, il se lava longuement le visage. Il regardait dans le miroir l'eau lui couler sur le menton. En s'essuyant, il tourna la tête à droite et à gauche.

Il sirota son café en observant les deux hommes qui s'insultaient face à face comme des footballeurs. Ils parlaient allemand, mais on ne pouvait pas comprendre. Dans l'entrée, un couple d'un certain âge rebroussa chemin. Edgar tâta ses poches pour vérifier que s'y trouvaient bien sa clé de voiture et son portefeuille. En longeant les tables près des fenêtres on pouvait sortir sans encombre. De plus en plus de gens se levaient.

Edgar reconnut le garçon à son épaisse chevelure rousse et à sa manière de rouler des épaules. Il se faufila entre les deux hommes comme s'il cherchait le plus court chemin vers Edgar, puis s'immobilisa. Son sac à dos et sa clé tombèrent par terre.

Puis les deux hommes s'écartèrent. Le calme revint dans le restaurant. Lentement, très lentement, Maik leva sa main gauche. Il la mit devant ses yeux comme un livre et cligna des paupières comme s'il faisait trop sombre pour lire. Sans faire un mouvement, il observa sa paume d'où le sang coulait sur l'avant-bras vers le coude. Les hommes avaient disparu.

Brit arriva, saisit Maik par l'épaule, se baissa et regarda son visage par en dessous. L'autre serveuse ramassa la clé de la chambre. Toutes deux conduisirent Maik jusqu'à la table la plus proche et lui avancèrent une chaise. Une femme quitta le comptoir pour les rejoindre. Le couple d'un certain âge qui avait attendu dehors se posta devant lui. On apporta une trousse à pharmacie de la cuisine. De plus en plus de gens entouraient Maik et lui parlaient, comme s'il fallait le tranquilliser. Edgar aperçut par-dessus leurs têtes le pâle visage du jeune homme.

«Espèce de crétin, dit Edgar, quand il se fut introduit à l'intérieur du cercle. Triple crétin!» Maik s'affaissa encore un peu plus, allongea ses jambes et lui sourit. On lui pansa la main. Brit lui passait la main dans les cheveux. Le sac à dos avec le sac de couchage enroulé se trouvait à côté de la chaise.

«Tu es vraiment un triple crétin!» dit Edgar en se tapotant le front.

De sa main non bandée, Maik chercha la clé sur la table sans perdre Edgar des yeux et la jeta à ses pieds. Il éclata de rire, d'un rire très fort et étonnamment strident, si bien qu'Edgar recula et que la clé portant le numéro 7 sur la plaque métallique se retrouva à égale distance entre eux deux.

CHAPITRE 26

Blinking baby

Berlin, un dimanche soir d'août. Lydia parle de Jenny,
Maik, Jan et Alex en mangeant du riz au lait. Un vieil
homme est assis à son balcon. La lampe-signal est sur le
rebord de la fenêtre. La place des gens et des choses.

Le riz au lait est encore tiède lorsque j'en prends une
assiette pleine. Au milieu je fais un creux et le remplis de
morceaux de mandarine en boîte. Le jus se rassemble en
un anneau étroit au bord de l'assiette. Je saupoudre régulièrement avec du sucre à la cannelle et je tiens la cuiller
presque verticalement pour que rien ne déborde.

Sur le rebord de la fenêtre la lampe-signal a cessé de
clignoter. Elle réagit dès qu'il commence à faire jour ou
nuit. Son verre est jaune, presque orange, elle est sus-
pendue à un triangle de métal. Sur le boîtier jaune on
voit l'inscription en lettres noires : SIGNALITE.

La fenêtre de la cuisine donne sur la cour. À ma
gauche, dans l'aile du bâtiment, le vieux est toujours
assis sur son balcon. L'après-midi il se dore au soleil. La

plupart du temps en écoutant Mozart et Wagner ou quelque chose d'autre qui ne m'est pas inconnu mais dont le nom m'échappe. Quand le vieux ouvre la porte donnant sur le balcon, on voit d'abord apparaître deux doigts tremblants de sa main gauche qui lui permettent de s'appuyer au montant. Sa main droite tient une canne sur laquelle il s'appuie. Ses pieds et le bas de ses jambes sont enflés et d'une couleur violacée. Il marche comme s'il traînait des bottes terriblement lourdes en s'assurant à chaque pas que le sol tient bon. Le vieux a besoin d'un bon bout de temps pour s'asseoir, les mains superposées sur sa canne ou chacune sur une cuisse. Toutes les demi-heures environ, il bouge un peu sa chaise en fonction de la position du soleil. Vers 4 heures, il a effectué une rotation complète. Il a des lunettes noires et porte, sous son peignoir, un caleçon long tout blanc. Les mèches qui entourent sa demi-calvitie lui descendent jusqu'au col. Il a dû s'endormir pendant le *Concerto pour hautbois*. Il va être 6 heures du soir.

Avec cette chaleur, je suis fatiguée toute la journée. La nuit, je n'arrive pas à dormir. Même les courants d'air ne servent à rien.

Ce matin, deux types n'arrêtaient pas de shooter dans une boîte vide, juste devant notre immeuble. Il devait être 5 heures. Après ça, les corneilles ont commencé à faire causette. Je jure que c'était une vraie conversation. Puis, pour finir, une sonnerie de téléphone quelque part à côté, toutes les fenêtres sont ouvertes. Au moment où j'avais fini par m'endormir, Jan a sonné. Il venait du *Trésor*. Les dames pipi et les portiers voulaient rentrer chez eux le matin. Or, à cause des vacances le service n'est pas doublé. Ils ont dû alors fermer. Jan voulut me montrer la lampe-signal qu'il avait fauchée avec Alex sur un chantier de la Bötzowstrasse. Pendant toute la nuit ils ont dansé à la lumière de cette lampe dans leur bunker. Je ne sais pas ce qui est arrivé ensuite. Jan m'a seulement dit que tout est fini avec Alex et il m'a demandé si je pouvais loger chez lui, pour quelques jours seulement. Mais il n'en est pas question.

Vers 11 heures, Jenny et Maik sont arrivés. Ils n'ont même pas passé une semaine en France. Maik avait la main gauche bandée et la portait en écharpe. Ils me laissent leur clé. Ils partagent avec Alex et Jan le deux-pièces-cuisine un étage au-dessous.

L'après-midi Jenny est revenue, seule cette fois. Ça fait une demi-heure qu'elle est repartie et je ne sais pas si je dois être furieuse ou vexée, ou s'il faut que j'interprète cela comme un signe de désarroi ou même de confiance. Dans le temps, cela m'aurait fait rire.

Bien sûr, je suis contente qu'ils me rendent visite. Théoriquement je pourrais être leur mère. On forme même une espèce de famille. Seulement ils ne se rendent pas compte parfois qu'ils deviennent fatigants. Ils pensent qu'ils doivent s'occuper de moi parce que je suis seule. C'est ainsi qu'ils ont fait passer une annonce contact dans *Zitty*. Depuis qu'ils ont vu chez moi des photos de Patrick, ils veulent que je lui écrive. Je leur ai expliqué plusieurs fois que Patrick était justement l'une des raisons pour lesquelles je ne pouvais plus supporter Altenburg. La soirée avec madame Holitzschek a fait déborder le vase. Elle et son secret de polichinelle. Du reste, comme je dis toujours, ma fuite n'était qu'un premier pas pour mettre de l'ordre dans ma vie. Et je ne suis pas prête à renoncer à cet ordre, même si Jenny et les trois garçons font comme si la solitude était ce qu'il y a de pire au monde. Je croyais que c'était très différent chez les tout jeunes. À cela s'ajoute, mais ça ne compte pas pour eux, que Patrick vit à nouveau avec une femme et a retrouvé du travail.

En tout cas, Jenny avait faim. Elle a ouvert le frigo en disant : « Quand est-ce que tu mangeras tout ça ? » Elle avait posé la main sur la grille de l'étagère qu'elle était en train d'inspecter.

« Je peux te réchauffer des lasagnes, dis-je. Des lasagnes aux légumes de ce midi. »

Elle a sorti du compartiment à surgelés un sac plastique contenant un *Nasigoreng* et l'a retourné plusieurs fois jusqu'à ce qu'elle eût trouvé le mode de cuisson. La blouse bleu clair sans manches que j'avais sortie lors du dernier tri est trop grande pour elle. « Ça va aussi avec la poêle, dit Jenny. Tu manges avec moi ? »

« Et pourquoi pas les lasagnes aux légumes ? » ai-je demandé.

Jenny brandissait déjà une boîte. « Des mandarines ! Je peux ? Il en reste encore une. » Elle remit le *Nasigoreng* dans le compartiment du congélateur. « Ma mère ne met pas de conserves dans le frigo parce que ça pompe trop d'énergie », dit-elle, puis elle s'accroupit et sortit un bocal de confiture pour voir ce qu'il y avait derrière. « Hmmm, du riz au lait ! » À deux mains elle brandit un sachet de riz au lait Ravensberg. « Lyyydia !!! S'il te plaît, s'il te plaît ! » Le bac à légumes était tiré, ce qui empêchait le frigo de fermer.

« As-tu de la cannelle, du sucre à la cannelle ? » demanda-t-elle.

« Jenny, dis-je, le frigo. » Elle se contenta de repousser la porte, prit un couteau à fruit dans le tiroir, entailla le haut du sachet de riz au lait en suivant le pointillé et arracha le bout. « Où est la poubelle ? » demanda-t-elle.

Je lui montrai sous l'évier le sac en plastique où je mettais les déchets d'emballage.

Elle commença par crier : «Eeehh! Regarde la pomme!» Elle avait une grosse tache brune. Jenny retourna les autres pommes et pamplemousses dans la corbeille à fruits. «Seulement celle-là, dit-elle en la coupant en deux avec le couteau à pain. Il y a une poubelle spéciale pour ça?» Je lui indiquai où il fallait mettre ce genre de déchets destinés à la poubelle à compost, puis je lui ai parlé de Jan et d'Alex, et de la lampe.

«Quand tu es encore complètement dedans et que c'est fini, c'est comme si la pompe tombait en panne», m'expliqua Jenny. Elle me parlait de la danse et du truc qu'ils avalent pour se mettre en transe. «La lampe énerve vraiment, dit-elle. C'est vraiment taré. Même quand je ne la vois pas, je la sens. Pourquoi rapportent-ils un truc comme ça chez eux? Ça me fout les boules.»

«Maintenant c'est le bébé de Jan, dis-je. Au moins tant qu'il est seul.»

«Vraiment débile! un bébé! Pas le mien, en tout cas! dit-elle. D'abord il couche à nouveau avec Alex, et deuxièmement parce que je n'avais pas le droit non plus de garder le chat. Un bébé! s'écria-t-elle. Un bébé! Manquait plus que ça! Quand il commence à faire nuit, ça se met à clignoter. C'est vraiment énervant.» Elle coupait la pomme en petits morceaux. Sur son épaule droite, là où la blouse avait glissé, on apercevait une bande blanche sur sa peau bronzée.

J'ai demandé comment allait la main de Maik. Jenny renifla.

«Il est en train de faire sa valise. C'est moi qui le lui ai demandé. Je peux allumer?» Elle tourna le bouton de la radio. «D'abord il me dit que je n'ai pas à m'occuper de l'argent. Puis au bout de cinq jours il n'a plus un rond. J'étais furieuse, on n'allait que dans les bars et les restaurants. C'est quoi cette radio? Moi je voulais voir Paris! On a glandé pendant deux jours à Reims dans les cimetières. Et maintenant il fait comme si c'était moi qui avais claqué tout son fric.» Elle éteignit la radio. «Maik s'est retrouvé un moment entre deux mecs qui se disputaient, et lui tombe là-dedans, malin comme il est, monsieur l'important.» Jenny avait ouvert le four pour en sortir les poêles. «C'était un type très sympa qui nous avait pris en stop, dit-elle. Maik voulait aller à Stuttgart chez ses parents. Moi j'ai dit, pas de problème, mais sans moi. Et j'ai dit : pas avec un poids lourd. Maik a quand même demandé au chauffeur. Il y avait marqué Berlin dessus mais il allait à Meerane, si ça existe. C'était un camion Volvo rempli d'oranges espagnoles venant de France. C'est Eddi qui a causé tout le temps. Il disait que s'il arrêtait de parler il allait s'endormir. Il fallait qu'on parle avec lui, une cinquantaine de blagues jusqu'à l'échangeur de Hermsdorf. Maik a commencé à le rembarrer en disant qu'il n'avait qu'à allumer sa radio. Enfin… dit Jenny en posant la poêle moyenne sur le feu. Au triangle de Kirchheim Eddi nous a invités à dîner et voulait nous offrir la nuit au motel. J'ai trouvé que c'était sympa d'inviter deux personnes qui n'ont rien. Avant, je lui avais encore raconté l'histoire de la surveillante de la piscine. Nous deux, on s'entendait bien.»

Je ne savais pas de quoi elle parlait.

«Allez, fit-elle, bien sûr que tu connais l'histoire de la piscine.»

«Non», fis-je.

«C'est là qu'on voit comme tu écoutes, dit Jenny en

mettant l'allume-gaz au-dessus du brûleur. C'était un jour avant que je reçoive ma première carte d'identité, en avril 89. J'étais à la piscine avec une copine. On voulait entrer dans l'eau quand une surveillante nous demande de nous rhabiller et de dégager à cause de l'entraînement qui doit commencer. J'ai sorti ma montre – on avait encore au moins vingt minutes.» Jenny mit du beurre dans la poêle, se baissa pour monter la flamme.

«Vous aviez traîné?»

«On avait payé. En plus il restait encore du temps. On avait déjà mis nos bonnets de bain. D'un seul coup arrive toute une bande de nageuses de haut niveau, c'est comme ça qu'on les appelait. Elles se sont servies de nous comme d'une balle en nous envoyant valdinguer de l'une à l'autre en cercle. Je ne pensais qu'à une chose : ne pas pleurer, surtout. Et personne n'a bougé le petit doigt. On a fini par aller dans l'eau, avec des blessures aux genoux. En sortant, quand on a donné notre clé de vestiaire, la surveillante qui était assise derrière sa table nous a gratifiées d'un merci.» Jenny agitait la poêle pleine de beurre fondu. «C'est la première fois que j'ai vu comment ça marche avec les adultes et quand quelqu'un ne veut pas se salir les mains avec toi. Le soir, j'ai voulu raconter ça à ma mère. Mais quand elle a été devant mon lit, j'ai compris que je n'avais pas le droit d'en parler. Pour elle, cela aurait été encore pire que pour moi. Je ne pouvais pas lui faire ça.»

Jenny jeta les morceaux de pomme dans la poêle, se débarrassa tout en marchant de ses sandales usées et, en se servant de ses orteils, sortit la balance de dessous l'étagère, monta dessus, redescendit et fit une seconde tentative.

«Regarde, c'est pas possible! Cinquante kilos cinq! Je

ne pèse tout de même pas un demi-quintal!» Ses omoplates ressortaient comme des petites ailes. «Cinquante et un, regarde!» Elle me céda la place tout en observant l'aiguille.

«Soixante-huit, dis-je, elle est juste.»

«Quoi? Tu pèses soixante-huit kilos?» Jenny me toisa.

J'ai repoussé la balance sous le rayonnage et j'ai redemandé comment allait la main de Maik.

«Je n'ai pas pu vraiment raconter cette histoire parce que Maik m'interrompait toujours», dit Jenny en enjambant ses sandales pour aller porter une coupe à dessert et le paquet de cannelle sur la table tout en poussant vers moi le sucrier.

«Il n'arrêtait pas de mettre son grain de sel, jusqu'à ce qu'Eddi soit obligé de lui demander calmement de me laisser parler. Et comme ça ne donnait pas de résultat, Eddi lui dit sur un ton brusque de la fermer un peu. Il avait raison, Lydi, vraiment.» Jenny me lança un bref coup d'œil. Je lui suggérai de prendre une cuiller en bois plutôt qu'une fourchette et de baisser la flamme.

«Quand Maik et moi on s'est retrouvés tout seuls dans la chambre du motel, Eddi était encore au restaurant. Maik s'en est pris à moi : pourquoi j'avais raconté cette histoire à Eddi alors que je ne la lui avais encore jamais racontée? Faut le faire! C'est trop lui, ce genre de réflexion. En plus, Maik pisse en prenant sa douche.»

«Tous les hommes le font», dis-je.

«Maik racontait n'importe quoi : si je voulais me faire un peu d'argent pendant la nuit, il saurait m'en empêcher. Voilà le genre de trucs qu'il sortait. Alors *moi* j'en ai eu assez, fit Jenny. Je lui ai parlé d'un type avec lequel je suis sortie deux trois fois avant que ça commence entre Maik et moi. D'accord, il était plus vieux mais bien, très poli et généreux, et vachement amoureux de moi. Tout ce que je faisais, il trouvait ça super. Il m'a toujours donné de l'argent, plutôt que des cadeaux. Mais avec lui, ça marchait pas bien, et j'ai pensé qu'il y avait peut-être des sentiments paternels qui venaient tout brouiller, un instinct de protection ou quelque chose de ce genre-là. Puis un jour, d'un seul coup, il m'a lu une histoire cochonne, dans le genre sadomaso, vraiment trop ridicule si ça n'avait pas été lui. Alors tout s'est brisé en moi, toute l'image que j'avais de lui. Et j'ai raconté ça à Maik, mais c'était vraiment pas la peine. Et depuis il pense que je lui cache quelque chose, je ne sais quels jeux sado-maso ou ce qu'il va s'imaginer dans son délire de vache folle. Tout simplement parce que l'autre m'a donné de l'argent. Maik est comme ça. Ce n'est que lorsqu'ils l'ont amené que j'ai remarqué que j'étais enfermée dans la chambre. L'une des serveuses nous a conduits à l'hôpital et ramenés ensuite. Pendant ce temps-là, l'autre avait trouvé quelqu'un pour nous emmener jusqu'à Berlin. Celui-là n'a pas dit un mot pendant tout le trajet et nous a déposés à la station de S-Bahn de Wannsee. »

Je lui ai dit qu'elle devrait mettre quelque chose sous son corsage sinon on peut tout voir quand elle gesticule.

« Pas là, dis-je, quand Jenny posa son menton sur sa poitrine. Ici, aux manches. »

« C'est pas appétissant ? demanda-t-elle. Ils pointent vers les côtés, c'est affreux, hein ? » Soudain elle s'est jetée dans mes bras. J'ai eu juste le temps de me lever. Je l'ai prise dans mes bras et j'ai caressé ses cheveux. J'ai senti mon épaule gauche mouillée. C'est à ça que je me suis aperçue qu'elle pleurait. Puis, aussi brusquement qu'elle s'était précipitée sur moi, elle s'est détachée.

J'ai mélangé le sucre et la cannelle, mis la table pour nous deux et je lui ai demandé ce qu'elle voulait boire.

«Comme toi, dit Jenny en mélangeant le riz au lait avec les morceaux de pomme et en ouvrant entièrement le paquet. Servir frais avec du muesli», lut-elle à haute voix en montant à nouveau la flamme. Elle cherchait l'ouvre-boîtes pour les mandarines. Le riz au lait a commencé à faire des bulles au bord de la poêle. «Tu peux ouvrir?» me dit-elle en me tendant la boîte et en continuant de remuer dans la poêle.

Soudain Jenny dit : «Je crois que c'est toi qui as raison. Il vaut mieux être seule.»

Quand la boîte fut ouverte, on a sonné. «C'est pour toi», dis-je en ne me levant que lorsqu'on a sonné une deuxième fois.

Jenny est sortie. Je l'ai entendu ouvrir la porte. Mais elle n'a rien dit. Puis on a refermé la porte. J'ai appelé Jenny, et j'ai fini par aller voir. J'étais seule.

J'ai retiré du feu le riz au lait, je suis allée jusqu'à la porte de l'appartement puis j'ai attendu. Personne non plus dans l'escalier. J'ai éteint le feu et me suis fait couler un bain. Ça fait toujours du bien. Dans la baignoire, j'ai joué avec la bouteille de shampooing vide. Je la prenais entre les pieds et la posais sur le rebord, me concentrais et l'effleurais avec les orteils de telle sorte qu'elle tombe dans l'eau. C'est ma façon de jouer au billard et c'est bon pour les abdominaux.

Quand on a sonné à nouveau, j'ai couru en peignoir à la porte. Sur le paillasson, il y avait la lampe-signal en train de clignoter. Je me suis penchée au-dessus de la rampe : rien. J'ai porté la lampe dans la cuisine et l'ai posée sur le rebord de la fenêtre, où elle a aussitôt cessé de clignoter.

À présent, j'ai mangé tout ce qui était dans mon assiette et je ne sais toujours pas ce que je dois penser de cette affaire. Je me sers ce qui reste de riz au lait tiède. La poêle, qui n'entre dans l'évier qu'en travers, je la rince tout de suite. Puis je remplis d'eau le sachet vide pour pouvoir le laver plus facilement ensuite. Et je continue à manger.

On n'entend aucun bruit, ni dans la cour ni dans l'appartement du dessous. Si ces quatre-là étaient mes enfants, je me ferais des reproches et je penserais que c'est de ma faute s'ils sont tellement sans-gêne et bordéliques. Ou bien je finirais par me persuader que cela tient au quartier, aux temps difficiles que nous connaissons, ou à la chaleur.

Le vieux continue de dormir. Quand il se réveillera, il se demandera où est passée la journée. Une excuse parfaite. Mais sans doute qu'il n'a plus besoin d'excuses. Au printemps, il posait toujours des bananes vertes sur son balcon. À l'aide de la poignée recourbée de sa canne il les tirait vers lui, les tâtait puis les repoussait. Un pan de sa robe de chambre bouge un peu. Ses os vont lui faire mal. Moi je n'arrive pas à dormir dans mon lit et lui fait son petit roupillon sur une chaise. C'est surtout dans la nuque et dans les épaules qu'il le sentira, et cette nuit il ne pourra pas dormir, écoutera de la musique et se demandera ce que c'est que cette lumière qui clignote. Peut-être que ça calme. Si on ferme les yeux, ça peut calmer, comme autrefois le tic-tac du réveil. J'avais onze, douze et treize ans et je n'ai rien dit non plus à ma mère, pas seulement parce que j'avais peur mais parce que je croyais que ce serait pire pour elle que pour moi, et que je ne pouvais pas lui faire ça. Mais ensuite ce fut pour des raisons tout à fait différentes qu'elle a divorcé de mon géniteur.

Quand j'aurai fini de manger, je laverai l'assiette et le sachet de riz au lait. Peut-être que je ferais mieux de mettre la SIGNALITE dans l'armoire entre les affaires d'hiver ou dans la salle de bains en laissant la lumière allumée. Demain matin il faut que je descende à la poubelle les déchets d'emballage – et lundi c'est la poubelle bio qui sera vidée. Je vais poser les sandales de Jenny et la SIGNALITE sur le paillasson. Si Jan ne veut plus de son bébé, maintenant qu'Alex est revenu, c'est à lui de le rapporter au chantier de la Bötzowstrasse. Ce serait la meilleure solution. Tout serait à sa place.

CHAPITRE 27

Ce n'était pas le bon

Comment Patrick quitte Danny. Une scène dans le salon.
La lettre de Lydia et ses kilos en plus. Tino, Terry et le
monstre.

Patrick est assis dans un grand fauteuil gris devant la
télé en panne. À sa gauche une fenêtre, à sa droite une
table, et devant Danny dans une chaise tournant le dos
à Patrick. Le repas du soir pour trois personnes n'est pas
encore débarrassé. Au-dessus de la table, deux des quatre
globes de verre jaunes sont allumés, une lumière pâle.
En dessous, une bougie qui brûle. Des appartements
voisins parviennent des bruits de télé.

Danny avance une cigarette vers la flamme de la bougie. Elle se tourne sur le côté, l'avant-bras gauche posé
sur l'accoudoir, replie ses jambes, pose ses talons sur le
rebord de la chaise.

Patrick enfile ses chaussures noires, dénoue les lacets
de la chaussure droite, tire dessus jusqu'à ce que les deux
bouts soient de la même longueur et fait une rosette.

Même chose avec la chaussure gauche. Patrick demande :
« Il dort ? »

Danny hausse les épaules. De sa main droite elle passe
en revue ses orteils, les uns après les autres, comme si elle
avait froid. « Tu sais ce que Billi m'a dit ? "Il a perdu son
travail et en a cherché un autre. Sa femme est partie et
il en a trouvé une autre. Qu'est-ce qu'il veut de plus ?"
qu'elle a dit Billi. » Danny souffle la fumée contre la
porte fermée de la chambre qui lui fait face. « À Kohren-
Salis, c'était chouette, hein ? »

« Très chouette », dit Patrick.

« Parfois il faut forcer Tino pour qu'il soit heureux.
Les enfants ont besoin d'être dirigés pour pouvoir avancer. »

« On a eu de la chance avec le temps. »

« Qu'il soit grimpé sur tes épaules, Pat, c'était quand
même plus qu'une fissure dans la glace, tu ne trouves
pas ? Et quand vous êtes allés en barque, qu'il t'a écouté,
qu'il a fait des efforts… Un vrai miracle. » Elle se gratte
le tibia et pose un moment le menton sur son genou.
« Pour lui, ça va être terrible. »

Patrick croise les mains sur son ventre. Tout de suite
après il les repose sur les accoudoirs de son fauteuil.

« Il faut encore que tu téléphones à ton ami Enrico »,
dit Danny.

« Juste quand je commençais à m'habituer à lui. Deux
sacs de linge sale pour faire connaissance, c'est quand
même pas banal. Aujourd'hui encore je ne sais toujours
pas ce que c'était ces trucs verts. Comme s'il avait eu les
poches pleines de feuilles de bouleau ou de débris de
choux de Bruxelles. Et il était là avec son T-shirt plein
de taches, la bouche ouverte comme s'il allait recommencer à vomir. C'est pas vrai, je me suis dit, quand il

a recommencé à parler de son cancer de l'estomac. Pour un écrivain, on peut pas dire qu'il ait beaucoup d'imagination. Tu ne le lui as pas dit ? Et que sait-il vraiment de la Chine et de Schopenhauer… Il faudrait s'y connaître un peu plus nous-mêmes. Au moins je n'ai pas eu droit à l'histoire brésilienne. » Danny pose ses pieds sur les grandes pantoufles à carreaux marron devant sa chaise. « On ne peut même pas lui demander de mettre la table. Il bousille toujours quelque chose et les couverts sont mis en vrac comme des baguettes de Mikado. J'en reviens pas que tu sois si patient, vraiment. Seulement parce qu'il affirme qu'il n'a pas eu d'histoire avec cette folle ? Et si c'était pas vrai, s'il était quand même sorti avec elle ? Peut-être qu'elle voulait coucher avec lui ? »

« Non, dit Patrick en rentrant les lèvres. Certainement pas. »

« Qu'est-ce que tu en sais… » Danny frotte son pied droit à sa cheville gauche et enfile les pantoufles. « Terry a encore des puces. » Elle croise les jambes. Elle soulève la pantoufle droite du bout des orteils. « Je me suis toujours demandé comment une femme faisait pour te quitter – laisse-moi parler – et en plus pour un mec pareil. Ça me stupéfie. Chaque fois qu'il se pointe, je me demande comment… »

« Lydia… »

« Non, Pat, je t'en prie, cesse de prononcer ce nom ici. »

« Je voulais dire qu'elle avait une raison. » Il lance un bref regard à Danny.

« Pat. » Elle écrase sa cigarette sur une soucoupe. « Voilà quelqu'un qui dit toutes les deux phrases qu'il veut en finir. C'est monsieur Enrico Friedrich, qui aimerait bien être un écrivain. Et quelqu'un vient s'asseoir près de lui, lui prend la menotte pour lui expliquer pourquoi il ne doit pas faire ça. Celui-là, c'est toi. Semaine après semaine on le réconforte, on lui raconte tout ce qu'il y a de beau dans la vie, on essaie de lui enlever son angoisse. Il peut demander une aide au logement, il est assuré, il a même droit à une nouvelle machine à laver. » Danny brandit trois doigts écartés. « Mais ce qu'il aime, c'est bousiller tout ce qu'on lui propose. C'est son métier et son passe-temps. Personne, pas de boulot, pas de plaisir, rien, rien, rien. Je trouve ça vexant, au moins pour les gens présents. Et en prime il dégueule dans le lit des autres en se lamentant parce qu'il est seul. Alors, que quelqu'un dise qu'au fond il ferait peut-être mieux d'en finir une bonne fois pour toutes, ce qu'il n'arrête pas de dire lui-même, quoi d'étonnant à cela ? D'ailleurs toi, tu ne le lui as pas dit. C'est à elle que tu l'as confié. Et après ? Tu n'as pas dit pour autant que ça te ferait plaisir. C'est absurde ! Et tous ceux qui n'arrêtent pas d'en parler ne le font jamais. Faut pas l'oublier. Ceux qui veulent vraiment le faire n'en parlent pas. C'est pas vrai, ce que je dis, Pat ? »

« La plupart du temps », dit-il, sans lever les yeux.

« Et tu trouves que c'est une raison ? Est-ce une raison de laisser tomber quelqu'un avec qui on vit depuis des années tout simplement parce qu'il dit à propos d'un ami : fini pour lui ? À cause de ces trois mots tout à fait justifiés ? Sans avoir le courage de le regarder en face ? On gribouille *Adios* sur un bout de papier et tout serait fini ? Tu avais bien raison ! Aujourd'hui encore plus qu'autrefois ! » Elle saisit ses bouclettes de cheveux et les tire plusieurs fois de suite derrière ses oreilles. « Je pose seulement des questions, Pat, rien de plus. Et tout ce que je sais, c'est par toi. Tu m'as tout raconté. Je n'invente rien! Ou encore tout ce cinéma pour la Tchèque, la femme de ménage, à cause de qui mademoiselle Schumacher n'a pas pu dormir pendant tout le week-end – des cernes autour des yeux, comme si tu lui avais fait des bleus. Est-ce un crime de demander à quelqu'un de faire votre ménage? Je n'invente rien, Pat, et les gens ne changent pas.» Danny agite ses doigts pour faire tomber les quelques cheveux qui s'accrochent dans sa main. «Qu'est-ce que tu aurais dit autrefois si tu l'avais surprise chez Enrico, si elle avait été encore là? Je ne t'ai jamais posé de questions là-dessus. Et comment pouvais-tu penser qu'un enfant résoudrait tous les problèmes? Est-ce que tu veux un enfant de chacune d'elle? Comme les babouins du temple à Bangkok? Pour eux, il n'y a que leurs gènes qui comptent.»

Patrick se laisse glisser vers l'avant du siège.

«Je te demande pardon! dit-elle. Je te demande pardon. Tu ne veux plus rien manger? J'ai fait la salade pour rien.»

Patrick reste assis sur le bord du fauteuil. Il dit: «Je téléphonerai demain à l'installateur.»

«Pourquoi?»

«Parce que la télé est en panne.»

«Pourquoi c'est *toi* qui téléphonerais à l'installateur?»

«Danny…»

«Pourquoi *toi*, je te demande? Et pourquoi je ne peux pas le faire?»

«Parce ce que j'ai dit que je le ferai. Je l'ai promis à Tino.»

«Et qu'est-ce que tu diras à l'installateur? De me téléphoner? Ou qu'est-ce que tu veux lui dire? Je ne te comprends pas. Tu ne réfléchis pas. C'est peut-être ça. Tu ne réfléchis pas. Je ne demande même pas que tu penses à nous. Tu devrais seulement réfléchir. C'est tout.»

Danny tend une nouvelle cigarette à la flamme de la bougie. « Tu ne dis rien ? C'est la minute de tolérance. »

« Que veux-tu que je dise ? »

« Eh bien, ton dicton sur le marin qui meurt si une chandelle… »

« Je croyais que tu ne pouvais pas le supporter ? »

« Il y a pire », dit-elle. La fumée sort de sa bouche tandis qu'elle parle. « Sais-tu pourquoi je t'ai bien aimé dès le début ? Parce que le premier jour, à la rédaction, tu as dit : "On dirait que tu aimes cette position." »

Danny pose la pointe de son pied droit derrière son talon gauche. La cigarette aux lèvres, elle se redresse, prenant appui sur la table et le dossier de la chaise. « Ou comme ça. » Elle passe la pointe du pied gauche derrière le talon droit. « Pas vrai ? Presque toutes les photos ressemblent à ça. »

Patrick approuve de la tête. Elle se laisse retomber dans la chaise.

« J'ai pensé : enfin en voilà un qui regarde vraiment, qui sait qu'une femme aime être traitée comme une femme. Chez qui je n'ai pas besoin d'accrocher mon diplôme au-dessus de l'évier pour qu'il comprenne que je sais faire autre chose aussi. » Elle tripote avec l'ongle long de son pouce le filtre de sa cigarette. « Tu sais quand tu m'as déçue pour la première fois, mais vraiment déçue ? C'est quand Beyer a dit que nos articles devraient paraître non signés, quand ça a été aussi grave avec les fachos et les punks. »

« Ça l'est encore. »

« Mais ce que je veux dire, c'est qu'à l'époque tu n'as pas du tout protesté. Alors je me suis sentie trahie. Pas seulement par toi, d'ailleurs. À l'époque j'ai failli perdre la boule, tu te rappelles, à cause des yeux de crocodile ? Toi tu avais la trouille, tout simplement. »

«Pas pour moi.»

«Je sais, elle venait de s'installer chez toi. Moi, à sa place, j'aurais exigé que les articles soient signés. Ça ne l'a même pas étonnée?»

«Non.»

«J'ai pensé que si ça collait entre nous deux c'est parce que nous nous connaissions. On est plus réaliste, on a des espoirs mesurés, peut-être pas le grand amour, mais enfin. On laisse grandir. Et cette manière que tu avais de te comporter avec Tino. Et parce que nous ne sommes pas comme la plupart des gens, qui pensent que faire carrière ça leur évitera de se retrouver seuls pour le réveillon de 1999.»

«Danny, je voudrais vous aider. Je t'enverrai de l'argent pour Tino.»

«Et quoi encore?»

«Ça sera juste, toute seule avec le gamin. Martin ne peut rien donner, pas grand-chose en tout cas.»

«Tu es incroyable, Pat, vraiment incroyable. Est-ce qu'il faut que je donne 100 marks à Tino s'il te réclame? Ou 200, peut-être? J'aurais dû dire : s'il te plaît déchire la lettre et jette-la, ou bien on la brûle dans le cendrier, dans celui-là, là-haut.» Elle désigne la télé d'un mouvement de tête. «Qu'aurais-tu fait si je t'avais réclamé quelque chose? Qu'aurais-tu fait si je t'avais demandé de déchirer la lettre et de la brûler sans la lire?» Elle observe une pause et dit : «Alors?»

«Danny…»

«Je veux dire que j'aurais pu la balancer, d'abord ne pas te la montrer. Ou alors elle se serait perdue, égarée quelque part par la poste? J'ai vu le nom de l'expéditeur. Elle n'a vraiment pas de complexes. Est-ce que tu as réfléchi à ce qui serait arrivé? Tu veux que je te le dise?

Je ne vais tout de même pas être obligée de le faire, non ? Quand je dis que tu ne réfléchis pas, c'est ça aussi que je veux dire. C'est toi-même qui as dit que cette femme est malade – mais tu voulais absolument prouver qu'on peut vivre avec elle, qu'on peut la réveiller, comme tu l'as dit si bien, avoir des enfants avec elle et partager une vie merveilleuse. C'était ton ambition. Et tu as dit que tu savais qu'on ne pouvait pas l'avoir facilement. Tu as comparé votre liaison à des arbres sibériens, les arbres sibériens poussent plus lentement mais les scies ordinaires s'y brisent – ou bien est-ce que je confonds ? Pendant tout ce temps je me suis demandé pourquoi tu me racontais tout ça. Peut-être que les hommes pensent ainsi. Mais qu'est-ce qui m'oblige à l'écouter ? Je n'en ai rien à foutre ! » Danny se frappe plusieurs fois la tête avec ses phalanges. « Je retiens tout, c'est terrible. Tout est là-dedans, tout. Est-ce que tu sais encore que tu es un amour de province ? Tu veux savoir ce que ça veut dire ? J'y ai réfléchi. Cela veut dire tout simplement : à Altenburg, il n'y avait rien de mieux que toi. Tu as été sa solution de fortune, le clou où elle pouvait se raccrocher. On se met avec quelqu'un parce qu'on n'a personne d'autre. C'est aussi simple que ça. Mais dans le grand Berlin où Lydia Schumacher a le choix, tu n'aurais même pas été pris en considération. C'est ce qu'elle a voulu te dire. Rien ne m'échappe. De même qu'elle t'a arraché toute ton ambition parce qu'elle t'a montré qui tu es. Elle a progressivement démonté ton image et a toujours eu raison et a dit qu'avec ton stylo tu faisais le trottoir. Même pas sur un ton violent, mais comme en passant, comme si de toute façon elle n'attendait plus rien de toi, as-tu dit. Jusqu'à ce que tu finisses par comprendre qu'elle est malade. Une femme qui a des maux de tête

depuis cinq ans… Qu'est-ce qu'on peut dire de plus…
Ces nénettes de l'Ouest ne peuvent rien endurer…»

«Elle n'est pas…»

«Et après? Elle se conduit comme si. Elle est malade.
Même Enrico l'a compris. Depuis que la femme de cet
olibrius du Landtag, cette Holitzschek, ou je ne sais
comment elle s'appelle au juste, depuis qu'elle a fait allusion devant lui comme quoi chez Lydia Schumacher
tout ne tournait pas rond, même chez lui il y a eu un
déclic. Pourquoi, à ton avis, est-elle partie d'ici? Tout
simplement parce qu'elle avait peur de cette Holitzschek, parce qu'elle ne pouvait pas lui raconter des histoires. Demande à ton ami Enrico. Il a pigé, lui. Elle a
bien compris, Holitzschek, elle est psychiatre. Tu as
oublié tout ça?» Danny reprend du thé. «Tu en veux
aussi?»

Patrick secoue la tête. Danny boit et repose la tasse.

«Et pourtant je l'ai enviée. Tout ce que tu as raconté,
ce n'était que des déclarations d'amour, tout simplement. Et parce qu'en elle tout est dans les jambes!»

«Danny!»

«Ça te plaît pas? Des cuisses plus longues de trois ou
quatre centimètres et plus minces de deux ou trois centimètres, tout est là! Tu as eu assez de tact pour me dire:
"Chez elle, tout est dans les jambes!" Au moins, je suis
fixée.»

«Je suis désolé, Danny.»

«Désolé pour quoi?»

«Je suis désolé.»

«Qu'est-ce que ça veut dire?»

«Que je suis désolé.»

«Je ne comprends pas ce que ça veut dire! Je te
demande ce que ça veut dire!» Danny rapproche la sou-

coupe du bord de la table et écrase sa cigarette. « Est-ce que tu peux m'expliquer ça encore une fois ? Est-ce que ça veut dire que tu m'as aimée jusqu'à hier midi ? Mais que depuis hier midi tu ne supportes plus d'être avec Tino et avec moi ? C'est ça que ça veut dire ? »

« Ça veut dire que je suis désolé, dit Patrick. En plus elle a grossi. »

« Quoi ? »

« Elle a écrit qu'elle avait grossi. Presque dix kilos… »

« Dix ? »

« De plus. »

« Nom d'un chien, vingt livres ? Depuis quand aimes-tu les femmes replètes ? Dans ce cas, j'aurais mieux fait de bien bouffer au lieu de faire de la gym et d'aller au sauna. Quoi qu'on fasse, on fait de travers. C'est pas nouveau non plus. »

« Tu n'as rien fait de travers. Cela n'a rien à voir avec toi… »

« Pas ça, Pat, arrête, je t'en prie… »

« Peut-être que c'est le destin. Peut-être qu'elle est tout simplement mon destin », dit-il.

Un silence, puis Danny murmure : « Ce que je peux être conne. » Elle appuie ses paumes contre ses yeux. « Et c'est un mec comme ça que j'aime. »

Patrick regarde l'écran où le séjour se reflète. « Maintenant il doit dormir », dit Patrick. Les deux pieds appuyés sur les talons, il claque plusieurs fois l'une contre l'autre les pointes de ses chaussures. « Je te téléphone ? » dit-il en se levant. Il contourne le fauteuil et prend la valise et le sac noir de voyage.

« Salut, Danny. » Il regarde les grandes pantoufles et la piqûre de puce à sa cheville, le dos de ses mains, les doigts sans bague et les ongles vernis. Quand il sort, la fermeture Éclair de son sac frotte le long du verre strié de la porte vitrée. Puis on entend la porte se refermer.

Danny reste assise. Soudain une voix d'enfant crie, accentuant chaque syllabe : « Mo-man ! Mo-man ! » Peu après, une porte s'ouvre brusquement. Danny mouille avec sa salive le bout de son index et de son pouce, puis éteint la bougie. « Mo-man ! » crie Tino qui entre en regardant autour de lui. Il porte un pyjama blanc avec des anneaux bleus.

« Que se passe-t-il ? » demande Danny. Elle essuie le bout de ses doigts à sa manche et se lève. Tino écarte les bras. Elle le soulève, sort avec lui de la pièce et claque la porte derrière elle. Mis à part les bruits de télé des voisins, on n'entend rien. Soudain, sans qu'on sache d'où il sort, apparaît un chien, un fox-terrier. Il grimpe sur la chaise de Danny et, de là, monte sur la table. Il s'attaque aux restes du dîner. Le bruit qu'il fait en mangeant ne cesse que lorsque, la tête levée, il avale quelque chose. Avant d'attraper autre chose, il se lèche les babines et regarde la porte. De temps en temps, il se gratte le cou avec une patte arrière. Au bout de quelques minutes, il quitte à nouveau la table et bondit sur l'énorme fauteuil gris qui semble l'engloutir.

CHAPITRE 28

Neige et gravats

Raffael, patron d'une société de taxis, raconte les ennuis qu'il a eus avec un écrivain et avec un poêle. Enrico Friedrich a changé de prénom et veut se casser une jambe. De méchants voisins. Tous les coins où l'on peut être heureux.

Il était déjà plus de minuit quand Petra et moi sommes revenus de l'anniversaire de son frère à Leipzig. En cherchant une place pour me garer, je tournais dans le quartier du Sperlingsberg où nous habitions depuis à peine un an. Entre les buissons, près de la porte d'entrée de notre maison, j'ai cru apercevoir quelqu'un portant un long manteau – et ça en plein mois d'août. Après avoir trouvé une place, quand nous nous sommes dirigés vers la maison, j'ai aperçu à nouveau la silhouette : un homme sans doute.

« N'aie pas peur, ai-je dit en serrant contre moi le bras de Petra, un exhibitionniste. » Elle n'avait pas compris. « Un exhibitionniste », ai-je répété en saisissant mon trousseau de clés. Dans notre bâtiment, il n'y avait plus

341

aucune lumière allumée. Même chose dans les autres maisons.

« Bonsoir, fit une voix d'homme. Une fois de plus, elle ne veut pas. Rien n'est jamais assez bon pour elle. » La silhouette fit un pas vers nous, leva la tête et désigna quelque chose à ses pieds.

« Monsieur Friedrich ? » demanda Petra.

« Parfois ça va tout seul, c'est fait en moins de deux, dit-il. Mais aujourd'hui… Il va bientôt pleuvoir. »

« Ah, dit Petra, regarde. Je n'ai encore jamais vu ça, un chat en laisse ! » L'animal s'aplatit dans l'herbe devant nous. Son collier clair se détachait dans l'obscurité.

« C'est pratique, dit Friedrich, elle ne veut jamais sortir ! Elle s'effraie si facilement… Mais moi, j'ai besoin de prendre l'air. »

Même à deux mètres de distance, il empestait l'alcool. De la vodka sans doute. Son peignoir, couleur rouille, parsemé de motifs à pétales gris, exhalait par ailleurs une odeur de médicament.

Petra s'accroupit et remua les doigts. La chatte se coucha devant elle sur le côté. « Comment s'appelle-t-elle ? »

« Kitty, dit-il. En fait c'est un chat. Ou disons que c'en était un. »

« Ah bon ? » Petra leva son regard et fixa la jambe que Friedrich avait posée en avant. « Qu'est-ce qui vous est arrivé ? »

« Multiple fracture, fit-il en ramenant le peignoir et en tapotant sur le plâtre. Des os trop légers, c'est fatal ! » Il fit claquer sa langue. Son caleçon long était coupé au-dessus du plâtre.

« Mon Dieu ! » fit Petra.

« C'est le poêle, expliqua-t-il. Je voulais me débarrasser de ce bel objet, j'ai essayé avec un diable, j'ai glissé et… »

Friedrich fit de grands gestes, frappa du tranchant de la main le tibia plâtré et fit à nouveau claquer sa langue. « Tel qu'il est tombé, il est encore dans le couloir, le bel objet. »

« Nous avons gardé le nôtre », fit Petra.

Friedrich ricana. « On ne sait jamais… »

« Oui, on ne sait jamais, dis-je. C'est la seule chose qui fonctionne quand rien ne va plus. » Friedrich eut un rictus de travers en mordillant sa lèvre inférieure.

« C'est bien, dit-il, vraiment bien. »

« Le nom sous votre sonnette, dit Petra, comme si elle parlait au chat. Je pensais… »

« Heinrich est une forme germanisée. Je voulais faire ça maintenant. Mieux vaut régler ça avant que ça démarre. »

« Avant que ça démarre ? » demandai-je.

Il m'observa. « La carrière », fit-il après une hésitation.

« Mais Enrico sonnait bien, dit Petra en levant les yeux. Je croyais que c'était un de vos parents qui avait emménagé. »

Le chat ne s'occupait plus du bras tendu de Petra et de ses doigts frétillants.

« Seulement germanisé », répéta Friedrich en continuant à mordiller sa lèvre inférieure. Il traîna son plâtre sur les dalles du trottoir comme s'il voulait enlever quelque chose de la semelle.

« Ça vous fait mal ? » lui demandai-je.

« Avec ces noms à la mode, on ne sait pas de quelle langue il s'agit, dit Friedrich. Ce qui compte pour moi, c'est la langue, rien d'autre. »

« Ah, tiens », dit Petra.

« Non, fit-il, rien de nationaliste. »

« À quoi travaillez-vous actuellement ? Quelque chose dans le genre *Buddenbrooks* ou *Hamlet* ? »

« Vous feriez mieux de laisser Kitty tranquille. Il va bientôt pleuvoir. » Petra se releva aussitôt.

« Je suis sur plusieurs pistes à la fois », expliqua Friedrich. « Une chose fait avancer l'autre. Mais ils n'aiment pas ça, les éditeurs, quand on est conséquent. »

Petra approuva du chef. « Moi aussi il m'est arrivé d'écrire. »

Pendant un moment, nous avons observé le chat qui avançait précautionneusement dans l'herbe.

« Bonne nuit », dit Petra, en tendant la main à Friedrich.

« Bonne nuit », dis-je.

« Vous de même », répondit-il.

Quand nous nous sommes couchés, il a commencé effectivement à pleuvoir. Je me suis demandé si Friedrich et son chat étaient encore dehors car je n'avais rien entendu dans la cage de l'escalier.

Petra dit que nous aussi devrions nous débarrasser du petit poêle et vider la cave à charbon. Avant d'emménager j'avais rénové tout l'appartement, mais elle avait tenu à garder le poêle parce qu'on avait hérité aussi du charbon.

« Friedrich avait pas mal éclusé », dis-je.

« Ce n'est pas nouveau, dit Petra. Sauf que maintenant il se lave à l'alcool à 90 degrés. »

« C'est ça ! » dis-je en essayant d'imiter le claquement de sa langue.

Les ennuis avec Friedrich, qui ne s'appelait plus maintenant Enrico, ont commencé fin septembre, un mercredi. Petra m'a appelé à 4 heures de l'après-midi à la centrale des taxis. Elle voulait que je revienne tout de suite à la maison. Comme j'étais tout seul, je lui ai dit que je ne voyais pas comment faire – je n'allais pas par-

tir sans personne pour répondre aux appels téléphoniques. Elle dit que ça lui était égal mais qu'elle ne met-
trait plus un pied dehors et raccrocha brusquement.
Depuis que ma société de taxis marchait mieux, et surtout depuis que nous avions déménagé, quittant le nord
pour le quartier de Sperlingsberg, ce genre de disputes
étaient plus rares. Et il n'était plus question de divorce.

Quand je suis revenu à 6 heures à la maison, Petra
était dans notre chambre, allongée en travers du lit. J'ai
seulement compris que quelqu'un l'avait guettée dans
l'escalier et lui avait demandé si elle pouvait lui casser la
jambe. Je ne savais pas de qui elle voulait parler.

« Friedrich ! s'écria Petra. Friedrich ! Mais qui d'autre
veux-tu que ce soit ? »

Dans ces cas-là, ses pommettes semblent saillir un peu
plus et l'on voit ses veines sur ses tempes. L'espace d'un
instant, elle me fit penser à cette Bosniaque dont une
photo était parue dans la page locale du journal parce
qu'elle s'était jetée par la fenêtre du foyer d'asile.

J'ai essayé de la serrer contre moi, ou au moins d'attraper ses mains. David, qui venait d'avoir seize ans, surgit dans le couloir pour aller dans la cuisine. J'ai entendu
la porte du frigo se refermer. Sans même jeter un coup
d'œil vers nous, il est retourné dans sa chambre. En s'aidant du coude, il a refermé la porte derrière lui. Au
moins baissa-t-il la musique.

« Friedrich était complètement saoul, dit Petra. On
était l'un en face de l'autre sur le palier et il me demande
ça ! Comme j'enseignais la biologie, je devais savoir… »
Elle se mit à sangloter, j'embrassai ses mains trem-
blantes. « Je devrais savoir… Il fallait que je lui montre
l'endroit où ça ferait clac le plus facilement. Mais il n'a
pas dit clac, il a fait ce bruit de langue. Dégoûtant ! »

345

«Comme ça?» lui demandai-je en claquant de la langue.

«Ooh!» s'écria Petra en se tordant de dégoût. Je la conduisis dans le séjour jusqu'à un fauteuil et pris ses deux mains entre les miennes.

«S'il s'imagine que je vais lui répondre…»

«Et pourquoi demande-t-il ça?» fis-je en tentant de prendre un ton calme et grave.

«C'est ce que je lui ai demandé, dit-elle en s'accrochant à mon cou, sa bouche contre mon oreille. Mais il a recommencé en disant qu'on n'y arrive pas tout seul et qu'il n'y connaît rien en anatomie. Tu t'imagines!»

Je caressai le dos de Petra. «Peut-être qu'il veut seulement prolonger son arrêt-maladie, dis-je. Il veut toucher du fric et écrire des romans.»

Je tentai de me dégager de l'étreinte de Petra. Elle me retint. Son épaule souleva mon menton. «Je n'ai pas le droit d'en parler à quelqu'un, même pas avec toi», dit-elle. Après un silence, elle chuchota: «Il vient demain…» Elle renifla et retint son souffle. «Mon Dieu!» fit-elle d'une voix sourde. On aurait pu croire qu'elle était enrhumée.

Petra dit que Friedrich portait maintenant une barbe et qu'il était encore plus bouffi, certes sans plâtre mais toujours en peignoir. «Et cette puanteur!»

«L'alcool à 90 degrés?»

Elle fit signe que oui. «Et du schnaps.»

«Ne t'inquiète pas», ai-je dit lorsque je pus à nouveau bouger ma tête. Nous bûmes un cognac ensemble. Puis je montai au troisième. Sous la sonnette on pouvait lire «Heinrich Friedrich» en lettres d'imprimerie. Après le premier ding-dong, rien ne bougea. Après le second, un aspirateur se mit en marche dans l'appartement voisin. À plusieurs reprises, il heurta la porte. Une demi-heure plus tard, je grimpai à nouveau les deux étages et frappai. Je me suis demandé si la première fois où j'étais venu le paillasson manquait déjà. Derrière moi, madame Bodin ouvrit pour passer la serpillière devant chez elle. Nous nous adressâmes un signe de tête.

Vers 10 heures du soir, je m'assis près de la porte de notre appartement au cas où Friedrich descendrait avec son chat.

David me demanda si j'avais besoin d'aide. «Une attestation d'invalidité, bien sûr! s'écria-t-il. Mais pour qui ils se prennent?»

Je lui demandai à qui il faisait allusion quand il disait «ils». D'un mouvement du pouce il désigna l'étage supérieur : «Eh bien, tous ces siphonnés du genre Friedrich.»

Petra était couchée en train de lire. Je l'entendais tourner les pages. Soudain, je la vis debout devant moi comme un enfant. Elle me dit : «J'ai peur.» Je passai le bras autour de sa taille et l'attirai sur mes genoux. Je l'ai tenue ainsi jusqu'à ce que mes pieds s'engourdissent.

Le lendemain après-midi, je suis allé la chercher à l'école pour la ramener en voiture à la maison. Bien que la fenêtre de ses toilettes fût entrouverte, Friedrich n'ouvrit pas sa porte. Les semaines suivantes, il resta invisible. Par madame Hartung, qui habite au-dessus de nous, j'appris que Friedrich allait faire ses courses à la halle d'achats chaque mardi et chaque vendredi, avec un caddie. Et que chaque fois il avait du mal à monter jusqu'à chez lui sa provision de bouteilles.

Un samedi de la mi-novembre, j'ai démonté le petit poêle – j'ai entassé dans notre cave les carreaux de faïence, les briques réfractaires, le tuyau, les pieds, la tôle, la grille, puis j'ai versé le reste dans la poubelle. Je venais juste de prendre ma douche quand on a sonné.

Le visage de Friedrich était bouffi. Il avait les cheveux collés sur le crâne, et ils brillaient comme s'il avait été trempé par la pluie. Son menton pâle luisait à travers sa barbe noire. Il portait un foulard rouge et tenait dans ses mains une grande enveloppe molletonnée.

« Votre femme voulait lire ça », dit-il. Je l'ai remercié. Sa poitrine et son ventre se dessinaient sous le survêtement. Cette fois, Friedrich n'avait pas mauvaise haleine, en tout cas je n'ai rien senti. Sur un signe de tête, il fit demi-tour. Il marchait pieds nus dans des sandales de bain. Les semelles à rayures bleu et orange qui claquaient alternativement contre ses talons et couinaient sur les marches faisaient penser aux bandeaux de signalisation que l'on voit à l'arrière des poids lourds.

« Friedrich », dit Petra sans lever les yeux. Elle était assise dans le fauteuil, l'aspirateur entre les genoux.

Je sortis le manuscrit de l'enveloppe. Sur la couverture on pouvait lire *Silence* et en dessous, en caractères légèrement plus petits, « roman ». Et puis, un peu plus grand : Heinrich Friedrich.

Quel fatras ! Je ne comprenais rien. J'ai ouvert son manuscrit en différents passages. Je ne comprenais pas une seule phrase. En fait, pour moi, ce n'était pas vraiment des phrases, rien que des mots alignés. Çà et là, des corrections avaient été portées à la main. Parfois Friedrich avait gribouillé à nouveau un paragraphe entier dans la marge. Je l'ai passé à Petra. Son nom sur l'enveloppe avait été barré. En bas à gauche, il avait gratté un autocollant.

« Voilà à quoi il passe son temps », dit Petra.

J'ai regardé encore dans l'enveloppe. Il n'y avait rien d'autre.

Quand j'ai demandé à Petra ce qu'elle venait de lire,

elle me dit qu'elle ne savait pas. «Impossible de le dire, avec la meilleure volonté du monde!»

C'était exactement l'impression que ça me faisait.

«Il y a de quoi vous mettre en boule, dit-elle. On devrait lui expliquer que ça ne va pas.»

«Tu crois qu'il n'a aucun talent? Peut-être qu'il peut écrire aussi de jolies choses?»

«Je ne crois pas, dit-elle. Je n'aurais pas dû foutre en l'air les trucs que j'avais écrits. Ils étaient pas si mal que ça, on m'avait même dit que j'avais un certain talent. Ils t'auraient sûrement plu.»

Je lui ai demandé ce qu'elle voulait dire.

«C'était intéressant. On voulait toujours savoir comment ça continuait.»

Les jours suivants, on entendit continuellement Friedrich dans l'escalier. Apparemment il faisait le vide dans son appartement. Et le mardi soir, la poubelle à papier qui avait été vidée le midi même ne fermait plus. Juste sous le couvercle, sur un classeur vide, j'ai lu : Enrico Friedrich — *Poèmes*. Sur un autre : Enrico Friedrich — *Lettres*. Tout ceci au milieu de journaux déchirés, de brochures, de copies et de pages manuscrites. J'ai pu déchiffrer un titre : *Le chat reste dans la lumière*. Lui aussi démontait son poêle. Par le judas, Petra l'observait chaque soir entre 9 et 10 heures passant avec un seau plein de gravats. Elle disait qu'il faisait de la place pour un nouveau début et que son manuscrit était pour l'instant plus en sécurité chez nous que dans son fouillis. «Quand il en aura besoin, il viendra bien le chercher.»

Le samedi qui précédait le premier dimanche de l'Avent, vers midi, quand c'est arrivé, madame Hartung était en train de nettoyer l'escalier. Plus tard, elle a prétendu que Friedrich l'avait fixée dans les yeux au moment de sa chute. J'étais assis dans la cuisine en train de lire le journal. Le cri de madame Hartung et le bruit du choc sur la rampe m'ont fait sursauter. Brong, brong, brong! toute la rampe avait vibré. Il faut donner des coups de poing dessus pour avoir une idée de ce que c'est.

Friedrich gisait un étage plus haut sous la fenêtre, la face vers le bas, la jambe droite retournée d'une façon peu naturelle. C'est au bout d'un moment seulement que j'ai remarqué le sang qui coulait de son nez et de sa bouche. Son œil gauche était ouvert, on ne voyait pas le droit. Personne ne voulait le toucher.

J'ai appelé les urgences. Ils étaient déjà au courant et sont arrivés peu après avec sirène et gyrophare. Vingt minutes plus tard, ils sont repartis sans Friedrich. Comment il s'y était pris pour dégringoler un étage et demi, cela reste encore pour moi une énigme. Il n'y a pratiquement pas d'espace au milieu de cette étroite cage d'escalier. Friedrich a dû faire une mauvaise chute sur le crâne.

La police a mis les scellés sur sa porte. On a interrogé tous les habitants de l'immeuble. Ce fut pour nous l'occasion de nous débarrasser de son manuscrit et de l'enveloppe.

D'abord j'ai pensé que Friedrich avait bien dû se rendre compte que personne ne voulait lire ses fatras, que c'est pour ça qu'il s'était précipité dans l'escalier. Mais Petra objecta que ce n'était tout de même pas une raison pour se suicider. Elle aussi, après tout, avait renoncé à écrire. «Il voulait seulement se casser une jambe, dit-elle. À nos frais à tous. Mais quand on s'y prend si mal…»

Quand les éboueurs sont passés, la poubelle où se

trouvaient les gravats du poêle de Friedrich n'a pas été vidée, et la semaine d'après non plus. Madame Hartung a dit qu'elle était trop lourde, qu'ils n'arrivaient pas à la soulever, même pas avec le système hydraulique.

Quelques jours plus tard, on a retrouvé dans notre boîte une lettre non affranchie, signée par tous les autres.

« Je ne comprends pas, dit Petra, je ne comprends vraiment pas. Ce serait à nous de nous occuper de la poubelle parce que les locataires ne voient pas pourquoi ce serait à eux de payer le débarras de notre poêle. Ce ne serait pas l'usage ici. » Par cette phrase, on nous rappelait qu'il n'y avait qu'un an que nous avions emménagé.

« Montre-leur les carreaux dans la cave. Montre-les leur ! s'écria Petra. Ça devient de pire en pire ici ! » Elle s'assit immédiatement et commença à faire le brouillon d'une lettre. Moi j'étais plutôt d'avis de faire du porte-à-porte et d'expliquer à tout le monde que ce n'était pas nos carreaux, que j'en avais certes jeté quelques-uns de temps en temps dans la poubelle, mais que la quasi-totalité était empilée dans la cave. Je me demandais d'où venait cette lettre, s'ils s'étaient mis à plusieurs pour la rédiger ou bien si quelqu'un l'avait fait signer par les autres, et qui pouvait bien être à l'initiative de cette démarche. Et ce qu'on disait de nous. Maintenant qu'ils avaient signé sans trop se poser de question, ils seraient bien obligés de trouver des arguments contre nous pour se justifier. J'entendais Petra déchirer une page après l'autre. C'était absurde.

Le lendemain, toutes les poubelles, sauf celle qui contenait les carreaux de Friedrich, étaient munies d'une chaîne et d'un cadenas. Apparemment nous étions les seuls à ne pas posséder de clés. Le mercredi suivant, Petra m'a réveillé peu avant 6 heures. J'ai enfilé des tennis et la combinaison que je mets pour bricoler. Il neigeait – la première neige de l'année. J'ai croisé monsieur Bodin qui venait de rentrer et tenait dans ses mains les chaînes et les cadenas. C'était sans doute lui qui s'occupait de tout le bloc d'immeubles. Nous nous regardâmes sans nous saluer.

J'ai attendu sous l'auvent de la porte d'entrée pour observer les éboueurs pousser les poubelles l'une après l'autre dans la fourche preneuse et abaisser un levier. La poubelle était d'abord soulevée un peu puis acheminée ensuite vers le haut en effectuant une demi-rotation de telle sorte qu'elle s'ouvrait d'elle-même, petites roues vers le ciel, en direction de la benne.

J'imaginais déjà la poubelle de Friedrich se balancer en l'air lorsque, effectivement, le système hydraulique capitula. Ils n'arrivèrent pas à la faire décoller du sol. Ils essayèrent une deuxième fois. Finalement ils la remirent en place et s'emparèrent de la dernière poubelle.

J'ai été obligé de crier pour qu'ils m'entendent, au milieu du vacarme que faisait leur véhicule. J'ai sorti un billet de 50 marks mais ils l'ont refusé. J'ai continué à leur tendre le billet en leur disant de le prendre. Il fallait bien trouver une solution ! Ils portaient des bonnets de laine et des tenues jaunes à capuchon. Ils m'ont dit qu'ils devaient continuer. J'ai ajouté 50 marks.

Ils m'ont fait monter dans le véhicule pour me passer une pioche et une pelle. Les carreaux étaient gelés. J'ai frappé dessus avec la pioche. Ce qui se détachait, je l'ai rassemblé avec les mains et balancé dans la poubelle vide qu'ils avaient mise à côté de moi. J'ai essayé avec la pelle. Presque tout glissait par terre ou était emporté par le vent. J'ai crié aux deux gars de rabattre leur capuchon sur leur bonnet, à cause de la saleté. Mais ils ne réagissaient pas, me tournant le dos en fumant, et la neige tombait dans leurs capuchons.

Je piochais, je fouillais et je débarrassais avec la pelle en pensant que si sous tous ces gravats je trouvais le cadavre du chat, cela confirmerait la thèse du suicide. À moins que Friedrich ne l'ait donné avant. Peut-être aussi que la police ne l'avait pas remarqué et enfermé dans l'appartement. Un carreau tomba de ma pelle et se brisa sur le sol. Les gars se retournèrent. Chacun d'eux ramassa quelques éclats du carreau et les balancèrent dans la poubelle vide. Puis ils se retournèrent et continuèrent de fumer. Je ne voyais d'eux que leurs capuchons. Le véhicule faisait toujours un vacarme infernal. Ça ne pouvait pas être seulement dû au moteur. Il y avait sûrement un broyeur qui déchiquetait les ordures. Je leur demanderais quand j'aurais fini.

J'avançais péniblement, mais je faisais quand même bouger les choses. J'avais en quelque sorte prise sur elles et cela me tranquillisait. Oui, je me sentais même bien. Sans doute parce que je me débarrassais d'un problème. Ce n'était qu'une question de temps. Soudain, tout me sembla soluble et facile. Je fus même saisi d'une espèce d'exubérance, comme s'il n'y avait ni société de taxis ni dettes. Je ne pensais pas à Petra, debout derrière les rideaux de l'appartement, ni à David qui dormait, ni au malheureux Friedrich, ni à ces voisins minables. Tout redevenait à nouveau possible, rien ne semblait devoir s'opposer à ce que je fasse mes bagages et parte, seul ou avec Orlando, ou avec une femme qui aurait ressemblé à cette Bosniaque. Je fis claquer ma langue et jamais auparavant cela n'avait fait autant de bruit. Ce qui fit se retourner l'un des gars. J'ai éclaté de rire et j'ai hurlé qu'il devrait tout de même mettre son capuchon. Il se détourna et je continuai à manier la pelle. Puis j'ai attaqué à la pioche. Mais dès que je levais la tête, mon regard tombait sur les capuchons des deux éboueurs. Je pouvais voir la neige s'y entasser toujours un peu plus.

Chapitre 29

Poissons

Jenny parle d'un nouveau boulot et de Martin Meurer. Le patron donne les consignes. Où est la mer du Nord ? Au début tout va bien. Puis Jenny doit faire preuve de conviction. Qu'arrive-t-il aux poissons en cas de déluge ? Pour finir retentit une musique de cuivres.

En short vert, debout entre deux chaises, il tente d'enfiler une combinaison de plongeur, celle aux raies rouges que j'ai essayée hier. Celle qui a des raies bleues se trouve sur la table. Nous nous serrons la main. Il dit : « Martin Meurer », et moi je dis : « Jenny. »

« L'autre est encore plus petite, dit-il, mais les palmes devraient m'aller. » En lui tournant le dos, je me déshabille. J'arrache un bouton de ma veste. Je m'introduis dans la combinaison de plongeur à raies bleues et enfile sur ma tête le capuchon. On ne voit plus ni mes cheveux ni mes oreilles. Cela me donne un visage presque joufflu. Je ramasse mes affaires et j'attends qu'il ait enfin chaussé ses palmes.

De la main droite il tient un sac en plastique, de la gauche les lunettes de plongeur et le tuba, et, marchant prudemment comme une cigogne, il arpente le couloir en direction du bureau de Kerndel. Il frappe deux fois. Je lui suggère d'ouvrir. Nous nous asseyons sur les deux chaises placées contre le mur à gauche et attendons.

« Je ressemble à une nonne », dis-je.

« Non, dit-il. À cette présentatrice en combinaison spatiale. Est-ce que vous avez déjà fait ça ? »

« Quoi ? » je demande.

« Ça. Vous étiez prête si rapidement ! »

« Je suis venue hier, dis-je, mais ils ne vous prennent pas si vous êtes seule. »

« Ça tient chaud », fait-il.

« J'ai les pieds froids », dis-je.

« Moi aussi, dit-il. Mais à part ça… »

« Salut, Jenny ! s'écrie Kerndel. Alors, comment va ? »

Nous nous levons. Il se présente : « Meurer » en coinçant le sac de plastique entre les genoux. « Martin Meurer. »

Kerndel lui tend la main. Nous nous rasseyons. Kerndel s'appuie contre le bureau, prend un papier et le retourne. Il raconte la même chose qu'hier.

« Et là vous posez la question : "Où est la Mer du Nord[1] ?" ou bien : "Pouvez-vous me dire où se trouve la Mer du Nord ?" ou encore : "Comment je fais pour aller à la Mer du Nord ?" Comme vous voulez, du moment qu'il y a la Mer du Nord, d'accord ? »

« Oui, dis-je. Pas de problème. »

Kerndel le regarde. « C'est clair ? »

---

1. Nordsee (Mer du Nord) est aussi le nom d'une chaîne allemande de restauration rapide et de vente proposant des poissons et des fruits de mer. (*Ndt*)

« C'est clair », répond Martin en soulevant la palme droite et en la faisant claquer sur la moquette.

« Et toujours communiquer la bonne humeur », dis-je.

« Et comment ! dit Kerndel, sinon autant rester à la maison. » Il avance un peu le long de la table et observe sa propre main, cette main si pâle qui frotte le papier (l'imitation d'un grand billet d'entrée) contre sa cuisse comme un gant de toilette. Sur la partie qui est séparée du reste par une ligne perforée (« Détacher ici – Pour votre portefeuille ») est reproduit un extrait du plan de la ville. Le poisson schématiquement représenté en rouge indique l'endroit où se trouvent les deux restaurants. La plus grande partie du billet est occupée par la photo d'un désert ocre ondulant sous le vent. Au-dessus on peut lire en lettres blanches sur un ciel nuageux couleur lilas : « Savez-vous où se trouve la Mer du Nord ? »

« Et si la réponse est non ? »

« Alors nous disons : "Schulstrasse numéro 10 a et Schulstrasse numéro 15 ! Permettez qu'on vous invite à manger du poisson ? Avec le menu du mois de mai !" Et c'est là qu'on tend le papier. »

« Le flyer, corrige Kerndel. Et si c'est oui ? » Kerndel se tourne vers Martin.

« Comment on y va ? » dit-il en recommençant à faire claquer sa palme.

« Et vous Jenny ? dit Kerndel. Si c'est oui ? »

« Formidable ! Vous pouvez nous y conduire ? » dis-je.

« C'est compris, à présent ? » dit Kerndel les yeux fixés sur Martin jusqu'à ce qu'il réponde oui. Puis il lui fait réciter le menu de mai : « Limande au four avec pommes persillées, salade mixte, sauce rémoulade et Coca Cola,

33 centilitres. 12,95 marks en ce moment au lieu de 15,40!»

«D'ailleurs tout est marqué là-dessus, dit Kerndel. Mais faut pas lire, ça la fout mal. On ne lit pas. Encore une fois!»

«Limande au four avec pommes persillées, salade verte et sauce rémoulade, avec un grand Coca, pour 12,95 seulement», dis-je.

«Au lieu de 15,40, complète Kerndel. Salade mixte, Coca Cola 33 centilitres. Mettez les lunettes. Et maintenant parlez, parlez, parlez…»

«Comment je peux aller à la Mer du Nord? je demande. Savez-vous où se trouve la Mer du Nord?» Kerndel le désigne du doigt.

«Comment on va à la Mer du Nord? Je veux aller à la Mer du Nord! Parce que là on a la pêche! Vous pouvez m'aider?»

«C'est trop nasal, trop nasal tous les deux, bon alors sans les lunettes! dit-il. Non, ne les enlevez pas. Vous les posez sur le front! Vous les faites glisser vers le haut!» Le téléphone retentit puis s'arrête après la deuxième sonnerie. «Et ça, faut le mettre comme ça.» Kerndel s'est levé et pousse le tuba de Martin vers le bas. «Encore un peu! Là, comme ça! Et jamais trop de flyers en même temps dans la main, quatre ou cinq maximum, pas d'inflation, OK?»

Nous approuvons d'un signe de tête.

«Et qu'est-ce qui est arrivé aux poissons pendant le Déluge?» demande Kerndel, qui frappe dans ses mains et me passe le bras autour de l'épaule en m'attirant vers lui. «Alors en route.» Il contourne son bureau et décroche le téléphone. «Tout baigne!» nous lance-t-il en nous quittant.

Dans le bureau de la secrétaire nous déposons nos sacs dans l'armoire et on nous remet les musettes bleues pleines de papiers.

«Ça va aller? me demande-t-elle. Il y en a mille dans chaque.» Elle nous ouvre la porte. «C'est par là.»

Une fois franchie la porte de derrière, Martin s'arrête, me regarde et dit : «Il faut qu'on aborde tout le monde, homme ou femme, dès le début, sinon, on n'y arrivera pas. Si on commence à se défiler une fois…»

Je me dis qu'il a peut-être été prof auparavant. J'ai à peine fermé la porte qu'il démarre déjà. Deux gamins, quatorze ou quinze ans à peine, le regardent. «Alors, vous ne savez pas?» demande-t-il. Ils regardent nos palmes puis nos musettes. «On veut aller à la Mer du Nord», dis-je. Ils secouent la tête. «Là-bas ils ont la pêche, dit-il, Allez.» Ils finissent par prendre les papiers.

Nous nous dirigeons vers la zone piétonne. Je suggère qu'on laisse tomber les gosses. «Puberté», dit-il en approuvant de la tête.

Ensuite ça marche vraiment bien. Nous sommes vite dans le coup. La plupart du temps c'est moi qui commence, et lui enchaîne : «Oui, on veut aller à la Mer du Nord!» «La Mer du Nord, c'est ça!» je reprends, ou bien je dis : «Comment? Vous ne savez pas?» Et lui : «Eh bien on va vous le dire!» Après une brève pause nous disons ensemble l'adresse. Les gens rient et prennent le papier sans hésiter.

«Excuse-moi, dit Martin tout à coup. C'était stupide de ma part.» Je ne comprends pas ce qu'il veut dire. «De leur avoir souhaité en plus "Bon appétit".»

Je lui dis que je ne trouve pas ça mal et quand c'est à mon tour de tendre le papier je dis moi aussi : «Bon appétit.» Certains répondent : «Pareillement» ou «Vous aussi».

« Ils sont vraiment curieux, et même amusés quand on leur adresse la parole, dit Martin. Vraiment pas farouches ! »

Il suffit que quelques-uns s'attroupent autour de nous pour que les autres s'approchent. Il y a même des bousculades et nous ne distribuons plus les papiers qu'à des mains tendues vers nous.

« Tu crois qu'il nous fait surveiller ? » demande-t-il à voix basse.

« Sûrement », dis-je.

« J'ai essayé d'être aussi vivant que toi, dit Martin. Mais cela ne l'a pas convaincu. »

« Tu n'as pas arrêté de remuer tes palmes », dis-je.

« Quoi ? »

« Tu faisais sans arrêt claquer tes palmes, comme ça. » Je l'imite. « Tu ne t'en es pas aperçu ? »

Il secoue la tête. « Cela explique peut-être sa réaction. »

« Il est comme ça. On ne le changera plus. »

Là où la zone piétonne donne sur la place du Château, une fanfare de cuivres joue devant une tente blanche pointue. Elle a un côté oriental. Devant elle, quelqu'un est interviewé par une équipe de télévision. Il porte un badge jaune sur sa veste bleue : « Notre viande de bœuf, savourez-la en toute tranquillité ! » Les musiciens arborent également ces badges, de même que les femmes qui font griller des steaks et des saucisses. Partout je vois maintenant des gens avec ces badges jaunes. Ils distribuent des papiers plus grands que les nôtres.

« Est-ce que tu travaillerais pour eux ? » demande-t-il.

« Oui, dis-je. Tu trouves ça si formidable ce qu'on propose ? »

«Je ne sais pas, dit-il. Sur la photo la limande a l'air panée à mort, sans doute très dure. Et ça fait une réduction de 1,45 marks seulement. Est-ce que ça vaut le coup?»

Quand je lui demande d'où il vient, Martin dit seulement : «De l'Est, de la Thuringe.» Il est venu ici pour voir sa mère.

«Au fait, dit-il, Kerndel n'a plus reparlé du salaire, des 120 marks par jour.»

«Mais ils doivent s'y tenir, dis-je. C'était marqué sur l'annonce.»

Il hoche la tête. Soudain il dit : «Quand c'est une famille, un seul papier suffit.»

D'abord je pense qu'il veut blaguer. «Pour vos amis et connaissances», je réponds.

«C'est vrai. Si ça continue comme ça, on aura fini cet après-midi.»

Il faut encore aller dans les boutiques de la zone piétonne. Là, pas besoin de baratiner, les gens s'arrêtent automatiquement et tendent la main. La fanfare joue sans discontinuer.

«Tu m'as parlé de ma palme», dit-il.

«Et alors?»

«Sais-tu que tu souris tout le temps?»

«Toi aussi», dis-je.

Une heure plus tard il commence à crachiner. La plupart des gens longent les vitrines, sautant d'une marquise à l'autre.

Tandis que Martin continue dehors, j'entre dans les magasins. Une femme me fait un signe et me lance : «Salut, petite grenouille!»

Je n'interromps pas les conversations. Mais quand les gens me regardent ou se tournent vers moi, je demande à voix basse, comme si je m'étais perdue : « Excusez-moi, pourriez-vous me dire où se trouve la Mer du Nord ? » Pendant un instant ils restent interloqués. Et quand ils éclatent de rire, je leur tends le papier.

Comme je ne vois plus Martin devant la vitrine, je sors. Je reviens un peu sur mes pas mais je ne le trouve pas. Le sol est jonché de papiers pour la Mer du Nord. Il est assis, dos appuyé contre un mât de drapeau et ne répond pas. Son œil gauche est enflé. Il lève brièvement la tête pour me demander si je n'ai pas vu quelque part son tuba. J'essaie de ramasser quelques-uns des flyers de Kerndel qui collent aux dalles mouillées, mais avec mes palmes je marche à chaque fois sur les papiers vers lesquels je veux me baisser.

« Toi aussi, tu as fait une mauvaise rencontre ? » demande Martin quand je suis en face de lui.

« Non, dis-je, pourquoi ? »

« Ton regard. »

« Un beau coquard », dis-je.

« Tu as le tuba ? »

Je continue à chercher. Je ramasse encore quelques papiers et je reviens vers lui.

« Excuse-moi, dit-il, ramassant le tuba et tapotant de son extrémité sa palme gauche. Je marchais dessus sans m'en apercevoir. »

« Tu veux que j'aille chercher des glaçons ? »

« Tu sais à quoi j'ai pensé ? À ce dicton sur les poissons et le déluge. J'étais paralysé, littéralement paralysé, dit-il. Tout d'abord le type a regardé mes palmes puis il m'a fixé et a demandé à sa femme si elle me connaissait. Je marchais sur ses chaussures du bout de mes palmes. Je ne m'en suis pas aperçu, et lui non plus sans doute. Sa femme a dit qu'elle ne me connaissait pas. Il m'a carrément envoyé valdinguer, si je me souviens bien. »

« Tu ne te sens pas bien ? »

« Ce dicton sur le déluge est vraiment stupide, dit-il. J'ai dit la même chose que d'habitude. »

« Il faut qu'on aille voir Kerndel, dis-je. À cause de l'assurance. C'est un accident. »

« Je n'y retourne plus. » Il fait claquer sa palme.

« Je devine ce qui s'est passé », dis-je, et j'attends qu'il me regarde.

« Mon dialecte ne lui plaisait pas. »

« Mais il a pourtant demandé à la femme si elle te connaissait ? Et quand elle a dit non, il a cogné ? »

« D'où pourrait-on se connaître ? C'est la première fois que je suis dans le coin ! »

« Il voulait seulement savoir si tu étais connu, dis-je. Uniquement pour ça ! »

Martin ne comprend pas.

Je lui explique qu'il a cru que ça ne pouvait être qu'une célébrité qui fait ça, avec une caméra cachée, ou un gage à la suite d'un pari. Mais en tout cas personne d'autre, pas une personne de son âge. Ce type a cru qu'on se foutait de sa gueule. C'est tout.

Il me regarde comme si je lui avais envoyé une gifle.

« Bien sûr c'est intolérable, dis-je. Je veux seulement dire que cet idiot a pensé un truc comme ça. Tu es vraiment bien, tu as un rayonnement qui rend les autres joyeux. Tu as vraiment communiqué ta bonne humeur, pas seulement ces machins. Et ce n'est pas à la portée de tout le monde. Par ailleurs tu présentes bien. »

Il crache entre ses palmes.

« Tous les gens étaient contents, dis-je. On devrait

être beaucoup mieux payés, et pas seulement par Kerndel : la mairie et les caisses d'assurance-maladie devraient nous rémunérer pour la bonne humeur ! »

Martin me regarde. Son œil gauche est maintenant presque fermé.

« C'était un connard. Pour lui la gentillesse, ça n'existe pas », dis-je.

« Ça n'a dérangé personne, dit-il en crachant à nouveau. Personne n'a bougé. »

« Ils ont été pris de court, dis-je. Les gens ne savaient pas ce qu'ils devaient faire. Dans un premier temps, ils n'ont pas compris ce qu'il se passait. Ils n'ont jamais vu ça. Au milieu de la zone piétonne un homme-grenouille se fait casser la gueule ! Peut-être ont-ils même pensé que ça ne fait pas mal quand on est enveloppé de caoutchouc, ou bien que ça fait partie du numéro. Ils ne voulaient pas se couvrir de ridicule s'il s'avérait que c'était du théâtre de rue. »

Je raconte à Martin l'histoire du vieux qui est mort chez nous sur son balcon dans l'arrière-cour, le gars avec les bananes et la musique à plein volume. On a tous pensé qu'il dormait. Et il est resté assis toute la nuit sous la pluie.

« Toute la nuit ? »

« Oui, dis-je. Il faisait nuit. C'est seulement au matin, quand on a vu qu'il était encore là… Allons voir Kerndel maintenant. »

Martin ferme les yeux comme j'ai vu une femme le faire dans le métro. Très calmement elle fermait les yeux sans bouger, jusqu'à ce que les portes s'ouvrent. Martin secoue la tête.

« Si, dis-je. Il le faut. »

Je lui tiens ses lunettes et son tuba pendant qu'il se

lève. La musette est sale. Avec précaution, il remet le capuchon sur sa tête.

« Je ne retourne plus chez Kerndel », dit Martin. Il lui faut du temps pour fixer ses lunettes de plongée.

« Où veux-tu aller alors ? » je demande.

« Partir, dit-il, le plus loin possible. » Il crache à nouveau, prend le tuba dans sa bouche et le coince sous le caoutchouc qui tient ses lunettes. Pour finir, il passe la musette à son épaule.

Je fais comme lui. Puis nous nous mettons en route. Les gens s'abritent toujours sous les marquises en attendant que la pluie s'arrête. À un cycliste près, toute la zone piétonne est à nous. Nous pataugeons dans les flaques. Soudain quelqu'un nous fait signe et nous crie quelque chose, à propos de la Mer du Nord bien sûr. On pourrait même croire que les gens forment une haie en notre honneur. Nous nous tenons par la main parce que les lunettes rétrécissent le champ visuel et qu'on ne sait jamais si l'autre est toujours là. La fanfare continue à jouer sous la tente blanche, de plus en plus fort et de plus en plus vite, une polka à présent, je crois. Mais en fait j'ignore ce qu'est la polka. C'est peut-être une marche ou quelque chose dans le genre. Quoi qu'il en soit, Martin et moi accordons notre pas. Et de quitter la zone piétonne n'y change rien.

LA LITTÉRATURE ÉTRANGÈRE
CHEZ FAYARD

Leopoldo Alas, dit Clarín : *La Régente* ; *Son fils unique.*

Piotr Alechkovski : *Le Putois.*

Isabel Allende : *La Maison aux esprits* ; *D'amour et d'ombre* ; *Eva Luna* ; *Les Contes d'Eva Luna* ; *Le Plan infini* ; *Paula.*

Anthologie de la prose albanaise, présentée par Alexandre Zotos.

Jakob Arjouni : *Magic Hoffmann.*

J.G. Ballard : *La Bonté des femmes* ; *Fièvre guerrière* ; *La Course au paradis* ; *La Face cachée du soleil.*

Eqrem Basha : *Les ombres de la nuit, et autres récits du Kosovo.*

Abdelatif Ben Salem (coordinateur) : *Juan Goytisolo, ou les paysages d'un flâneur.*

Thomas Berger : *L'Invité* ; *Le Crime d'Orrie* ; *Rencontre avec le mal.*

Vitaliano Brancati : *Les Années perdues* ; *Le Vieux avec les bottes,* suivi d'un essai de Leonardo Sciascia ; *Don Juan en Sicile* ; *Rêve de valse,* suivi de *Les Aventures de Tobaïco* ; *La Gouvernante,* suivi de *Retour à la censure* ; *Journal romain.*

Joseph Brodsky : *Loin de Byzance.*

Hermann Burger : *La Mère Artificielle* ; *Blankenburg* ; *Brenner.*

Oddone Camerana : *Les Passe-temps du Professeur* ; *La Nuit de* l'Archiduc.

Andrea Camilleri : *La Concession du téléphone.*

Varlam Chalamov : *La Quatrième Vologda* ; *Récits de Kolyma. La Chanson des Niebelungs*, traduite, présentée et annotée par Jean Amsler.

Jerome Charyn : *Capitaine Kidd.*

Cyril Connolly : *Le Tombeau de Palinure* ; *Ce qu'il faut faire pour ne plus être écrivain* ; *100 Livres clés de la littérature moderne.*

Joseph Conrad, Ford Madox Ford : *L'Aventure.*

Julio Cortázar : *Les Gagnants.*

Osamu Dazai : *Mes dernières années.*

Francesco Delicado : *Portrait de la gaillarde Andalouse.*

Alfred Döblin : *Hamlet ou La longue nuit prend fin* ; *Wang-loun,* avec un essai de Günter Grass.

Milo Dor : *Mitteleuropa, Mythe ou réalité.*

Aris Fakinos : *La Citadelle de la mémoire* ; *La Vie volée.*

J. G. Farrell : *Le Siège de Krishnapur* ; *Hôtel Majestic.*

Lion Feuchtwanger : *Le Faux Néron* ; *La Guerre de Judée* ; *Les Fils* ; *La Sagesse du fou ou Mort et transfiguration de Jean-Jacques Rousseau.*

Paula Fox : *Personnages désespérés* ; *Pauvre Georges !*

Eleonore Frey : *État d'urgence.*

Mavis Gallant : *Les Quatre Saisons* ; *L'Été d'un célibataire* ; *Voix perdues dans la neige* ; *Ciel vert, ciel d'eau* ; *De l'autre côté du pont* ; *Poisson d'avril.*

Jane Gardam : *Un amour d'enfant.*

Juan Goytisolo : *Paysages après la bataille* ; *Chroniques sarrasines* ; *Chasse gardée* ; *Les Royaumes déchirés* ; *Les Vertus de l'oiseau solitaire* ; *L'Arbre de la littérature* ; *À* la recherche de Gaudí en Cappadoce ; *La Longue Vie des Marx* ; *La Forêt de l'écriture* ; *État de siège.*

Grimmelshausen : *Les Aventures de Simplicissimus.*

Erich Hackl : *Le Mobile d'Aurora.*

Zbigniew Herbert : *Monsieur Cogito et autres poèmes.*

Henry James : *L'Américain* ; *Roderick Hudson.*

Francesco Jovine : *Signora Ava* ; *La Maison des trois veuves.*

Roberto Juarroz : *Poésie verticale.*

Ismail Kadaré : *Les Tambours de la pluie* ; *Chronique de la ville de pierre* ; *Le Grand Hiver* ; *Le Crépuscule des dieux de la steppe* ; *Avril brisé* ; *Le Pont aux trois arches* ; *La Niche de la honte* ; *Invitation à un concert officiel et autres récits* ; *Qui a ramené Doruntine ?* ; *L'Année noire,* suivi de *Le cortège de la noce s'est figé dans la glace* ; *Eschyle ou l'éternel perdant* ; *Le Dossier H.* ; *Poèmes, 1958-1988* ; *Le Concert* ; *Le Palais des rêves* ; *Printemps albanais* ; *Le Monstre* ; *Invitation à l'atelier de l'écrivain,* suivi de *Le Poids de la croix* ; *La Pyramide* ; *La Grande Muraille,* suivi de *Le Firman aveugle* ; *Clair de lune* ; *Œuvres* (8 vol.) ; *L'Ombre* ; *L'Aigle* ; *Spiritus* ; *Mauvaise Saison sur l'Olympe* ; *Novembre d'une capitale* ; *Trois Chants funèbres pour le Kosovo.*

Yoram Kaniuk : *Mes chers disparus* ; *Encore une histoire d'amour.*

Mark Kharitonov : *Prokhor Menchoutine* ; *Netchaïsk,* suivi de *Ahasvérus* ; *La Mallette de Milachévitch* ; *Les Deux Ivan* ; *Un mode d'existence* ; *Étude sur les masques* ; *Une journée en février.*

Danilo Kiš : *La Leçon d'anatomie* ; *Homo poeticus* ; *Le Résidu amer de l'expérience* ; *Le Luth et les Cicatrices* ; *Les Lions mécaniques et autres pièces.*

Jerzy Kosinski : *Le Jeu de la passion.*

Édouard Kouznetsov : *Roman russe.*

Hartmut Lange : *Le Récital,* suivi de *La Sonate Waldstein* ; *Une fatigue,* suivi de *La Promenade sur la grève* ; *Le Voyage à Trieste* suivi de *Le Marais de Riemeister* ; *L'Immolation* ; *Le Houx* ; *L'Ange exterminateur d'Arthur Schnitzler.*

Hugo Loetscher : *Si Dieu était suisse…* ; *La Tresseuse de couronnes* ; *Un automne dans la Grosse Orange* ; *Le Coq prêcheur* ; *La Mouche et la Soupe* ; *Saison.*

Russell Lucas : *Le Salon de massages et autres nouvelles.*

C. S. Mahrendorff : *Et ils troublèrent le sommeil du monde.*

Luigi Malerba : *La Planète bleue* ; *Clopes* ; *Le Feu grégeois* ; *Les Pierres volantes* ; *La Vie d'châtiau.*

Thomas Mann : *Les Buddenbrook* ; *La Montagne magique* ; *La Mort à Venise,* suivi de *Tristan.*

Gregorio Manzur : *Iguazú.*

Dacia Maraini : *Voix.*

Monika Maron : *La Transfuge* ; *Le Malentendu* ; *Rue du Silence, n° 6.*

Stelio Mattioni : *Les Métamorphoses d'Alma* ; *La Plus Belle du royaume.*

Predrag Matvejevitch : *Bréviaire méditerranéen* ; *Épistolaire de l'Autre Europe* ; *Le Monde « ex ».*

Vladimir Maximov : *La Coupe de la fureur.*

Mary McCarthy : *Cannibales et Missionnaires* ; *L'Oasis et autres récits* ; *Le Roman et les Idées, et autres essais* ; *Comment j'ai grandi.*

Piero Meldini : *La Bienheureuse aux vertiges.*

Migjeni : *Chroniques d'une ville du Nord,* précédé de *L'Irruption de Migjeni dans la littérature albanaise,* par Ismail Kadaré.

Czeslaw Milosz : *Visions de la baie de San Francisco* ; *Milosz par Milosz,* entretiens de Czeslaw Milosz avec

Ewa Czarnecka et Aleksander Fiut ; *Empereur de la terre* ; *L'Immoralité de l'art* ; *Terre inépuisable,* poèmes ; *Chroniques,* poèmes ; *De la Baltique au Pacifique.*

Karl Philipp Moritz : *Anton Reiser.*

Vladimir Nabokov : *Ada ou l'Ardeur* ; *Regarde, regarde les arlequins!* ; *La Transparence des choses* ; *Machenka* ; *Littératures I* (Austen, Dickens, Flaubert, Stevenson, Proust, Kafka, Joyce) ; *Littératures II* (Gogol, Tourguéniev, Dostoïevski, Tolstoï, Tchekhov, Gorki) ; *Littératures III (Don Quichotte)* ; *L'Homme de l'URSS et autres pièces.*

Kenji Nakagami : *Mille Ans de plaisir* ; *La Mer aux arbres morts* ; *Sur les ailes du soleil* ; *Hymne.*

Edna O'Brien : *Un cœur fanatique* ; *Les Filles de la campagne* ; *Les Grands Chemins* ; *Qui étais-tu, Johnny?* ; *Les Victimes de la paix* ; *Lanterne magique* ; *Vents et Marées* ; *Nuit* ; *La Maison du splendide isolement* ; *Les Païens d'Irlande* ; *Tu ne tueras point* ; *Le Joli Mois d'août.*

Fernando del Paso : *Palinure de Mexico* ; *Des nouvelles de l'Empire* ; *Linda 67. Histoire d'un crime.*

T.R. Pearson : *L'Heure de l'Évangile.*

Leo Perutz : *Turlupin* ; *La Neige de saint Pierre* ; *La Troisième Balle* ; *La nuit, sous le pont de pierre* ; *Où roules-tu, petite pomme?* ; *Le Maître du Jugement dernier*; *Nuit de mai à Vienne.*

Alexeï Peskov : *Paul Ier, empereur de Russie ou Le 7 novembre.*

Frederic Prokosch : *Voix dans la nuit.*

James Purdy : *Dans le creux de sa main* ; *La Tunique de Nessus* ; *L'Oiseau de paradis.*

Barbara Pym : *Crampton Hodnet* ; *Jane et Prudence* ; *Comme une gazelle apprivoisée.*

Peter Rosei : *Comédie*, suivi de *Homme & Femme S.a.r.l.* ; *Les Nuages,* suivi de *Quinze mille âmes* ; *L'Insurrection,* suivi de *Notre paysage : descriptif.*

Herbert Rosendorfer : *Stéphanie et la Vie antérieure* ; *Les Saints d'or ou Colomb découvre l'Europe* ; *Suite allemande* ; *Grand Solo pour Anton* ; *L'Architecte des ruines.*

Anatoli Rybakov : *Sable lourd.*

David Samoïlov : *Pour mémoire.*

Francesca Sanvitale : *Le Fils de l'Empire.*

Alberto Savinio : *Souvenirs* ; *Hermaphrodito* ; *La Maison hantée* ; *La Boîte à musique.*

J. G. Schnabel : *L'Île de Felsenbourg.*

Leonardo Sciascia : *Mots croisés* ; *Petites chroniques* ; *Œil de chèvre* ; *Monsieur le député,* suivi de *Les Mafieux* ; *La Sorcière et le Capitaine* ; *1912 + 1* ; *Portes ouvertes* ; *Le Chevalier et la Mort* ; *Faits divers d'histoire littéraire et civile* ; *Une histoire simple* ; *Heures d'Espagne* ; *En future mémoire* ; *Œuvres complètes* (3 volumes).

Richard Sennett : *Les Grenouilles de Transylvanie* ; *Une soirée Brahms.*

Jenefer Shute : *Folle de moi* ; *Point de rupture.*

Alexandre Soljénitsyne : *Œuvres complètes* (version définitive). Tome 1 : *Le Premier Cercle* ; tome 2 : *Le Pavillon des cancéreux, Une journée d'Ivan Denissovitch et autres récits* ; tome 3 : *Œuvres dramatiques* ; tome 4 : *L'Archipel du goulag,* vol. 1 ; *Les tanks connaissent la vérité* ; *Les Invisibles* ; *La Roue rouge* (version définitive) – *Premier nœud : Août 14* – *Deuxième nœud : Novembre 16* – *Troisième nœud : Mars 17* ; *Ego,* suivi de *Sur le fil* ; *Nos pluralistes* ; *Les tank connaissent la vérité* ; *Les Invisibles* ; *Nos jeunes* ; *Comment réaménager notre Russie ? Réflexions dans la mesure de mes forces* ; *Le «problème russe» à la fin du XXᵉ siècle* ; *Le grain tombé entre les meules* ; *La Russie sous l'avalanche.*

Muriel Spark : *Intentions suspectes* ; *La Place du conducteur* ; *L'Unique Problème* ; *Ne pas déranger* ; *Une serre sur l'East River* ; *Les Célibataires* ; *Pan! pan! tu es morte* ; *L'Appropriation* ; *Le Pisseur de copie* ; *L'Ingénieur culturel* ; *Les Consolateurs* ; *Le Banquet* ; *Les Belles Années de mademoiselle Brodie* ; *L'Abbesse de Crewe* ; *Memento mori* ; *Robinson* ; *Curriculum vitae* ; *Demoiselles aux moyens modestes* ; *Droits territoriaux* ; *L'Image publique* ; *Rêves et réalité*.

Luan Starova : *Le Temps des chèvres* ; *Les Livres de mon père* ; *le Musée de l'athéisme*.

Christina Stead : *L'Homme qui aimait les enfants*.

Patrick Süskind : *Le Parfum* ; *Le Pigeon* ; *La Contrebasse* ; *Un combat et autres récits*.

Wisława Szymborska : *De la mort sans exagérer* ; *Je ne sais quelles gens*.

Korneï Tchoukovski : *Journal. Tome 1 : 1901-1929* ; *tome 2 : 1930-1969*.

Albert Vigoleis Thelen : *L'Île du second visage*.

Anthony Trollope : *Les Tours de Barchester*.

Sebastiano Vassalli : *Le Cygne*.

Luis Vélez de Guevara : *Le Diable boiteux*.

Gore Vidal : *En direct du Golgotha* ; *L'Histoire à l'écran*.

Alice Walker : *Le Cœur noir*.

Ernst Weiss : *Georg Letham, médecin et meurtrier* ; *Le Séducteur* ; *L'Aristocrate*.

Urs Widmer : *Le Paradis de l'oubli* ; *Le Siphon bleu* ; *Les Hommes jaunes*.

Christa Wolf : *Adieu aux fantômes* ; *Médée*.

Adam Zagajewski : *Solidarité, solitude* ; *Coup de crayon* ; *Palissade. Marronniers. Liseron. Dieu* ; *La Trahison* ; *Mystique pour débutants*.

Theodore Zeldin : *Le Bonheur* ; *De la conversation*.

Histoire de la littérature japonaise (trois tomes), par Shuichi Kato.

Histoire de la littérature polonaise, par Czeslaw Milosz.

Histoire de la littérature russe, ouvrage dirigé par Efim Etkind, Georges Nivat, Ilya Serman et Vittorio Strada.

– *Des origines aux Lumières.*

– *Le XIXe siècle.* Tome 1 : *L'Époque de Pouchkine et de Gogol.*

– *Le XXe siècle.* Tome 1 : *L'Age d'argent* ; tome 2 : *La Révolution et les Années vingt* ; tome 3 : *Gels et Dégels.*

Histoire de la littérature américaine, par Pierre-Yves Pétillon.

– *Notre demi-siècle (1939-1989).*

Histoire de la littérature espagnole, sous la direction de Jean Canavaggio.

– Tome 1 : *Moyen Age – XVIe siècle – XVIIe siècle.*

– Tome 2 : *XVIIIe siècle – XIXe siècle – XXe siècle.*

Histoire des littératures scandinaves, par Régis Boyer.

Histoire de la littérature néerlandaise, ouvrage dirigé par Hanna Stouten, Jaap Goedegebuure et Frits van Oostrom.

Cet ouvrage a été réalisé en Garamond
par Palimpseste à Paris.

Imprimé en Italie

Dépôt légal : août 1999
N° d'édition : 7365
35-04-73-5
ISBN : 2-213-60273-5

Achevé d'imprimer en août 1999
par G. Canale & C. S. p. A – Borgaro T. se (TO)
pour le compte des Éditions Fayard
75, rue des Saints-Pères
75006 Paris